Dana Swift

Bound by Firelight

Weitere Titel der Autorin:

Cast in Firelight

Dana Swift

BOUND BY FIRELIGHT

Magie der Farben

Übersetzung aus dem amerikanischen Englisch
von Michael Krug

one

Die Bastei Lübbe AG verfolgt eine nachhaltige Buchproduktion. Wir verwenden Papiere aus nachhaltiger Forstwirtschaft und verzichten darauf, Bücher einzeln in Folie zu verpacken. Wir stellen unsere Bücher in Deutschland und Europa (EU) her und arbeiten mit den Druckereien kontinuierlich an einer positiven Ökobilanz.

Titel der englischen Originalausgabe:
»Bound by Firelight«

Für die Originalausgabe:
Copyright © 2022 by Dana Swift
Jacket art copyright © 2022 by Charlie Bowater

Für die deutschsprachige Ausgabe:
Copyright © 2024 by Bastei Lübbe AG, Schanzenstraße 6 – 20, 51063 Köln

Vervielfältigungen dieses Werkes für das Text- und Data-Mining bleiben vorbehalten.

Textredaktion: Elena Bruns
Umschlaggestaltung: Johannes Wiebel | punchdesign, München, unter Verwendung von Illustrationen von Elena Vizerskaya/Erin Fitzsimmons
Satz: 3w+p GmbH, Rimpar
Gesetzt aus der Adobe Caslon Pro
Druck und Verarbeitung: GGP Media GmbH & Co. KG

Printed in Germany
ISBN 978-3-414-0209-6

5 4 3 2 1

Sie finden uns im Internet unter one-verlag.de
Bitte beachten Sie auch luebbe.de

Für alle, die je das Gefühl hatten, keine Stimme zu besitzen

Gottheiten und ihre Kräfte

Die neun Berührungen

Erif, Göttin des Feuers: herrscht über Vulkane
Rote Stärken: Fähigkeit, Feuer zu erschaffen und zu beeinflussen

Renni, Göttin der inneren Fähigkeiten: überwacht persönliche Entwicklung
Orange Stärken: Fähigkeit der Beeinflussung und Stärkung der Sinne und der Möglichkeiten des Körpers

Ria, Gott der Luft: gebietet über Tornados und den Wind
Gelbe Stärken: Fähigkeit, Luft zu erschaffen und zu beeinflussen, vor allem zum Fliegen

Htrae, Göttin der Erde: beaufsichtigt Felder und Ernten
Grüne Stärken: Fähigkeit, Holz und Pflanzen zu erschaffen und zu beeinflussen

Retaw, Gott des Wassers: regelt Überschwemmungen und Tsunamis
Blaue Stärken: Fähigkeit, Wasser zu erschaffen und zu beeinflussen

Raw, Gott des Kriegs: steht auf den Schlachtfeldern von Soldaten
Violette Stärken: Fähigkeit, Waffen, Schilde und Grenzen entstehen zu lassen

Laeh, Göttin der Heilung: wacht über Kranke und Verwundete
Rosa Stärken: Fähigkeit, zu heilen und Zaubertränke gegen Krankheiten anzufertigen

Dloc, Gott der Kälte: weilt in Schneestürmen und Lawinen
Weiße Stärken: Fähigkeit, Eis, Schnee und andere winterliche Niederschläge zu erzeugen und zu beeinflussen

Wodahs, Gott der Schatten: lebt in der Dunkelheit
Schwarze Stärken: Fähigkeit, sich zu tarnen und Trugbanne zu wirken

Kapitel 1

Ich traf die Liebe meines Lebens und warf sie beinahe vom Dach

Adraa

Der Himmel knistert vor Magie. Sie schießt in die Luft und explodiert zu Sprühnebeln und zischenden bunten Lichtern. Das Fest ist in vollem Gange. Laut. Blendend. Und das Beste, was ich in den vergangenen zwei Monaten gesehen habe.

Über Nacht sind Stände und Buden aufgebaut worden. Seidenbanner in den neun Farben der Magie zieren jede freie Fläche und verdrängen vorübergehend jene aus Brokat für die unlängst Gefallenen. Die Straßen wirken wie Flüsse. Ströme von Zauberern und Hexen suchen nach dem besten Essensstand oder einem guten Platz, um etwas von ihrer Magie in die Luft zu entfesseln und die bunten Rauchschwaden zu ergänzen. Kinder und Unberührte, die nicht zaubern können, werfen stattdessen buntes Pulver und spritzen ihren Freunden ins Gesicht. Obwohl das eigentliche Fest der Farben erst in einigen Monaten stattfindet, ist die Freude aller bei dieser spontanen Feier ansteckend.

Es kommt mir wie eine Ewigkeit vor, seit ich die Bevölkerung zuletzt so ausgelassen erlebt habe. Aber würde ich von

9

meinem schattigen Plätzchen auf dem Dach hinabsinken, würde die Freude dahinschmelzen. Und bei allen neun Göttern, das ist das Letzte, was ich will. Seit Wochen baut Belwar die Stadt wieder auf. Heute Abend feiern wir die neue westliche Flugstation, die instand gesetzten Häuser und das in diesem kleinen Küstenland nach wie vor blühende Leben. Wenn sich mein Volk etwas verdient hat, dann eine Nacht des Friedens und der Sicherheit. Also mache ich es mir in meinem Versteck weiter gemütlich und beobachte das Spiel der Farben am Himmel. Schließlich wandert meine Aufmerksamkeit jedoch zu der blutroten Magie in meinen Händen. Immer wieder verdichtet sie sich abwechselnd zu meiner Maske und löst sich in Rauch auf. Mir ist bewusst, dass ich die Worte murmle. Ich beschwöre die Magie aus dem komplexen Muster meines Berührungsmals, um den Zauber zu erschaffen, der mein Gesicht verschwimmen lässt und mich in die Rote Frau verwandelt. Trotzdem höre ich nicht damit auf.

Es lindert den Gram.

Genauso wie das hohe Kinderlachen unter mir, glockenhell und so voller Leben. Mir ist nicht klar gewesen, wie sehr ich das Fest gebraucht habe, um zu sehen, dass mein Volk sein Leben weiterführen wird. Meine Magie ist dafür missbraucht worden, den Gandhak zum Ausbruch zu bringen. Einhundertneunundzwanzig Menschen sind dabei ums Leben gekommen. Seither kämpft mein Land mit der Trauer, während die Stadt wiederaufgebaut wird. Mich persönlich schmerzt am meisten der verbreitete Verdacht, dass ich, Adraa Belwar, den Menschen das angetan habe.

Wochenlang habe ich mich hinter meiner zweiten Persönlichkeit, der Roten Frau, versteckt. Es kostet mich Überwindung, die Maske nicht sofort wieder aufzusetzen und mich in jemand anderen als die Schurkin zu verwandeln, für die mich die Stadt hält. Und ich gebe mir Mühe. Volle anderthalb Minuten versuche ich, mich damit abzufinden, einfach nur Adraa Belwar zu sein, während mein Land seine Farbenpracht feiert, seine Vielfalt und seine Stärke, nach der Zerstörung weiterzuleben.

Zum Glück bin ich überhaupt noch hier, unabhängig davon, was die Menschen von mir denken. Jede Nacht schleiche ich mich an meinen Bewachern vorbei und halte Ausschau nach Anzeichen darauf, dass die Rote Frau gebraucht wird. Dass *ich* gebraucht werde.

Ein dumpfer Aufprall hallt hinter mir wider. Schritte folgen. Ich wirble herum. Instinktiv klatsche ich mir die Maske ins Gesicht, und meine blutrote Magie qualmt von meinen Handflächen, als ich einen Rammzauber vorbereite, um den Eindringling vom Dach zu stoßen.

»He. Bring mich nicht gleich um. Ich habe Essen für dich dabei«, sagt eine vertraute Stimme.

Die Lichter von der Straße unten erhellen Jatin Naupure, meinen Geliebten. *Meinen Geliebten …* Es fühlt sich seltsam an, so über ihn zu denken. Immerhin war er zuerst mein Verlobter, dann eine eigenartige Mischung aus Rivale, Partner und Schwarm, während wir monatelang voreinander verborgen haben, wer wir waren. Und jetzt ist er … mein Lebensmensch.

Ich gebe die Verteidigungshaltung auf, und meine Magie verpufft. »Na schön. Dann erlaube ich dir halt, dich neben mich zu setzen.«

»Tu nicht so, als hättest du den Platz nicht ohnehin für mich reserviert, Rauch.«

Lächelnd bestätige ich, dass es stimmt. Ich habe sogar mit ein bisschen roter Magie die Schindeln für ihn warm gehalten.

Als Jatin sich setzt, merke ich ihm an, dass es ihm auffällt. Aber er reicht mir nur lächelnd die für mich mitgebrachte Schüssel. Der Duft von gebratenem Seidenfisch auf einem Bett aus Reis und würzigem rotem Curry steigt mir in die Nase. Gierig nehme ich die Schüssel entgegen.

»Wie geht's unserem Lieblingsspinner?«, fragt Jatin und rutscht näher zu mir.

Ich blicke hinunter zu Nachthexer, der einer Hexe gerade Lammfleisch am Spieß kauft. Es wäre geradezu liebenswert gewesen, wie er versucht, sie zu beeindrucken, wenn ich nicht wüsste, wie der Mann in Wirklichkeit ist. Er kämpft als Käfigzauberer im Untergrund, und sobald er den Mund öffnet, dringt etwas Abstoßendes heraus. Wir folgen ihm seit Wochen in der Hoffnung, dass er uns zu irgendetwas führt, womit wir beweisen können, dass eine Verbrechergruppe namens Vencrin mit Maharadscha Moolek zusammenarbeitet, dem Herrscher des Lands nördlich von uns. Oder zumindest, dass sie beim Versuch, unsere Städte durch einen Ausbruch des Gandhak restlos zu zerstören, unter einer Decke gesteckt haben.

»Er hat heute keine Schläge ins Gesicht abbekommen.«

»Die Nacht ist noch jung.« Jatin verstummt kurz. »Und er hat uns bisher nicht bemerkt.«

»Stimmt.«

Unten beugt Nachthexer den Arm und spannt den Bizeps an. Sogar von hier oben kann ich die Tätowierungen erkennen, die sich seinen Oberarm hinaufschlängeln und die schnörkeligen Muster einer Berührung durch die Götter nachahmen.

»Oh ihr Götter«, murmle ich seufzend. »Das ist einfach nur traurig anzusehen.« Ein Windstoß verstärkt wie eine Erinnerung den Duft des gebratenen Seidenfischs, und ich mache mich darüber her. »Das ist mein Leibgericht, habe ich dir das gesagt?«

Jatin nimmt einen Bissen aus der eigenen Schüssel und lächelt. »Ich glaube, es hat in einem deiner Briefe gestanden.«

Ich runzle die Stirn. »Kann mich nicht erinnern, dir das je geschrieben zu haben.« Vielleicht zu einem Zeitpunkt, als ich noch sehr jung war und es sich angefühlt hat, als würde ich von meinen Eltern zu den Briefen an Jatin gezwungen. Damals wollte ich mich nicht mit einer arrangierten Ehe mit dem hochmütigsten Jungen abfinden, den ich bis dahin kennengelernt hatte. In dem Alter habe ich Liebe als absurde Vorstellung und die Ehe als eine grauenhafte Unvermeidlichkeit empfunden.

»Nein, ich meine, das Pergament hatte Flecken davon.«

Ich remple ihn in die Schulter, als er lacht. »Hör auf zu lügen.«

»Ich könnte es dir zeigen. Hab nämlich alle aufgehoben.«

Mit einem Seitenblick betrachte ich seine ausdrucksstarke Kieferpartie und das dichte schwarze Haar. »Du hast alle aufgehoben?«

»Was denn? Du etwa nicht?«

»Nun ja, doch, schon. Aber du kennst doch diesen Pfosten auf dem Übungshof in Belwar, oder? Dort habe ich sie als Motivation angeheftet, dich zu schlagen. Ich kann nicht behaupten, dass sorgsam mit ihnen umgegangen wurde.«

»Auch die Liebesbriefe? Jetzt bin ich gekränkt, Rauch.«

»Nein.« Ich tunke den Reis in Curry und nehme einen großen Happen. »Die habe ich verbrannt.«

»Glaube ich dir nicht«, erwidert Jatin so überzeugt, dass meine Lüge jeden Halt verliert.

Ich öffne den Mund, um ihm scherzhaft mitzuteilen, dass er

nicht der Einzige ist. Aber ich verkneife es mir, weil es sich zu nah der Wirklichkeit anfühlt. Die letzten Wochen haben wir auf den Straßen patrouilliert, auf das von Jatin erschaffene Signal reagiert und Menschen gerettet. Wir haben es sogar zu einem Wettbewerb erhoben. Aber das beschränkt sich auf die Zeit, wenn das Licht der Sterne die Welt erhellt. Am helllichten Tag muss ich eine Ratssitzung nach der anderen mit meinem Vater und den fünf Radschas von Belwar ertragen. Die Radschas wollen mich anklagen und fordern eine Verhandlung mit Wahrheitszauber, um das Ausmaß meiner Untaten aufzudecken.

»Adraa?«, flüstert Jatin, als er wie immer spürt, dass ich anfange, mich in den eigenen Gedanken zu verheddern.

Ich schüttle den Kopf, um ihn frei zu bekommen. »Danke, dass du gestern auf das Signal reagiert hast. Ich konnte nicht weg von der Besprechung.«

Jatin verstummt kurz. »Wollen sie immer noch die Anhörung?«

Ich höre mein Herz laut pochen. »Meine Eltern versuchen nach wie vor, die Radschas davon abzubringen.«

»Sie werden sie überzeugen. Und bald liegt es hinter uns.«

Sein Wort in der Götter Ohren. Das ist alles, was ich will – dass dieser Albtraum hinter uns liegt. Aber sogar auf dem Dach, auf dem wir gerade sitzen, hat sich Asche zwischen den Schindeln eingenistet. In der Luft liegt der Geruch von Ruß statt Meersalz.

Jatin wendet sich wieder dem Essen zu, stopft sich den Reis mit den Fingern in den Mund. »Übrigens habe ich sieben Menschen gerettet.«

Ich lasse ein Stück gebratenen Seidenfisch fallen. »Was?«

14

Er schenkt mir keine Beachtung, aber ein Lächeln umspielt seine Mundwinkel. »Und du weißt, was das bedeutet.«

Kopfschüttelnd passe ich die Zählung an. Nach über zweihundert ist es schwierig, den Überblick zu behalten. »Ich glaube, ich liege trotzdem noch um zwei vorn.«

»Nein, um zwei zurück.« Sein Lächeln wird breiter.

Der Anblick lässt mich dahinschmelzen, obwohl die ehrgeizige Seite in mir verärgert darüber schnaubt. »Sag es nicht.«

Er beugt sich so nah zu mir, dass ich seinen Atem fühlen kann. »Ich gewi…«

Blitzschnell drehe ich den Kopf, um ihn zu küssen und seine Stichelei abzuwürgen. Ich schmecke die Würze des Essens vom Fest. Und wie immer erfüllt mich Jatins Kuss mit Glück und einem Gefühl von Vollständigkeit. Das Essen ist vergessen. Seine Finger berühren sanft mein Kinn. Bis dorthin hat die Göttin Erif mein Berührungsmal ausgeweitet und burgunderrot gefärbt. Es sieht wie Ranken züngelnder Flammen aus.

»Weißt du, ich habe schon durchschaut, dass du mich küsst, damit ich dich nicht aufziehe. Keine gute Art, mich zu erziehen.«

»Gibst du damit zu, dass du erziehbar bist?«, scherze ich, bevor ich ihn erneut küsse.

Er lächelt, dann jedoch erregt etwas auf der anderen Seite der Gasse seine Aufmerksamkeit. Ich folge seinem Blick. Eine Frau zündet in ihrem Dachgeschoss eine Kerze an. Die Flamme neigt sich der Nacht zu und wirkt, als könnte ein stärkerer Luftzug die Vorhänge in Brand setzen.

Ich seufze, als der Schmerz zurückkehrt. »Da zeichnet sich ein Hausbrand ab.«

»Adraa, etwas solltest du über das Signal gestern wissen …«

Jatin wartet einen Herzschlag. »Es hat mich zu einem Hausbrand geführt.«

Ein Kloß bildet sich in meinem Hals. Noch vor zwei Monaten haben Hausbrände der Vergangenheit angehört – dank meiner Erfindung namens Firelight, die nachhaltiges Licht in jeden Haushalt Belwars gebracht hat.

Ich selbst musste das Firelight meines Volks zurückholen, um den Gandhak aufzuhalten, als Maharadscha Moolek den Vulkan mit meiner Magie zum Ausbruch gebracht hat. Trotzdem fühlt sich die Rückkehr der Kerzen wie ein Schlag in die Magengrube an. Ich könnte neues Firelight herstellen. Mühelos. Aber man hat den von mir erfundenen Zauber als bösartig abgestempelt, als Abscheulichkeit. Alle Welt glaubt, ich hätte ihn nicht zum Helfen erschaffen, sondern dafür, mein Volk zu kontrollieren.

Damit könnte ich wohl leben – mit dem schmerzlichen Missverständnis und meinem ruinierten Ruf. Aber mit Hausbränden? Mit Menschen in Gefahr? Es kostet mich meine gesamte Willenskraft, mir nicht die Maske ins Gesicht zu zaubern, meine Züge zu verhüllen und Adraa Belwar verschwinden zu lassen. Denn mein anderes Ich, die Rote Frau, wird von Belwar akzeptiert und sogar bejubelt, seit Jatin und ich getarnt patrouillieren. Belwar liebt mich, wenn ich die Maske trage.

Jatin ergreift meine rechte Hand – die ohne Berührungsmal. Eine Geste, mit der ich mittlerweile nicht nur Trost in Verbindung bringe, sondern auch Akzeptanz. Liebe. »Danke, Jatin. Dafür, dass du für mein Volk da bist.«

Er drückt meine Finger. »Ich bin auch für dich da.« Seine Miene wird ernst. »Ich wollte mit dir über etwas reden …«

»Hauptsache, es geht nicht um die Anhörung, meinen Ruf

oder darum, dass die Leute immer noch glauben, ich hätte dich verhext, damit du mir vertraust.«

»Nichts davon. Obwohl Letzteres durchaus sein könnte, wenn du mich fragst.«

»Jatin«, schimpfe ich milde. »Was denn?«

Er wird wieder ernst und blickt auf unsere ineinander verflochtenen Hände hinab. »Ich, äh ...«, stammelt er.

»Warum bist du so nervös?«

Er reibt sich den Nacken. »Na ja ...«

Ein Licht steigt in den Himmel auf, rot und weiß ineinander verschlungen. Das kann nur eins bedeuten – einen Ruf für Nacht und die Rote Frau. Jatin hat das Leuchtzeichen erfunden, eine Vorrichtung mit unser beider Magie, mit der die Menschen uns ein Zeichen geben können, wenn sie in Schwierigkeiten sind. Das Signal leuchtet ganz in der Nähe. So nah, dass es die Farben des Fests verzerrt, das Vergnügen wegspült und mich überrascht.

Ein Blick zwischen Jatin und mir genügt, schon rappeln wir uns auf und rennen los. Mit einer fließenden Handbewegung ziehe ich meinen Himmelsgleiter, Hybris den Vierten, von meinem Gürtel. »*Vitahtrae*«, zaubere ich, und Ranken roter Magie sickern in das robuste Holz. Als der Griff ausfährt und sich der drachenartige Schwanz entfaltet, springe ich darauf und lasse die gelbe Magie mein Gewicht abfedern. Jemand hat sich die falsche Nacht ausgesucht, um sich mit meiner Stadt anzulegen.

Kapitel 2

Verzögerte Verlobung

Jatin

Es hat auch seine Vorteile, wenn man seit dem neunten Lebensjahr verlobt ist. Vor allem muss man nie nach jemandem zum Heiraten suchen. Ich glaube, in den letzten zehn Jahren ist mir nie klar gewesen, wie glücklich oder verwöhnt ich in dieser Hinsicht in Wirklichkeit war. Aber bei den Göttern, es ist auch schlimm. Vor drei Tagen bin ich auf ein Knie gesunken, nachdem Adraa mich bei unserem wöchentlichen Regenbogenturnier besiegt hatte, und sie dachte, ich wäre gestolpert. Sie scheint meine Unbeholfenheit nicht zu bemerken. Aber sie hat auch keine Ahnung, dass ich seit Wochen versuche, uns offiziell zu rehabilitieren.

Ist wohl nicht allein meine Schuld. Wir haben viel zu tun, die Rote Frau und ich. Jedes Mal, wenn meine Erfindung in die Luft aufsteigt, fliegen wir los. Und sie steigt oft auf. Ich habe den Überblick darüber verloren, wie viele Male sie sich schon gegen mich verschworen hat. Aber mein bester Freund Kalyan führt Buch darüber.

Jedenfalls tun Adraa und ich, was wir am besten können. Und so rutsche ich über Schindeln und löse meinen Himmelsgleiter vom Gürtel, damit wir uns erneut in Gefahr stürzen

18

können. Adraa ist mir zwei Schritte voraus und erweckt Hybris bereits zum Leben. Ich wirke meine eigenen Zauber. Gespenstisch weiße Wolken strömen pulsierend in das Holz. Ein Dach ist nicht der beste Ort zum Abheben, doch das hält Adraa nicht auf. Vor einigen Monaten ist sie sogar aus einem Fenster im ersten Stock gesprungen, um einen Verbrecher zu jagen. Ich folge ihr, schwinge ein Bein über meinen Himmelsgleiter und schieße damit in die kühle Luft.

Das Zeichen kommt aus dem Ostdorf. Es kann alles Mögliche bedeuten. Aber angesichts der Verbindung der Vencrin mit dem Hafen in der Nähe der Bucht von Belwar ist es schon höchst verdächtig. Adraa geht wohl dasselbe durch den Kopf. Ich merke es ihr an, als sie zu mir herübersieht. »Nacht, glaubst du ...«

Eine Falle? Ja. Tatsächlich warte ich bereits auf den Tag, an dem die Vencrin unser Signal gegen uns verwenden. »Ich gebe jetzt den anderen Bescheid.« Damit lege ich die Hände an den Mund. Verschwommene weiße Magie sammelt sich zwischen ihnen, bis drei Lichtstrahlen himmelwärts schießen. Aber als ich beobachte, wie sich mein Signal unter all die anderen magischen Entladungen von der Feier mischt, wird meine Torheit offensichtlich.

»Das werden sie nicht sehen.«

»Dann bleiben nur du und ich. Wie in den guten alten Zeiten.« Ich hebe den Unterarm und warte.

Adraa fliegt näher heran und stupst mit ihrem Unterarm gegen meinen. »Gute alte Zeiten? Du meinst vor drei Wochen?«

Ich meine jeden einzelnen Tag, den ich mit ihr verbringen darf. »Und? Waren sie für dich etwa nicht gut?«

Sie lacht. »Auf den Zauberer, der uns gerufen hat, damit wir den Affen aus seinem Garten holen, hätte ich ohne Weiteres verzichten können.«

Einige Aspekte des Signals hatte ich nicht ganz zu Ende gedacht. »Mit Affen ist nicht zu spaßen, Rot.«

Sie erwidert nichts, und als wir uns dem Ausgangspunkt des Signals nähern, verstehe ich auch, warum. Auf dem Platz im Ostdorf hat sich eine Menschenmenge eingefunden. Die Leute stehen dicht an dicht. Bunte Festtagskleidung erhellt die Abenddämmerung. Und was sie im Chor rufen, fährt mir schmerzhaft in die Ohren und nagt an meinem Innersten.

Nieder mit den Belwars.

***

Lautlos landen wir einen Block entfernt. Weitere Menschen strömen zu dem Platz. Inmitten der Menge befindet sich eine auf Holzpflöcken errichtete Plattform mit einem Banner. Es zeigt das Wappen der Belwars. Sogar in der Düsternis schimmert das Bildnis der orangefarben aufgehenden Sonne – das Siegel von Adraas Familie. Adraa vergeudet keinen Augenblick. Kaum hat sie den Himmelsgleiter an ihrem Gürtel befestigt, setzt sie sich in Bewegung, schlängelt sich wie eine Tänzerin zwischen den Leuten hindurch.

Ich brauche einen Moment, um sie einzuholen. »Rot, warte. Lass uns gehen. Hier braucht uns niemand.«

Ein Blick in ihr Gesicht, und ich weiß, dass es vergebliche Liebesmühe ist. Entschlossenheit brüllt förmlich aus ihren Augen. Seit Wochen versucht sie verzweifelt, auf jede erdenkliche Weise zu helfen. Kein Signal wird ignoriert. Und heute Abend ist es nicht anders. »Irgendjemand vielleicht doch. Ich muss mir sicher sein.«

Ich sehne mich danach, mir die Maske vom Gesicht zu reißen, um unscheinbarer zu werden. Aber das können wir uns beide nicht mehr leisten, vor allem nicht Adraa. Und mittlerweile würde auch ich es nicht mehr wagen. Diese Leute haben bereits ihr Mantra gefunden. Viel ist nicht mehr nötig, um das Pulverfass zu zünden. Mit eingezogenem Kopf drängt sich Adraa ins Getümmel.

Unaufhörlich rufen die Anwesenden: *Nieder mit den Belwars!* Was in mir den Wunsch weckt, auf irgendetwas einzudreschen. Sogar ich fühle mich von dem spürbaren Hass regelrecht erdrückt. Ich kann mir gar nicht vorstellen, wie es Adraa gehen muss. Ich behalte den auf ihrem Rücken schwingenden Zopf im Auge. Sie hingegen schaut sich nicht nach mir um, sondern sucht den Ursprung des Signals und den Grund, wieso wir zu diesem Wahnsinn gerufen worden sind. Aber ich glaube, ihn zu kennen. Und obwohl ich hoffe, mich zu irren, krampft sich mein Magen zusammen.

Nachdem sich Adraa Stück für Stück durch die dicht gedrängten Reihen gekämpft hat, bleibt sie schließlich stehen. »Ich sehe es nicht mehr«, sagt sie und deutet mit dem Kopf an den Himmel, von dem das Signal verschwunden ist. Ihre Hände zittern, und etwas in mir zerbricht.

»Ich beende das jetzt.«

Sie fängt meinen Arm ab. »Nein, irgendjemand hier hat uns gerufen. Irgendjemand hier braucht ...« Abrupt verstummt Adraa, als ihr Blick auf die breite Plattform fällt. Ich drehe mich um und sehe, wie ein Zauberer über die improvisierte Bühne schreitet, bis er ein Podium erreicht. Sein schlanker Körper gebärdet sich, als wäre er ein Geschenk der Götter. Sein Lächeln schwindet mit jedem Schritt, als könnte er keine Minute lang eine durchgehende Miene aufrechterhalten. Andererseits bin ich voreingenommen. Schon jetzt würde ich ihm am liebsten die Zähne einschlagen.

Mit einem schnellen orangefarbenen Zauber sorgt er dafür, dass seine Stimme über die Versammelten dröhnt. »Willkommen zusammen. Willkommen, all ihr wahren Belwarer. Egal, ob ihr hier geboren seid oder nicht, ihr seid heute hergekommen, um Licht auf die wahren Probleme von Belwar zu werfen. Wir sind hier, um die Dinge in Ordnung zu bringen. Und dafür muss sich etwas ändern.« Die Menge applaudiert. Man könnte meinen, er hätte etwas Tiefgründiges von sich gegeben.

»Also sage ich, Schluss mit den Erben. Schluss mit jenen, die Macht missbrauchen, weil sie in sie hineingeboren werden. Wir sollten wählen können. Wir sollten die Stimmen für die Chance erheben, selbst zu entscheiden. Die Götter haben Adraa Belwar aufgegeben, und sie uns. Sie würde nur über Asche und Elend herrschen.« Der Zauberer hebt eine Handvoll Dreck auf und wirft ihn in die Luft. Es ist eine beinahe lächerlich inszenierte Aufführung. Nur lacht niemand. Besorgnis breitet sich in mir aus. Ich beuge mich vor und ergreife Adraas Hand. »Komm jetzt, Rot.«

Sie schüttelt den Kopf.

»Erheben wir uns!«, brüllt der Zauberer. »Lasst uns heute Nacht, da wir unser Überleben, unsere Eigenständigkeit und unsere Macht feiern, mit den Veränderungen beginnen. Setzen wir mit der aufgehenden Sonne ein, wen *wir* wollen, und möge es der Anbruch einer neuen Ära sein.« Damit fasst er nach hinten und reißt das Banner entzwei. Der tosende Jubel ist überwältigend.

»Das ist ziemlich überzeugend«, flüstert Adraa mit tonloser Stimme. »Der Teil mit der ›neuen Ära‹ würde meinem Vater gefallen.«

Ich packe sie an den Schultern und drehe sie schwungvoll zu mir herum. »He. He! Wag es ja nicht, darauf zu hören.«

»Warum nicht? Es gibt ja wirklich einige nicht adelige Zauberer und Hexen, die alle neun Arten der Magie beherrschen. Außerdem kann man auch durch Selbstdisziplin und Selbststudium mächtig werden. Dass ich nur wegen meines Bluts regieren sollte – oder hätte regieren sollen –, ist Blödsinn. Die Menschen *sollten* wählen können.«

»Vielleicht muss sich wirklich etwas ändern. Aber davon rede ich gar nicht. Sie können die Stimmen heute nur erheben, weil du sie gerettet hast. Vergiss das nicht.«

Ihr Blick durchbohrt mich. Ein Teil von mir möchte am liebsten schreien. Warum scheinen alle in diesem Land den Verstand zu verlieren? Adraa Belwar *hat* uns alle gerettet. Wir arbeiten seit Wochen daran, es zu beweisen. Und das muss ich. Nicht nur, weil ich unbelastet mit Adraa zusammen sein will. Nicht mal, weil sie eine verdammt gute Anführerin ist. Aber wenn es uns nicht gelingt, fällt die gesamte Welt Mooleks heimtückischen Intrigen zum Opfer. Dann gibt es keine Wahl mehr.

»Du hast *sie* gerettet. Du hast *mich* gerettet. Bitte sag, dass du das nicht vergessen wirst.«

Der Jubel um uns herum schwillt an, während ich auf Adraas Antwort warte. Man hat uns letztlich entdeckt. »Die Rote Frau! Nacht und die Rote Frau!«, rufen die Leute. Hände strecken sich mir entgegen, berühren mich an den Schultern, stupsen mich. Die Neuigkeit unserer Anwesenheit geht als aufgeregtes Flüstern durch die Menge. Gleich darauf erhebt der Redner die Stimme. »Rote Frau! Du bist unserem Ruf gefolgt. Komm zu mir.«

Also nicht der Hinterhalt, mit dem wir gerechnet haben, aber genauso schlimm. Manchmal hasse ich es, recht zu haben.

»Geht«, drängt ein anderer Zauberer und drückt gegen meinen Arm. Eine aufgebrachte Meute besitzt Macht. Nicht nur, weil sie nötigen Veränderungen Ausdruck verleihen oder sie gar herbeiführen kann, sondern auch, weil Menschen im Schutz der Masse mutig werden. Ohne es zu wollen, werden Adraa und ich zur Plattform geschoben.

Hände strecken sich, um uns nach oben zu zerren. Jetzt gibt es kein Entrinnen mehr.

»Willkommen, verehrte Gäste. Willkommen!« Der Zauberer legt als Zeichen des Respekts zwei Finger an die Halsschlagader. Allerdings ergänzt er die Geste nicht um eine Verneigung, womit er mir Verachtung entlockt. Mein Magen krampft sich fester zusammen. Ich muss den Drang zur Flucht unterdrücken. Da Adraa unbeirrt bleibt, muss ich es auch.

Der Zauberer wendet sich wieder an sein Publikum.

»Wir, das Volk von Belwar, kennen zwar nicht deinen Namen und den deines Gefährten, aber eure Verdienste. Daraus schließen wir, dass ihr echte Belwarer seid, treu, ehrenhaft, wahrhaftig. Doch etwas möchten wir wissen. Seid ihr für die Belwars, *oder*« – er betont das Wort nicht wie die Einleitung zu einer Alternative, sondern wie eine Anordnung – »seid ihr für das *Volk* von Belwar?«

Zustimmende Rufe erheben sich von den Versammelten. »Nieder mit den Belwars!«, skandieren sie. »Nieder mit den Belwars!«

Adraa tritt mit gestrafften Schultern vor. »Ich stehe zu Belwar.«

Der Zauberer lächelt, aber nicht mal das bekommt er richtig hin. An den Rändern bröckelt es. »Und du, Nacht?«

»Ich stehe zu Belwar«, wiederhole ich ihre Worte. Eigentlich sollte ich sagen, dass ich zur Roten Frau stehe, zu Adraa Belwar, die untrennbar mit dem Land verbunden ist. Wenn nur die Menschen, die sich hier versammelt haben, um das Gegenteil zu behaupten, zur Vernunft kämen.

»Sie stehen zu Belwar!«, ruft der Zauberer, ergreift unsere Hände und streckt sie empor. Noch nie zuvor im Leben habe ich mich so vorgeführt gefühlt. Und mein Vater hat eigens zu dem Zweck schon Paraden veranstaltet, also will das etwas heißen. Hier halte ich mich an Adraa.

Sie befreit sich von dem Mann und zuckt zurück. Stolz schwillt in meiner Brust an, während ich sie beobachte, und auch ich löse die Hand aus dem Griff des Zauberers. »Ich stehe zu Belwar, und das bedeutet, ich stehe zu den Belwars«, brüllt sie. »Die Familie, die hergekommen ist, um der Diskriminierung im Norden zu entfliehen, hat diese Stadt aufgebaut. Ich verteidige sie, und sie verteidigt nach wie vor dieses Land. *Prahtrae*«, ruft sie. Ihre blutrote Magie richtet das zerrissene Banner auf und näht es Stück für Stück zusammen.

Stille kehrt ein. Einen Moment denke ich, die Leute haben ihr vielleicht zugehört und kommen zur Vernunft.

Dann jedoch setzen skeptische Blicke ein, gefolgt von Buhrufen.

»Du bist keine Heldin.«

»Adraa Belwar hat versucht, uns alle umzubringen.«

»Sie ist das Monster von Belwar.«

»Mein Haus wurde zerstört. Mooleks Leute haben es repariert.«

»Die Belwars sind Verräter. Allesamt.«

Der Redner runzelt die Stirn. »Wenn du nicht zu uns

stehst, dann solltest du überhaupt nicht stehen. *Nizlaeh*«, brüllt
er.

Ich will einen Schild hochziehen, als orangefarbener Rauch
aufsteigt, aber jemand kommt mir zuvor. Eine violette Wand
entsteht zwischen Adraa und dem Zauberer. Ich schaue auf
und erblicke über uns schwebend Adraas Leibwächterin und
beste Freundin Riya Burman. Ihr Himmelsgleiter zieht einen
violetten Schweif hinter sich her, die von Adraa erfundene
Maske bedeckt ihr Gesicht. Neben ihr fliegt mein Leibwächter
Kalyan, der mit einem weiß wirbelnden Luftschwall landet.

Riya schwingt ein Bein über ihren Gleiter, lässt sich fallen
und landet kniend. Die Plattform erzittert auf ihrem hölzernen
Gestell.

Langsam richtet sich Riya mit vernichtendem Blick auf.
»Rührt sie nicht an.«

Unwillkürlich lächle ich. Mein Signal hat doch funktioniert.
Unsere Verstärkung ist eingetroffen.

***

Auch wenn wir nun Riya und Kalyan an der Seite haben, liegt
vor uns ein Platz voller Menschen. Ihre Rufe und der versuchte
Betäubungszauber des Redners mit dem falschen Lächeln lassen nur einen Schluss zu – sie wollen unsere Köpfe.

Nicht zum ersten Mal sind wir in der Unterzahl. Aber zum
ersten Mal haben wir es mit der an sich friedlichen Bevölkerung zu tun; die Menschen stacheln sich gegenseitig auf und
werden streitlustig. Und Riya trägt nicht gerade zum Entschärfen der Lage bei. Als sich der Redner einen Schritt auf Adraa
zubewegt, greift Riya ihn an. Gleich darauf hallt ein befriedi-

gendes Knirschen in die Menge, als der Zauberer auf die Plattform fällt.

»Fiesling«, speit Riya hervor und haucht rosa Magie über
ihre geschundenen Knöchel. »Das Signal missbraucht man
nicht.«

»Mag sein, aber er scheint einige Anhänger zu haben«, gebe
ich zu bedenken.

Mit wutentbrannten Schreien wogt die versammelte Masse
vorwärts. »*Sphuraw!*«, rufe ich und erschaffe aus violetter Magie
eine Wand aus gekrümmten Schilden.

Adraa und Riya schließen sich mir an. Zusammen erweitern
wir unseren Schutz zu einer Kuppel aus Blutrot, Violett und
Weiß. Aber es reicht nicht. Ein paar übereifrige Anstürmende
sind bereits darüber hinweggesprungen. Und sie wirken alles
andere als freundlich. Einer feuert rosa Dolche auf mein Gesicht ab. Ich weiche aus. Ein anderer befestigt mit grüner Magie Bretter aus Holz an seinen Armen und stürmt vor.

»Tut ihnen nicht weh!«, ruft Adraa von der anderen Seite
der Plattform, während sie einen von irgendjemandem be-
schworenen Wasserstrahl abwehrt.

Ein weiterer rosa Dolch zischt an meiner Nase vorbei. »Sag
das lieber denen!«, brülle ich zurück, friere die Hände des Zauberers mit Eis ein und trete ein Brett hoch, das einen anderen
Mann ins Gesicht trifft. Als er mit dumpfem Knall zu Boden
geht, zucke ich zusammen. Mit Zurückhaltung zu kämpfen ist
schwierig.

Kalyan stellt sich neben mich. Fünf Schilde wirbeln um ihn
herum wie ein Schildkrötenpanzer und fangen einen Dolch
und zwei Speere ab.

»Ich vermute mal, sie hat Nein gesagt«, meint er nüchtern.
In dem Moment empfinde ich ihn als so lästig wie noch nie

zuvor. Und da er mein Doppelgänger und Leibwächter ist, sehe ich den Kerl täglich, seit er elf Jahre alt war.

»Nein, hat sie nicht«, gebe ich barsch zurück und werfe einen Zauberer über unsere Köpfe hinweg zurück in die Menge. »Ich bin noch nicht dazu gekommen, sie zu fragen. Warte …« Mit einem Schild blockiere ich drei gelbe Pfeile. »Du hast gedacht, sie würde ablehnen?«

Kalyan zuckt mit den Schultern. »Fünfzig zu fünfzig.«

»Fünfzig zu fünfzig? Sie und ich sind seit zehn Jahren verlobt, und du gibst mir nicht mehr als fünfzig zu fünfzig?« Ich verlängere meine Barriere, dränge Zauberer und Hexen von der Plattform. »*Bhitti Himadloc!*«, rufe ich. Aus meinen Händen entspringen Eisplatten, steigen auf und hindern weitere Anstürmende daran, sich uns von hinten zu nähern.

Kalyan erschafft eine Peitsche und erwischt damit zwei Männer, die hinter dem Belwar-Banner auf die Plattform zu klettern versuchen. »Zehn Jahre, und immer noch seid ihr nicht richtig verlobt. Jetzt hat sie die Wahl.«

»Natürlich hat sie die Wahl. Aber …« Ein Zauberer nutzt den Moment, um mit einem Windtrichter meine Eisbarriere zu überwinden. Ich lasse Eis über ihn strömen, erwische ihn mitten im Abstieg und fixiere seine gelb flammenden Hände am Boden. »Sie hat sich trotzdem für mich entschieden.«

Auf der anderen Seite der Bühne fegt Adraa die Beine unter einer Hexe weg, bevor sie ins Rutschen gerät. Mit der Hitze ihrer roten Magie schmilzt sie die von mir sorgfältig errichtete Eisbahn. Im Schlittern stößt sie einen Zauberer zurück ins Getümmel. Es folgt ein Blitz aus rotem Nebel, und zwei weitere Zauberer gehen zu Boden.

Kalyan nickt anerkennend. »Und dafür kannst du dich glücklich schätzen.«

Ich kann mir ein Lächeln nicht verkneifen, als sich Adraa aufrichtet, herumwirbelt und prompt wieder ausrutscht. »Muss denn alles aus Eis sein?«, ruft sie.

Ich zucke mit den Schultern. Das ist meine magische Stärke. Was erwartet sie denn? Aber ich lasse die Hände vorschnellen und rufe die uns trennenden Eisbrocken zurück. »Zufrieden?«, frage ich, während mich Kalyans Worte wärmen. Ich werde immer glücklich sein, wenn Adraa Belwar mich auserwählt. Wenn wir jetzt nur einen Augenblick für uns allein hätten, damit ich sie anständig fragen könnte.

Statt zu antworten, reißt Adraa die Augen weit auf und hebt die Hand. Ich drehe mich um, jedoch zu spät. Eine weitere Fanatikerin hat sich hinter uns angeschlichen. Ein blaues Schwert saust auf Kalyan und mich herab. Mir bleibt keine Zeit, einen Schild hochzureißen, bevor uns eine violette Barriere abdeckt. Riya stößt sich über uns davon ab, dreht sich in der Luft und tritt einer Hexe seitlich ins Gesicht. Die Hexe geht zu Boden, und Riya wendet sich uns zu. »Wäre schön, wenn ihr ein bisschen mehr auf die Umgebung achten könntet. Bei den Göttern, wie habt ihr ohne uns so lange überlebt?«

»Offensichtlich mit viel Glück«, meint Kalyan. »Unglaublich viel.«

Adraa eilt zu uns herüber. »Damit sind alle erledigt, die reingeschlüpft sind, bevor wir die Barriere errichtet haben. Lasst uns verschwinden, bevor noch jemand verletzt wird.«

»Dafür könnte es zu spät sein«, entgegnet Kalyan. Zu viert drehen wir uns der Barriere zu und betrachten das Chaos aus gesplittertem Holz. Der Großteil der Menschenmenge hat sich zerstreut, aber innerhalb unseres Blasenschildes liegen einige bewusstlos oder stöhnend auf dem Boden. Allerdings hämmern noch Dutzende Zauberer gegen den Schild. Die Augen vieler leuchten rot, was nur eins bedeuten kann: Sie stehen unter dem Einfluss der Droge Blutlust und allem, was damit einhergeht – mehr Macht, weniger Kontrolle, keine Rücksicht auf Vernunft. Ich habe noch nie so viele auf einem Haufen gesehen.

Drei Zauberer dreschen mit orangefarbener Magie auf die Barriere ein. In der äußeren Hülle zeigen sich bereits erste Risse. Lange wird sie nicht mehr halten.

»Was stimmt nicht mit denen?«, brüllt Riya.

»Sie sind wütend. Ihre Stadt hat gebrannt, und sie wollen einen Sündenbock«, antwortet Adraa mit einem Blick zum Gandhak.

»Heute ist nicht der richtige Tag, um sie zur Vernunft zu bringen.« Ich nicke Riya und Adraa zu. »Ihr zwei zuerst. Kalyan und ich geben euch Rückendeckung.«

Adraa wirft mir einen Blick zu. »Was ist mit dir?«

»Ich bin schon Lawinen entkommen. Also schaffe ich es auch weg von hier.«

»Nach all der Zeit reibst du mir das immer noch unter die Nase?« Adraa schüttelt zwar den Kopf, bereitet aber ihren Himmelsgleiter vor. »Sei vorsichtig.«

Ich lächle. »Bin ich immer.«

Kalyan schnaubt neben mir, während er mehr Eis auf den Fuß des Schilds abfeuert.

Ich breche das Eis oben auf, und Adraa und Riya sausen durch die Öffnung hinaus. Die Frage an Adraa liegt mir immer noch auf der Zunge, ungestellt, unbeantwortet.

Kalyan beobachtet mich aus dem Augenwinkel. »Erinnerst du dich an meine aufmunternden Worte von vorhin?«

»Ja. Du hast gesagt, bei der romantischen Atmosphäre der Feierlichkeiten wäre es schwierig, einen Heiratsantrag zu vermasseln«, antworte ich, entfalte wieder meinen Himmelsgleiter und bereite mich darauf vor, so schnell abzuheben, dass es die bunte Kuppel zurückschleudern wird.

»Vergiss, was ich gesagt habe. Ich hab dabei nicht berücksichtigt, *wie* schlecht du in solchen Dingen bist«, grinst Kalyan, als wir unsere Himmelsgleiter besteigen. »Und nur, um es klarzustellen, ich meine grottenschlecht.«

»Tja, dann gibt es einen Lichtblick. Ich glaube, sie hat nicht mal mitbekommen, dass ich sie fragen wollte.« Damit richten Kalyan und ich einen Zauber gegen das Holz der Bühne und beschichten es mit weißem Rauch, bis uns eine Wolke davon umhüllt. Als wir uns schließlich abstoßen, zerbricht die Bühne. Zwei Löcher klaffen in ihrer Mitte.

Ich weiß vielleicht nicht, wie man einen Antrag macht, aber zumindest weiß ich, wie man einen überzeugenden Abgang hinlegt.

Kapitel 3

Vom Licht gejagt

Adraa

Ich spüre die Explosion eher durch die Vibration in Hybris' Holzgriff, als dass ich sie höre. Ich kenne Jatin, und ich kenne Kalyan. Sie sind in Sicherheit. Ich hoffe nur, all die von Blutlust und der Suche nach Schuldigen aufgestachelten Menschen werden wieder gesund.

Riya manövriert ihren Himmelsgleiter dicht neben mich. Der Wind rauscht, als eine neue Strömung das Drachenleitwerk des Gleiters erfasst. »Also ...«, sagt sie gedehnt. »Ich weiß, der Abend heute ist nicht gerade gut gelaufen. Aber hat irgendetwas anderes das aufgewogen?«

Ich habe nicht erwartet, dass der Flug zurück zum Belwar-Palast schweigend verlaufen würde. Aber ich habe auch nicht mit dem flapsigen Ton gerechnet, den sie sich dafür vorbehält, mich aufzuziehen. »Was?«

»Gibt es irgendetwas Neues, das du mir sagen willst? Etwas zugleich Lebensveränderndes, aber auch total Erwartetes?«

»Wovon redest du? Riya, du hast genauso gut gehört, was diese Leute gesagt haben, wie ich.«

Sie seufzt. »Vergiss es.«

Mir ist klar, dass mir irgendetwas entgeht, irgendein Hinweis, den sie fallen gelassen hat. Aber was soll neu sein? Riya ist drei Jahre älter als ich. Und obwohl der Unterschied mit jedem weiteren Jahr an Bedeutung verliert, strahlt sie manchmal immer noch etwas Allwissendes aus.

»Wo war Prisha heute Nacht?«, frage ich. »Wir haben auch nach ihr gerufen.«

Riya verlagert das Gewicht auf ihrem Himmelsgleiter. »Hiren fragt mich ständig, ob mir irgendeine Veränderung aufgefallen ist. Aber ich weiß nur, dass sie sich seltsam verhält.«

»Inwiefern seltsam?« Ich beuge mich vor. Mir wiederum ist aufgefallen, dass meine jüngere Schwester mir aus dem Weg geht. Zwar taucht sie normalerweise auf und ergänzt unsere Gruppe, wenn ein Signal aufsteigt, aber wenn ich mein wahres Gesicht trage, behandelt sie mich wie der Rest von Wickery wie eine Ausgestoßene.

»Launisch.«

»Dir ist schon klar, dass wir über Prisha reden, oder? Sie ist fünfzehn Jahre alt und ein Mädchen. Launisch sollte ihr zweiter Vorname sein.«

»Nein, es liegt an etwas anderem. Sie schwänzt immer wieder ihre Schichten in der Klinik.«

Ich schwenke Hybris so, dass ich Riya ins Gesicht sehen kann. »Alle?«

»Alle.«

Vor meiner nächsten Frage muss ich einige Male tief durchatmen. Ich muss wissen, wie weit sich der Hass auf den Namen Belwar ausgebreitet hat. Diese Leute haben nämlich nicht nur im Chor mein Ende verlangt, sondern das meiner gesamten Familie. »Liegt es daran, dass unser Volk nicht mehr von einer Belwar geheilt werden will?«

Riyas Züge werden milder, was angesichts ihrer dichten

Brauen und kräftigen Wangenknochen gar nicht so einfach ist. An ihrer Reaktion erkenne ich, wie verletzlich ich gerade aussehen muss und wie verheerend die Antwort auf meine Frage ist. »Adraa …«

Ein orangefarbenes Licht gleißt zwischen uns hindurch. Wir schwenken beide zur Seite. Hybris knarrt protestierend in meinem Griff. Der Wind, so friedlich und praktisch nicht vorhanden, erwacht wirbelnd zum Leben, während ich mich drehe. Eine Sekunde später richte ich mich auf, bemerke Riyas verwirrten, suchenden Blick und halte selbst Ausschau nach dem nächsten Aufflammen von Licht. Die Farben sind vom Himmel verschwunden. Die Straßen mögen noch in bunte Pracht getaucht sein, aber die Dunkelheit hat alles in unserem Blickfeld verschluckt. Nur schwache, nutzlose Kerzen brennen tief unter uns.

»Links von dir!«, schreit Riya.

Ich drehe mich um und ducke mich. Wieder schießt ein Strahl orangefarbener Magie an meinem Kopf vorbei. Ich verrenke mich und beobachte, wie der Zauber wendet und geradewegs zu mir zurückkrast. Wir werden nicht blind beschossen, wir werden ins Visier genommen.

»Es ist nur hinter dir her. Tauch ab!«, brüllt Riya. Ich gehe in den Sturzflug. Das orangefarbene Gleißen folgt mir sogar, wenn ich im Zickzack fliege. Meine schnellen Manöver helfen nicht. Ich ziehe den Himmelsgleiter abrupt hoch, aber der Zauber folgt mir weiter. *Oh ihr Götter!* Ich kann Dinge nicht leiden, die genauso stur sind wie ich.

Wieder tauche ich ab, bis hinunter auf die Höhe der Dächer und in die Flugverbotszone. Es gibt nur eine Möglichkeit, dieses Ding abzuschütteln, und die bietet der offene Himmel nicht. Ich fege durch die Gassen meiner Stadt. Die über den

Türen aufgehängten Laken, die Bewohner vor schwarzer Tarnmagie warnen sollen, flattern wild. Torbögen werden zu Hindernissen. Mein Himmelsgleiter verfängt sich an einer Wäscheleine mit Teppichen, als ich ihr mit Hybris' Schwanz zu nahe komme.

Nach der achten Kurve fehlt von dem orangefarbenen Licht jede Spur. Schlingernd bremse ich ab und zaubere eine orangefarbene magische Verstärkung auf meine Augen, um in der trüben Dunkelheit mehr erkennen zu können.

Alles ist ruhig.

Zumindest, bis der Wind pfeift, ich nach links schaue und Riya auf mich zurasen sehe. Ich erstarre zu lang, bevor ich mit einem Ruck nach rechts ausweiche, doch da ist es bereits zu spät. Riya versetzt mir einen Stoß. Alles spielt sich so schnell ab, und ich bin nur ein Bündel wackeliger Glieder. »Simaraw«, rufe ich, um hastig einen Schild zu errichten. Das orangefarbene Licht ist nicht verschwunden, es rast auf uns herab.

Dann hält es an. Unvermittelt rührt es sich nicht mehr. Riya und ich beobachten durch unsere schimmernden Barrieren, wie sich das orangefarbene Licht in Worte auflöst – *Komm sofort nach Hause.* Danach gibt eine Stimme dieselbe Botschaft wieder. Die Stimme meines Vaters.

Riya und ich sehen uns an und seufzen erleichtert, schlucken die letzten Reste unserer Panik hinunter. In letzter Zeit bin ich in zu viele Hinterhalte geraten. Oder einmal zu oft um ein Haar umgekommen.

»Ich wusste gar nicht, dass er das kann«, murmelt Riya, als die Nachricht verblasst und schließlich erlischt. »Eine Nachricht losschicken, die jemanden auf diese Weise sucht.«

Ich bin nicht wütend, nicht mal frustriert. Seit der Sache mit dem Gandhak versucht mein Vater, einen Zauber zu entwickeln, mit dem er sich an den gesamten Landkreis auf einmal wenden kann, ein Benachrichtigungssystem für Notfälle. Wie wir alle will er nicht, dass Belwar noch einmal überrumpelt wird. Dieser Zauber muss sein neuester Fortschritt sein. »Wie andere auch lernt er neue Zauber«, sage ich.

Riya zieht eine Augenbraue hoch, als wir den Weg zum Palast antreten. »Wäre nett gewesen, wenn er mich und die anderen Wächter bei einer der täglichen Sicherheitsbesprechungen darauf aufmerksam gemacht hätte. Du weißt schon, die Besprechungen, bei denen wir darüber reden, wie wir verhindern können, dass Mitglieder der königlichen Familie vom Himmel stürzen und sterben.«

»Das wäre so oder so nicht deine Schuld.« Ich sehe ihr in die Augen. »Mein Tod oder mein Verderben könnten nie deine Schuld sein.«

Riya starrt mich an, bevor sie den Blick auf unsere Umgebung richtet – die dunklen Gassen, die Asche in den Winkeln, die vom Fest über die Straßen verschmierten Farben. »Es ist meine Aufgabe, auf dich aufzupassen. Also wäre es sehr wohl mein Fehler. Schuld ist leicht zuzuweisen, aber schwer loszuwerden.«

In dem Moment weiß ich nicht, ob sie über mich, sich selbst oder die Leute auf der Kundgebung spricht, die einen Sündenbock für den Ausbruch des Gandhak wollten. Vielleicht meint sie auch alle zusammen. Vielleicht sind wir auch alle Übeltäter, wenn es um die Schuldfrage geht, weil wir die Sache gären lassen.

***

Das neue Nachrichtenverfahren meines Vaters hat mich erschreckt. Noch mehr jedoch ängstigt mich, dass er mich sofort zu sehen wünscht.

Seit dem Ausbruch habe ich nicht viel Zeit mit ihm verbracht. Ich dachte, nachdem meine Mutter herausgefunden hatte, dass ich die Rote Frau bin, würde auch mein Vater davon erfahren. Aber wie ich festgestellt habe, kann Mama ein Geheimnis bewahren. Manchmal nur zu gut – und zu viele, um sie zu zählen. Ich hatte mehrmals die Gelegenheit, es ihm zu sagen. Aber ich habe jedes Mal den Mund gehalten. Allerdings ist er damit beschäftigt, gegen das Gerichtsverfahren zu kämpfen, das über mein Schicksal und meine sogenannten Verbrechen entscheiden würde. Irgendetwas sagt mir, dass ich heute Abend beichten sollte, weil es zu spät sein könnte, wenn ich nicht bald mit allem herausrücke.

Nachdem ich im Arbeitszimmer und Besprechungsraum nachgesehen habe, finde ich ihn vor dem Thron, wo er rastlos auf und ab läuft. Einige der letzten Firelight-Kugeln erhellen das Belwar-Wappen, das die hintere Wand ziert. Die Strahlen der orangefarbenen Sonne darauf weisen wie Speere zur Decke. Früher habe ich darin Hoffnung gesehen. Jetzt fühlt es sich eher wie ein schmerzhafter, unerreichbarer Traum an, das Symbol eines bröckelnden Erbes, das mit mir zu zerfallen begonnen hat. Heute Nacht habe ich unser Wappen wieder zusammengenäht. Aber wird es mir auch im größeren Maßstab gelingen, wieder zusammenzufügen, was zerbrochen ist?

Ich beobachte meinen Vater. Soweit ich mich erinnere, habe ich ihn noch nie rastlos auf und ab laufen gesehen. Das macht eher meine Mutter. Auch ich neige dazu. Vater ist sonst so ruhig wie ein Fels in der Brandung.

»Papa, ich muss dir was sagen …«

Als er sich umdreht, trübt Besorgnis seine grünen Augen. »Adraa, endlich.« Er eilt herbei und zieht mich in eine Umarmung. Seit ich ein kleines Mädchen war, kenne ich meinen Vater zwar als liebevoll, aber er hat nie dazu geneigt, dem körperlich Ausdruck zu verleihen. Er zeigt mir durch Humor, Bestärkung und seine Bereitschaft, mir die politischen Abläufe in unserem Land beizubringen, wie viel ihm an mir liegt. Das habe ich vor langer Zeit gelernt. Die Anzahl unserer Umarmungen kann ich an einer Hand abzählen. Die einzige in jüngerer Vergangenheit habe ich erhalten, als ich aufgewacht bin, nachdem ich mein Firelight vom Gandhak zurückgeholt hatte – und dabei um ein Haar gestorben wäre. Dass ich gerade in seinen Armen liege, jagt mir mehr Angst ein als seine Botschaft. Und mehr als alles andere, was heute Nacht passiert ist.

»Es tut mir leid. So leid«, flüstert er unablässig. »Ich habe dich im Stich gelassen.«

Mein Herz setzt einen Schlag aus. »Leid? Was tut dir leid?« Aber etwas tief in mir murmelt, dass ich es bereits weiß. »Und du lässt mich nie im Stich.«

»Diesmal schon. Ich habe versagt. Die Radschas haben mich überstimmt. Und jetzt wird morgen ...«

Ich erzittere. »Was passiert morgen?« Ich muss es ihn sagen hören.

Mein Vater zieht sich zurück und sieht mich an. »Morgen wirst du für den Mord an einhundertneunundzwanzig Menschen vor Gericht gestellt.«

***

Langsam bahne ich mir den Weg zu meinem Zimmer. Unterwegs komme ich an Wandteppichen mit Darstellungen der

Geschichte meines Lands vorbei, an orange-rosa Brokat, auf dem die Namen meiner Eltern leuchten, und am Wappen der aufgehenden Sonnen, das nie auf meine Kleidung genäht werden wird. Ein Gedanke hat sich in meinem Kopf wie mit Widerhaken festgesetzt.

Es ist wahr geworden. Ich gehöre nicht wirklich zum Gefüge dieses Palasts. Meine Geschichte wird nie in sein Geflecht eingewoben werden. Ich habe versagt. Es geht nicht mehr nur um meinen Ruf und Gerüchte. Das gesamte Land Belwar glaubt es.

Alle glauben, dass ich sie vernichten will.

Als ich mein Zimmer erreiche, weiß ich nicht, was ich mit mir anfangen soll. Nachdem Papa meine Tränen mit den Worten gelindert hat, ich sollte es als Neubeginn betrachten, hat er mir geraten, mich für den bevorstehenden Tag auszuruhen. *Ausruhen.* Was für ein unmöglicher Vorschlag. Vor allem, da die Zahl einhundertneunundzwanzig durch meinen Schädel kreist und mich mit Stille schlägt. Mit stillen Tränen. Mit stillem Zittern. Mit stillem Hass.

Ein dumpfer Laut an meinem Fenster erschreckt mich so sehr, dass ich meine Magie einsatzbereit auf der Haut spüre. Als ich den Mut zusammengekratzt habe, die Vorhänge aufzuziehen, entdecke ich auf der anderen Seite der Scheibe Jatin. Mit einem Klicken, einem Zischen und dem leisen Bimmeln von Warnglocken öffnet sich das Fenster.

Ein Blick. Nur ein Blick, und ich bin überzeugt davon, dass er mitten in mich hineinsieht. Und er ist nicht hier, um über die Kundgebung zu sprechen, deren Ausschreitungen wir gerade entkommen sind. Irgendwie weiß er, was mir morgen bevorsteht, ohne dass ich etwas sage. Ich merke es ihm an der Falte zwischen den Brauen ebenso an wie an der mitfühlenden

Traurigkeit in seinen Augen. Oh ihr Götter, er besitzt so freundliche und wissende Augen.

Keiner von uns will zuerst das Wort ergreifen. Also mustern wir uns schweigend, bevor ich mich überwinde.

»Woher weißt du es?«, gelingt es mir schließlich zu flüstern.

Jatin blickt auf seine Hand, die einen zerfledderten, zerknitterten Brief umklammert. Langsam hebt er den Arm, und das Pergament entfaltet sich. »Ich bin als erster Zeuge geladen.«

Meine Züge fallen in sich zusammen. Ich sacke gegen ihn, und er schließt mich in die Arme. »Keine Sorge. Von mir werden sie höchstens erfahren, wie sehr ich dich liebe. Könnte zwar für die Zuschauer peinlich werden, aber das ist mir egal.«

Mir rutscht ein schnaubendes Lachen heraus, an dem ich mich verschlucke.

»Rede mit mir«, fordert Jatin mich auf.

Früher hätte ich alles in mir verschlossen, hätte kein Quäntchen Selbstzweifel oder Verletzlichkeit nach außen dringen lassen. Aber bei Jatin muss ich nicht fürchten, verurteilt zu werden. Er hält mich für stark und lässt es mich spüren. Also bin ich schonungslos ehrlich.

»Ich habe Angst. Vor meiner Zeremonie habe ich meine Bedenken geäußert, und alle haben mich beruhigt. Dann ist die Welt explodiert. Was wird dieses Mal passieren? Was, wenn ich nicht beweisen kann, dass es Moolek war? Was, wenn man mir nicht glaubt und wirklich denkt … Wenn man …«

»Es ist ein Wahrheitszauber im Spiel, Adraa.« Behutsam zieht er meine Hände vom Körper weg und hält sie fest. »Sie müssen dir glauben.«

Ich hole tief Luft. »Und wenn ich ihnen *zu* viel Wahrheit sage? Wenn mir herausrutscht, dass ich all mein Wissen als

Käfigzauberin und als Rote Frau erlangt habe? Alle meine Beweise habe ich mit einer Maske beschafft. Wir kundschaften jede Nacht, und jede Nacht stoßen wir auf mehr Anzeichen, dass etwas vertuscht wird. Die versuchen, uns loszuwerden. Oder zumindest mich.«

»Das lassen wir nicht zu.«

Ich ziehe mich zurück und sehe ihn an. »Oh, das klingt ja ziemlich einfach.«

Er lächelt. »Ich weiß. Wir sind auch ziemlich beeindruckend. Ich finde, indem ich mir solche Lösungen einfallen lasse, habe ich bewiesen, warum ich als Jahrgangsbester abgeschlossen habe.«

»Hat dich bestimmt den ganzen Flug hierher gekostet, oder?«

»So ungefähr.« Dann wird er ernst und drückt meine Schultern. »Aber Spaß beiseite. Die wissen nicht, mit wem sie es zu tun haben. Wir …«

Das unverwechselbare Geräusch von berstendem Glas dringt in mein Zimmer.

Wir zucken beide erschrocken zusammen. »Was um alles in Wickery war das?«, platze ich heraus und male mir bereits das Schlimmste aus. Leute von der Kundgebung oder Vencrin, die uns gefolgt sind. Der Palast wird angegriffen. Man hat aufgedeckt, wer ich bin.

Aus dem Augenwinkel nehme ich das Aufflackern von weißem Nebel wahr. »Du gehst voraus«, flüstert Jatin.

Ich beschwöre meine Magie. Roter Rauch umhüllt mich bis zum Hals, bevor wir aus meinem Zimmer schleichen. Auf dem Weg durch die Gänge wird mir schon bald klar, woher das Geräusch gekommen ist. Prompt lasse ich jede Tarnung fahren und renne zum Krankentrakt.

Vermutlich habe ich mit einem aufmüpfigen Patienten gerechnet. Oder mit meinem Dienstmädchen Zara, die auch als Heilerin in der Klinik arbeitet, wie sie aufgelöst die Scherben eines zerbrochenen Glasbehälters aufsammelt. Aber Jatin und mich erwartet etwas völlig anderes. Wir treffen auf Hiren, einen unserer Elitegardisten – nebenbei auch der Leibwächter meiner Schwester – und Sohn eines der fünf hohen Radschas. Er duckt sich gerade, als eine Schlammkugel auf ihn zufliegt.

»Hiren, was ist hier los?«, brülle ich.

Er wirbelt herum. Sein zu großer Mantel fegt dabei über den Boden. Vor zwei Jahren ist er Prishas Garde beigetreten, ein Geschenk seines Vaters. Seither ist er bestrebt, in Belwar Rang um Rang aufzusteigen. Im Augenblick könnte er seinen Posten bereuen. »Ich habe versucht, sie aufzuhalten, aber nichts kann sie beruhigen.«

Zwar höre ich seine Worte, kann ihnen jedoch keinen Sinn entnehmen, bis ich um die Ecke biege. Vor mir liegt die Klinik, das zweite Zuhause meiner Mutter. Als Zehnjährige habe ich diesen Ort »den Geruchsbetrieb« getauft. Rosmarin stapelt sich auf Eimern mit Ingwer und Tulsi. Chilis, Paprika und Kreuzkümmel reihen sich ordentlich in Holzregalen nebeneinander. Organe und Blut von Ziegen, Schweinen und Eidechsen sind nach Datum und Konsistenz geordnet. Zumindest sieht es normalerweise so in der Klinik aus. Im Augenblick hockt meine Schwester völlig verdreckt und besudelt mittendrin. Einen Moment lang stehe ich nur verdattert da, bis Prisha kreischt und violette Magie durch die Luft peitscht und eine Flasche Molchaugen zertrümmert.

»Prisha!«

Sie wirbelt herum – das Gesicht nass von Tränen, die Miene untröstlich.

»Prisha, das sind gute Kräuter und Heilmittel, die Menschen helfen. Weißt du eigentlich, wie viele noch verletzt sind und …«

»Tja, und wessen Schuld ist das?«, fällt sie mir scharf ins Wort.

Ich stolpere zurück. Die nächsten Worte hauche ich so leise, dass ich sie selbst kaum hören kann. »Was hast du gesagt?« Zu mehr lasse ich mich nicht verleiten, denn ich weiß, die nächsten Worte würden harsch und unbesonnen sein – zu sehr wie die alte Adraa Belwar, die Dinge überstürzte. Und wohin hat mich das gebracht? Wohin hat *uns* das gebracht?

Prisha sackt in sich zusammen und schluchzt auf. »Adraa, ich weiß nicht, was in meinem Kopf vorgeht.«

Ich gehe neben ihr in die Hocke. Haben die Leute das gemeint, als sie gesagt haben, dass die Belwars wegmüssen? Nicht nur wegen Mooleks ausgeklügeltem Plan, uns alle auszulöschen, wie ich glaubte, sondern wegen innerer Gründe? Wegen Unsicherheit und Versagen?

»Ich … habe Rosa als Stärke«, bringt sie zwischen dem Schluchzen hervor.

Ich halte inne. Darüber ist sie so aufgebracht? *Stärken?*

»Prisha, du bist noch nicht mal sechzehn.«

Ruckartig richtet sie sich auf, starrt mich finster an und sieht sich dann um, bis sich ihr Blick auf einen in der Ecke köchelnden Kessel heftet.

»*Hilloretaw*«, befiehlt sie. Eine rosa Rauchranke kräuselt sich von ihren Fingerspitzen, taucht in den Kessel und holt das Wasser heraus. Eine flüssige Spirale schwebt in der Luft, bevor Prisha den Zauber abbricht. »Alles, was ich versuche, hat diese Farbe.«

Also ist es wahr. Keine Überreaktion ihrerseits. Die Stärke

43

meiner Schwester ist Rosa. Die Göttin Laeh hat sie als Vertreterin derer auserkoren, die Verletzte und Kranke heilen können. Das sind unerwartete, aber erfreuliche Neuigkeiten für mich. Prishas Züge hingegen sind schmerzverzerrt. Als sich bei mir vor zwei Jahren meine Stärke herauskristallisiert hat, war das ein Grund zum Feiern. In den frühen Jahren dachte meine Familie, ich könnte eine Unberührte sein und ohne Kräfte enden, weil mein rechter Arm unnatürlich kahl ist – dunkelbraun wie der Rest von mir, nicht mit magischen, schnörkeligen Mustern von den Göttern berührt. Mein Magen krampft sich zusammen. Das ist erst zwei Jahre her. Der Anblick meiner Schwester vor mir … ist *kein* Grund zum Feiern.

»Prisha …«

»Sag nicht, es wäre anders. Lüg nicht.«

»Schon gut. Es stimmt. Aber rosa Magie verheißt Wunder und Leben …« Abrupt verstumme ich und schlucke runter, was mir auf der Zunge liegt. Nicht wie das Feuer einer roten Stärke. »Keine Zerstörung. Nicht so was.« Ich deute auf die Umgebung der Klinik. So verwüstet habe ich sie nicht mehr erlebt, seit die vom Gandhak verursachten Erdbeben die Tränke wie Blut verspritzt haben. Es hat Wochen gedauert, alles wieder in Ordnung zu bringen.

»Seit ich dich zurückgeholt habe, ist es schlimmer geworden. Daran muss es liegen.«

Also gibt sie mir die Schuld. Ich merke es ihr am Gesichtsausdruck an, auch an dem distanzierten Ton, mit dem sie die Worte hervorbringt. »Soll das heißen, dir wäre lieber, du hättest mich nicht gerettet?«

Ihre Tränen tropfen auf den Boden, das Haar hängt ihr wie ein Vorhang ins Gesicht. »Ich habe jeden Tag gebetet, Adraa. Jeden Tag. Ich will das nicht als mein Schicksal haben.«

»Das ist es auch nicht. Allmählich bin ich es leid zu versuchen, dich davon zu überzeugen. So gern die Menschen auch in Schubladen denken, man ist mehr als die Farbe seiner Magie. Rosa Kräfte sind nicht lammfromm, fürsorglich oder weiblich, nur weil sie heilen können. Du wirst viel mehr sein als eine Trankmeisterin oder bessere Heilerin. *Du* wirst eine Rani sein.« Mir widerstrebt, wie verbittert ich mich beim letzten Satz anhöre. Sie wird eine Rani werden, vielleicht sogar die Maharani von Belwar, und ich … werde nie einen solchen Titel besitzen. Und wichtiger noch, niemand will es.

Aber Prisha scheint mich nicht gehört zu haben. Sie jammert weiter. »Als du gestorben bist, habe ich zu Laeh gebetet. Ich habe mich an sie gewandt, nach all den Jahren, die ich sie gemieden, sie praktisch entehrt habe. Und ich glaube, das ist ihre Rache an mir.«

Vielleicht. Wie ich mittlerweile weiß, sind auch die Götter und Göttinnen nicht unfehlbar. Wie wir besitzen auch sie Persönlichkeiten und ein Temperament. Ihnen unterlaufen Fehler. Sie können ganze Leben vermasseln und uns sogar umbringen. Ich dachte, ich hätte ein Schicksal. Aber nein, das haben sie mir genommen. Ja, die Göttin Erif hat mir auf dem Gandhak geholfen. Zugleich jedoch hat sie zugelassen, dass Maharadscha Moolek mich ruiniert. So sehr, dass meine eigene Schwester zweifelt.

»Wenn es dein Schicksal ist, musst du aufhören, so selbstsüchtig zu sein. Vielleicht dachten die Götter, du solltest dich zur Abwechslung mal um andere kümmern.«

»Ach, ich bin hier die Selbstsüchtige? Ich habe dich seit Tagen nicht mehr in der Klinik gesehen.« Sie sieht mir unverwandt in die Augen. »Weißt du, man gibt dir nicht ohne Grund die Schuld.«

Ich zucke zurück und stehe auf, um Abstand zwischen mich und ihre Andeutung zu bringen. »Also glaubst du die Gerüchte? Du glaubst, ich hätte mein Firelight in den Gandhak gebracht, um unser Volk zu vernichten?«

Prisha weint zwar weiter, aber ich höre keinen Widerspruch. Nur Schuldgefühle, Angst und …

Also nicht mal nur Zweifel. Sondern Überzeugung. Es passiert wirklich. Sogar mit Prisha.

»Morgen stehe ich vor Gericht. Dann werden wir wohl erfahren, ob die Schuld bei mir liegt.«

Abrupt schaut Prisha auf. Ihr Blick wird schärfer. Sie hat es eindeutig noch nicht gewusst. »Adraa, ich …«

Ich halte es keinen Moment länger in ihrer Nähe aus. Jäh wende ich mich von ihr ab. Jatin sieht mir fragend ins Gesicht, und ich schüttle den Kopf. Keine Ahnung, ob es mir je wieder gut gehen wird.

Ich gehe an Hiren vorbei. »Bitte hol Zara. Ich will nicht, dass meine Mutter dieses Chaos sieht«, flüstere ich.

Man merkt ihm an, dass er etwas erwidern will. Ich spüre den Blick seiner dunklen Augen, höre, wie er scharf einatmet. Als ich schon denke, dass er die Worte runterwürgen wird, fahren sie mir in den Rücken.

»Sie betet dich an. Mehr als alle Gottheiten. Dich.« Eine Schwere schwingt in seiner Stimme mit. Ich kann mich nicht überwinden, zurück zu dieser Stätte der Qualen zu schauen. Dafür hat mich meine Schwester zu sehr verletzt.

»Es ist hart für sie, ihre Heldin fallen zu sehen«, flüstert Hiren.

Ich atme tief durch und versuche verzweifelt, die Fassung zu bewahren. »Wer sagt denn, dass ich eine Heldin bin?«

Kapitel 4

Verhandlungstrauma

Jatin

Das Verfahren beginnt drei Stunden nach Tagesanbruch. Als ich eintreffe, linst die Sonne gerade über die Berge und erfüllt den halben Gerichtssaal mit Licht. Obwohl es nicht still ist, höre ich jeden meiner Schritte, als ich mich dem mir zugewiesenen Stuhl nähere.

Ich habe noch nie an einem Wahrheitsverfahren dieser Größenordnung teilgenommen. Andererseits hat man auch noch nie eine Thronfolgerin so offen angeklagt und unverhohlen vorgeführt. Wenn sich Adelige ein Fehlverhalten leisten, wird es entweder unter den Teppich gekehrt, oder man landet damit im Rampenlicht. Aber das ist mehr als Rampenlicht. Die Hälfte der Zuschauenden ist zwar in Schatten getaucht, Adraa hingegen wird in der prallen Sonne stehen, und wir alle fühlen es.

Zum ersten Mal werden bei einem Wahrheitsverfahren Zeugen wie ich aufgerufen. Und wenn das noch nicht genug sagt, dann dieser Raum, in dem sich die mächtigsten Zauberer und Hexen der Nation versammelt haben. Die fünf unteren Radschas von Belwar ragen auf Thronen sitzend über uns auf. In Naupure gibt es neun über unser gebirgiges Land verteilte

Radschas, die in den großen Städten leben. In Belwar sind es fünf, einer für jedes Dorf und die äußere nördliche Region. Nach dem Ausbruch habe ich sie alle vor Wochen kennengelernt und danach eingeteilt, wem sie zugeneigt sind. Hirens Vater, Radscha Dara, ist mir der Liebste, weil er sich als Einziger unverblümt gegen die »Säuberung« der Stadt durch Mooleks Männer ausgesprochen hat. Er hat gegen dieses Gerichtsverfahren gestimmt. Genau wie Radscha Lal aus dem Süddorf. Radscha Gupta aus dem Norddorf, Radscha Reddy aus dem Westdorf und Radscha Amin aus dem Ostdorf haben dafür gesorgt, dass wir heute hier sind.

In der Mitte der Radschas, wo Maharadscha Belwar sitzen *sollte*, beherrscht ein bärtiger, fülliger Mann mit einem langen Gesicht den Saal. Sein Blick wandert über die Menschen, die sich durch die Tür hereindrängen. Die Luft verdichtet sich, meine Lunge zieht sich zusammen. Wenig hilfreich dabei ist, dass immer mehr Leute eintreffen, die Reihen hinter mir füllen und mir ihr Geflüster in den Rücken sickert. Das Publikum beschränkt sich auf Amtsträger, ein Dutzend auf Befehle wartende Kuppelwächter und die Menschen, die einen ihrer Liebsten verloren und einen Platz für Vergeltung gefordert haben. Als ob sie das hier bekommen würden.

Der Saal vermittelt glaubwürdig, ein Ort der Gerechtigkeit zu sein. Er ist wie eine Blase geformt, als könnten sich Lügen nur in Ecken und Winkeln verbergen. Neun ringförmig angeordnete Säulen verteilen sich über den Raum, jede mit einem Banner in der Farbe einer Gottheit. Die Wirkung ähnelt unheimlich der eines Tempels. In meiner Nähe ragt die Htrae gewidmete Säule auf. Sie ist die Göttin der Erde, die Moolek mit seiner Stärke gesegnet hat. Keine Ahnung, ob es bloß Zufall ist, jedenfalls kribbelt meine Haut beim Gedanken, Moolek neben mir zu haben.

Seine Männer sind immer noch in unseren beiden Ländern stationiert, Moolek selbst jedoch befehligt seine »helfenden« Truppen seit dem Ausbruch aus der Ferne. Wenn er heute hier erschiene, würde auf die eine oder andere Weise Blut fließen.

Ich hoffe auf eine Wende. Adraa und ich werden unsere Wahrheit verkünden, und unsere Worte werden Moolek zur Strecke bringen. Das hoffe ich mittlerweile seit Wochen. Nur schwindet meine Zuversicht seither ständig.

Mein Vater nimmt mit ausdrucksloser Miene neben mir Platz. Allerdings zittern seine Hände in seinem Schoß. Ich suche seinen Blick, will versuchen herauszufinden, was ihm durch den Kopf geht. Gestern Abend, bevor ich zu Adraa geflogen bin, hat er mir entmutigt, traurig und niedergeschlagen meine Ladung vor Gericht übergeben. Mittlerweile verbirgt er seine Gefühle hinter einer stoischen Maske.

»Wir werden nicht zulassen, dass ihr etwas geschieht«, versichere ich. Mir ist nicht recht klar, wann ich hier der Erwachsene geworden bin. Ich habe den Thron und die damit verbundene Verantwortung nie gewollt. Aber seit der Sache mit dem Gandhak – oder vielleicht auch schon seit meiner Begegnung mit Adraa – nehme ich meinem Vater die Last der Herrschaft nach und nach ab. Heute scheint er es zum ersten Mal wirklich gebrauchen zu können.

Er nickt, jedoch mit aschfahlem Gesicht. »Hier stimmt etwas nicht.«

»Kannst du laut sagen.«

»Nein, ich meine, es liegt etwas in der Luft. Etwas …«

»Erhebt euch!«, dröhnt eine verstärkte Stimme durch den Gerichtssaal.

Die Türen schwingen auf, und Adraa tritt ein. Sie trägt einen rosa-orangefarbenen Sari – traditionell, sittsam, die Ärmel bis zu den Handgelenken. Genau dort, wo ich einen Hochzeitsarmreif platziert hätte, schimmern violette Handschellen. Sie fesseln ihre Hände zwar nicht, verhindern aber, dass Magie fließen kann. Wahrscheinlich könnte Adraa sie durchbrechen, wenn sie sich Mühe gäbe. Doch darum geht es heute nicht. Im Augenblick sind die Handschellen lediglich eine Vorsichtsmaßnahme und etwas, um die Verdächtige zu kennzeichnen.

Das ist alles unnötig.

Adraa richtet den Blick ihrer tiefbraunen Augen auf mich. Sie wirkt unerschütterlich, gefasst. Der Rest der Anwesenden empfindet sie zweifellos als selbstbewusst. Aber ich weiß, dass sie innerlich Mühe hat, nicht in Panik zu verfallen.

Ich nicke. Lächle. Mir widerstrebt zutiefst, wie sehr mich das an ihre königliche Zeremonie erinnert. Damals habe ich sie davor beruhigt, und später hat sie in meinen Armen zu atmen aufgehört. Ich straffe den Rücken. Jeder einzelne Wirbel versteift sich.

Die beiden Wächter, die Adraa begleiten, bleiben in der ersten Reihe mir gegenüber stehen, unmittelbar neben ihren Eltern. Alles wird still, als ihre Schritte verstummen. Ich spüre die Blicke, die sich in sie bohren. Das hat sie nicht verdient. Wir sollten sie vielmehr ehren. Bei den Göttern, ich reiße den ganzen Ort hier nieder, falls ihr irgendetwas passiert. Dazu bin ich bereit. Mir schwirrt der Kopf …

Mein Vater stupst mich in die Rippen. »Jatin.«

»Was ist?«

Ich sehe mich um. Alle warten auf mich. Der Richter starrt auf mich herab, als würde er nicht mehr viel von mir erwarten, da ich meinen Aufruf bereits verpasst habe. »Jatin Naupure«, wiederholt er scharf. »Bitte tritt in den Zeugenstand.«

Also wird auf Formalitäten, Eröffnungserklärungen und eine Erinnerung daran verzichtet, warum wir hier sind und wer dazu verzaubert werden soll, die Wahrheit zu sagen. Vielleicht sollte ich froh sein, dass man die Fassade fallen lässt. Aber als meine Schritte in der Kuppel widerhallen, schaue ich zu den versteinerten Mienen der fünf wartenden Radschas auf und erkenne, dass ich falschliege. Alles hier ist falsch.

Sogar die Wahrheit kann verdreht werden.

||*

Der Zeugenstand befindet sich eine Stufe unterhalb der Throne des Richters und der Radschas, dem Publikum zugewandt. Alles an dem Platz erzeugt Unbehagen. Die Bank ist hart. Drei Wände sperren mich ein. Um zu den Anklägern aufzuschauen, muss ich mir den Hals verrenken. Aus der Nähe ist der Höhenunterschied noch schwindelerregender. Zwei fehl am Platz wirkende Kerzen schmelzen auf dem seitlichen Geländer zu Wachspfützen. Am liebsten würde ich sie wegschieben, sie auf den Boden stoßen, damit Adraa nicht auf die kleinen Lachen starren muss und daran erinnert wird, dass alles wegen Hass und der Gier nach Profit begonnen hat.

Ich rühre mich nicht.

Ein Zauberer tritt vor, ein Kuppelwächter mit orangefarbenen Bändern um die Handgelenke. Sie symbolisieren Loyalität zu Belwar und vor allem zur Wahrheit. Er wird meine Vernehmung leiten und den Wahrheitszauber wirken. Dieser zottige, muskelbepackte Mann, den ich ohne Weiteres beim Stehlen von Firelight und bei der Arbeit für Moolek hätte erwischen können, wird meine Beweggründe in Frage stellen.

»Bist du bereit, Radscha Jatin?« Seine Stimme ertönt tief und ruhig. Ich bin alles andere als bereit.

Trotzdem geht es weiter. Der beste Weg ist mitten hindurch.

»Bitte stell dich zuerst vor.«

»Radscha Jatin Naupure.«

»Radscha Jatin, kann ich davon ausgehen, dass jemand deines Ranges die Bedingungen des Wahrheitszaubers versteht und akzeptiert?« Er lächelt, als wären wir Freunde. Nur würde ein wahrer Freund wissen, dass es mir überhaupt nicht behagt, wenn mein Rang, meine Herkunft oder meine Macht als Anzeichen für Überlegenheit hingestellt werden.

»Ja, ich verstehe die Bedingungen.« Ich hebe die Unterarme, überkreuze sie und berühre mit den Fingern den Hals zum höchsten Versprechen. Für Adraa und die Wahrheit erlaube ich, dass der Zauber gewirkt wird.

»Danke«, sagt der Mann, bevor er dem Richter ein Zeichen gibt.

Dieser erhebt sich. »Gemäß dem Wahrheitsabkommen werden nun vorübergehend alle Anwesenden nichts hören.«

Obwohl wir alle vorgewarnt sind, erschrickt der Großteil des Publikums, als sich Magie im Saal ausbreitet. Meine Ohren fühlen sich hohl an, erfüllt von widerhallender Stille. Damit war zu rechnen. Es ist seltsam und beunruhigend, aber nicht unerwartet. Niemand darf die Wahrheitszauber hören. Schon gar nicht ich, ein Adeliger. Worauf ich nicht vorbereitet bin, ist der eigentliche Wahrheitszauber. Während ich beobachte, wie sich die Lippen des Zauberers bewegen, holt er schwungvoll mit der Hand aus. Orangefarbener Rauch fegt auf mich zu und trifft mich wie ein Schlag. Mit voller Wucht fährt mir die Magie ins Gesicht und taucht in meine Poren. Der Rauch nistet sich in meiner Kehle ein wie eine Erkältung. Unwillkürlich kämpft mein Körper dagegen an. Als ich den Mund öffne, ist er voller Speichel. Mein Zahnfleisch fühlt sich klebrig an. Ich muss an mich halten, um normal zu wirken und mir nicht an den Hals zu fassen.

Mit einem Knacken in den Ohren kann ich plötzlich ebenso wieder hören wie das Publikum. Der Kuppelwächter wartet und schaut zu den Anwesenden, vergewissert sich, dass alle bei der Sache sind. Dann beugt er sich vor, als wolle er mir ein Geheimnis zuflüstern. »Ich komme gleich zur Sache. Berichte uns, Jatin. Du warst als Einziger mit ihr dort oben.« *Mit ihr. Der Feindin.* Der Liebe meines Lebens. Ich verkneife mir eine beißende Erwiderung. Oder vielleicht hält mich der Wahrheitszauber zurück. »Erzähl uns, was sich auf dem Gandhak ereignet hat, als er ausgebrochen ist.«

Ein Bild von Feuer taucht aus meinem Gedächtnis auf. »Wir haben versucht, den Ausbruch aufzuhalten«, presse ich schließlich hervor. »Wir haben versagt. Aber Adraa hat es geschafft. Sie hat uns alle gerettet.« Bei einem Wahrheitszauber fällt das Reden sehr schwer. Es gäbe viel mehr darüber zu sagen, und doch beschränkt sich mein Mund aus irgendeinem Grund auf das Wesentliche. Vielleicht ist das der Trick hinter dem Zauber – dass er Aussagen auf schlichte Äußerungen beschränkt.

»Hast du es gesehen?«

»Nein«, antworte ich und verstumme. Ich warte darauf, dass der Wahrheitszauber mir die Erklärung dazu entreißt. Allerdings dringen keine Worte von meinen Lippen. Stattdessen breitet sich Furcht in mir aus. Meine Wahrheiten könnten

Adraa belasten. Denn was habe ich schon wirklich gesehen? Und was habe ich getan, als die Lava herabgekommen ist und Feuer den Himmel verbrannt hat?

»Bitte erläutere das für das Gericht. Was hast du gemacht, während Adraa uns angeblich alle gerettet hat?«

»Ich war bewusstlos. Ich war … ausgebrannt.« Aus dem Augenwinkel nehme ich wahr, wie mein Vater den Kopf in die Hände stützt. Ein mächtiges Seufzen scheint durch seinen Körper zu fahren. Ein Radscha, der ausbrennt. Eine vor dem Gericht entblößte Schwäche.

»Soll das heißen, du warst die ganze Zeit besinnungslos, während Adraa dieses Wunder vollbracht hat?«

»Ja, aber …«

»Aber was?«

»Es wurde mir gesagt. Sie hat es mir erzählt«, versuche ich eine Erklärung.

»Die Angeklagte hat dir also erzählt, sie hätte uns alle gerettet. Hat sie dich deines Wissens schon einmal belogen?«

Stille hallt wie ein Schrei wider. Meine Angst brodelt an die Oberfläche, und ich winde mich vor inneren Qualen. Ich schaue zu Adraa, die auf ihrem Stuhl tiefer rutscht. Unsere Blicke begegnen sich. Ich habe immer gewusst, dass unsere gegenseitigen Lügen schmerzen würden. Aber wir hatten das hinter uns gelassen. Wir waren zusammen. Verdammt, erst gestern habe ich versucht, ihr einen Antrag zu machen. Es war alles gut. Keine Lügen mehr, hatten wir vereinbart, und wir haben uns daran gehalten.

Ich will meine Antwort hinunterwürgen, aber die klebrige Kraft des Wahrheitszaubers gerinnt in meiner Kehle und zerrt an meinen Stimmbändern. Adraa zieht die Brauen zusammen und bricht den Blickkontakt ab. Niedergeschlagen schließt sie die Augen. Ihre Lippen bilden einen Fluch. Es spielt keine Rolle, ob wir uns gegenseitig vergeben haben. Die Lügen können nicht ungeschehen gemacht werden. Die Wahrheit kann nicht unterdrückt werden. Deshalb werde ich sie gleich verletzen, wie ich es nie konnte, indem ich mich als Kalyan ausgegeben habe.

»Jatin, hat sie dich je bei etwas Wichtigem belogen?«, bohrt der Wahrheitszauberer in schärferem Ton als zuvor nach.

»Ja, a-ab…«, versuche ich, einen Widerspruch zu stammeln, doch der Anklagevertreter bringt mich zum Schweigen, bevor ich auch nur das erste Wort davon herausbringe.

»Keine weiteren Fragen.« Er wendet sich ab.

Das war's? Sie wollten mich wirklich nur hierhaben, um sie zu belasten. Auf die Wahrheit wird gepfiffen.

Ich löse mich von der Bank. Dann lässt endlich der Wahrheitszauber nach, und ich kann wieder frei sprechen. »Hast du nachgeforscht? Hast du dir diesen Fall überhaupt richtig angesehen? Adraa Belwar war bewusstlos. Sie hat im Sterben gelegen, als der Ausbruch des Gandhak begonnen hat. Wie also könnte sie ihn verursacht haben?«

Der Wahrheitszauberer wirbelt zu mir herum. »Ganz einfach. Sie hat es monatelang vorbereitet, und als sie ihre Macht entfesselt hat, um den Vulkan zum Ausbruch zu bringen, ist sie ausgebrannt, hat sich übernommen. Findest du nicht, dass ihr todesnaher Zustand dem einer Hexe sehr ähnlich war, die einen Rückstoß gewaltiger Macht erlitten hat?«

Der Wahrheitszauber richtet sich wieder auf mich aus. Er verklebt mir die Kehle, die Zunge. Ich kämpfe dagegen an. Der Wahrheitszauberer drückt es völlig falsch aus, bringt alles durcheinander. Auch der zeitliche Ablauf passt nicht zusammen. Jeder mit einem Funken Verstand müsste das erkennen.

»Sie ist ausgebrannt, weil sie bei der königlichen Prüfung durchgefallen ist. Wir haben es bezeugt«, sage ich.

Er legt den Kopf schief, als hätte er auf diesen Einwand nur gewartet. Ein Schauder gleitet mir über den Rücken.

»Besteht dann nicht die Möglichkeit, dass sie die königliche Prüfung deshalb nicht bestanden hat, weil die Gottheiten uns retten wollten? Könnten sie nicht versucht haben, *sie* zu töten, bevor sie uns alle töten würde?«

Ich verweigere die Antwort. Diesen Mann habe ich falsch eingeschätzt. Ich habe vergessen, wie verdreht man die Tatsachen auslegen kann. Den Anwesenden wurde gerade eine Welt angeboten, in der die Gottheiten uns nicht nur Magie verleihen, sondern tatsächlich selbst zum Wohle Wickerys eingreifen. Der Wahrheitszauberer hat ihnen die Vorstellung einer schönen heilen Welt aufgezeigt. Zusammen mit der Hoffnung des Publikums scheinen die neun Säulen heller in der Sonne zu erstrahlen. Was also kann ich sagen?

»Wäre das nicht möglich?«, hakt der Anklagevertreter nach.

Ich kämpfe, versuche zu husten, als könnte ich so den Zauber aus dem Mund bekommen. Röchelnd, würgend schweige ich, aber es fühlt sich an, als könne ich nicht atmen, bis ich es ausspreche. Sekunden vergehen. Die Frage wird nicht wiederholt. Er weiß, dass er mich in der Hand hat. »J-Ja.« Die Wahrheit wird mir zwischen den Zähnen hervorgezerrt. Denn die Wahrheit lautet ... vielleicht. Vielleicht. Aber davon ist die Welt voll. Und auch voller Lügen.

Er setzt ein Lächeln auf. *Ein Lächeln.* Am liebsten würde ich es ihm aus dem Gesicht schlagen. Menschen wie Adraa, ich und unsere Eltern haben die Lage damals gerettet. Wie kann es dieser Mann wagen, uns unser Opfer zu stehlen, unsere Entscheidung, *meine* Entscheidung, den Berg auf die Gefahr hin zu besteigen, nie zurückzukehren?

»Dann wiederhole ich – keine weiteren Fragen.« Er wendet sich den Versammelten zu, unter denen bereits ein lautes Raunen ausgebrochen ist. »Der Junge wird beeinflusst. Er hat nichts gemacht. Er hat nichts gesehen. Dennoch verteidigt er sie wie ein liebeskranker Halbwüchsiger. Er sollte gar nicht für sie aussagen dürfen.«

Seine Worte zerreißen mich. Junge. Liebeskrank. Als würden mich meine Gefühle für Adraa blenden und schwächen, obwohl sie tatsächlich in jeder Hinsicht das Gegenteil bewirken. Aber statt den Gedanken und meine Überzeugung auszusprechen, dass Adraa Belwar ihr Firelight zurückgeholt und uns alle gerettet hat, werde ich aus dem Zeugenstand entlassen. Und wieder bleibe ich schweigend mit dem Wissen zurück, dass ich sie nicht nur nicht gestärkt, sondern ihre Lage zusätzlich verschlimmert habe.

Kapitel 5

Beeinflusste Worte

Adraa

Ich bin die Schuldgefühle so leid. Ihr erdrückendes Gewicht, ihre Gefräßigkeit. Aber vor allem bin ich es leid, wie unverhofft sie einsetzen und wie lange sie bleiben. Wenn ich nur so überzeugt wie Jatin davon sein könnte, dass der Ausbruch des Gandhak nicht meine Schuld war. Aber Gedanken werden verdreht, und Menschen können daran zerbrechen.

Jatin hat im Zeugenstand keine einzige Lüge von sich gegeben. Deshalb sehe ich in seinen Augen, dass wir beide gerade zerbrechen. Wir haben uns wochenlang gegenseitig darüber belogen, wer wir sind. Das hat sich gerächt. Jetzt sieht mich der Mann, den ich liebe, nicht mehr voller Zuversicht, sondern voller Schuldgefühle an.

Ich habe sie noch nicht abgeschüttelt. Und wenn sie jemanden wie Jatin so leicht überwältigen können, welche Hoffnung besteht dann für mich?

Ich schleppe Schuldgefühle mit mir herum.

Also bin ich vielleicht schuldig?

Ich schüttle den Kopf. *Was?* Ich drehe mich auf dem Sitz, halte Ausschau nach dem Ursprung der Stimme und merke eine Sekunde zu spät, wie paranoid ich bin. Wie deutlich ich mir meine Zweifel anmerken lasse. Mich umzusehen war ein Fehler, denn ich werde sofort von dolchartigen Blicken durchbohrt. Einheitlich haben meine Bürgerinnen und Bürger Brokatbanner über dem Schoß ausgebreitet. Eine hinten im Saal weinende Hexe bemüht sich, ihr Schluchzen zu unterdrücken. Ich atme langsam und schluckend, als könnte ich selbst jeden Moment drauflosheulen.

»Fräulein Belwar«, ruft der Richter. »Fräulein Belwar, langweile ich dich etwa?«

Ich wirble herum. »Nein. Natürlich nicht.«

»Dann tritt bitte in den Zeugenstand.«

Mein Stuhl quietscht, als ich mich erhebe. Die Hand meiner Mutter schnellt vor und ergreift meine Finger. Ein kurzer Druck. Keine Worte.

Vor zehn Jahren haben mich meine Eltern für meine erste Begegnung mit Maharadscha Naupure und Jatin unterwiesen. Damals habe ich ihre Ratschläge in den Wind geschlagen. Aber ich bin nicht mehr acht Jahre alt. Diesmal höre ich auf sie. »Schau nicht zu uns, Adraa«, haben sie gesagt. »Tritt so auf, wie du bist. Als Frau, die in der Lage ist, diesen Vulkan aufzuhalten, dieses Land zu führen und nicht auf den Schutz ihrer Eltern angewiesen ist.«

Meine Mutter drückt meine Hand noch einmal. *Wir sind unmittelbar neben dir,* sagt mir die Geste.

Ich nähere mich dem Zeugenstand. Das Weinen hat nicht aufgehört. Die Fesseln an meinen Handgelenken leuchten. Das Licht scheint sich in mich zu bohren. Mir war gar nicht bewusst gewesen, dass ich meine Magie beschwören wollte. Sogar diese Stütze, meine eigene Magie, hat sich gegen mich gewandt.

»Verstehst du, dass du mit einem Bann belegt wirst, der

dich zwingt, die Wahrheit zu sagen und nichts als die Wahrheit?«

»Ja«, antworte ich klar und deutlich. Ein Schweißfilm bedeckt meinen Körper. Meine Kehle fühlt sich trockener an, als möglich zu sein scheint.

»Und niemand hat dich gezwungen, heute hier auszusagen?«

»Nein.«

Dummerweise werfe ich einen Blick in den hinteren Bereich des Saals. Mehrere Leute werden von Freunden oder Angehörigen hinausgeführt. Ein kranker Teil von mir würde gern wissen, wen der einhundertneunundzwanzig Opfer sie gekannt haben. Ich habe nachgeforscht. Achtundvierzig Gardisten unter dem Befehl meines Vaters – sie haben Gräben ausgehoben, als der halbe Berg ins Meer gerutscht ist und sie mitgerissen hat. Zweiunddreißig Unberührte, die sich nicht mit Magie schützen oder davonfliegen konnten. Fünfzehn wurden von beim Erdbeben einstürzenden Gebäuden erschlagen. Zwölf Kinder. Neun Ladenbesitzer. Acht sind durch umherfliegende Trümmer und eine in sich zusammenfallende Flugstation abgestürzt. Drei sind ertrunken. Zu den Opfern gehört ein Bäcker, der das beste Gebäck im Westdorf herstellte.

Und schließlich ein kleiner Mann, der mir alles beigebracht hat, was ich über Himmelsgleiter weiß, und mir siebenunddreißig davon verkauft hat. Herr Mittal, der beste Flieger und Zauberer gelber Stärke in Belwar, ist auf den Straßen geblieben und hat seine Himmelsgleiter an zu Fuß fliehende Menschen verteilt. Berichten zufolge hat er mindestens fünfundachtzig Menschen gerettet. Ich schaue erneut auf. Schließlich erkenne ich die Hexe, die hinten steht. Es ist Muni, die in mehr als einer Hinsicht Mittals Partnerin war. Schmerz durchzuckt mich, als würde ich seinen Namen zum ersten Mal auf der Liste der Toten lesen.

Deshalb bist du hier. Ich zwinge mich, die Tränen zurückzuhalten. Ich könnte kämpfen und mich mit Magie von den violetten Handschellen befreien. Ich hätte auch einfach nicht herkommen können. Aber Muni und die anderen müssen die Wahrheit erfahren. Wir dürfen uns nicht von Moolek und der Lüge unterkriegen lassen, mit der er mich geschlagen hat. Ich will nicht als Monster von Belwar gelten.

»Niemand hat mich gezwungen. Ich will genau wie alle hier, dass die Wahrheit heute ans Licht kommt«, stelle ich klar. Muni soll nicht denken, ich hätte getan, was man mir vorwirft. Niemand von meinem Volk soll das denken.

»Das wollen wir tatsächlich alle, Fräulein Belwar.« Der Wahrheitszauberer dreht sich dem Publikum zu. Die Tür öffnet sich. Ein weiterer Trauernder flüchtet. Ein plötzlicher Strahl Tageslicht erhellt den Gang. Dann fällt die Tür zu, und das Licht verschwindet wie abgeschnitten. Der Wahrheitszauberer wartet, bis Stille eintritt, erst dann ergreift er wieder das Wort. »Gut gesprochen.«

***

Ich habe nicht damit gerechnet, den Wahrheitszauber zu hören, aber durch die widerhallende Stille vermeine ich, eine Beschwörung auszumachen. Ich habe nicht mit einer irgendwie nach Sirup klingenden Stimme gerechnet. Oder damit, dass sich der Zauber so anfühlen könnte, als würde ich in besagtem Sirup versinken. Aber so ist es. Wahrscheinlich ertrinke ich in Wirklichkeit eher im eigenen Speichel, weil ich plötzlich kaum

61

schlucken kann. Meine Kehle fühlt sich an, als wäre sie wund gescheuert worden.

»Fangen wir mit etwas Einfachem an. Geh mit mir den Tag des Ausbruchs durch.«

Ich suche Jatins Blick. Er nickt, aber für den Bruchteil einer Sekunde hätte ich schwören können, dass sein Gesichtsausdruck besagt: *Lauf!*

»Der hat mit meiner königlichen Zeremonie begonnen«, fange ich an, und der Wahrheitszauber entlockt mir die Ereignisse. Dabei empfinde ich als seltsam, welche Einzelheiten übersprungen werden, beispielsweise die Begegnung mit der Göttin Erif, bei der ich sie um Antworten angefleht habe, bis sie mir erzählt hat, dass der Gandhak gerade ausbrach. Vielleicht wirkt der Zauber so genau, dass er mich nur schildern lässt, was sich an jenem Tag in unserer Welt zugetragen hat, nicht in jenem roten Raum, in dem ich mich aufgehalten habe. Der Wahrheitszauberer unterbricht mich nicht, während ich rede. Er stellt keine Folgefragen, bis mein Mund verstummt und ich ihm und den anderen Anwesenden das magere Gerüst einer Erklärung gegeben habe.

»Du erzählst uns, dem Rat und den heute hier versammelten Menschen von Belwar also, dass du nach deiner missglückten Zeremonie gestorben oder zumindest in Bewusstlosigkeit verfallen bist und in diesem Zustand den Ausbruch des Gandhak gespürt hast. Daraufhin bist du von den Toten auferstanden und zum Vulkan geflogen, um deine Energie zurückzurufen und so ihre Entladung aufzuhalten. Habe ich etwas ausgelassen?«

»Nein.« Die Antwort platzt aus mir heraus, aber ich schüttle den Kopf. Ist das nicht gelogen? Die Zusammenfassung stimmt wohl, aber was ist mit den Einzelheiten? Ich bin nicht wirklich von den Toten auferstanden, vielmehr hat mich meine Schwester von der Schwelle zum Jenseits zurückgeholt. Ich bemerke, dass sie mich gerade mit zusammengepressten Lippen beobachtet. Rasch wende ich den Blick von ihr ab, drehe mich wieder dem Zauberer zu. Was sich auch nicht besser anfühlt. Ich hatte schon reichlich Umgang mit Widerlingen, Käfigzauberern und Drogenhändlern der Vencrin. Wie kann es sein, dass dieser Mann aufgebrachter wirkt als jemand, dem ich ins Gesicht geschlagen habe?

Aber ich atme durch. Denn bisher hat er mich nicht ins Kreuzverhör genommen. Er hat mich noch kaum etwas gefragt. Stattdessen macht er sich das Schlupfloch des Wahrheitszaubers zunutze – ich kann nur antworten, wenn ich etwas gefragt werde.

Eine Frage bräuchte ich noch. Und sie muss sich um Moolek drehen. *Frag mich, was passiert ist, nachdem ich verbunden und verarztet war*, würde ich am liebsten schreien. Die belastenden Beweise gegen Moolek sind in meinem Kopf.

Sie müssten nur heraus, wofür ich die entsprechende Frage bräuchte.

Dann könnte ich mich entlasten.

Der Wahrheitszauberer schnaubt. »Ich denke, wir hatten genug verwirrende Beschreibungen deines körperlichen Zustands während des Ausbruchs. Reden wir darüber, was wir alle wissen wollen, Fräulein Belwar. Hast du dein Firelight im Gandhak platziert?«

Der Wahrheitszauber breitet sich erstickend in meiner Kehle aus. Die überraschende Heftigkeit bringt mich zum Würgen. Es fühlt sich schlimmer als beim ersten Mal an. Sirupartig nur noch an den Rändern, aber im Innern wie Schlamm.

Ein Gewicht senkt sich auf mich. Eine Wolke muss sich vor

die Sonne geschoben haben, denn plötzlich werden die Schatten dichter und länger. Die Menschen beobachten mich wartend. Mir erscheinen sie verschwommen, und sie fühlen sich fehl am Platz an. Die fünf Radschas beugen sich vor. Diesen Moment haben sie herbeigesehnt.

Ich möchte antworten. Es ist ganz einfach. Nur ein Wort ist dafür nötig. Damit sollte die Sache geklärt sein.

Ich öffne den Mund zum Sprechen.

Kapitel 6

Legale Lügen

Jatin

»Ja.« Adraa legt den Kopf schief. In ihren Augen blitzt etwas auf, und das Wort dringt tonlos aus ihr hervor.

Alle erstarren. Die bereits drückende Atmosphäre verdichtet sich weiter. In Gedanken baue ich die Frage um. Ich habe das Gefühl, mich verhört zu haben. Womöglich sind meine Ohren noch von der Stille des Wahrheitszaubers beeinträchtigt. Vielleicht klingt nicht ihre Antwort falsch. Vielleicht liegt es vielmehr an der Frage. Vielleicht …

»Ich wiederhole es noch mal.« Die Stimme des Wahrheitszauberers trieft vor Häme und Genugtuung. »Hast du Firelight im Gandhak platziert?«

Ich umklammere das Geländer vor mir und stehe langsam auf. *Nein. Nein, nein, nein, nein, nein.*

»Ja«, wiederholt Adraa tonlos. Sie wirkt dabei grimmig, geradezu wild. So habe ich sie noch nie gesehen. Und ich habe sie schon wütend erlebt. Stinksauer sogar.

Sie erhebt sich von der Bank. »Und ich würde es wieder tun. Es wäre mir ein Vergnügen, diese Stadt brennen zu sehen. Glaubst du etwa, ich hätte mein Firelight, meine Macht bereitwillig an die Menschen verschenkt, weil ich so großzügig bin?

Ihr seid alle nutzlos. Belwar ist nutzlos. Wer je ein Firelight benutzt hat und dachte, er könnte *meine* Magie verwenden, verdient den Tod. Verdient es zu brennen.«

Ich kann mich nicht rühren. Niemand scheint es zu können. Dann weicht der Wahrheitszauberer einen Schritt zurück. Man merkt ihm unverkennbar Furcht an, aber sein Triumphgefühl überwiegt. »Wie lange hast du das geplant?«

Adraa schnaubt abfällig. »Seit der Erfindung von Firelight. Seit ich alt genug war, um zu erkennen, dass ich auserwählt bin und alle drogensüchtigen, mit Macht experimentierenden Bürgerlichen sterben sollten.« Das Berührungsmal an ihrem Hals leuchtet auf, obwohl sie magische Handschellen trägt. Es sollte zumindest schmerzen, sie zusammenzucken oder sich winden lassen. Aber nein. Adraa steht aufrecht da, mit Augen, die von solch einem Hass und einer Finsternis erfüllt sind, wie ich sie noch nie gesehen habe. Das kann nicht sein. Das ist nicht sie. Jemand muss sie kontrollieren, irgendetwas muss …

Die Frau, die wie Adraa aussieht, starrt ins Publikum, und zum ersten Mal verspüre sogar ich Angst vor ihr. Schreie und das Stampfen von Füßen setzen ein, als die Menschen im Gerichtssaal zu den Türen rennen.

»Jemand muss sie aufhalten!«, kreischt eine Frau.

»Tötet sie!«, brüllen mehrere Stimmen.

»Erschießt sie. Erschießt sie!«

Ein Funke zischt durch die Luft, ein perfekt gezielter, zornig-violett schillernder Pfeil. Wie gelähmt beobachte ich ihn einen Herzschlag lang. Im nächsten Moment springe ich auf, während jeder Zauber, der ihn aufhalten könnte, aus meinem Gehirn strömt. Aber der Pfeil fliegt zu hoch und zu schnell, ich kann ihn nicht abfangen. Wie ein Schuss rast er an mir vorbei.

Radscha Dara ist nicht so langsam. Ein Strahl seiner eigenen violetten Magie verbrennt den Pfeil einen Meter vor Adraas Kopf.

Ihre Eltern brüllen Zauber und errichten eine Barriere vor dem Rest des Publikums. Ich eile los, will helfen, stelle jedoch fest, dass sie bereits fertig sind. Ein orange-rosa schimmernder Schutzschild teilt den Saal in zwei Hälften. Kalyan, Riya, Prisha und die Zuschauenden befinden sich auf der einen Seite, die Wächter, die Radschas, Adraas Eltern, mein Vater und ich auf der anderen. Mein Blick begegnet jenem Kalyans – er wirkt vor Verblüffung wie erstarrt. Riya hingegen hämmert gegen die Barriere und brüllt etwas Zorniges, das ich nicht verstehe.

»Lasst sie nicht zaubern. Bändigt sie! *Himadloc!*«, ruft Radscha Amin aus dem Ostdorf, und ich wirble wieder herum.

Fesseln aus Eis fixieren Adraas Arme am Zeugenstand. Schlagartig verändert sich ihr Gesichtsausdruck. Ihre Züge fallen in sich zusammen wie eine einstürzende Mauer. Wahnsinn schlägt in Verwirrung um. »Was machst du da?«, ruft sie. In ihren Worten schwingt Angst mit. »Was soll das?«

Was? Sie kann unmöglich …

Die Finger meines Vaters legen sich klamm und schwach um meinen Arm. »Jatin.«

Alles passiert so schnell, dass ich es nicht verarbeiten kann. Innerhalb weniger Augenblicke ist mein Leben zerbrochen.

Der Richter erhebt sich. »Das reicht! Ich habe genug gehört. Adraa Belwar, Fürstin von Belwar, für die heute hier von dir ausgesprochene Wahrheit, für die Verbrechen gegen dein eigenes Volk, für den Tod von einhundertneunundzwanzig Menschen …« Kurz verstummt er, setzt eine strenge Miene auf. Was er entschieden hat, zeichnet sich bereits in der Haltung seiner Schultern ab. » … verurteilt dich dieses Gericht zum Tode.«

***

Meine Sicht trübt sich. Dann wird mir bewusst, dass es an meiner Magie liegt, die sich aufbaut und tobt wie ein Sturm, wie eine nicht enden wollende Nebelwelle. Ich renne bereits auf Adraa zu und strahle unterwegs so mächtige orangefarbene Zauber ab, dass mich niemand aufhalten kann, als ich zwischen zwei Wächtern hindurchpflüge.

Mit einem schnellen Hieb zerbreche ich das Eis. Adraa streckt die Hand aus, und ich hieve sie aus ihrer Gefangenschaft. Dann ist sie an meiner Seite, und ich beschütze sie, so gut es in dieser Lage geht. »Adraa?«

»Spürst du es?«, stößt sie atemlos und kaum verständlich hervor. »Ich weiß nicht, wie er hereinkommen konnte. Ist er hier? Wie …«

»Pst«, unterbreche ich sie und reibe ihre Arme. »Ich weiß. Es war nicht die Wahrheit. Ich weiß, dass du uns nie vernichten wollen würdest.«

Langsam hebt sie den Blick. Ihre Augen sind größer, als ich sie je gesehen habe. »Was?« Ihre Stimme klingt brüchig. »Was glaubst du denn, was ich gesagt habe?«

Die Frage fährt mir wie ein Stachel in den Leib. Sie weiß nicht, was wir alle gehört haben. Deshalb versteht sie nicht, warum die Menschen entweder verängstigt zur Tür strömen oder aufgebracht heranstürmen und gewaltsame Rache fordern.

Adraas Vater ergreift das Wort. Er wirkt nicht nur wütend, sondern auch todunglücklich. »Als Maharadscha befehle ich, meine Tochter unverzüglich freizulassen.«

Ein überhebliches Lächeln huscht über die Züge des Richters. »Als Gericht unterstehen wir Eurer Herrschaft nicht. Das habt Ihr selbst gesagt, als Ihr uns gegründet habt. Niemand steht über der Wahrheit. Und wie recht Ihr hattet. Ihr habt die Wahrheit aus dem Mund Eurer eigenen Tochter gehört. Euresgleichen hat versucht, diese Nation zu ermorden.«

»Wir erlassen keine Todesurteile. Das entspricht nicht den Gepflogenheiten Belwars«, speit Maharadscha Belwar hervor.

»Es hat auch noch nie jemand einen Massenmord gestanden. Das ist beispiellos.«

»Ihr werdet sie *nicht* hinrichten.«

»Ich fürchte Euch nicht. In diesem Saal entscheide ich im Namen der Wahrheit und Gerechtigkeit, was ich für richtig halte. Dafür habt Ihr selbst mich ausgewählt.« Als sich der Richter erhebt, folgt der gesamte Rat der Radschas seinem Beispiel. Dann bereiten sie einer nach dem anderen ihre Magie vor. Radscha Gupta in Gelb, Radscha Reddy in Grün, Radscha Amin in Violett, Radscha Lal in Blau und zu guter Letzt widerwillig Radscha Dara ebenfalls in Violett. »Macht es nicht hässlicher, als es sein muss. Adraa Belwar ist schuldig, sie hat es gestanden«, sagt der Richter.

Maharadscha Belwars hervortretende Kieferpartie zuckt. Ich warte auf die nächste Bewegung, den nächsten ablehnenden Ruf, den nächsten Spielzug zur Auflösung dieses Chaos. Aber es gibt nur uns. Das Publikum ist durch die Barriere nach wie vor von uns abgeschnitten und zum Schweigen verdammt.

Der Richter dreht sich um. Sein langes Gesicht wird noch länger, als er die Stirn runzelt. »Junge! Geh weg von der Täterin.«

Täterin.

Junge.

Ich drehe den Kopf so weit, dass es in meinem Nacken knackt. »Für dich heißt es Radscha.« Als ich vor Adraa trete, strömt Schnee wie eine von mir ausgehende Welle auf den Boden. Meine Magie kribbelt auf meiner Haut, will entfesselt werden, wie Wolken vor einem Unwetter. Das wird der schwierigste Kampf meines Lebens. Fünf Radschas. Mein Blick fällt auf vier Wachmänner, die uns wie Wildkatzen umkreisen.

Versucht ruhig, sie euch zu holen. Versucht ruhig, sie mir wegzunehmen.

Aus dem Augenwinkel nehme ich das Blau der Magie meines Vaters wahr. Auch Adraas Eltern halten sich bereit. Ich bin nicht auf mich allein gestellt.

Dann kehrt meine Aufmerksamkeit zu dem bärtigen Richter zurück, der mich anstarrt. »Ich dulde keine Gewalt in meinem Gerichtssaal«, erklärt er mir, »deshalb sage ich dir das nur einmal. Tritt zurück, Jatin Naupure. Du beschützt eine Verbrecherin. Ich werde nicht zögern, dich verhaften zu lassen.«

Adraas Hand senkt sich sengend heiß auf meine Schulter. Ich vermag nicht zu sagen, was sie mir in dem Moment zu vermitteln versucht. *Ich stehe dir im Kampf zur Seite* oder *Gehorch ihnen.* Aber der Schnee fließt weiter aus mir, und meine Arme brüllen wie beim letzten Mal, als Adraa in Gefahr geschwebt hat. Ich hätte sie mir gestern Nacht einfach schnappen sollen. Wir hätten flüchten sollen.

»Ich zähle bis drei«, kündigt der Richter an.

Radscha Amin aus dem Ostdorf spannt den Körper an. Violette Rauchranken bilden Messer, die wie lange Krallen in seinen Händen erscheinen.

»Eins.«

Der Radscha aus dem Norddorf hält zwei Wirbel gelber

Magie über seinen Berührungsmalen. Radscha Dara verschränkt die Arme vor der Brust. Er sondert als Einziger keine Magie wie eine drohende Naturkatastrophe ab.

»Zwei.«

»Nein!«

Wir alle drehen uns der Stimme zu. Die Maharani von Belwar tritt vor. »*Niyam Samalaeh*«, ruft sie. Der Zauber ist mir unbekannt. Rosa breitet sich über alles und jeden aus. Alle im Gerichtssaal zögern, verlangsamt von Adraas Mutter. Der Zauber scheint die Anspannung aufzulösen. Verkrampfte Schultern lockern sich. Die Messer der Radschas werden schwächer. Auch mein Schnee verflüchtigt sich. Der zornige, weiß wallende Nebel zieht sich zurück.

Schließlich gibt Adraas Mutter uns frei, und wir atmen durch, als wären wir in Honig ertrunken. Stille tritt ein, bis sie das Wort ergreift. »Ihr werdet sie nicht anrühren. Die einzige Wahrheit, die ich hier sehe, ist die, dass meine Tochter sabotiert und verfolgt wird, weil sie das Richtige getan hat.«

»Ihr habt sie ebenso gehört wie wir alle!«, tobt Radscha Amin. Ihn werde ich als Ersten angreifen. Er scheint mir der Bösartigste zu sein und steckt wahrscheinlich hinter alldem. Womöglich gehört er sogar zu den Vencrin. Ein düsterer Gedanke kommt mir in den Sinn – vielleicht ist er sogar der hinterlistige *Anführer* der Vencrin, den Adraa und ich zu entlarven versuchen.

»Mir ist egal, was ich gehört habe. Wenn sie so herzlos wäre, dass sie uns alle umbringen wollte, würde sie es nicht so vor dieser Menschenmenge zugeben. Ich kenne meine Tochter.«

»Sie ist *Eure* Tochter. Natürlich seid Ihr bereit, an ihre Unschuld zu glauben, obwohl die Tatsachen und die Wahrheit et-

71

was anderes besagen. Ergreift sie«, ordnet der Richter erneut an.

Maharani Belwar tritt vor. Ihre Haltung wirkt imposant. »Deine Gemahlin ist sehr krank. Ich versorge sie jede Woche mit Tränken. Wenn du meine Tochter zum Tod verurteilst, bekommt sie nie wieder auch nur einen Tropfen von mir.«

»Ihr wagt es, meine Familie mit hineinzuziehen?«

»Ich wage es, die ganze Welt mit hineinzuziehen. Ohne meine Tochter wären deine Frau und wir alle ohnehin längst tot.«

»Ohne deine Tochter wäre der Gandhak nie ausgebrochen!«, brüllt der Richter.

»Sie hat uns alle gerettet, du verdammter Mistkerl!«, speie ich hervor.

Und damit sind wir wieder dort, wo wir angefangen haben – angespannt, bereit. Von meinen Armen schneit es. Und dann bemerke ich ihn. Wie vermutlich wir alle. Den Moment, in dem Verzweiflung über die Maharani von Belwar hereinbricht. Den Moment, in dem sie lügt.

»Ich habe es ihr befohlen. Ich habe es angeordnet. Also ergreift stattdessen mich.«

Alles erstarrt, während das Opfer der Maharani vibrierend im Saal schwebt.

Der Wahrheitszauberer schüttelt den Kopf. »Ich muss keinen Bann wirken, um zu wissen, dass ...«

Ein dumpfer Aufschlag lässt ihn jäh verstummen. Ich drehe mich in die Richtung des Geräuschs. Der Platz, an dem mein Vater gestanden hat, ist leer. Mein Verstand braucht einen Moment, um hinterherzukommen. Mein Instinkt verlangt, nach oben zu schauen, als hätte mein Vater einen Himmelsgleiter ausgepackt und sich in die Luft erhoben, um diesen Unsinn zu beenden und Adraa zur Flucht zu verhelfen.

Aber nein. Mein Vater ist zusammengebrochen und liegt regungslos wie ein Toter auf dem Boden.

Kapitel 7

Folgenschwere Entscheidung

Adraa

Ich weiß nicht, was vor sich geht. In einem Moment beantworte ich Fragen, im nächsten drängt mich der Wahrheitszauber unverhofft dazu, mich zu erheben und meine Unschuld zu verkünden. Ich habe davon gesprochen, wie sehr ich dieses Land und dessen Menschen liebe. Nicht mein genialster Augenblick, aber es erklärt nicht das Todesurteil. Angst erfasst mich und legt sich um mich wie eine enge Schlinge. Ich bin kurz davor, zu zerbrechen.

Niemand rührt sich. Niemand scheint auch nur zu atmen. Ich fühle mich wie betäubt. Es muss am Eis liegen, erkläre ich mir. Dem Eis, in das sie mich gehüllt haben, weil ... weil ich mich vorgebeugt habe und schildern wollte, dass ich erst in letzter Minute daran gedacht habe, mein Firelight zurückzuholen. Ich wollte mein Bedauern darüber äußern, wie lange ich gebraucht habe, um zu begreifen, wie sich der Ausbruch aufhalten ließ.

Und jetzt bietet meine Mutter an, meinen Platz einzunehmen, während Maharadscha Naupure auf dem Boden liegt. Niemand überprüft seinen Puls, um festzustellen, ob er überhaupt noch atmet. Diesen beiden Umständen gelingt es, mich aus meinen Gedanken zu reißen. Sie lassen mich die Umklammerung der Angst abschütteln. Mir mag nicht klar sein, was gerade mit mir geschieht, sehr wohl jedoch ist mir klar, was passieren muss.

Ich trete hinter Jatins Schutz hervor. »Steht nicht einfach nur rum. Jemand muss ihm helfen.«

Meine Mutter eilt an Maharadscha Naupures Seite. »Er atmet«, verkündet sie, und ich merke, wie Jatin endlich selbst wieder atmet. »Kein Herzinfarkt«, fährt Mama fort, »aber ich weiß nicht, was passiert ist. Er muss hier weggebracht werden.«

Der Richter ergreift das Wort. »Na schön, dann lasst Euren Wall sinken.« Er deutet auf die von meinen Eltern geschaffene Barriere. »Und wir nehmen Fräulein Belwar …«

Meine Mutter schleudert ihm einen finsteren Blick zu. Einen Blick, den ich schon mein Leben lang kenne. Und der mir immer noch Angst einflößt. »Eher reiße ich diesen Ort ein, als mit anzusehen, wie ihr meine Tochter hinrichtet.«

Es entsteht eine kurze Pause, in der sich niemand rührt, obwohl ich mitbekomme, wie meine Mutter Jatins Vater Magie einflößt – Diagnose- oder Beatmungszauber, ich bin mir nicht sicher. *Entsetzen* beschreibt nicht ausreichend, was ich empfinde, denn es grenzt eher an lähmendes Grauen. Maharadscha Naupure oder ich. Einer von uns wird sterben, je nachdem wie die nächsten Worte des Richters ausfallen.

»Dann kein Tod. Leben.«

Alle Aufmerksamkeit richtet sich auf den Wahrheitszauberer.

»Was?«, fragt der Richter.

Der Wahrheitszauberer lächelt. Er wirkt selbstgefällig. Offenbar ist ihm etwas anderes eingefallen, um mich zu verdammen. »Wenn wir uns wegen eines Todesurteils gegenseitig umbringen wollen, wie wäre es dann, sie stattdessen zum Leben zu verurteilen? Einem Leben in der Kuppel.«

Stille senkt sich auf uns alle wie ein erdrückender Nebel. Ein Leben in der Kuppel. Ich weiß nicht, was ich davon halten soll. Allerdings weiß ich auch nicht, was ich von meiner Hinrichtung halten sollte. *Was um alles in der Welt habe ich denn gesagt?*

»Sie ist unschuldig«, stößt Jatin hervor.

Bin ich das?, stellt eine Stimme tief in meinem Kopf in Frage.

»Ist sie das?«, ertönt ein Chor von Stimmen.

Ich zucke zusammen, als ich begreife, dass alle fünf Radschas dasselbe gesagt haben.

Moment mal … Einen Moment.

Tja, wessen Schuld ist es eigentlich? Adraa, ich weiß nicht, was in meinem Kopf vorgeht. Ich halte hinter der Barriere Ausschau nach Prisha. Sie hält sich den Kopf, als hätten Schmerzen darin ihre Sinne benebelt. Riya wirkt stinksauer und schüttelt unablässig den Kopf, als hätte sie etwas im Ohr. Auf der anderen Seite der Barriere sind nur noch wenige Menschen übrig, alle mit feindseliger Verwirrung im Gesicht. Ähnlich wie die Meute in der vergangenen Nacht praktisch hirnlos nach Blut gelechzt hat. Ähnlich wie ich mich gefühlt habe, als Maharadscha Moolek mir im Tempel einen Antrag gemacht und behauptet hat, Maharadscha Naupure hätte mein Firelight gestohlen. Damals hatte auch ich eine Stimme im Hinterkopf.

Zu deinem Glück habe ich euch beide lebend gebraucht, durchzuckt mich Mooleks Stimme.

Oh ihr Götter, verdammt!

Meine Beine knicken ein, aber ich fange mich rasch, indem ich mich am Geländer der Anklagebank abstütze. »Ich bin einverstanden! Ich nehme das Angebot an. Haltet euch zurück, lasst Maharadscha Naupure in eine Klinik bringen, dann könnt ihr mich friedlich gefangen nehmen!«, brülle ich.

Die Anspannung im Saal ist schier unerträglich. Sie müssen auf mich hören. Denn im Augenblick darf niemand der Anwesenden seinem Verstand trauen.

»Ich komme freiwillig mit. Zu einem Leben in der Kuppel. Niemand muss kämpfen.«

»Adraa, nein«, sagt Jatin. Seine Stimme ertönt eine Oktave tiefer, als ich sie je gehört habe. Er ist hin- und hergerissen. Sein Griff um meine Hand wird abwechselnd fester und lockerer. Mir geht es genauso. Maharadscha Naupure, den ich wie einen zweiten Vater betrachte, liegt an der Seite meiner Mutter auf dem Boden. Wenn die Radschas auf mich hören, bin ich erledigt und werde in die Kuppel geschleift. Aber wenn wir hier stehen bleiben …

»Bitte«, flehe ich. Erst starre ich meine Mutter an, dann Maharadscha Naupure. Es ist ein schlichter Tausch – mein Leben gegen das von Maharadscha Naupure. Ich komme aus der Sache ohnehin nicht raus. Moolek hat ihre Gedanken irgendwie gegen mich vergiftet. Bloße Worte kommen im Augenblick einer Torheit gleich. Meine Mutter sieht mir tief in die Augen. Durch die Falte zwischen ihren Brauen wirkt ihre Nase noch schiefer. Schließlich nickt sie langsam. Als Nächstes hefte ich den Blick auf meinen Vater. »Es ist in Ordnung. Lass es zu«, fordere ich ihn auf.

»Worauf wartet ihr noch? Ergreift sie endlich«, befiehlt der Richter. Die Wächter stürmen los, schütteln die angespannte Reglosigkeit ab.

»Adraa«, stößt Jatin mit bebender Stimme hervor. Wir wissen beide, was ich von ihm verlange und mir selbst antue. Er ergreift meine rechte Hand, ist mein Anker inmitten dieses Wahnsinns, der Einzige, der nicht von Mooleks Einfluss betroffen zu sein scheint. Oh ihr Götter, ich liebe ihn. Habe ich schon immer.

Ich schaue zu ihm auf. Besorgnis spricht aus den freundlichsten Augen in ganz Wickery. »Du wirst mich gehen lassen müssen«, sage ich, bevor ich eine spontane Entscheidung treffe. Ich umarme ihn innig. »Versuch nicht, mich rauszuholen. Du musst für mich …« Mit einem Ruck reißen uns die Wächter voneinander weg.

»Lasst mich mit ihr reden. Lasst mich nur eine Minute mit ihr reden!«, brüllt Jatin, als man mir erneut Fesseln aus violetter Magie um die Handgelenke anlegt.

Als er sich auf mich zubewegen will, schießt ein Wall zwischen uns hoch. Meine Familie und der Rest des Gerichtssaals verschwimmen in violettem Licht. »Du musst für mich herausfinden, wie Moolek das gemacht hat. Er ist in unsere Köpfe eingedrungen, in jeden einzelnen. Finde heraus, wie!«, brülle ich. Aber Jatin hämmert bloß donnernd gegen den Wall. Ich kann mir nicht sicher sein, ob er auch nur ein Wort von mir gehört hat.

Dann zerren mich die Wächter weg, schleifen mich durch die Hintertüren, den Flur hinunter und in eine fensterlose Kutsche. Vor meinem geistigen Auge sehe ich Jatins Gesicht und das Gefühl, verraten worden zu sein, das daraus spricht.

Ich habe mich zum Monster von Belwar machen lassen.

**

Die Kutsche rumpelt der Kuppel entgegen. Die Räder rollen über die ausgefahrenen Furchen im Boden. Die Fahrt dauert zehn Minuten. Dann kommen wir schaukelnd zum Stehen. Ein Klicken verkündet das Öffnen eines Riegels, und ich werde zurück ans Tageslicht gezerrt, wo das Gefängnis von Belwar mit seinen ernüchternden Umrissen vor mir aufragt. In einer Stadt aus Sandstein, Torbögen und Schindeldächern wirkt die Kuppel wie ein Fremdkörper, ein Eindringling. Auch wenn sie denselben cremefarbenen Anstrich wie der Rest der Bauwerke in der Stadt aufweist, zeugt ihre gekrümmt in den Himmel ragende Oberfläche von magischem Einfallsreichtum. Ich habe sie immer als einschüchternd empfunden. Damit erfüllt sie ihren Zweck, Furcht zu erwecken und davon abzuschrecken, gegen das Gesetz zu verstoßen.

Grauen breitet sich schleichend in mir aus. Ich stehe kurz davor, ein Gefängnis zu betreten, das sämtliche Verbrecher Belwars beherbergt. Darunter sind Hexen und Zauberer, die meinetwegen hier gelandet sind.

Mit einem harten Ruck werde ich aus der Kutsche geholt. Türen bewegen sich. Wände öffnen sich. Dunkelheit umfängt mich. Und auf einmal befinde ich mich in der Kuppel. Ohne Gewähr, dass ich sie je wieder verlassen werde.

Eine an der Wand befestigte Fackel erhellt die Höhle. Die Wände bestehen aus Stein, aber Schlamm und Dreck verkrusten die vormals glatte Oberfläche, haben raue, zerklüftete Kanten entstehen lassen. Es fühlt sich an, als stiege ich in einen offenen Schlund hinab, aus dem mir Fäulnis und Tod entgegenwehen. Die Gänge und die Treppenhäuser erstrecken sich in gewundenen Kurven durch die Düsternis. Als wir eine weitere Kurve hinter uns lassen, habe ich bereits die Orientierung verloren. Das gehört mit zur Taktik der Angst. So soll einem eingebläut werden, dass es an diesem Ort keinerlei Hoffnung gibt.

Ich stürze, obwohl ich über nichts gestolpert bin. Vielleicht bin ich gestoßen worden. Jedenfalls lande ich im Dreck.

»Aufstehen, Fräulein«, höhnt der Wächter an meiner Seite. »Bestimmt hat man dir im Palast das Laufen beigebracht.«

Ich spucke aus. »Sieht so aus, als hätte man dir nie Manieren beigebracht.«

Ein Fuß drückt mich grob nach unten. Wieder lande ich im Dreck. Verspätet wird mir klar, dass es vielleicht nicht der beste Zeitpunkt für Widerworte ist. Meine Eltern können mich nicht mehr beschützen, Jatin kann mich nicht mehr verteidigen. Ich bin für sie unerreichbar. Und ich bin eine vorlaute Närrin, die ihre Gelassenheit nur spielt.

Raue Hände ziehen mich hoch. Der Wächter beugt sich dicht zu meinem Ohr. »Wir müssen etwas gegen dein Mundwerk unternehmen.«

Der andere Wächter schnaubt. »Gehen wir. Für so was haben wir keine Zeit.«

Ich sehe ihn an. Ein untersetzter, grobschlächtiger Kerl. Niemand würde ihn neben seinem glattrasierten Freund für den Netteren der beiden halten. Aber der Schein kann trügen. Man weiß nie wirklich, wen man auf seiner Seite hat.

Eine Minute später halten wir an. Ein Schlüssel wird in einen Schlitz gesteckt. Eine schwere ovale Tür öffnet sich.

Der untersetzte Wächter packt mich am Oberarm. »Ein gutgemeinter Rat, wenn du überleben willst. Verärgere nicht die netten Wächter.« Damit stößt er mich in eine Zelle und schlägt die Metalltür hinter mir zu.

Der Raum enthält lediglich einen abgewetzten Korbsessel. Außerdem ist er quadratisch. Was an sich nicht ungewöhnlich wäre, nur befinde ich mich in der Kuppel. Ich hatte gedacht, an diesem Ort würde es keinerlei Ecken und Kanten geben. Offenbar stehe ich noch unter Schock, denn mein Gehirn dreht seltsame Kreise. Ich meine, verdammt, ich zerbreche mir den Kopf über Ecken.

Dann jedoch wendet sich mein Verstand wieder dem ungebrochenen Grauen des Gerichtssaals zu, und ich wünschte, die verdreckte Enge dieser Mauern aus Stein wären meine schlimmste Sorge. Mir gehen die Gesichter nicht aus dem Kopf, vor allem nicht die Augen. Jatin. Meine Eltern. Sogar Riya. Was kann ich gesagt haben, dass sie mich derart entsetzt und ungläubig angesehen haben? Und dass ich dafür die Todesstrafe erhalten habe, die in meinem Land zuletzt vor fast einem Jahrhundert verhängt worden ist? Eine feuchte Kälte umklammert mich und jagt mir Schauder über den Rücken. Ich glaube, ich will gar nicht wissen, was ich gesagt habe.

»Du hast das Richtige getan«, flüstere ich mir zu. Maharadscha Naupure hätte nicht versorgt werden können, wenn wir noch länger in der Pattsituation verharrt hätten. Und Jatin kann das Geheimnis auch ohne mich lüften. Er wird herausfinden, wie und warum Moolek so viele Menschen gegen mich aufgebracht hat. Ich habe richtig gehandelt. Aber als ich die Worte erneut laut ausspreche, klingen sie wie eine Lüge.

Dann öffnet sich quietschend die Tür. Drei Männer betreten die Zelle. Zwei Wächter und ein anderer, der in den Schatten bleibt.

»Hallo, meine Liebe. Wie geht es uns heute Abend?«

Ich habe diese Stimme seit Monaten nicht mehr gehört. Ihr Klang löst ein Klingeln in meinen Ohren aus. Nur ein Zauberer hat die Frechheit besessen, mich *meine Liebe* zu nennen. Basu. Der Mann, der mein Firelight an die Vencrin verteilt hat. Der Mann, den ich verhaftet habe. Er tritt ins schwache Licht. Immer noch dieselben behaarten Arme, dasselbe aufgeschwemmte Gesicht. In den vier Monaten, die vergangen sind, hat sich eine Selbstgefälligkeit in seine Züge gebrannt, die ich nicht mal bei ihm für möglich gehalten hätte. »Ist eine ganze Weile her, nicht wahr, Fürstin?«

»*Du?*«

»Ja, ich. Habt Ihr gedacht, mich in die Kuppel zu bringen, würde reichen? Habt Ihr gedacht, ich wäre aus Angst vor den Vencrin verschwunden?« Er beugt sich zu mir, mustert eingehend mein Gesicht. »Moolek hatte recht. Ihr seid leicht zu täuschen.«

Ruckartig bewege ich mich vorwärts. Prompt sprechen die Handschellen darauf an. Aber die Schmerzen sind es mir wert, als Basu zurückstolpert. Ich unterdrücke ein düsteres Lachen. »Mach dir nichts vor, nur weil du dich bei mächtigeren Zauberern angebiedert hast. Du bist noch derselbe Basu, den ich aus dem Ostdorf kenne. Aber jetzt weiß ich, wen ich mir holen muss, wenn das hier ausgestanden ist. Du hättest in Agsa bleiben sollen.«

Er lächelt. Sein Selbstvertrauen kehrt zurück. »Das hier wird nicht enden, meine Liebe. Ihr kommt hier nicht mehr raus. Immerhin seid Ihr eine verurteilte Verbrecherin.«

»Was auch immer die Leute *glauben*, dass ich gesagt hätte, die Wahrheit wird ans Licht kommen. Das tut sie immer.«

»Oh, aber wer soll sie ihnen sagen?« Er lächelt wieder. »Ihr nicht, das kann ich Euch versichern.« Er nickt, und die beiden Wächter drücken mich auf den Sessel. Dann stürmt Basu vorwärts und packt mit der Hand mein Kinn. Ich zucke zusammen, kann mich aber nicht aus seinem Griff befreien. »Haltet sie fest. Bei ihr darf man sich keine Fehler erlauben.« Hände umklammern meine Arme und fixieren mich.

Schmerz explodiert durch meinen Unterkiefer, als er ihn

mir ausrenkt. Jeder Teil von mir wehrt sich. Er will mich dazu bringen, etwas zu schlucken, eine Schlaftablette oder irgendetwas. Das werde ich nicht zulassen. Eine Sekunde zu spät wird mir klar, dass ich mich irre. Basus Arm leuchtet auf. Gelbe Magie flammt und kräuselt sich wie ein winziger Wirbelsturm. Seine Stimme umfängt mich. Er leiert eine Abfolge von Zaubern, die ich nicht kenne.

Was um alles in der Welt ist das?

Ich versuche zu schreien, zu zaubern, mit allen Mitteln zu entkommen. Es gelingt mir nicht. Meine Hände sind nach wie vor gefesselt. Die Manschetten, die meine Magie bändigen, schillern rot und verbrennen mir die Handgelenke. Mein Plan, die Sache auszusitzen, war unbesonnen. Verdammt unbesonnen. Moolek wollte mich in der Kuppel haben. Das allein hätte mir von Anfang an sagen müssen, dass ich kämpfen sollte. Aber ich wollte nicht voreilig sein. Ich habe mich bemüht, nicht die übliche Adraa Belwar zu sein.

Die Luft um mich herum peitscht hin und her. Der gelbe Wirbelsturm strudelt näher, bis ich ihn fühlen kann. Ich versuche, den Mund zuzuklappen, aber meine Kiefer werden aufgezwängt. Mein gesamter Körper kreischt vor Verwundbarkeit. Der Wirbelwind streift meine Zähne und taucht in meine Kehle hinab. Ich würge. Hände pressen mir den Mund so schnell zu, dass meine Zähne hart aufeinanderschlagen.

Erst rast Kälte durch meine Kehle, dann schlägt sie in tosendes, vernichtendes Feuer um. Und während alldem leiert Basu weiter seine Zauber. Niemanden scheren die Drohungen meiner Mutter oder der vereinbarte Kompromiss eines Lebens in der Kuppel statt der Todesstrafe. Ich werde von innen heraus umgebracht. Vor meinem geistigen Auge male ich mir aus, wie der Wirbelsturm tiefer sinkt und meine inneren Organe zerreißt. Vorerst jedoch bleibt er in meinem Hals und erstickt mich. Ich kann nicht atmen.

Basu gibt den Wächtern ein Zeichen, und sie lösen die Hände von mir. Plötzlich umklammern seine Finger meine Gurgel. »Schreit für mich.«

Ich gehorche, weil der Wind, das Feuer, die Schmerzen aus mir entfesselt werden wollen. Also schreie ich, was meine einzige Möglichkeit zu sein scheint, bis die Ränder meiner Sicht verschwimmen. Dann sehe ich nur noch, wie Basus gelbe Magie in meine sickert, als blutrote Spiralen wie Hitzewellen von meinem Arm aufsteigen. Mein Schrei überwältigt mich. Ich bestehe nur noch aus ihm. Bis er endlich endet. Der Druck auf meine Gurgel lässt nach. Ich sacke nach vorn, und der Stuhl knickt ein. Holz splittert, ein willkommenes Geräusch nach meinem ohrenbetäubenden Geheul. Dann liege ich da. Ich liege da und atme.

Vom kalten Steinboden aus sehe ich, wie Basu völlig verausgabt an einer Wand lehnt. Sein Sprechgesang ist verstummt. Der winzige Teil meiner selbst, der noch an etwas anderes als ans Atmen denken kann, ist froh, dass er keine Magie übrig hat und kurz vor dem Ausbrennen steht. Ein Wächter streckt sich nach ihm, doch Basu hebt die Hand. »Alles gut. Geh. Sag ihm, dass es erledigt ist. Sag ihm, es gibt Fürstin Belwar nicht mehr.«

Ich will protestieren, dass ich schon schlimmere Schmerzen als diese überstanden habe. Das war gar nichts. Ich bin schon bereit gewesen zu sterben. Habe dem Tod sogar ins Auge geblickt. Das ... das ist ...

Als ich aufstehen will, falle ich zurück auf die Knie.

Basu greift nach meinen Handschellen. Erschrocken stelle ich fest, dass sie wieder trüb und violett sind. »Die brauchen wir nicht mehr.« Er wischt sich erst die Hände ab, dann das schweißnasse Gesicht. »Ruht Euch aus, meine Liebe. Ihr seht so mitgenommen aus.« Er setzt dazu an, sich abzuwenden, hält jedoch inne. »Ach ja, etwas noch. Eine Botschaft von einem gemeinsamen Freund. Ich soll Euch ausrichten, Ihr müsst euch nicht darum sorgen, dass jemand hier herausfinden könnte, wer Ihr seid. Ihr seid wahrlich nicht mehr von Belang.«

Bevor ich etwas erwidern kann, knallt die Tür zu, und Ruhe kehrt ein.

Ich öffne den Mund, um mit einem Schrei zu zaubern, um meine Wut in Feuer zu entladen, doch es dringt nur Stille aus mir hervor. Die Muster an meinem Arm leuchten nicht auf, sogar jene an meiner Schulter nicht. Meine Magie ist noch vorhanden. Ich kann sie fühlen. Aber meine Worte und damit meine Fähigkeit, zu zaubern, sind weg.

Feuchtigkeit sickert in die Schatten und bedrängt mich. Lautlos schluchze ich vor mich hin. Ich möchte meinem Schmerz so verzweifelt Ausdruck verleihen, doch es geht nicht. Das einzige Geräusch ist das kaum hörbare nasse Platschen meiner Tränen auf den Stein unter mir.

Schon viele Male im Leben habe ich mich schwach gefühlt. Und ich weiß, dass manche mich von Anfang an als schwach angesehen haben. Ich bin eine einarmig Berührte, kann kaum weiße Magie wirken, bin bei der Prüfung der Götter durchge fallen. Außerdem habe ich mein Volk im Stich gelassen, indem ich mich von Mooleks Plänen habe überrumpeln lassen. Trotzdem bin ich nie machtlos gewesen. Und erst recht nicht stimmlos.

Bis jetzt.

Kapitel 8

Umgang mit dem Tod

Jatin

»Wie konnten sie das tun? Wie konnte das passieren?«

Seit fünf Stunden hallen diese immer gleichen Fragen in meinem Schädel wider, deshalb bekomme ich es gar nicht mit, als jemand anders sie stellt. Chara, mein Kindermädchen, seit ich vier Jahre alt war, sieht mich bei den Worten eindringlich an. Allerdings bin ich mir sicher, dass sie keine Antwort erwartet. Ich weiß nicht mal, ob sie Adraas Verurteilung oder den besorgniserregenden Zustand meines Vaters meint. Er liegt ausgestreckt auf dem Bett. Endlich atmet er zumindest gleichmäßig.

Wir sitzen in der Klinik in den Bergen, die mein Vater nach dem Tod meiner Mutter eingerichtet hat. Die Sonne strömt herein, als wolle sie mit ihrem buttergelben Licht prahlen. Wasser tropft vom Eisdach auf die Pflanzen und Kräuter. Frostlight-Äste werfen fröhliche Schatten.

Ich löse den Blick von der Arbeitsplatte und den Regalen mit Zutaten zu meiner Rechten. Adraa und ich haben dort gesessen, als ich ihr einen Trank gegen ihre Krämpfe zubereitet habe. Das war damals unser erster wirklich entspannter gemeinsamer Moment. Bis dahin hatten wir fast ausschließlich lebensbedrohliche Erlebnisse miteinander geteilt. Überall sind Erinnerungen, und mir graut vor der neuen, die sich vor mir auftut. Papas Gesicht sieht aus, als würde der Gandhak immer noch ausbrechen und sich dessen Asche in seine Haut brennen.

»Ich weiß es nicht«, flüstere ich heiser. »Ich weiß es nicht.«

Chara ist mittlerweile über neunzig Jahre alt, dennoch fühlen sich ihre Hände kräftig an, als sie mir den Rücken reibt. Nie zuvor bin ich dankbarer für sie gewesen – sie gehört zu den wenigen Menschen, denen ich noch vertrauen kann. Der Gerichtssaal hat mein Vertrauen in mächtige Vertreter des Gesetzes erschüttert.

»Genau wie du ist er stark. Deshalb weiß ich, dass alles gut wird. Er wird wieder gesund, und du bekommst sie zurück.«

Versuch nicht, mich rauszuholen.

Wie soll ich Adraa zurückbekommen, wenn sie von mir verlangt hat, nichts zu unternehmen? Die bittere Ironie setzt sich in meiner Kehle fest. Wir haben unsere Rollen gespielt. Adraa hat sich wieder geopfert, und ich war … nutzlos. Will Adraa deshalb, dass ich es nicht mal versuche? Warum? Warum hat sie das gesagt? Sie muss doch wissen, dass ich nicht auf sie hören werde. Das kann ich nicht.

Als meine Gefühle überkochen, springe ich auf. Mit einem Ruck werfe ich eine Bank mit Topfpflanzen um. Das laute Krachen dröhnt durch die strahlende Helligkeit. Keramik zerbirst. Erde spritzt umher. Der Anschein von Ordnung wird ins Chaos gestürzt. Einen flüchtigen Moment lang verspüre ich Befriedigung. Dann taucht vor mir das Bild von Prisha inmitten der Trümmer der von ihr verursachten Verwüstung in der Klinik ihrer Mutter auf.

Ich bin nicht besser als sie.

»Verdammt noch mal«, fluche ich.

Chara erschrickt – nicht wegen des Lärms, sondern über meine Ausdrucksweise. Ich fluche sonst nie. Aber was bedeutet es, dass ich am liebsten die ganze Welt verfluchen würde?

»Tut mir leid. Ich räume das auf.«

»Ist schon gut. Wenn jetzt nicht der richtige Zeitpunkt ist, um etwas zu zertrümmern, dann weiß ich nicht, ob es je einen geben würde«, flüstert Chara. Denselben Ton haben die Leute im Palast angeschlagen, nachdem ich meine Mutter verloren hatte. Was bedeutet …

Ich kann nicht an den Verlust beider im selben Satz denken. Nicht nach diesem Morgen. »Gibt es irgendetwas Neues?« Maharani Belwar hat die strudelnde rosa Magie eingerichtet, die über dem Kopf meines Vaters schwebt, um ihn zu stabilisieren. Aber nachdem sie ihn gleichmäßig zum Atmen gebracht und verkündet hatte, dass ihm nichts fehlte – er hatte weder einen Herzinfarkt noch einen Schlaganfall –, ist sie verständlicherweise gegangen. Wir haben beide viel zu verarbeiten, viel zu betrauern. Nur solange ich nichts unternehmen und herausfinden kann, was dem einzigen Angehörigen fehlt, den ich noch habe, ist keine Pflanze vor mir sicher. Auch sonst nichts.

Chara runzelt die Stirn. Die Falten in ihrem Gesicht vertiefen sich. »Wir müssen geduldig sein. Die Maharani hat ihn stabilisiert. Sie hat den schweren Teil übernommen. So kann ich dafür sorgen, dass er weiteratmet, so lange es eben dauert, bis er sich erholt.«

»Ist seine Temperatur gestiegen?«, fragt eine Stimme von der Tür aus.

Ich wirble herum und erblicke Maharani Belwar auf der Schwelle. Sie trägt noch denselben orangefarbenen Sari wie bei der Verhandlung. Nur sind mittlerweile die Falten zerknittert, und den unteren, mit aufgehenden Sonnen verzierten Saum verunstalten Grasflecken. Ihre Augen sind gerötet.

»Maharani Belwar, danke, dass Ihr zurückgekommen seid. Ich …« Ohne zu überlegen, verneige ich mich und lege die Finger an den Hals.

»Bitte.« Ihre Stimme klingt müde. »Bitte lass die Förmlichkeiten. Nenn mich Ira.« Ohne mich weiter zu beachten, tritt sie ein und kniet sich neben meinen Vater. »Und es tut mir leid, dass ich überhaupt gegangen bin. Es ist nur so, dass ich Tests lieber in meiner eigenen Klinik durchführe«, erklärt sie, bevor sie zaubert.

Ich versuche, auf die Worte der Beschwörungen zu achten, doch sie entziehen sich mir. Sogar Chara scheint damit überfordert zu sein, und sie gehört zu den besten Heilerinnen, die Naupure zu bieten hat. Vermutlich sind die Lehren auf der Insel Pire, von der Adraas Mutter stammt, tatsächlich unübertrefflich. Was die Maharani jedoch dann tut, möchte man eigentlich nie bei einer Heilerin sehen – seufzend lässt sie den Kopf hängen und reibt sich die Schläfen.

»Was ist?«, frage ich.

Sie sieht mir unverwandt in die Augen. »Es ist, was ich befürchtet habe. Gift.«

»Gift?« In meinem Kopf läuft die Erinnerung an Adraas Verhandlung ab. Die zitternden Hände meines Vaters, seine ungewöhnliche Stille. Die Müdigkeit vergangenen Abend. Er war nicht besorgt, sondern hat sich unwohl gefühlt. Und ich Idiot habe es nicht bemerkt. *Haben wir keine Vorsichtsmaßnahmen? Hat niemand sein Essen vorgekostet?*

Die Maharani dreht sich mir vollständig zu. »Ich glaube nicht, dass er es durch Essen zu sich genommen hat.«

Erschrocken wird mir klar, dass ich meine verärgerten Gedanken wohl laut ausgesprochen haben muss. Aber für Verlegenheit habe ich keine Zeit. »Wie dann? Wie ist er vergiftet worden?«

»Es ist wie ein Zauber in seinen Körper eingedrungen.«

Unser beider Blicke wandern über die gebrechlich wirkende Gestalt meines Vaters.

»Ein Folterzauber?« Aber das ergibt keinen Sinn. Folterzauber sind direkte rosa Magie, die den Körper mit verheerenden Schmerzen statt mit Heilung fluten. Und ich habe jeden in jenem Saal gewirkten Zauber bezeugt. Ich war aufmerksam, weil wir alle an der Schwelle zu einem Gefecht gestanden haben. Aber vielleicht war es so gewollt. Vielleicht hat sich jemand an meinen Vater angeschlichen, während wir über Adraas Schicksal diskutiert haben.

»Nein. Es war eher etwas, das langsam eingesickert ist. Und heute hat jemand die letzte Dosis freigesetzt. In Form eines Zaubers, den wir nicht bemerkt haben. Oder vielleicht war es ein Trank, der auf irgendetwas reagiert hat.«

Langsam. Das bedeutet, es könnte sich über Wochen hingezogen haben. Und ich habe ihn vernachlässigt, bin bei jeder sich bietenden Gelegenheit aus dem Azur-Palast geeilt, um auf mein Signal zu reagieren und Zeit mit Adraa zu verbringen. »Wird er wieder gesund? Wie können wir ihn heilen?«

»Das erinnert an einen meiner Fälle. Leider liegt der Mann immer noch in meiner Klinik im Koma.«

Riyas Vater, Herr Burman. Adraas Lehrmeister und Wächter. Die Gewalttat, durch die Adraa ihren Kreuzzug als Jaya Rauch begonnen hat. Verdammt!

»Bist du sicher?«

»Deshalb bin ich gegangen. Um mich zu vergewissern. Es ist nicht ganz dasselbe – Herr Burman wurde mit einer schweren Dosis angegriffen, vielleicht mit einem Folterzauber. Das hier« – sie deutet auf meinen Vater – »geht, wie gesagt, schon eine Weile so. Und ich brauche Zeit, um herauszufinden, welcher Zauber oder welche Giftstoffe verwendet wurden.«

»Heißt das, wir können nichts tun?«

Der Blick der Maharani wandert zu Chara, und ich erkenne die Bedeutung. Mein ehemaliges Kindermädchen auch. Sie steht auf und verneigt sich. »Ich werde mich *wie immer* daran halten, was Ihr auf das Krankenblatt schreibt.« Damit schlurft Chara aus der Klinik und dreht sich erst im letzten Moment um, nickt uns zum Abschied zu.

Wie immer? Adraa hat mir das Geheimnis ihrer Mutter verraten – über das Netzwerk der Klinik, den Strom der Informationen über die Stadt und darüber, was darin vorgeht. Aber ... doch nicht mein ehemaliges Kindermädchen, oder?

»Sie ... Sie gehört zu dir.« Ich weiß nicht mal, ob ich es als Frage formulieren soll.

Maharani Belwars Mund zuckt, wodurch ihre einst gebrochene Nase deutlicher zur Geltung kommt. »Oder ich zu ihr. Vor deiner Geburt war sie *mein* Kindermädchen auf Pire.« Sie setzt ein Lächeln auf, als sie ein Geheimnis offenbart, von dem ich nicht mal geahnt habe. »Wir mit rosa Stärke halten zusammen. Was glaubst du, wer dabei geholfen hat, das hier zu erschaffen?« Sie deutet um uns herum auf den Ort, den ich für eine Besessenheit meines Vaters gehalten habe – eine regelrechte Festung voller Heilzubehör, um zu verhindern, dass jemals wieder jemand auf diesem Berg stirbt. Aber natürlich konnte er das nicht allein einrichten.

Als ich wieder Maharani Belwar ansehe, wirkt ihre Miene entschlossen. »Ich verspreche dir etwas, Jatin. Ich werde alles in meiner Macht tun, um deinen Vater zu heilen. Aber dafür muss ich mich darauf verlassen können, dass jemand *anderes* daran arbeitet, meine Tochter aus der Kuppel zu befreien.«

Stille umhüllt uns. Einen Moment lang frage ich mich, ob ich mich verhört habe. »Du willst, dass ich gegen das bedeutendste Gesetz von Belwar verstoße? Ein Gesetz, das dein Ehemann eingeführt hat?«

»Nein, nicht du. Dafür brauche ich *Nacht.*« Als sie mein Zögern bemerkt, fährt sie fort. »Wir werden niemanden überzeugen können, dass Adraa wegen Moolek in der Kuppel festsitzt.«

Das sehe ich auch so. Allerdings deutet sie mein Zögern falsch. *Versuch nicht, mich rauszuholen.* Die Worte dröhnen durch meinen Schädel. Ungeachtet der Aufforderung von Maharani Belwar und der Maske hat sich Adraa unmissverständlich ausgedrückt.

Ich umklammere das Schutzgitter am Bett meines Vaters. Der aus Weiden geflochtene Rahmen erzittert. »Und wenn Adraa das gar nicht will?«, murmle ich.

Als ich schließlich aufschaue, hat die Maharani Tränen in den Augen. »Hat sie das zu dir gesagt?«

Ich nicke, teile ihren Kummer. Sie haben Adraa mitgenommen. Man hat sie uns entrissen, und sie hat es zugelassen, hat uns nicht erlaubt, um sie zu kämpfen.

Die Maharani atmet tief durch. Aus dem Augenwinkel beobachte ich, wie sie die Tränen wegwischt. Mehrere Herzschläge lang sitzen wir schweigend da, bis sie das Wort ergreift. »Weißt du, dein Vater hat von Anfang an gesagt, dass Adraa dazu bestimmt ist, eine Naupure zu werden. Und ich habe verstanden, was er damit gemeint hat. Naupure ist bekannt dafür zu wissen, wann man zurückschlagen kann und wann man besser politisch mitspielt. Euer ganzes Land beruht auf der Flucht vor Mooleks Vorurteilen und dem Aufbau eines eigenen Systems. Adraa ist immer eigenwillig gewesen und hat gewusst, wann man zurückschlagen kann und wann man ...« Mit zittriger Stimme verstummt sie kurz. »Sosehr es mir widerstrebt, das zu sagen, sie hat die richtige Entscheidung getroffen.«

Ich lasse den Kopf auf die Hände sinken. Obwohl sie recht hat, frisst mich der Schmerz auf. Ich habe nicht genug getan.

»Aber ich persönlich habe in jener Nacht auch Belwar in dir gesehen«, fügt die Maharani hinzu.

Mit einem Ruck schaue ich wieder auf. Mein Name ist mein Land und haftet an mir wie Rost an Eisen. »Belwar in mir? Wodurch?« Bei meiner ersten Begegnung mit Adraa war ich ein unhöfliches, verwöhntes Kind und wurde für mein Verhalten von ihr geohrfeigt. Weil ich etwas so Peinliches nicht zugeben wollte, habe ich es heruntergespielt und geleugnet. Das hört sich für mich nicht nach Belwar an. Vor allem, weil ich immer Belwars Haupteigenschaften – Stärke und Mitgefühl – mit Adraa in Verbindung gebracht habe.

»Weil du immer wieder aufstehst, wenn du niedergeschlagen wirst – obwohl es nicht einfach ist, dich umzuhauen.«

Ich ringe mir ein Lächeln ab. »Niedergeschlagen? Meinst du nicht eher geohrfeigt?«

»Bitte, wir kennen doch beide meine Tochter. Sogar eine Ohrfeige muss sich angefühlt haben, als wärst du von einem orangefarbenen Magiestoß getroffen worden.« Natürlich übertreibt sie, genau wie ich seit Jahren. So hart hat Adraa mich auch wieder nicht getroffen. Mich hatte bloß ihre Wildheit erschrocken, ihre Reaktion an sich. Es war das erste Mal, dass mir jemand widersprochen hatte.

Aber vielleicht muss jetzt ich Adraa ausnahmsweise widersprechen. Vielleicht muss ich wie ein Naupure sein – der weiß, wann man besser gehorcht und wann man selbst entscheiden sollte.

In meinem Hinterkopf erhebt sich eine neue Stimme, lauter als die von Adraa. Und sie spricht eine deutliche Aufforderung aus. *Geh. Finde sie. Befreie sie.*

»Ich hole sie zurück. Das schwöre ich dir.« Als Nacht. Als Jatin. Wer auch immer ich dafür sein muss.

Die Maharani nickt. »Gut. Ich rede mir nämlich nicht ein, dass meine Drohungen sie überzeugt haben. Die haben sie nicht ohne Grund am Leben gelassen. Und egal, wie ich es betrachte, es kann kein guter Grund sein.«

Ein Schauder durchläuft mich. Mittlerweile habe ich einiges über Ira Belwar erfahren. Deshalb weiß ich, dass sie brillant ist – und sich selten irrt.

***

Sobald mich die neue Überzeugung gepackt hat, Adraa zu retten, verliere ich keine Zeit. Ich stürme in die Waffenkammer. Schwerter und sonstige Waffen, die ich selten benutze, säumen die Wände. Ausrüstung und Kartenmaterial stapeln sich auf einem großen Holztisch und einem Weidenhocker. Aus dem angrenzenden Raum, wo neue Waffen hergestellt werden, wallt Hitze herein. Der Ort riecht nach einem sich anbahnenden Krieg. Kalyan steht groß und beeindruckend mittendrin. Er steckt gerade Dolche in Scheiden an seinem Gürtel.

»Wird langsam Zeit, dass du aufkreuzt.« Mein bester Freund wirft mir etwas zu. Instinktiv fange ich es auf. Der harte Griff meines Himmelsgleiters, den Adraa mir geschenkt hat, drückt gegen meine Handfläche. »Womit fangen wir an?«, fragt Kalyan.

Ich entfalte meinen Himmelsgleiter, indem ich weißen Rauch in das Holz strömen lasse. »Wir gehen jagen.«

Kapitel 9

In der Kuppel

Adraa

Fünf Tage vergehen. Ich begegne weder irgendeiner Menschenseele, noch verlasse ich meine Zelle. Stunden nach Basus Abgang bin ich eingeschlafen. Als ich aufgewacht bin, habe ich an der Tür eine hellorangefarbene Kurta und eine Fliegerhose entdeckt. Mein verzierter Sari wird zu einer Decke. Anfangs versuche ich in der stillen Dunkelheit alles, um meinen Armen etwas Magie zu entlocken und den Raum zu erhellen. Meine Macht regt sich unter der Haut, aber letztlich kapituliere ich vor der Wirklichkeit: Ohne Stimme habe ich keine Möglichkeit, Zauber zu wirken.

Die Zeit verfolge ich mithilfe der Hand, die zweimal täglich in meine Zelle ragt, um mir Essen zu bringen und die leeren Teller mitzunehmen. Am zweiten Tag jagt mir das Angst ein. Am dritten Tag habe ich genug geweint, um die Bucht mit Tränen zu füllen. Nach vier Tagen hat sich die Traurigkeit in mir gelegt, allerdings hat sich bisher keine neue Entschlossenheit eingestellt. Und meine Augen erinnern sich noch an die Tränen.

Gelegentlich höre ich ein Rumoren und habe das Gefühl, die Zelle erbebt unter einer unbekannten Aktivität in den Tie-

fen der Kuppel. Aber mittlerweile habe ich genug. Fünf Tage –
glaube ich –, und ich bin bereit für das Ende dieser Quarantäne. Vielleicht wissen das auch meine Kerkermeister. Vielleicht
gibt es ein System aus Misshandlungen und Kontrolle, denn
am fünften Tag öffnet sich quietschend meine Tür, und der
größte Wächter, den ich je gesehen habe, steht am Eingang.

Nach fünf Tagen, in denen ich kein anderes Gesicht gesehen habe, ist seines kein erbaulicher Anblick. Auch wenn ich
nicht wählerisch bin, es lässt sich nicht übersehen, dass sich
seine Zähne anscheinend kaum entscheiden können, ob sie
sich innerhalb oder außerhalb des Munds wohler fühlen.
»Komm mit, Neue. Gehen wir«, sagt Überbiss.

Wohin? Ich öffne den Mund, um zu fragen. Und vergesse
es. Ersticke förmlich an Luft. Ich breche ein klein wenig mehr.
Aber zumindest kann ich mich darüber freuen, noch etwas zu
fühlen. Immerhin bin ich lebendig genug, um etwas zu empfinden.

Ich rapple mich auf. Wen kümmert schon, wohin wir gehen? Überall ist es besser als in dieser feuchten Isolation.

Wir gehen durch einen Korridor, eng und gewölbt wie ein
Tunnel. Dann mündet er unverhofft in einen Raum. Ich hebe
die Hand, um meine Augen vor der Helligkeit abzuschirmen,
obwohl die Lichtstrahlen auf ihrem Weg abgelenkt werden
und nur gebrochen zu mir herabdringen. Im Vergleich zu der
Dunkelheit, in der ich gehaust habe, ist das Licht stechend und
flimmert wild.

Als sich meine Augen an die Helligkeit gewöhnt haben, erkenne ich, dass ich auf einer zerklüfteten Klippe stehe und ins
Innere der Kuppel blicke. Außen besteht das Gebäude aus
glattem Sandstein, innen hingegen aus rauem schwarzen Gestein. Als schneide man einen makellos aussehenden Apfel auf,

um festzustellen, dass er faul ist. Mitten im Gefängnis ragt ein krummer, mindestens zehn Stockwerke hoher schwarzer Turm empor. Ins höhlenartige Innere gehauene Plattformen säumen die Außenwände. Vom Rand jeder Plattform baumelt ein kugelförmiger Käfig an Strängen gelber Magie, die in den Turm münden. Schmale Wege verbinden die Klippen mit dem Turm und erschaffen einen Irrgarten aus Brücken und dunkler Leere.

Verblüfft von der schieren Menge magischer Energie, die durch die Adern dieser Anlage pulsiert, trete ich einen Schritt zurück. Wie kann es sein, dass ich nichts über den inneren Aufbau der Kuppel wusste? Scherzhaft heißt es immer, die Bewohner der Insel Pire hätten ihre Kerker über dem Meer schwebend an den Klippen angelegt. Ich hätte nie gedacht, dass es in Belwar in dieser Kuppel etwas Ähnliches gibt. Wie konnte ich so ahnungslos sein?

Der Wächter sieht mich mit zusammengekniffenen Augen an und deutet auf die nächstgelegene Brücke, die zum Turm führt. »Ich hoffe, du hast keine Höhenangst.«

Er scheucht mich voraus. Ich denke daran zurück, wie ich mich vor fünf Tagen geweigert habe, weiterzugehen, und dafür in den Dreck gestoßen wurde. Da diesmal so wenig Boden in der Nähe ist, gehorche ich lieber, betrete den schmalen Pfad und rücke über den Abgrund der Kuppel vor.

Unterwegs weht mir ein Windstoß entgegen und trägt mir einen feuchten Modergeruch zu. Daran werde ich mich wohl gewöhnen müssen. Oder er wird sich an mich gewöhnen. Von der Brücke aus kann ich die baumelnden Zellen besser erkennen. Es sind etliche Reihen, und alle sehen gleich aus. Sie schweben auf Ansammlungen gelber Magie wie die Flugstationen über Belwar. Jede Zelle enthält zwei Betten, ein Waschbecken, einen Vorhang in der Nähe der Felswand und zwei Gefangene in hellorangefarbener Kleidung.

Die Hexen in den Käfigen starren herab, als wir unter ihnen vorbeigehen. Der Raum ist zwar riesig, trotzdem kleiner, als ich erwartet habe. Dann wird mir klar, dass es sich bei den Gefangenen, etwa hundert an der Zahl, ausschließlich um Frauen handelt. Es muss noch einen anderen Bereich geben, in dem die Männer untergebracht sind, einen weiteren runden Raum mit von den Felsen hängenden Zellen.

Die Blicke der Gefangenen haften an mir. Ich komme mir vor, als würde ich erneut in den Gerichtssaal geführt, um verurteilt zu werden. Wissen sie, wer ich bin? Warum man mich hier eingesperrt hat?

Ein Summen schwirrt durch die Luft, und ich erschrecke, als mich der Wächter am Arm packt. Die gesamte Kuppel scheint sich zu bewegen. Die magischen Stränge straffen sich. Bevor ich begreife, was ich sehe, werden die Zellen auf die jeweiligen Plattformen gezogen, und die Türen öffnen sich. Gefangene strömen auf die äußeren Simse der Kuppel und treten den Weg nach unten an. Wächter auf Himmelsgleitern rasen durch die Luft heran und brüllen alle an, die sich zu langsam bewegen. Sofort fällt mir auf, wie viele der Gefangenen Handschellen tragen. Ich reibe die eigenen mittlerweile nackten Handgelenke.

»Gemeinschaftszeit«, erklärt der Wächter. »Für diejenigen mit guter Führung.« Mir gefällt nicht, wie er es betont. Andererseits gefällt mir nichts von alldem hier.

Schließlich erreichen wir den Turm, und der Wächter wischt mit grüner Magie über das Gestein. Blätter wachsen daran und bilden einen Griff. Der Wächter zieht mit einem Ruck daran, öffnet eine Tür. Mit einem Nicken bedeutet er mir, einzutreten. Machtlos und ohne Fluchtmöglichkeit rücke ich in die Dunkelheit vor. Eine Wendeltreppe erwartet mich. Wir steigen hinauf, bis wir auf einen Gang stoßen.

Erst herrscht Stille, dann hallen Schritte hinter uns wider.

»Oha, Vihaan. Was ist denn hier los?« Eine Frau löst sich aus den Schatten. Ihr selbstbewusstes Auftreten und ihre Bewegungsfreiheit lassen auch ohne, dass sie eine Uniform trägt, darauf schließen, dass es sich um eine Wächterin handelt. Ich blicke ins Gesicht der älteren Frau, die das Haar zu einem Dutt hochgesteckt trägt. Sie hat so viele Sommersprossen, dass man meinen könnte, sie sammelt sie. »Eine Neue? Du weißt, dass immer ich den ersten Blick auf sie werfe.« Sie mustert mich. »Vor allem auf die Hübschen.«

In meiner Magengrube regt sich eine Kälte, die mir sagt, dass mich das Kompliment beunruhigen sollte. Sims, Geschäftsführer im Untergrund, hat etwas Ähnliches gesagt, als er mich zum ersten Mal gesehen hat. *Du bist hübsch genug, um dich in Betracht zu ziehen, aber vielleicht ... zu hübsch. Du kommst mir nicht wie eine Kämpferin vor.* Ich habe ihm das Gegenteil bewiesen. Mein Blick löst sich von der Frau. Vielleicht ist das alles, was von mir übrig ist. Mein Aussehen.

Vihaan brummt: »Der Aufseher hat *mir* aufgetragen, sie zu holen.«

Die Frau setzt ihre Musterung fort. »Ist das Niras Ersatz?« Der Schmerz und die Überraschung in ihrem Tonfall bewegen mich dazu, mir den Namen zu merken. Nira. Wie könnte ich in der Kuppel jemanden ersetzen? Außer, sie meint in ihrem Bett.

»In welche Zelle kommt sie?«, fragt die Frau mit Neugier in der Stimme. »Wohl in meinen Abschnitt, oder?«

»Nummer 317.«

Sie zieht die schmalen Augenbrauen hoch. »Das muss ein Irrtum sein. Zu Harini? Sie ist noch …« Abrupt verstummt sie. Ich probiere leise den anderen Namen aus und präge ihn mir ebenfalls ein. Wie sie es sagt, lässt nicht darauf hoffen, dass sich mein Los zum Besseren wenden wird.

Die Frau fährt fort. »Die können Niras Ersatz nicht bei Harini unterbringen. Sie wird sie umbringen.«

»Das bezweifle ich«, entgegnet Vihaan.

»Harini hat diese Woche drei Frauen in die Klinik befördert. Keine davon war in der gleichen Zelle mit ihr gefangen.« Die Frau drängt zur Tür. »Lass mich mit dir mitgehen und mit dem Aufseher reden.«

»Nur ich, hat er gesagt«, erwidert Vihaan barsch. »Und die Befehle erteilt hier der Aufseher.«

»Na schön, dann geh.« Sie wendet sich ab. »Wir wollen ihn keine Sekunde zu lange warten lassen.«

Ich vermute, der Aufseher ist ungeduldig, denn Vihaan vergeudet keine Zeit. Er schubst mich in einen großen Raum mit Fenstern, in dem es vor Magie schimmert. Die Stränge aller Zellen laufen hier zusammen. Nur ein Schnitt, ein Zauber, und die Käfige würden in die Tiefen der Kuppel stürzen.

Ein schlaksiger Zauberer mit hellbrauner Haut steht an der Verankerung der Magie und beobachtet jede meiner Bewegungen, als ich eintrete. Er scheint das Sagen zu haben, doch sein Gesicht ist völlig gewöhnlich. Auf der Straße würde ich ihm keinen zweiten Blick zuwerfen.

»Danke, Vihaan. Das wäre dann alles«, sagt er.

»Herr?«

»Ich will mich mit unserer Neuen unterhalten. Danach bringst du sie in ihre Zelle.«

Vihaan und sein Überbiss wenden sich ab.

»Und Vihaan? Sag Ekani, es *wird* Zelle 317.«

Im Raum scheint es dunkler zu werden, als sich die Tür schließt. Ich warte darauf, dass der Aufseher loslegt, sich in etwas unverkennbar Böses verwandelt, aber ich bekomme nicht mal ein Lächeln oder hämisches Grinsen. Dennoch ist *irgendetwas* an diesem Zauberer, das ich nicht einordnen kann, zutiefst beunruhigend.

Schließlich ergreift er das Wort. Seine Stimme klingt ruhig, aber hart und gebieterisch – wie gemacht dafür, ein Gefängnis zu leiten. »Ich will, dass keine Menschenseele in dieser Anlage erfährt, wer du bist. Verstanden?«

Was erwartet er von mir?

»Verdammt, nick doch einfach, Mädchen. Das Gehör hat Basu dir doch nicht genommen, oder? Mir wurde erzählt, du wärst temperamentvoll. Sag bloß, wir haben dich schon gebrochen.«

Mein Hass regt sich. Magie strömt in meine Hände, bereit für einen Zauber. Aber ich kann nichts tun, kann nichts sagen. Langsam zieht sich die Energie zurück.

Ich nicke.

»Gut. Das dient vor allem deinem Schutz. Wir wollen schließlich nicht, dass du schon in der ersten Woche stirbst, oder? Das wäre schlecht fürs Geschäft.« Er späht aus dem Fenster, beobachtet von seinem Wachturm aus das Treiben in der Kuppel. Dann erkenne ich, was an dem Kerl so beunruhigend ist. Er blinzelt nicht. Noch kein einziges Mal.

»Wie also lautet dein neuer Name? Schreib ihn für mich auf, ja?« Er drückt mir einen Stift in die Hand. Ich weiß nicht, was genau er von mir will, denn er hat mir kein Pergament gereicht. Dann jedoch zeigt er auf den Boden zu unseren Füßen.

So weit ist es gekommen? Ich kritzle meinen Namen wie ein Kind, das seine Zauber lernt und sie sich einzuprägen versucht.

Kurz zögere ich, aber wenn mich die letzten Tage eins gelehrt haben, dann dass Lügen einfacher sind, wenn ein Körnchen Wahrheit darin steckt. *Jaya,* schreibe ich. Die alte Gewohnheit und Persönlichkeit heißen mich willkommen wie eine lang vermisste Freundin. Ganz einfach. Und schon bin ich wieder Jaya, ohne echte Vergangenheit, ohne echte Zukunft.

»In Ordnung, Jaya. Willkommen in der Kuppel«, sagt der Aufseher, fährt mit dem Stiefel über die Buchstaben und löscht damit die vielleicht letzte Chance für mich aus, mich mitzuteilen.

***

Meine Gegenwart in dem Raum schien nicht länger erwünscht zu sein. Als Nächstes lerne ich meine Zellengenossin kennen, die unheilvolle Harini.

Der Käfig, zu dem mich Vihaan führt, hängt wie die anderen mit zwei Betten und einem Waschbecken von der Felswand. Als er auf seine Plattform gehoben wird, setzt sich die junge Frau darin auf ihrer schmalen Pritsche auf. Ihre Hautfarbe erinnert mich an die der Menschen von Pire, dunkel und wunderschön wie meine Mutter. Kurzes, lockiges Haar streift ihre Schultern. Außerdem hat sie ein blaues Auge und eine geschwollene Lippe. Da sie nicht wie die anderen aus der Zelle gelassen wurde, vermute ich, ihre Führung ist weniger gut.

»Du hast jetzt eine Zellengenossin«, verkündet Vihaan, als wir den Käfig betreten.

Die junge Frau steht auf. Ohne mich auch nur anzusehen, greift sie sich ein Bündel Pergament und streckt das oberste

103

Blatt vor. In großen schnörkeligen Buchstaben steht darauf: *Nein.*

Allein das verrät mir zweierlei. Erstens ist meine Zellengenossin gefühlskalt – kälter als diese Zelle. Zweitens besitzt sie wie ich keine Stimme.

Beim letzteren Gedanken kommt mir die Galle hoch. Sie tun das auch anderen an. Ich hatte gehofft, ich wäre ein Einzelfall – zu temperamentvoll, zu berüchtigt, wie der Aufseher gesagt hat. Mir widerstrebt zutiefst, wie falsch ich damit gelegen habe. Und ich bereue, dass ich die Kuppel am Rand des Westdorfs links liegen gelassen und damit zugelassen habe, dass Korruption und illegale Magie darin Fuß fassen konnten.

»Das ist nicht verhandelbar«, teilt Vihaan der jungen Frau mit. »Der Nordflügel wird noch repariert. Wir brauchen den Platz.« Er klingt besorgt. Die junge Frau schäumt sichtlich vor Wut. Das Papier flattert zu Boden. Ich halte still, bemerke die Anspannung in ihren Beinen. Das ist die einzige Vorwarnung ihres Angriffs. Abrupt springt sie vorwärts. Aber Vihaan erweist sich als zu schnell, oder er hat damit gerechnet, denn er schließt die Tür unseres Käfigs. Meine Zellengenossin kann nur noch mit den Fäusten gegen das cremefarbene Glas hämmern.

Kopfschüttelnd sieht er erst sie an, bevor er den Blick auf mich richtet. »Versuch, nicht zu sterben.« Wenigstens besitzt er den Anstand, mitfühlend dreinzuschauen. *Versuch, nicht zu sterben.* Das tue ich seit Monaten. Tatsächlich bin ich nur hier, weil ich den Tod meiner gesamten Stadt zu verhindern versucht habe.

Ich strecke die Hände aus, als die Frau sich umdreht, und plane bereits, das Bett als Barriere zu benutzen, falls sie mich angreift. Stattdessen starrt sie mich zornig an, bevor sie etwas

auf ein anderes Pergament kritzelt. Als sie es mir entgegenstreckt, bin ich argwöhnisch, aber neugierig.

*Wir sind nichts füreinander. Keine Freundinnen. Keine Fein-
dinnen. Versuch nicht, das zu ändern. Du willst mich nicht als
Feindin haben.* Sie fixiert mich mit einem eisigen Blick, während sie *nicht* dreimal unterstreicht, ohne auch nur nach unten
zu schauen. Da ich vermute, dass sie ein Nicken sehen will,
gebe ich es ihr. Als sie sich abwenden will, bemerkt sie, wie ich
das Pergament betrachte. Ich meine, die Frau hat *Pergament* –
ein Mittel zur Verständigung.

Sie fügt eine weitere Zeile hinzu. *Rühr das an, und du wirst
dir wünschen, du wärst tot.*

Kapitel 10

Aufgeflogen

Adraa

Innerhalb eines Tages verfalle ich in die Routine der Kuppel. Kleine ovale Oberlichter öffnen sich bei Tagesanbruch und schließen sich bei Sonnenuntergang, windbetrieben wie der Großteil der Einrichtungen in der Anlage. Tagsüber erhellen vereinzelte runde Lichtstrahlen den Bereich der Käfige. Dazwischen werden die Gefangenen dreimal täglich aus den Zellen gelassen. Das erste Mal zu einem frühen Mittagessen. Das zweite Mal zur Gemeinschaftszeit am Nachmittag. Das dritte Mal zum Abendessen.

Harini ist das Gegenteil von hilfsbereit. Aber zumindest hat sie noch nicht versucht, mich im Schlaf umzubringen. Ein kleiner Lichtblick. Doch kann ich mit Vihaans und Ekanis Warnungen überhaupt schlafen? Nein, natürlich nicht. Um hier rauszukommen, muss ich überleben. Ich muss einfach abwarten und lernen, wie man mit einem offenen Auge schläft.

Die Wächterin, Ekani, lässt mir keine Ruhe. Die Kantine befindet sich unten in der Kuppel und strotzt vor Wächtern, die an den Wänden lehnen und so tun, als würden sie die Gefangenen beobachten. Ekani gibt sich keine Mühe, etwas zu verbergen. Bei jeder Mahlzeit spüre ich ihre Blicke auf mir.

Vielleicht versucht sie nach wie vor abzuwägen, wie viele Schwierigkeiten ich ihr bereiten werde. Aber ich will überhaupt nichts mit ihr zu tun haben. So viel weiß ich mit Sicherheit.

Am dritten Tag habe ich mir ein ausreichendes Bild über ihren Charakter gemacht. Ekani ist wie eine Unternehmerin, die mit Menschen arbeitet, ein weiblicher Sims. Ihr mag sein Händchen für Werbung fehlen, aber sie leitet ihren Zellenbereich auf eine Weise, die gleichermaßen für Respekt und Angst sorgt. Wichtiger noch, es gibt ein unübersehbares Einverständnis zwischen ihr und den anderen Wächtern. Niemand mischt sich in ihren Bereich ein. Und niemand legt sich mit ihren Stimmlosen an. Wie ich erfahre, nennt man uns so, diejenigen, denen die Stimme genommen wurde. Diejenigen, die früher einmal mächtig waren, Sechser oder höher.

Dem Wahnsinn liegt eine Ordnung zugrunde. Wie allem im Leben hat man ihm eine Hierarchie aufgezwungen. Mit einem entscheidenden Unterschied – die Stimmlosen sind ganz unten angesiedelt und unterstehen Ekanis Aufsicht. Ich achte aufmerksam darauf, wie viele wir sind. Einschließlich meiner Zellengenossin und mir zähle ich neun. Was in gewisser Weise einen Sinn ergibt. Die meisten meiner Mitgefangenen sind Unberührte oder höchstens Dreier. Es handelt sich um jene, die zum Überleben auf der Straße alles tun mussten, vor allem gegen das Gesetz verstoßen.

Nachdem sie mich seit unserer ersten Begegnung ignoriert hat, drängelt sich Harini am sechsten Tag bei der Essensausgabe vor mich. Auch sämtliche andere Häftlinge weichen zur Seite, um Platz für sie zu machen. Wie eine Welle zieht sich die Bewegung durch die Menge. Teller schrammen über die Theke der Essensausgabe, als Hexen mit Handschellen geradezu panisch zurückspringen, um aus der Warteschlange auszubrechen. Lange, eng geflochtene Weidentische und robuste Stühle nehmen den Großteil des Saals ein. Obwohl er so weitläufig ist, entgeht mir nicht, wie die anderen Gefangenen aufstehen und sich entfernen. Dabei habe ich Harini bei nichts anderem als vernichtenden Blicken beobachtet. Trotzdem sprechen die Reaktionen der anderen Häftlinge lauter als Worte.

Ich betrete den runden Speisesaal allein und mit so wenig Aufsehen wie möglich. Und wie immer, wenn ich einen öffentlichen Raum betrete, bete ich, dass niemand meine Anwesenheit bemerkt, vor allem nicht Ekani.

Vergeblich. Prompt bohrt sich ihr Blick in mich. Sie nähert sich mir, als ich den Weg zum hinteren Ende der Warteschlange antrete. Ein Mädchen ungefähr in Prishas Alter folgt ihr wie ein Schatten. Sie ist klein, dünn und hellhäutig. Ich habe schon gesehen, wie sie auf Ekanis Anweisungen durch den Speisesaal gehuscht ist.

»Du lebst noch, 317?«

Bevor Ekani etwas hinzufügen kann, legt das Mädchen den Kopf schief und beißt sich auf die Unterlippe. »Ich kenne dich«, verkündet sie.

Ich bin sprachlos. Zum ersten Mal weiß ich nicht, was ich überhaupt sagen würde, wenn mir die Stimme nicht genommen worden wäre. Ich habe keine Ahnung, wer dieses Mädchen ist. Aber das bedeutet nicht, dass sie mich nicht kennen kann. Wie es in Belwar Brauch ist, war ich der Öffentlichkeit vor meiner königlichen Zeremonie nicht bekannt. Nachdem das Getuschel und die Gerüchte begannen, wollten alle mein Gesicht sehen. Jeder wollte einen Blick auf das Monster werfen. Meine Eltern und das Palastpersonal ließen es nicht zu, aber im Verlauf der Jahre sind mir viele Belwarer in der Klinik meiner Mutter begegnet, und auch im Gerichtssaal waren Dutzende.

Ich will gerade verwirrt den Kopf schütteln, da spricht das Mädchen weiter. »Ja. Ganz sicher. Meine Güte. Weißt du, wer das ist, Ekani?«

Die Wächterin mustert mich abwägend. Ich versuche, die Angst zu unterdrücken, die sie mit Sicherheit an meiner Miene ablesen kann. »Der Aufseher hat gesagt, sie heißt Jaya.«

Eine Pause. Ich stelle mir vor, wie die nie blinzelnden Augen des Aufsehers diese Situation beobachten, wie sich sein Blick tief in mich bohrt und mich wissen lässt, dass ein einziger Fehler das Ende der Unsichtbarkeit bedeuten könnte, durch die ich die letzten sechs Tage überlebt habe.

»Ja. *Jaya Rauch.*« Die jüngere Frau knufft mich sichtlich aufgeregt in die Schulter. »Ich hab gesehen, wie du gegen Beckman, den Tsunami, gekämpft hast, bevor du aus der Käfigzauberszene verschwunden bist.« Sie wirft die Hände hoch. »Du hast zu den Besten gehört.« Dann scheint ihr klar zu werden, dass ich noch nichts erwidert habe. »He, das bist doch du, oder?«

Ich nicke. Noch nie zuvor war ich so dankbar für meine zweite Identität als Jaya Rauch. Aber ich darf niemals meine Arme zeigen – denn auch, wenn man mein Gesicht nicht kennt, jeder weiß von der berüchtigten einarmig berührten Adraa.

»Warum sagst du denn nichts? Oh verdammt, bist du …«

Ekani bestätigt meine Behinderung mit einem Nicken.

Das Mädchen lächelt. »Bei den Göttern, du bist noch mächtiger, als ich dachte. Was bist du? Eine Fünf?« Ihre Augen leuchten auf. »Eine Sechs?« Sie streckt die Hand nach meinem Ärmel aus. Ich halte sie auf. Als sie es erneut versucht, packe ich instinktiv ihr Handgelenk, nutze ihren Schwung, um sie herumzudrehen, und verrenke ihr den Arm. Dabei bemerke ich ihr Berührungsmal. Ihre Zeichen reichen nur bis zur Mitte des Unterarms. Eine klare Zwei. Mit einem spitzen Aufschrei windet sie sich. »Lass mich los, verdammte Stimmlose.«

»Anscheinend wird sie nicht gern angefasst«, merkt Ekani an, als würde sie einen alten Witz wiederholen.

Als mir klar wird, wie sehr ich den Arm der jungen Frau verdrehe, lockere ich den Griff und stoße sie weg. Ich bin so unbesonnen. Als hätte ich nicht schon genug Feinde. Ich hebe die Hände, als könnte ich mich damit retten und mir Vergebung sichern.

»Verdammt«, stößt das Mädchen wimmernd hervor.

Ekani scheint den Zwischenfall eher unterhaltsam zu finden. »Also war sie Käfigzauberin?« Sie wendet sich an das Mädchen. »Was war ihre Stärke? Rot, nehme ich an.«

Ich achte kaum auf Ekani, sondern mustere das Mädchen, das sich das Handgelenk hält und mich finster anstarrt. Vergeltung ist eine natürliche Empfindung. Ich beobachte, wie sie das Gefühl verarbeitet, abwägt und sich zurückzieht.

»Ja. Rot«, bestätigt sie schließlich.

»Ah, Rauch. Verstehe. Dieser Sims ist wirklich einfallsreich.« Lächelnd wendet sich Ekani an mich. »Ich denke, ich kann dir helfen, Rauch.«

Das Mädchen erbleicht. »Du hast doch nicht etwa vor …«

»Warum nicht? Sie ist erfahren.«

»Aber würden die sie so früh testen wollen?«

Testen? Meine Haut kribbelt. *Worin testen?* Mir gefällt nicht, wie sich das anhört.

»Geht es deinem Handgelenk gut?«, fragt Ekani. Das Mädchen antwortet mit einem Schnauben. Dann mustert mich

Ekani gründlich, noch berechnender als bei unserer ersten Begegnung. »Die Leute mögen Feuer. Früher jedenfalls.« Mit einem Flüstern roter Magie leuchtet eine violette Flamme an ihrem Finger auf wie an einem Docht. Ich beobachte, wie sie flackert. »Aber es ist genauso erfüllend, beinahe reinigend, Feuer dabei zuzusehen« – sie schnippt mit den Fingern – »wie es *ausbrennt*.«

Kapitel 11

Unmöglicher Anblick

Jatin

»Ich weiß nichts«, beteuert der Zauberer mit der großen Nase. Dasselbe gibt er bereits seit dreißig Minuten unablässig von sich. Mittlerweile bin ich beinahe geneigt, ihm zu glauben. Verdammt.

Kalyan und ich stehen in einer der vergessenen Gassen, in die man die Asche von den Straßen im Zentrum geschoben hat. Sie türmt sich wie Schneewehen und bildet ein perfektes zwielichtiges Plätzchen für ein Verhör.

Der Mann vor uns heißt Yipton. Früher war er ein niederer Kuppelwächter. Durch ihn hat Adraa vor Monaten herausgefunden, dass einige Wächter von Belwar korrupt geworden sind. Nur war uns damals noch nicht klar, wie sie uns ruinieren könnten. Jetzt ist Adraa eingesperrt, und sie bestimmen über ihr Wohlergehen. Allein beim Anblick von Yiptons flehentlicher Visage wird mir schlecht.

»Du hast ganz sicher etwas gewusst, als du in der Nacht damals an Pier sechzehn Firelight verladen hast.« Wir brauchen nur eine verdammte Person, von der wir etwas über die Kuppel erfahren können. Dieser Wächter scheint eine meiner letzten Chancen zu sein, die Korruption aufzudecken und herauszufinden, wo genau Adraa hinter jenen dicken Mauern festgehalten wird.

»Ich schwöre, ich bin bei den Vencrin ausgestiegen. In der Nacht, als du und die Rote Frau uns am Steg gesehen habt, bin ich gefeuert worden. Ich arbeite nicht mal mehr in der Kuppel. Seither bin ich auf der Flucht und verstecke mich, damit sie mich nicht umbringen. Ich kann dir erzählen, wie wir uns das Firelight geschnappt und es verschickt haben. Aber bitte glaub mir, ich hatte *keine* Ahnung, was sie vorhatten.«

Ich hole aus, um ihn zu schlagen.

Eine Hand zieht mich an der Schulter zurück. »Ganz ruhig. Ich glaube nicht, dass er …«

Mit einem Ruck schüttle ich Kalyans Griff ab und stapfe ein paar Schritte die Gasse hinunter. Der Vencrin schluchzt auf dem Boden. Sobald ich mich außer Hörweite befinde, drehe ich mich Kalyan zu. »Er ist unsere letzte Spur. Es sind schon zehn Tage vergangen, und wir haben sonst nichts.«

Kalyan sieht mir unverwandt in die Augen. »Ich weiß.«

»Wir haben noch nicht mal eine Ahnung, ob sie noch lebt.«

»Ich weiß.«

Seine wiederholten einsilbigen Antworten haben mir schon an der Akademie den letzten Nerv geraubt. Früher einmal hätte ich auf etwas eingedroschen, wenn die Aussichten so schlecht gegen mich standen. Aber ich atme durch. Kalyans Ton besagt alles. Er versteht mich, weiß, dass ich Dampf ablassen muss.

»Glaubst du, dass wir aus dem Kerl irgendetwas herauskriegen können?«, frage ich.

»Nein. Leider glaube ich ihm.«

»Na schön. Dann fragen wir ihn als Nächstes …« Ich will es genauso wenig aussprechen, wie ich es hören will. *Wie es in der*

Kuppel für die Gefangenen ist. Es werden alte Auskünfte sein, trotzdem muss ich es wissen. Die erste Phase des Plans besteht darin, so viel wie möglich über die Kuppel in Erfahrung zu bringen, um ihre Schwachstellen zu finden. Und das bedeutet, dass ich mich damit auseinandersetzen muss, was Adraa vielleicht gerade durchmacht.

»Kommst du zurecht?«, fragt Kalyan.

»Ich kann das.«

Kalyan bedenkt mich mit seinem typischen Nicken. »Willst diesmal du der Vernünftige sein? Zur Abwechslung?«

Ich werfe ihm einen Blick zu.

»Also gut. Spielen wir unsere Stärken aus.«

Ich ringe mir ein bitteres Lächeln ab. Oh ihr Götter, ist es schön, wenn einen der einzige Freund versteht.

Ich kehre zu Yipton zurück und gehe vor ihm in die Hocke. »Erzähl mir alles, was du über die Kuppel weißt. Wie es dort abläuft, wer für die Vencrin arbeitet, was man mit den Gefangenen macht.« Ich bedenke ihn mit einem eindringlichen Blick. »Was man *wirklich* mit ihnen macht.«

Grauen tritt in Yiptons Augen. »Die werden mich umbringen.«

Kalyan setzt sich neben ihn. »Du hast behauptet, nicht zu wissen, wofür das Firelight gedacht war. Angeblich hattest du keine Ahnung, dass damit vielleicht Millionen Menschen ermordet werden sollten. Dann hilf uns zu verhindern, dass es noch mal passiert.«

»Es wird wieder passieren?« Yipton blickt in den Himmel, obwohl mehrere Stunden nach Einbruch der Dämmerung alles ruhig ist. Was könnten wir überhaupt tun, wenn es sich wiederholt? Ich verdränge den Gedanken.

»Vielleicht«, räume ich ein. »Das wollen wir verhindern. Also rede. Ich will alles hören.«

***

Als Kalyan und ich die Gasse verlassen, kann selbst der böige, durch Belwar fegende Wind nicht wegwehen, was Yipton berichtet hat. Die schleichende Winterkälte hat letztlich Einzug in die Nacht gehalten. Ich empfinde die Luft als schneidend wie Messer. Wenig hilfreich ist, dass mir von allem, was Yipton uns erzählt hat, übel geworden ist. An Strängen gelber Magie hängende Zellen. Horden von Wächtern an jedem Eingang. Brutalität ohne Warnung oder Anlass. Korruption auf jeder Ebene. Das alles vermittelt zwar einen Eindruck von dem Ort, liefert aber keine Hinweise, um Adraa daraus zu befreien.

Aus dem Augenwinkel nehme ich eine Bewegung wahr. Kalyan tritt vor mich, aber das Mondlicht enthüllt die schemenhafte vermeintliche Bedrohung als Riya. »So weit ist es also gekommen? Das habt ihr die ganze letzte Woche getrieben?«, begrüßt sie uns schroff.

»Was machst du hier?«, frage ich. »Wie … Wie hast du uns gefunden?«

Riya deutet mit dem Kopf auf Kalyan. »Wir haben uns geschrieben.«

»Notizen über das Gerichtsverfahren verglichen«, ergänzt Kalyan.

Das sollte mich nicht überraschen. Und doch ist Kalyan die ganze Woche an meiner Seite gewesen, während wir unermüdlich nach Informationen gesucht haben. Er hat nie ein Sterbenswort darüber verloren.

»Und ich bin hier, um zu helfen.«

»Wir kommen zurecht, Riya.«

Sie drängt sich nach vorn. »Du bist ziemlich schlecht im Lügen geworden.«

»Ich finde, er ist nie gut darin gewesen«, merkt Kalyan an.

»Na schön, ich wollte dich nicht mit hineinziehen«, gebe ich zu.

»Mich nicht mit hineinziehen? Ich bin Adraas Wächterin. Das sollte *unsere* Mission sein.«

Eine lange Weile erwidere ich nichts. Es sollte wirklich *unsere* Mission sein. Nur glaube ich nicht, dass ich es verkraften könnte, wenn auch noch jemanden von uns Adraas Schicksal ereilt. »Ich habe alles im Griff.« Meine Stiefel knirschen über Erde und Asche, als ich mich abwende.

»Maharani Belwar hat mir von dem Gift erzählt«, kontert Riya düster. »Und dass unsere Väter ... dass es dasselbe oder etwas Ähnliches sein könnte.«

»Ich bin froh, dass du es weißt. Bleib bei ihm und sieh zu, ob du etwas herausfinden kannst.«

»Adraa und Prisha sind mit rosa Magie am begabtesten. Ich bin dort völlig nutzlos.« Das Wort schneidet tiefer, als Riya wohl je begreifen wird. »Lass mich nicht betteln«, fügt sie hinzu.

»Du willst uns wirklich *dabei* helfen?« Ich deute zurück in die Gasse und weiß, dass Riya sich vorstellen kann, was sich darin abgespielt hat. Aber vermutlich versteht sie nicht, welche Wut, welchen Schmerz ich empfinde.

»Hiren und Prisha haben einen Plan. Ich denke, du solltest ihn dir anhören.«

»Hiren?« Wie vielen Leuten hat Maharani Belwar noch von meiner Mission erzählt?

»Prishas Wächter«, erklärt Riya.

»Ich weiß, wer er ist. Es ist nur …« Abrupt verstumme ich kurz. »Vertraust du ihm?« Die einzige richtige Begegnung mit dem Kerl hatte ich vergangenes Jahr auf einem Dach, als Adraa und ich in eine Drogenhöhle der Vencrin eindringen wollten. Er schien jung zu sein. Und sich strikt an die Regeln zu halten.

»Er ist ein Junge, der seinen Vater beeindrucken will. Der in dem Fall Radscha Dara aus der nördlichen Außenregion ist. Und Radscha Daras Familie hält den Belwars seit Generationen die Treue. Sein ältester Sohn ist im Dienst für Belwar gestorben. Hiren ist wie wir alle. Er bemüht sich, seinem Erbe und der ihm auferlegten Verantwortung gerecht zu werden.«

Ich denke über ihre Worte nach. Radscha Dara hat sich bei jeder Versammlung für Adraas Freiheit ausgesprochen. Im Gerichtssaal hat er sie vor jenem Pfeil gerettet. »Verbürgt sich Prisha für Hiren?«

Riya und Kalyan schnauben über meine Frage.

»Was ist?«

»Prisha würde mit ihrem Leben für ihn bürgen. Sie ist hoffnungslos verknallt in ihn. Schon seit sie alt genug war, um zu wissen, was Gefühle sind«, erklärt Riya.

»Tatsächlich?«, frage ich, und Kalyan schnaubt: »Natürlich.«

Ich drehe mich um. »Woher weißt du das?«

Kalyan verdreht die Augen. »Dafür, dass du die einzige feste Beziehung in der Gruppe hast, bist du ziemlich begriffsstutzig.«

»Und ein bisschen unaufmerksam«, fügt Riya hinzu.

Kalyan nickt und zuckt mit den Schultern.

Ich öffne den Mund, um mich zu verteidigen, doch Riya wendet sich wieder dem eigentlichen Thema zu. »Radscha Dara ist für die Kuppelwächter zuständig. Hiren besitzt Kenntnisse über die Kuppel und einen Weg hinein. Wen hast du sonst?« Sie deutet in die Richtung von Yiptons Blut, das die schmutzige Gasse besudelt. Dem schmierigen Kerl würde ich mit Sicherheit nicht mein Leben anvertrauen, geschweige denn das von Adraa.

»Wie sieht ihr Plan aus?«, frage ich schließlich.

Riya atmet tief durch. Muss schlimm sein. »Er sieht einen Überfall auf den Untergrund vor. Wir schnappen uns dort, wen auch immer wir können, und benutzen die Leute, um uns Zugang zur Kuppel zu verschaffen.«

Ich schweige. Kalyan ergreift zuerst das Wort. »Sie wollen, dass wir ...«

»Unsere gesamten verdeckten Ermittlungen über Bord werfen«, beende ich den Satz. Tatsächlich sind es in erster Linie Adraas Ermittlungen. Der Plan ist ein himmelschreiender letzter Ausweg.

»Die Garde von Belwar wird den Ring der Käfigzauberer ohnehin bald hochnehmen«, wirft Riya ein. »Aber wir können ihr zuvorkommen. So können wir Sims oder anderen Vencrin die richtigen Fragen stellen, bevor eine Horde von Wächtern durch die Tür stürmt. Hiren sagt, er kann sie in die Kuppel bringen und Adraas genauen Aufenthaltsort herausfinden.«

Ich brauche keine zwei Sekunden, um zu erkennen, dass es vernünftig klingt und Hirens Plan tatsächlich seine Vorzüge haben könnte.

»Was haben wir schon für eine andere Wahl?«, fragt Kalyan.

Ich atme die kalte Luft ein und konzentriere mich auf die Stille der Nacht.

Dieser westlichste Teil von Belwar ist nach der Verwüstung durch den Gandhak und die abgestürzte Flugstation halb verlassen. Meine Hand stößt gegen den Himmelsgleiter an meinem Gürtel. Der Mann, der ihn angefertigt hat, ist tot. Die Frau, die ihn mir gekauft hat, sitzt im Gefängnis.

»Es ist nur … Das ist Adraas Mission gewesen«, sage ich schließlich. Sie hat sechs Monate damit verbracht, sich eine Laufbahn als Käfighexe aufzubauen. Adraa hat für das von ihr erlangte Wissen in einem Käfig geblutet. Hinzugehen und unverhohlen Antworten aus den Leuten herauszuquetschen fühlt sich wie ein Verrat an ihr an.

»Ich weiß. Aber denk darüber nach, ja? Setzen wir uns alle zusammen und besprechen, was es noch für Möglichkeiten gibt. Niemand kann das allein schaffen. Das könnte nicht mal Adraa, wenn sie an deiner Stelle wäre.«

»Ich bin sicher, sie würde es trotzdem versuchen.«

Riya sieht mich lange eindringlich an. »Ich habe gehofft, du würdest ihre Fehler nicht begehen. Du hast das Signal erschaffen. Du hast diese Gruppe begründet. Führ uns an, Jatin.«

***

In der Luft steuere ich den Himmelsgleiter nah zu Kalyan. Wie immer scheint er geduldig darauf zu warten, dass ich als Erster das Wort ergreife.

»Prisha und Hiren? Wirklich? Kann ich mir gar nicht vorstellen.«

Kalyan sieht mich nur mit hochgezogenen Augenbrauen an.

»Was entgeht mir sonst noch?«, frage ich. »Hast *du* dich in jemanden verliebt?«

»Das ist nicht wirklich mein Ding.« Sein Tonfall lässt erahnen, dass er nicht näher darauf eingehen will. Muss er auch nicht. Wir haben zwar nie richtig darüber geredet, aber Kalyan hat noch kein einziges Mal angedeutet, dass er sich eine romantische Beziehung wünschen könnte. »Du weißt, dass Riya nicht an Männern interessiert ist, oder?«

Ich hebe eine Hand. »Das wusste ich.«

»Also versuchst du, die Gruppe besser kennenzulernen? Ist Riya zu dir durchgedrungen?«

»Du bist für die Mission, den Untergrund zu zerstören?«

»Ich stimme Riya zu. Wir sind in den letzten Wochen zu einem Team zusammengewachsen. Also sollten wir auch als solches zusammenarbeiten. Und Yipton war unsere letzte Spur.«

Der Wind heult an uns vorbei, als eine besonders kalte Bö die Schwänze unserer Himmelsgleiter erfasst. Kalyan muss ausscheren, damit wir nicht zusammenstoßen. Als wir uns wieder annähern, sagt er etwas Unerwartetes.

»Falls du fürchtest, du könntest dabei versagen, uns anzuführen – das wirst du nicht, Jatin.«

Ich überlege. Habe ich diese Angst? Wollte ich Riya und Prisha deshalb nicht einbeziehen, weil ich befürchtet habe, sie würden mir ohne Adraa an meiner Seite nicht folgen?

»Ich bin dabei«, stimme ich schließlich zu. »Wir sagen es Prisha und Hiren morgen. Vorher müssen wir nur ...«

Aus dem Augenwinkel nehme ich wahr, wie sich ein roter Schemen verdichtet. Ich wirble so schnell herum, dass sich der weiße Strahl krümmt, den ich hinter mir herziehe. Blinzelnd sehe ich genauer hin. Ein Mädchen rennt etliche Meter unter uns über ein Dach. Ich beobachte, wie die Gestalt läuft und mit dem roten Leuchten ihrer Magie ihre unmittelbare Umgebung erhellt. Dann verschwindet sie hinter einem Torbogen.

»Hast du das gesehen?«, rufe ich so laut, dass Kalyan auf seinem Himmelsgleiter erschrickt.

»Was?«, brüllt er zurück und sucht sowohl den Himmel als auch den Boden nach einer Bedrohung ab.

Aber ich habe keine Bedrohung gesehen. Sondern ... *Adraa.*

Ich halte nicht inne, um nachzudenken. Stattdessen beschleunige ich und tauche im Sturzflug zu der dunklen Stelle ab, an der sie verschwunden ist. Schlingernd bremse ich ab, schwebe über dem Dach, über das sie gerannt ist, suche die Gegend nach Bewegung ab. »*Vardrenni*«, zaubere ich und verbessere meine Sicht. Als ich dasselbe für mein Gehör bewirken will, erspähe ich drei Dächer weiter etwas. Ein Aufblitzen von Rot, eine weibliche Gestalt, die durch die Schatten huscht und erneut verschwindet.

»*Pavria*«, zaubere ich und leite gelbe Magie in meinen Himmelsgleiter, stärke ihn, sammle den Wind und nutze ihn, um so schnell wie möglich zu fliegen. Ich sehe sie unter mir. Sie huscht über einen Schornstein.

Ich lege vor ihr eine halbe Bruchlandung hin. Sie schert aus und bremst ab. Meine Lunge schmerzt. Oder vielleicht doch nicht meine Lunge. Vielleicht eher mein wild hämmerndes Herz.

Wir starren uns gegenseitig an. In jeder körperlichen Hinsicht ist es Adraa. Langer schwarzer Zopf. Sportliche Statur. Sogar die magischen Wirbel, eingewoben in den schwarzen Stoff ihrer Uniform der Roten Frau. »Rot?« Mir widerstrebt zutiefst, wie verdammt hoffnungsvoll ich mich anhöre und wie sehr ich ihren wahren Namen aussprechen möchte. Aber das kann ich nicht riskieren.

Einen Moment lang gleichen wir Statuen. Ihre Magie lässt nach. Langsam breitet sich ein zaghaftes, durch die Maske schimmerndes Lächeln aus.

Erschrocken wird mir klar, dass ich die eigene Maske nicht trage. Tatsächlich habe ich alle Zauber und Verbesserungen abgenommen, die mich in Nacht verwandeln. Also habe ich mich nicht völlig verraten. Dennoch verhalte ich mich wohl ziemlich offensichtlich. Ich habe nicht mal daran gedacht, mich anzuschleichen, wie sie es anscheinend umgekehrt vorhatte. Obwohl ich dachte, meine Augen würden mir einen Streich spielen, mir Bilder vorgaukeln, die ich unbedingt sehen wollte, musste ich mich einfach vergewissern. Aber dieses Aussehen und die orangefarbenen Geschwindigkeitszauber ...

Es ist wahr. Sie ist echt. Außer ...

Ich nähere mich ihr um mehrere große Schritte. »Rot?«, frage ich erneut, diesmal mit etwas Schärfe im Ton. Keine Antwort. Ich springe vor und packe ihre Hand. Sie reißt sich los, wirkt erbost über die Berührung. Als hätte ich sie damit verbrannt. Sie hat mich noch nie, wirklich *noch nie* so angesehen. Ich hebe die Hände, bereite meine Magie vor.

»Wer auch immer du bist, nimm die Maske ab und gib dich zu erkennen.«

Sie weicht zurück, nähert sich dem Rand des Dachs.

»Halt!«, brülle ich. »Bitte bleib stehen!«

Sie tut es nicht. Stattdessen flüstert sie etwas, und roter Rauch umhüllt sie.

»Nicht«, brülle ich, als sie sich fallen lässt. Im letzten Moment ergreift sie die Dachkante und schwingt sich zu Boden. Ich haste hinter ihr her und beobachte, wie sie eine Gasse hinunterrennt und in den Schatten verschwindet. *Was, verdammt noch mal, sollte das?*

Kalyan kommt angerast und landet stolpernd auf dem Dach. »Was um alles in der Welt war das denn?« Er wirkt so ruhig wie immer, obwohl ich ihn ohne Vorwarnung abgeschüttelt habe, also ignoriere ich ihn noch kurz. *Denn wirklich, was um alles in der Welt war das?*

Als ich mich umdrehe, fehlt von der jungen Frau immer noch jede Spur. Ich fahre mit den Händen dort durch die Luft, wo sie gestanden hat, suche nach einem Hinweis, dass sie einen schwarzen Trugbann benutzt haben könnte. Nichts. Dafür hat es ohnehin zu echt gewirkt.

»Hast du sie gesehen?«, frage ich.

Kalyans Kopfschütteln ist das Letzte, was ich will. Er *muss* sie gesehen haben. Sie war hier. *Genau an dieser Stelle.*

Ich darf nicht den Verstand verlieren. Dafür steht zu viel auf dem Spiel. »Sie war echt.«

»Jatin …«

Sein Ton gefällt mir nicht. Ich falle auf die Knie. »Was soll ich tun? Irgendjemand muss es mir sagen.« *Geh! Finde sie. Befreie sie,* hallt eine Stimme in meinem Kopf wider, hämmert gegen meinen Schädel.

Dann verdrängt die Erinnerung an Adraas Worte sie. *Versuch nicht, mich rauszuholen.* Ich presse mir die Fäuste gegen die Schläfen. Aufgeben kann ich sie nicht. Das schaffe ich einfach nicht.

Kalyan setzt sich zu mir, als ich in der Dunkelheit zusammenbreche und mit zwei Stimmen in meinem Kopf kämpfe.

Kapitel 12

Hoffnungsschimmer

Adraa

Als die Albträume einsetzen, erwarte ich sie beinahe. Wie immer beginnen sie im roten Raum, und ich bin allein. Erifs Kammer ist so, wie ich sie in Erinnerung habe – blutende Wände, eine unbeschreiblich unheimliche Atmosphäre. Sobald ich mich orientiert habe, ändert sich der Albtraum, und ich ringe auf dem Gandhak nach Luft. Schweiß tropft von meinem Körper, als ich wieder das vor mir aufzüngelnde Inferno sehe. Der Vulkan speit Firelight in blutroten Aschewolken. Ich gerate in Panik. Die Welt dreht sich, versinkt in Rauch.

Plötzlich ist Jatin da, liegt im Schnee, ausgebrannt, verwundbar. Grauen erstickt mich, während ich mir das Hirn zermartere, nach einer Lösung suche. Irgendwo im Hinterkopf weiß ich, dass ich schon einmal hier gewesen bin. Als mir klar wird, was ich tun muss – mein Firelight aus dem Vulkan zurückrufen –, versagt mir die Stimme den Dienst. Kläglich. Ich fasse mir an die Kehle, aber es dringen keine Worte heraus. Als ich auf meinen linken Arm hinabblicke, lösen sich die Muster meines Berührungsmals langsam auf und fallen von mir ab. Wieder versuche ich zu schreien. Ich erinnere mich an den roten Raum und rufe danach. Nichts geschieht, bis eine Stimme durch meine Gedanken hallt. *Du bist nicht mehr von Belang. Du hast versagt.*

Versagt.

Ein Fuß prallt gegen meinen Bettpfosten. Alles erzittert, und mit einem erschrockenen Ruck kehre ich in die Wirklichkeit zurück. Ich stelle fest, dass ein großer Mann über meinem Bett steht. Gleich darauf packt er mich und hievt mich auf die Beine. Ich kämpfe gegen die mich umklammernden Finger des Eindringlings an. Dann jedoch fällt mein Blick auf Harini, die auf dieselbe Weise geweckt worden ist, und ich erstarre.

Sie wirkt durch und durch resigniert. Keine Angst, keine Reaktion, nichts. Als hätte sie gewusst, was kommen würde. Wäre schön gewesen, vorgewarnt zu werden, dass Ekanis kleine Drohung in dieser Nacht umgesetzt werden würde. Mit einem Ruck entziehe ich mich meinem Angreifer. Auch wenn ich keine Ahnung habe, was vor sich geht, lasse ich mich nicht herumschubsen.

Als ich mich umdrehe und sich meine Augen an die Dunkelheit gewöhnen, erkenne ich Vihaan mit seinem Überbiss. Ein mir unbekannter Wächter hält Harini fest. Ekani steht am Eingang unserer auf die Plattform hochgezogenen, geöffneten Zelle. Natürlich. Soll das irgendein Einweihungsritual werden? Haben fünf Tage völliger Abgeschiedenheit und Stille nicht gereicht?

Ich straffe die Schultern und nehme geduckte Käfigkampfhaltung ein. Falls sie vorhaben, mich zu betäuben, werde ich es ihnen nicht leicht machen.

»Kommt schon.« Ekani schwenkt einen sommersprossigen Arm. »Der Ring wartet auf niemanden.«

Harini schleudert mir einen irritierten Blick zu, als sie meine Kampfhaltung betrachtet. Dann zuckt ihr Kopf kaum merklich zur Seite, als hoffe sie, dass ich es nicht bemerke, und bedeutet mir, dass ich mitspielen soll. Es ist erst das zweite Mal, dass sie sich überhaupt mit mir verständigt.

Mit ihrer Geste – und einem Stoß von Vihaan in den Rücken – füge ich mich. Es mag idiotisch sein, so leicht nachzugeben, aber die Neugier und der Mangel an einer echten Wahl setzen meine Füße in Bewegung. Ich trete über die Schwelle meines Käfigs und auf die schmale Plattform.

Wir werden hinunter in die Tiefen der Anlage geführt, Treppe um gewundene Treppe. Mit jedem Stockwerk, das wir hinabsteigen, wird die Staubschicht dicker und der Gestank von Schweiß und etwas noch Fauligerem durchdringender. Angst würgt mein Herz, das mir schwer und laut bis in die Ohren schlägt. Wenn ich etwas weiß, dann, dass es nie eine gute Idee ist, sich in die Finsternis zu begeben. Aber was kann ich schon tun?

Am Ende eines Gangs gelangen wir zu einer Felswand mit einem unechten Fenster. Der namenlose Wächter tritt vor und lässt grüne Magie in den Rahmen fließen. Er dehnt sich, bis eine menschengroße Tür im Sandstein entstanden ist. Als ich den Kopf drehe, bemerkte ich, dass Harini mich abwägend beobachtet. Vermutlich lauert sie auf eine Reaktion. Aber da sie mir keine bietet, hebe auch ich das Kinn und setze eine gleichmütige Miene auf. Selbst wenn ich nicht weiß, was mich im Gang hinter dieser Tür erwartet, weigere ich mich, mir vor meiner Zellengenossin, Ekani oder den Wächtern auch nur eine Spur von Angst anmerken zu lassen.

Mit einem kräftigen Ruck hilft Vihaan dem Mann mit der grünen Stärke, die Tür zu öffnen. Sie schwingt nach außen auf. Als ich hindurchgescheucht werde, fällt mir der warme Schimmer entlang des Rahmens auf. Es muss ein schalldämmender

Zauber sein, denn das Erste, was mir beim Durchschreiten der Tür auffällt, ist der Lärm. Ausschließlich männliches Gebrüll dröhnt mir aus der Düsternis entgegen. Ich werde vorwärtsgeschoben, und schließlich erblicke ich etwas.

Vor mir befindet sich ein zellengroßer, kugelförmiger Käfigzauberring, umgeben von einem Haufen Männer – Wächter in unordentlichen Uniformen. Im Käfig bestreiten zwei unberührte Frauen einen Übungskampf. Mit einem Ausfallschritt stürmt eine der beiden vor und ihre Faust trifft die andere an der Schläfe. Ihre Gegnerin sackt zu Boden. Also kein Übungskampf. Ein echter Angriff.

Kristallklar kommen mir Ekanis Worte wieder zu Bewusstsein, und ich erkenne ihre Bedeutung. Sie hat mir gestern gar nicht gedroht. Nein, sie hat es viel direkter gemeint, als sie herausgefunden hat, dass ich Jaya Rauch bin. Als sie einen Nutzen in mir erkannt hat. Ausgebrannt.

Sie wollen, dass ich kämpfe.

Ich sehe mich um. Abgesehen von dem Käfig gibt es weit und breit nichts. Keine Theke. Keine Sitzplätze. Weitere schalldämpfende Zauber überziehen die Wände und die Decke mit Strängen in allen Regenbogenfarben. Abgesehen von einigen Kerzen ringsum scheinen diese magischen Ranken das einzige Licht an diesem Ort zu sein. Sie tünchen die Arena und die beiden Frauen in ein schummriges, vielfarbiges Licht.

Ich habe schon den Untergrund als Drecksloch empfunden, doch das hier stellt ihn in den Schatten. Keine Anzeigen der Kämpferinnen an den Wänden. Sogar die Jubelrufe klingen anders – rauer, ungehobelter. Es werden keine verständlichen Anfeuerungen gerufen – die den Kampf beobachtenden Wächter grunzen nur und stampfen mit den Füßen. Wetten werden abgeschlossen. Aus Beuteln blitzen Silbermünzen und gelegentlich sogar Gold auf. Ich hätte nie gedacht, dass ich Sims je in irgendeiner Form schätzen oder respektieren würde. Dennoch kann ich nicht leugnen, dass er das Geschäft zumindest sauber und mit einem Mindestmaß an Anstand führt. Diese Männer hier kennen das Wort vermutlich nicht mal.

Was Ekanis Anreiz ist, hier mitzuspielen, kann ich mir denken. Ich bin beinahe enttäuscht, dass es Geld ist. Die Beweggründe hier sind erschütternd einfallslos. Alle Beteiligten passen in die Schublade gieriger, machthungriger Verbrecher, die sich um ihren Ruf und ihren Rang sorgen. Alle außer Harini. Sie ist eine Ausnahme, aus der ich nicht schlau werde.

»Komm mit, Jaya. Glotzen kannst du noch genug. Sogar aus nächster Nähe«, grinst Ekani gehässig. Damit schiebt sie Harini und mich in eine Kammer, die halb so groß ist wie der Umkleideraum, den ich im Untergrund zur Verfügung hatte. Spinnweben zieren jeden Winkel. Kaum ist die Tür geschlossen, wird der Lärm gedämpft, und endlich kann ich klar denken.

Sie wollen, dass ich kämpfe.

Also werde ich es tun … ohne Magie.

Harini schleicht von der Tür weg. Die Haltung ihrer Schultern lässt Niedergeschlagenheit erkennen. Ihre Bewegungen nehmen meine Aufmerksamkeit gefangen. Harini. Ich werde gegen meine Zellengenossin kämpfen. Meine Zellengenossin, die alle zur eigenen Sicherheit meiden. Und die vor einer Woche drei Frauen in die Klinik befördert hat. Grauen kriecht mir die Wirbelsäule hoch.

Geradezu verzweifelt möchte ich wissen, wer diese junge Frau ist, woher sie stammt und wie sie stimmlos in der Kuppel gelandet ist. Als sie die Gefängniskluft abstreift, versuche ich zu erkennen, wie weit sich ihr Berührungsmal die Arme hinaufschlängelt. Dann jedoch wende ich den Blick ab – es spielt keine Rolle, weil wir beide nicht auf unsere Magie zugreifen können.

Die Realität der Lage versetzt mir erneut einen harten Schlag. Oh ihr Götter. Was für ein Albtraum ist das? So kann ich nicht kämpfen.

Ekani unterbricht meine Panik, indem sie mir eine Bluse an den Kopf wirft. »Zieh das an.«

Ich falte das kleine, ärmellose Kleidungsstück auseinander. Schwarz wie die Nacht gleitet es durch meine Finger. Es liegt eng an, eignet sich denkbar schlecht zum Kämpfen. Auch wenn es mir nicht gefällt, meinen Bauch dem Bodensatz von ganz Wickery zeigen zu müssen, ist nicht das der Grund, warum Anspannung durch meine Brust vibriert.

Ich brauche Ärmel.

Also schüttle ich den Kopf in Ekanis Richtung und lasse den fadenscheinigen Abklatsch von einem Oberteil vor ihre Füße fallen.

»Komm mir nicht so, Mädel«, sagt sie. »Dies ist weder der passende Zeitpunkt für Aufsässigkeit noch für Scham.«

Wieder schüttle ich den Kopf. Gleichzeitig streiche ich bis zum Handgelenk hinunter meinen Arm entlang. Rauf und runter. Zur Betonung ziehe ich dazwischen am Saum.

»Du willst lange Ärmel?«

Ich nicke. Als ich merke, dass sie fragen will, warum, ziehe ich den Kragen meiner Gefängniskluft runter und lasse einen Ansatz meiner Haut aufblitzen. Erifs erweitertes Berührungsmal ist immer noch burgunderrot. *Verbrennungen,* kritzle ich an die staubige Wand zu meiner Rechten. Vielleicht ist das ein bisschen übertrieben, aber ich muss es verdeutlichen. Damit sie begreift, was sie vor sich hat, bevor sie es selbst überprüfen will.

Ausnahmsweise werden ihre Züge milder. »Der Gandhak?«
Langsam nicke ich. Es fühlt sich gut an, die Lügen mit einer Wahrheit zu ergänzen. Dadurch werden sie glaubwürdiger.

Aus dem Augenwinkel bekomme ich mit, wie Harini erstarrt. Offensichtlich lauscht sie.

»Verdammtes Firelight«, flucht Ekani, aber ein Ausdruck von Mitgefühl schleicht sich in ihr Gesicht. Einen Moment lang wirkt sie beinahe ... freundlich. »Ich habe einen Neffen bei dem Ausbruch verloren. Der beste unberührte Gauner, den die Welt je erlebt hat.«

Na perfekt. Als bräuchte ich noch einen Grund, um es mir mit dieser Frau zu verscherzen.

»Ich finde etwas, um deine Verbrennungen zu bedecken.«
Langsam lege ich zwei Finger an den Hals und verbeuge mich. Die Geste wirkt gestelzt. Damit erweise ich zum ersten Mal seit Wochen jemandem Respekt, abgesehen von den vorgeschriebenen Ehrenbezeugungen vor Gericht. Und obwohl teilweise die Absicht dahintersteckt, mir Ekanis Vertrauen zu erschleichen, tue ich es auch für ihren Neffen. Für das kleine bisschen Schmerz, für das ich tatsächlich verantwortlich bin. Nach und nach werde ich alle Geschichten sammeln. Ich werde alle einhundertneunundzwanzig Opfer namentlich kennen, nicht nur als Zahl.

»Ist vielleicht sowieso besser. Dann sieht man das Blut nicht so.« Sie wirft mir eine andere Bluse in der Farbe meiner Stärke zu, Tiefrot. Zwar bietet sie Ärmel und einen hohen Kragen, sonst jedoch wenig. Nicht mal allein anziehen kann ich sie – die Schnüre zum Zusammenbinden sind hinten. Ich werfe Ekani einen Blick zu.

»Was hast du denn erwartet?«
Keine Ahnung – vielleicht, dass es in einem Gefängnis *keine*

verbotenen Käfigkämpfe gibt, bei denen spärlich bekleidete, stimmlose Gefangene gegeneinander antreten müssen? Aber das wäre wohl zu viel verlangt.

Ich ziehe mich in die hinterste Ecke zurück. Spinnweben und Düsternis umgeben mich hier. Erst in der Abgeschiedenheit der Dunkelheit schäle ich mich aus meiner locker sitzenden Gefängnisaufmachung und zwänge die Arme in die enge Choli. So gern ich glauben würde, dass ich bei Kleidung nicht verwöhnt bin, der gestärkte Stoff reibt an meinem Hals und meinen Schultern und engt jedes Gelenk ein, das ich bewegen können sollte. Ich habe mich an die aus Naupure eingeführte Seide und den stilsicheren Geschmack meiner Zofe Zara gewöhnt.

Ekani ist offenbar der Ansicht, sie hätte mir genug Zeit zum Anziehen gegeben, denn sie tritt vor und zieht die Schnüre an meinem nackten Rücken fest. »Hör mal, ich weiß, dass es hart ist.« Sie zieht die Schnüre so fest an, dass ich schon fürchte, sie könnten reißen. »Aber vertrau mir, wenn ich dir sage, dass du damit noch gut bedient bist. Die meisten der Wächter sind in Ordnung. Nur Hohlköpfe mit zu viel Macht. Aber der eine oder andere da draußen benutzt Gefangene gern auch für anderes. Vor allem die Hübschen.« Übelkeit fegt durch meinen Magen. Ich spüre, wie ihre Finger auf der Mitte meines Rückens einen Knoten binden. Ihre Eile dabei jagt kalte Panik durch mich. Zum ersten Mal seit Monaten blitzt jene Nacht auf dem Oberdeck im Untergrund in meiner Erinnerung auf. Nachthexers Hände. Der Verlust der Kontrolle und die Angst, ich würde sie nie zurückerlangen.

Ein letzter Ruck, dann sitzt die Bluse. »Halt dich an mich, dann bleibt das hier das Schlimmste«, rät mir Ekani.

Ich drehe mich um, und sie mustert mich. Keine Ahnung,

ob sie einen Dank für diesen »Gefallen« erwartet, jedenfalls bekommt sie von mir keinen. Wenn sie von mir verlangt zu lächeln, könnte der Kampf verfrüht ausbrechen. In jener Nacht im Untergrund, als ich Rakesh auf mir hatte, wurde ich von Beckman gerettet, dem von meiner Mutter geschickten Aufpasser. Will Ekani damit andeuten, dass ich heute Abend mit einer ähnlichen Rettung rechnen kann? Fühlt sich nicht so an. Immerhin ist sie diejenige, die mich verschnürt hat und zur Schau stellt. Ich komme bei der plötzlichen Veränderung in ihrem Verhalten nicht mehr mit. Suchend sehe ich ihr ins Gesicht. Die Fältchen um die Augen vermitteln echte Besorgnis. Aber was ist hier gespielt und was echt? Will sie mich ködern? Oder warnen?

»Bei den Göttern, du bist fast zu hübsch. Das macht meine Aufgabe verdammt viel schwerer. Versuch einfach, es spannend zu gestalten, ja? Und sobald du fällst, bleib unten.«

Ihre Besorgnis lässt Risse in meiner Fassade entstehen. Als sie meine Angst bemerkt, presst sie die Lippen zu einer schmalen Linie zusammen. »Komm mit.«

Ekani wendet sich ab, und ich folge ihr langsam.

Wir treten den Weg hinaus zu der Horde an. Im Gegensatz zum Untergrund schwillt das Gebrüll erst an, als wir in Sicht der Männer gelangen. Diesmal sehe ich mir die Magie an der Decke genauer an. Sie bildet unregelmäßige, an Risse erinnernde Muster. Gleich darauf wird mir klar, dass es Risse *sind*. Jeder zerklüftete Quadratzentimeter dieses Raumes beherbergt einen schalldämmenden Zauber. Was bedeutet, dass die Eingeweihten vor jemandem verbergen, was sich hier abspielt. Vor achtbaren Wärtern, meiner Familie, dem gesamten Land.

Harini betritt den Ring als Erste. Wie ich hat auch sie sich Ärmel ausverhandelt. Dadurch können wir beide nicht das Berührungsmal der anderen sehen. Aber wie erwähnt ist das ohnehin belanglos. Es zählt nur, dass sie größer und ihren Oberarmen nach zu urteilen auch stärker ist als ich.

Einen Moment lang rechne ich mit durch die Arena flutender Magie wie bei meinen Kämpfen im Untergrund. Aber das geschieht nicht. Harini starrt nur nach vorn gewandt in die Menge. Dann wirft sie abrupt den Kopf zurück und schreit. Kein Laut dring aus ihrer Kehle, wodurch es irgendwie nur umso furchteinflößender wirkt.

Mein Magen krampft sich zusammen. Sicher, ich bin im Nahkampf ausgebildet worden, aber es war trotzdem immer Magie im Spiel. Meine Lehrmeister und Ausbilder haben mir beigebracht, mich vor allem darauf zu verlassen. Ich bin dem Untergang geweiht.

Das kann nur ein Gemetzel werden. Bei dem vorwiegend *mein* Blut fließen wird.

Ekani klopft mir kräftig auf den Rücken, stößt mich damit halb in den Ring. »Viel Glück, Rauch. Ich hoffe, du bist so gut, wie alle sagen.«

Ja, ich auch.

***

Acht Monate lang war ich Jaya Rauch, die Käfigzauberin. Dabei habe ich etliche Kämpfer kennengelernt. Aber nichts davon hat mich hierfür gewappnet. Offen gestanden bin ich denkbar schlecht vorbereitet. Machtlos.

Ekani hat vermutlich gescherzt, als sie angedeutet hat, ich könnte sterben. Aber als Harini auf mich zustürmt und durch meine Deckung pflügt, lassen mich die lähmenden Schmerzen etwas anderes erahnen. Ich pralle mit dem Rücken gegen die gewölbte Wand des Käfigs. Die Kälte fährt mir stechend in die nackte Haut. Und Harini lässt nicht locker. Sie scheint nur aus Muskeln, Fäusten und rasender Wut zu bestehen. Mir fallen fünf verschiedene Zauber ein, mit denen ich sie mir vom Leib halten könnte. Ihre Faust erwischt mich an der Schläfe. Ein Schwindelgefühl lässt meine Gedanken durch meinen Kopf strudeln. *Denk nach! Kein Zaubern.*

Ich weiß, dass es unter meiner Würde ist, aber ihren nächsten Schlag blocke ich mit dem Unterarm ab, bevor ich mit der freien Hand in ihr kurzes, lockiges Haar fasse und daran reiße. Das bringt sie ausreichend aus dem Konzept, um die Schläge einzustellen. Ich suche mein Heil darin, auf Abstand zu gehen. Wie in einer anderen Welt nehme ich wahr, dass die Zuschauer meine Schulmädchentaktik mit Buhrufen kommentieren. Zu meiner Zeit als Jaya Rauch hätte mich das vielleicht gestört – ein so kindisches Auftreten hätte sich auf meine Bewertung und damit auf meine verdeckten Ermittlungen ausgewirkt. Aber jetzt pfeife ich darauf. Diesmal bin ich in der Kuppel. Und so will ich nicht sterben. Ich wäre lieber von Moolek auf dem Vulkan zurückgelassen worden, als hier zu einer weiteren Leiche zu werden, die man aus der Arena schleift und vergisst.

Als Harini wieder mit dem Arm ausholt, setze ich zum Abwehren an. Ein Täuschungsmanöver. Sie rammt mir die Faust in den Magen. Ich krümme mich vornüber. *Zu langsam,* dröhnt Jatins Stimme durch meinen Kopf, eine Erinnerung an unsere gemeinsamen Nahkampfübungen. Vielleicht war ich wirklich nur beim Zaubern schnell. Vielleicht tauge ich ohne Magie nichts.

Ich huste. Blut tropft mir aus dem Mund. Kein Ton dringt von meinen Lippen. Warum finden die Anwesenden das unterhaltsam? Echtes Käfigzaubern gleicht einem Wunder der Magie. Es mag gewalttätig sein, zugleich jedoch besitzt es ein kreatives Flair, das ich verstehen und respektieren kann.

Als ich zu Harini aufschaue, erkenne ich blanken Hass in ihren Augen. Ihre Brauen ziehen sich zusammen. Selbsthass? Sie deutet mit der Hand auf mich. *Bringen wir es hinter uns,* scheint die Geste zu besagen.

Ich täusche nach links an, bevor ich mich mit den Fußballen abstoße und mich Harini entgegenstürze. Sie ist auf meine Geschwindigkeit und die Rücksichtslosigkeit meines Angriffs nicht vorbereitet. Ich weiche einer fliegenden Faust aus, fange sie mit der Hand ab. Um mich hiervon brechen zu lassen, habe ich zu viel durchgemacht. Mit einem Ruck breche ich Harini den Unterarm. Das Knacken der Knochen hallt laut wider. Beifall verschlingt das Geräusch.

Bitte sei erledigt. Lass es vorbei sein. Rasch löse ich mich von meiner Gegnerin, um einem Vergeltungsschlag zu entgehen. Zu langsam.

Ihr Ellbogen trifft mich mit voller Wucht gegen die Brust. Und ich fliege. Als hätte mich ein Mann ihrer dreifachen Größe geschlagen. Oder ihrer dreifachen Stärke …

Ich krache nicht gegen die Wand, ein Lichtblick. Stattdessen schlittere ich durch die Arena, gewinne Abstand. Mein Brustbein schmerzt, meine Rippen kreischen. Nach Luft schnappend umklammere ich meine Seiten. Auch meine Schulter brennt. Ich fasse hin und an meinen Fingern ist Blut, als ich sie zurückziehe. In meiner Haut klafft eine Wunde von der Länge meiner Hand. Was ist gerade passiert?

Ich starre zu Harini hoch. Sie ist größer und stärker als ich, ja. Aber solche Kraft … ist magisch.

Beim Käfigzaubern haben wir die Beschwörungen geflüstert, deshalb bin ich es gewohnt, aufmerksam zu lauschen. Ich bin darauf geschult, selbst das leiseste Murmeln aufzuschnappen, um abzuschätzen, welcher Zauber auf mich zukommt. Deshalb bin ich mir völlig sicher, dass Harini kein einziges Wort von sich gegeben hat. Das konnte sie gar nicht.

Obwohl es schnell geht, bemerke ich ein flüchtiges Schnippen ihrer Hand, als sie den gebrochenen, geschwollenen Unterarm an den Körper presst. Und dann sehe ich es. Ein Aufflackern von orangefarbenem Rauch, verborgen unter ihrem Ärmel.

Die Menge brüllt und hämmert gegen unseren Käfig. Hände klatschen gegen die cremefarbene, glasartige Substanz. Die Zuschauer wollen, dass wir weitermachen. Unser Stillstand gefällt ihnen gar nicht. Ich verharre trotzdem, weil ich mir ziemlich sicher bin, dass meine Zellengenossin einen orangefarbenen Stärkungszauber gewirkt hat und gerade unscheinbar ihren gebrochenen Arm heilt, während ich blutend auf dem Boden liege.

Zum ersten Mal seit zwei Wochen kehrt Hoffnung in mich zurück. Ich lächle, als ich mich wackelig vom Boden aufrapple, mir das Blut von der Hand wische und meine Gegnerin herausfordernd heranwinke. Ihre Augen werden erst groß, dann verengen sie sich zu Schlitzen – vor Zorn, kann ich nur annehmen. Sie will, dass es vorbei ist – dass ich mich hinlege und nicht mehr aufstehe. Und ich muss gestehen, ein Teil von mir möchte das. Aber die Hoffnung hat Fuß gefasst, und der stärkere Teil meiner selbst erhebt sich, nimmt geduckte Haltung ein und wappnet sich.

Ich werde verlieren, und es wird übel schmerzen. Aber solange ich kann, werde ich jede ihrer Bewegungen aufmerksam beobachten. Ich werde herausfinden, wie sie das gemacht hat.

Wie diese junge Frau, meine stimmlose Zellengenossin, gerade Magie gewirkt hat.

Kapitel 13

Eine alte Bekannte

Jatin

Meinem Vater geht es noch nicht besser. Das Gift und vor allem das Gegengift bleiben ein Rätsel. Geändert hat sich nur das Umfeld. Mittlerweile liegt er in seinem eigenen Bett, nicht mehr in der Klinik. Seltsamerweise kann ich mich nicht daran erinnern, wann ich meinen Vater zuletzt schlafen gesehen habe – oder ob überhaupt je. Krank wirkt er wie gelangweilt, und ich glaube nicht, dass er sich je im Leben gelangweilt hat.

Ob das Umfeld seines Schlafzimmers besser oder schlechter für ihn ist, weiß ich nicht. Einerseits bedeutet es, Ira glaubt nicht mehr, ständig ein Kraut oder einen Trank zur Hand haben zu müssen, um meinen Vater am Leben zu erhalten. Andererseits … fühlt es sich wie sein Ende an, ihn so zu sehen, als würde er vielleicht nie wieder aufstehen.

Das darf ich nicht zulassen.

Ira hat mich aufgefordert, mit ihm zu reden, ihn meine Stimme hören zu lassen. Ich frage mich, ob sie es für ihn oder eher für mich empfohlen hat. Unabhängig davon tue ich es. Beim ersten Mal kam ich mir dabei albern vor. Mittlerweile empfinde ich es als natürlicher. Als würde ich ihm Bericht erstatten.

»Ich habe mich zu jedem Ort geschlichen, den Adraa bei Projekt Rauch aufgespürt hat, in jedes leerstehende Lagerhaus, in dem sich die Vencrin verstecken könnten. Dabei habe ich so viele Beweise für Blutlust gefunden, dass du und Adraa einerseits erschrocken über die Menge wärt, andererseits begeistert darüber, dass die Droge nicht mehr auf den Straßen der Stadt kursiert. Aber im Augenblick sind sie mir egal. Ich brauche Auskünfte über die Kuppel. Ich brauche …« Meine Stimme wird brüchig.

Seit der Verhandlung ist über eine Woche vergangen, und seit der Begegnung mit Adraas Phantomerscheinung durchkämme ich die Straßen nach ihr. Nichts. Stattdessen haben sich Zweifel eingeschlichen. Stimmen in meinem Kopf. Visionen meiner Hoffnungen und Träume. Beinahe ein Paradebeispiel für einen Nervenzusammenbruch.

Das darf ich niemandem anvertrauen, nicht mal meinem bewusstlosen Vater. Deshalb bleibt dieser Teil unausgesprochen.

Dennoch kann es so nicht weitergehen. Schon eine Woche ist eine zu viel für Adraa. Deshalb habe ich beschlossen, mir Hirens Plan, den Untergrund auszuschalten, anzuhören.

Mein Blick fällt auf meinen Vater, und ehe ich mich versehe, erzähle ich ihm davon und von meiner Sorge, dass Adraa es nicht wollen könnte. »Ich hoffe, sie wird es verstehen. Aber im Augenblick habe ich keine anderen Möglichkeiten mehr.« Ich starre auf seinen reglosen Körper. Er wirkt jeden Tag gebrechlicher. »Wahrscheinlich hättest du eine bessere Idee.« Ganz sicher sogar. Immerhin geht Projekt Rauch zur Hälfte auf ihn zurück.

Ich lege den Kopf auf die Bettkante und spüre, wie mir die steife Decke ihr Webmuster in die Stirn prägt. »Oh ihr Götter,

Papa, verlass mich nicht.« Ich atme beruhigend durch. »Komm zurück. Hilf mir, eine Lösung zu finden.«

Ein Klopfen ertönt an der Tür. Der Klang verrät mir, dass es Hughes ist, der Diener meines Vaters und mittlerweile Hauptverwalter des Azur-Palasts. Mit einem Ruck setze ich mich auf und reibe mir das Gesicht. »Herein«, rufe ich.

Hughes tritt mit schnellen Schritten und einer Verbeugung ein. »Maharadscha Naupure«, sagt er beiläufig, als würden die Worte nicht das Gewicht des gesamten Lands beherbergen.

Sie lösen eine Flut von Emotionen in meiner Brust aus – allen voran Kummer. Ich habe Hughes immer gemocht, aber manchmal kann sein Übermaß an Respekt und Ehre schmerzen. Als wäre ich nicht mehr als mein Titel. »Nenn mich nicht so. Nicht, solange mein Vater noch lebt und atmet.«

Er setzt seine übliche strenge Miene auf. »Herr, wenn der Maharadscha … handlungsunfähig ist, gebietet es das Brauchtum, dass der Nächste in der Erbfolge …«

»Er wird nicht sterben.« Wenn ich es mit ausreichend Überzeugung sage, wird es vielleicht nicht passieren. Wenn ich nur genug Macht besäße, um es zu gewährleisten.

»Ja, Herr. Aber vorläufig seid Ihr amtierendes Oberhaupt.«

Ich lasse die Schultern hängen, ohne mich darum zu scheren, ob man meine Schwäche daran erkennt. Ich dachte, ich wäre bereit für einen solchen Fall. Ich dachte, ich könnte Verantwortung übernehmen. Aber ich habe mich geirrt.

Noch vor wenigen Monaten war ich bereit, mein Volk zu retten, mich zu opfern und die Herrschaft zu übernehmen, wenn ich gebraucht würde. In Wirklichkeit jedoch bin ich nicht bereit, Politik zu betreiben oder den Thron zu besteigen, wenn es bedeutet, alle zu verlieren, die ich liebe. Der Preis ist zu hoch. Und trotzdem erwarten alle von mir, dass ich erwachsen werde und im Handumdrehen die Leitung eines ganzen Lands übernehme.

»Herr, Ihr habt gesagt, ich soll Euch Bescheid geben, wenn ich etwas über die Kundgebungen in Belwar erfahre.«

Wackelig erhebe ich mich von meinem Stuhl. »Was hast du herausgefunden? Wie viele waren es?«

Er überreicht mir einen dicken Bericht. Ich schlage ihn so schnell auf, dass die Seiten flattern.

»Fünf, Herr. Alle nach der Verhandlung.«

Fünf. Praktisch eine jeden zweiten Tag. Ich überfliege die Seiten, suche nach der Antwort auf meine nächste Frage. »Immer mit demselben Inhalt?«

»Es wird nicht nur verlangt, die Belwars zu entthronen. Man ruft zu öffentlichen Wahlen eines neuen Anführers auf.«

Also ein völliger Umsturz. »Wie reagieren die Belwars darauf?«

»Angeblich sucht Radscha Dara, Oberbefehlshaber der Garde, die Kundgebungen freiwillig mit einigen seiner Männer auf, um Fragen zu beantworten und kritische Situationen zu entschärfen.« Ich bin erleichtert, dass es Dara ist statt einer der niederen Radschas. Trotzdem entspricht es dem, was ich dachte. Die Kundgebungen lassen sich nicht eindämmen. Man kann den Respekt von Menschen nicht einfach einfordern. Adraas Verurteilung hat alles verändert, den Glauben der Leute gebrochen. Ich brauche Zeit, um alles sorgfältig durchzulesen.

»Das wäre dann alles, Hughes. Danke.«

»Herr, ich bin auch gekommen, um Besuch anzukündigen.«

Verdattert schaue ich auf. Der Azur-Palast ist so gut wie abgeriegelt worden. Solange wir nicht genau wissen, wer meinen

Vater auf welche Art vergiftet hat, sind keine Besucher erwünscht, die einfach vor der Eistür auftauchen. »Wer?«

»Sie erwartet Euch in Eurem Arbeitszimmer.«

»Sie?« Ich will nicht überrascht klingen, aber in ganz Naupure gibt es nur eine niedere Rani, und sie herrscht über einen kleinen Bereich mit lediglich fünf abgelegenen Dörfern. Mir fällt nicht mal ein, wie oft sie überhaupt schon in der Hauptstadt war.

»Maharadscha.« Förmlich verneigt er sich mit den Fingern am Hals.

Ich marschierte zum Arbeitszimmer meines Vaters. Schwungvoll öffne ich die Tür, stelle nicht empfundene Fassung zur Schau. Die verpufft, als ich sehe, wer mich erwartet.

»Wer auch immer sich die Tradition ausgedacht hat, diesen Berg bei der ersten Ankunft zu Fuß zu besteigen, ist sowohl genial als auch ein bisschen sadistisch gewesen«, begrüßt mich eine brüchige Stimme.

Ich rühre mich nicht, als eine meiner schlimmsten Erinnerungen auf mich zukommt.

Fiza Agsa.

Das Mädchen, das mit mir die Akademie besucht hat. Ihr Heischen um meine Aufmerksamkeit hat mich damals so sehr gequält, dass ich Adraa Belwar unechte Liebesbriefe geschrieben habe. Ein Mädchen, so berechnend und nervtötend, dass ich fast täglich darüber nachgedacht habe, welche dieser beiden Eigenschaften im Erwachsenenalter überwiegen würde. Ich hatte gehofft, ich würde es nie herausfinden. Mein Glück hat mich verlassen.

Es fühlt sich seltsam an, eine alte Bekannte wiederzusehen, nachdem ich mich selbst verändert habe. Wie eine Verschiebung des Grundgesteins im Boden. Ähnlich, und doch so anders. Fiza aus Agsa mit ihrem karamellfarbenen Haar und ihrer hellbraunen Haut steht vor mir. Ein Gletscher der Zeit hat sich zwischen uns geschoben. Aber sie kommt lächelnd auf mich zu, als müsste sie dafür lediglich über einen kleinen Riss steigen, nicht über eine breite Schlucht, die uns trennt.

»Fürstin Fiza. Was für ein Vergnügen.« Ich verneige mich. Eigentlich verdient sie eine vertrautere Begrüßung unter Gleichgestellten, beispielsweise ein Einschlagen mit den Unterarmen. Aber ich habe vor, so lange wie möglich auf Abstand zu bleiben. Sie ist nicht ohne Grund hergekommen, und ich muss schnell herausfinden, welcher es ist. Ihre Flirtversuche kann ich nicht gebrauchen. Am wenigsten jetzt.

»Hallo, Jatin.«

Ich bin überrascht, obwohl ich es nicht sein sollte. In Agsa ist ein Vogel mit einem großen, hakenförmigen Schnabel heimisch, der nur jagt, wenn Blut vergossen wurde. Wenn man durch die Ebenen von Agsa wandert, kann man den Schnabel des Raubtiers oft aus dem Gras ragen sehen. Aber umgebracht wird man von den zustoßenden Krallen, mit denen man am wenigsten rechnet. Begegnungen mit Fiza Agsa ähneln ein wenig jenem Vogel.

»Was um alles in Wickery machst du hier?«, platze ich heraus. Ich habe keine Zeit für ein Klassentreffen oder Spielchen. Oder was auch immer dieser Besuch sein soll.

Sie lacht. Ich empfinde den Laut nicht als ansprechend, obwohl es manche vielleicht würden. Man könnte sagen, der hohe, atemlose Ton passt zu ihrer geringen Körpergröße und zu der kleinen, nach oben gerichteten Nase. Aber wie Fizas gesamtes Wesen klingt er falsch.

»Ich kann mich gar nicht erinnern, dass du so unverblümt bist. Hat dich die Heimkehr so sehr verändert?« Sie nähert sich der Karte an der Wand, die Wickery zeigt. Statt die schmalen, krummen Umrisse von Agsa nachzufahren, ihrem östlich von Belwar gelegenen Land, tippt sie mit dem Zeigefinger auf einen Punkt im Südwesten – meine Hauptstadt, zu der sie etliche Stunden geflogen ist. »Ich dachte, Naupurer sind traditionell gastfreundlich.«

»Das würde ich als altes Klischee betrachten. Immerhin hat mein Vater einen Palast aus Blaustein auf einem Berg unmittelbar neben einem Vulkan gebaut.« Ehre, Respekt und Klasse haben langsam unsere einladende, herzliche Art abgelöst. Mittlerweile ist Belwar die Zuflucht, der die meisten Menschen entgegenstreben. »Außerdem musst du verzeihen, es ist so, dass … Also, ich habe kürzlich etwas verloren …«

»Ich weiß, was du verloren hast.«

Mit schnellen Schritten gehe ich um den Schreibtisch herum und sortiere einige Dokumente, um meine Hände zu beschäftigen. »Das glaube ich nicht.«

»Vielleicht hast du recht. Aber deshalb bin ich hier.« Sie kommt auf mich zu und deutet mit ausladender Geste auf den Schreibtisch meines Vaters. »Lass mich dir helfen.«

»Wie könntest du mir helfen?« Ich blicke ihr in die Augen. »Ist Agsa bereit, zum ersten Mal seit über fünf Jahrhunderten in den Krieg zu ziehen?«

Ich höre, wie sie scharf die Luft einsaugt. Damit sollte ihr klar sein, wie sehr ich mich seit unserer Zeit an der Akademie verändert habe. Ich bin nicht mehr der Junge, der ihr entgegengekommen ist und aus Höflichkeit eine unechte Freundschaft ermöglicht hat, statt schonungslos ehrlich zu sein.

»Mein Volk mag friedlich sein, aber mich beschreibt das Wort wohl kaum, meinst du nicht auch?« Sie legt den Kopf schief. Das goldbraune Haar ergießt sich über ihre Schultern.

Ich schnaube höhnisch. »Das klingt richtig.«

»Deshalb bin ich mit einem Angebot hier.«

»Und das wäre? Dich zu heiraten? Damit du zur nächsten Maharani von Naupure wirst?«

Mit breitem Lächeln dreht sie sich mir zu. »Ich bin froh, dass wir uns auf Anhieb verstehen.«

Von dem Scherz wird mir übel, und sofort ärgere ich mich über meine Reaktion. Ich starre sie an. Bei den Göttern, wie ich das hasse.

»Klingt es komisch, wenn ich sage, dass ich es immer noch nicht verstehe?«, frage ich. »Die Akademie war voll von mächtigen Männern mit erhabenen Titeln. Mir ist klar, warum Naupure anziehend ist – Macht, Geld, Ansehen. Aber warum ich?«

Die Frage kommt falsch rüber. Eigentlich will ich darauf hinaus, ob sie je über meine Position hinausgesehen hat. Ob sie mich jemals um meiner selbst willen gemocht hat. Aber das direkt zu fragen, erscheint mir zu verletzlich und offen. Und selbst jetzt, Jahre später, bin ich durch Fizas bloße Anwesenheit instinktiv auf der Hut, setze ich hastig die Maske geheuchelter Freundlichkeit auf, obwohl ich mich zuletzt daran gewöhnt habe, sie nicht mehr zu tragen.

»Verstehst du Macht, Geld und Ansehen immer noch nicht?« Ihr Sarkasmus fühlt sich schneidend an. »Ich dachte, du hättest vielleicht etwas übers Herrschen gelernt. Darüber, was es bedeutet, Thronerbe zu sein.«

Ihre Worte fahren mir vibrierend in die Knochen. Was es bedeutet, Thronerbe zu sein. Maharadscha. Aber es fühlt sich so falsch an, wie es das immer getan hat. An der Akademie aufzuwachsen war schon schwer genug. Auch ohne den Versuch von Mitschülerinnen wie Fiza, mich zu ihrer Denkweise zu drängen. Vor nicht allzu langer Zeit, unmittelbar nach dem Ausbruch, hat Adraa zu mir gemeint, es wäre wegen unseres derzeitigen Rufes für mich am besten, jemand anderes zu heiraten. Aber so funktioniert Liebe nicht, zumindest nicht meiner Auffassung nach. Solange die Chance besteht, dass Adraa Belwar mit mir zusammen sein will, werde ich alles in meiner Macht Stehende tun, um es zu ermöglichen.

Ich seufze. »Ich liebe jemand anders, Fiza. Und ich denke, das weißt du.«

Sie seufzt. »Ich scherze nur, Jatin. Ich bin im Namen meines Vaters für Agsa hier. Mehr nicht.«

»Also ist es *rein* politisch?«

»Meine Brüder hatten schon vor unserem Jahrgang die Akademie abgeschlossen. Mein Vater wollte jemanden schicken, den du kennst. Hast du wirklich gedacht, ich würde dir um die halbe Welt nachjagen?« Sie hält einen Finger hoch. »Weißt du, was? Antworte darauf nicht. Lass mich gleich zur Sache kommen. Ich bin hier, um dir zu helfen, Naupure zu retten. Und wenn dieser Krieg oder diese Ideen von Wahlen die Grenzen von Agsa erreichen, hilfst du uns.«

Also weiß sie über das derzeitige politische Klima Bescheid – das *wahre* Klima. Aber irgendetwas stimmt nicht. »Dein Vater hat dich für *all das* hergeschickt?« Ich bin Maharadscha Agsa schon begegnet. Er scheint mir nicht der Typ zu sein, der seine jüngste Tochter eine Fliegerhose tragen lässt, geschweige denn um die Welt reisen, um ganz allein ein Bündnis zu retten.

Als sie kurz schweigt, weiß ich, dass sie gerade abwägt, ob sie mir die Wahrheit sagen soll. »Mein Vater hat mich hergeschickt, um der Sache mit Adraa und dem Ausbruch auf den Grund zu gehen.«

Da haben wir es. Endlich ein Hauch von Aufrichtigkeit. Und mir widerstrebt jedes Wort davon.

»Ermittlungen und Bündnisse sind zwei völlig verschiedene Dinge«, erwidere ich und versuche, das bisschen Fassung zu bewahren, das mir geblieben ist.

»Agsa mag aus Feldern, Sümpfen und einfachen Bäuerinnen und Bauern bestehen, aber einige von uns verstehen trotzdem, was hier vor sich geht. Auch wenn sich mein Land nicht an einem in meinen Augen bevorstehenden Krieg beteiligen wird, wollen wir nicht, dass wir von Moolek und seinen Vorstellungen übernommen werden, bis nichts mehr von uns übrig ist. Agsa mag seine Probleme haben, aber ich denke, wir wissen beide, wie ein Leben unter Mooleks Herrschaft aussehen würde.« Ihre Magie flattert in Form von schwarzem Rauch ihren Arm hinauf. Wie ich hat sie nicht Rot, Grün, Blau oder Gelb als Stärke – die einzigen Stärken, die man im nördlich gelegenen Moolek respektiert. Und die einzigen, mit denen man dort Rechte besitzt. Unter Mooleks Herrschaft wären wir beide minderwertig.

»Weitsicht hast du schon immer besessen, das muss ich dir lassen.«

Fiza grinst. »Ich weiß auch von einem anderen Problem, mit dem du konfrontiert bist. Eine verschwundene Rote Frau ...« Sie verstummt und hebt die Arme. Schwaden aus schwarzem Rauch verhüllen den Tisch. Mit einem Flüstern verwandelt sich ihre Magie in ein sattes Rot. Bei ihr wirkt die Illusion so einfach. Ich kenne außer ihr keine andere Hexe, die das kann.

»Wie kommst du darauf, dass mir etwas an der Roten Frau liegt? Oder dass ich sie verloren hätte? Das ist eine Belwar-Angelegenheit. Nur ein albernes Spiel mit Masken«, erwidere ich.

Fiza fasst in die Falten ihres Wickelrocks und zieht ein Plakat hervor, das ich lange nicht mehr gesehen habe. Nach dem Ausbruch hat der Wind sie verweht, und dann habe ich das Signal erfunden. Dass Adraa und ich auf Hilferufe reagiert haben, hat unseren Ruf praktisch über Nacht verändert. Auf dem alten Plakat steht klar und deutlich NACHT UND DIE ROTE FRAU. Darunter befinden sich schlecht gezeichnete Bilder von Adraa und mir mit unseren Masken. »Willst du wirklich so tun, als wären das nicht du und Adraa Belwar?«, fragt Fiza. »Auch gut. Aber ich hab's nicht so mit Geheimnissen. Lass uns offen sprechen, vor allem, da du darin besser geworden bist.«

Ihre klaren Worte klingen beinahe freundlich. Neue Verärgerung durchströmt mich. Ich hatte vergessen, wie es ist, mit Fiza Agsa zu reden. Sie besteht nicht nur aus einem krummen Schnabel und scharfen Krallen. Die Frau ist auch klug. Jedes Wort lässt Blut fließen.

Wir starren uns gegenseitig an. Sie strahlt dabei Selbstvertrauen aus. Ich hingegen komme mir jung und vor allem ungeschützt vor. Und das *weiß* sie. Fiza weiß es, und ich kann nichts dagegen unternehmen.

»Na schön. Offen und ehrlich.« Ich trete näher zu ihr. »Was willst du, Fiza? Warum bist du wirklich hier? Adraa ist in der Kuppel. Damit sind die Ermittlungen beendet.«

»Das weiß ich, aber wie gesagt, ich habe gehört, du hast ein Problem.« Sie lässt sich auf der Ecke des Schreibtischs meines Vaters nieder. »Ich bin hier, um es zu lösen.« Sie beugt sich vor. »Ich hoffe, du lässt mich.«

Adraa in der Kuppel ist mehr als ein Problem. Dennoch wende ich mich mit einem Schnauben ab. »Sie ist nicht ersetzbar.«

Fiza hopst vom Tisch und zaubert. Schwarzer Rauch um-hüllt ihre Arme. Ich drehe mich zu ihr zurück und beobachte, wie sie sich verwandelt. Die Magie fließt wie plätscherndes Wasser über ihren Körper, bis sie sich verfestigt und einrastet. Und plötzlich habe ich nicht mehr Fiza Agsa vor mir. Sondern Adraa. Die Rote Frau. Rote Magie durchwirkt ihre Kleidung, ihre Maske, ihren schwarzen Zopf und wunderschöne Augen. Die junge Frau, die ich liebe, steht lächelnd vor mir.

Ich kann mich nicht bewegen, bringe keinen Ton hervor. Nur der kleine Teil von mir, der erleichtert ist, dass ich doch nicht den Verstand verliere, siedet nicht vor Zorn. Aber selbst die Erleichterung geht mit dem Gefühl von Verrat einher.

»Bitte«, sagt Fiza. Sogar ihre Stimme – ihre *Stimme* – klingt wie Adraa. »Die Kunde von Nacht und der Roten Frau hat auch Agsa und die Akademie erreicht. Mittlerweile gilt die Rote Frau mehr als Symbol denn als Mensch aus Fleisch und Blut. Und ein Symbol lässt sich leicht ersetzen. Verheerend wäre nur, wenn es verschwindet.«

»Du warst das. Neulich Nacht ...« Ich kann meine Wut nicht unterdrücken, merke, dass sie schnell an die Oberfläche brodelt. Aber ich muss es wissen. »Was sollte das? Wozu bist du durch die Straßen von Belwar gerannt? Warum hast du dich nicht zu erkennen gegeben?« Sie wird eine verdammt gute Entschuldigung dafür brauchen, dass sie mich hat glauben lassen, ich würde verrückt.

»Warte, du hast doch nicht wirklich gedacht ...« Ihre Züge fallen in sich zusammen. »Verdammt. Ich wollte dich nicht hinters Licht führen. Tatsächlich habe ich versucht, unbemerkt zu bleiben. Deshalb bin ich weggerannt. Dann hast du mich eingeholt, und ich konnte nicht mehr anders. Ich wollte meine

149

schwarze Magie auf die Probe stellen. Um herauszufinden, wie überzeugend der Trugzauber wirklich ist.«

Ich kann es nicht ertragen, mit ihr zu reden, während sie so aussieht. »Mach das weg. *Sofort.*« Meine Stimme klingt frostiger, als ich sie je zuvor gehört habe.

Fiza gehorcht. Jäh verpufft der Trugzauber. Ihr scheint klar zu sein, dass sie zu weit gegangen ist, denn sie hebt beschwichtigend die Hände. »Glaub mir, Jatin, ich will dir nur helfen.«

»Vielleicht will ich das ja nicht.«

Sie rümpft die Stupsnase. »Aber du brauchst mich. Ich bin die Einzige, die ...«

Etwas in mir zerreißt. Die Vorstellung, das Verhör im Untergrund planen zu müssen, hat meine Nerven bereits angespannt. Und nun auch noch das. Mein vernichtender Blick lässt Fiza erstarren. »Bleib in Naupure, wenn es sein musst. Aber es wird kein Bündnis geben. Sich als die Rote Frau auszugeben ist keine Stelle, um die man sich bewerben kann, und wenn du noch so sehr wie sie aussiehst. Jetzt geh.« Mühsam zwinge ich mich, meine Wut zu zügeln.

Einen Moment lang scheint sie weiterreden, mich überzeugen zu wollen, doch ich behalte meine finstere Miene aufrecht, bis Fiza zur Tür hinausgegangen ist.

»Ach, und Fiza ...« Sie wirbelt herum, und ich freue mich über die Neugier und Hoffnung in ihrem Gesicht. »Es ist auch Tradition, den Berg wieder hinunterzusteigen«, lüge ich. Dann mache ich etwas, das ich schon tun wollte, seit ich neun Jahre alt war. Mit einem Stoß gelber Magie schlage ich die Tür zu.

Kapitel 14

Die Kunst des Atmens

Adraa

Die ganze Nacht geht mir Harinis Magie durch den Kopf. Vor allem, weil mein Körper so übel schmerzt, dass ich mich nicht rühren, nur noch denken kann.

Irgendwann schlafe ich doch ein, und am nächsten Morgen erwache ich zur größten Überraschung meines Lebens. Während der Nacht hat jemand meine Mitte um die gebrochene Rippe herum neu verbunden – und die Liste der Verdächtigen lässt sich auf eine Person eingrenzen. Ich schaue zu Harini hinüber. Sie starrt mich an.

Das ist unheimlich.

Dann wird mir klar, dass sie … dass sie *weint*. Natürlich still, ohne echte Anzeichen, abgesehen von einer einzelnen Träne, die ihr über das Gesicht läuft. Ich bin verblüfft. So sehr, dass ich nicht weiß, was ich tun soll. Als sie mitbekommt, dass ich es bemerkt habe, wendet sie ruckartig und verlegen den Kopf ab.

Bevor sie sich vollständig von mir wegdrehen kann, strecke ich die Hand aus. Bei der Bewegung gerät mein gesamter Mittelteil in Panik und schreit vor Schmerzen auf. Trotzdem schaffe ich es zur staubigen gekrümmten Wand und schmiere mit dem Finger eine kurze Botschaft in die glasartige Substanz.

Ich weiß es, schreibe ich und wische es wieder weg, sobald ich sicher bin, dass sie es gelesen hat.

Sie nickt und legt sich wieder auf die Seite.

Bei allen vermaledeiten Göttern! Feingefühl ist nie meine Stärke gewesen, und plötzlich beherrsche ich es wie eine waschechte Rani.

Dann kommt mir ein neuer Gedanke. In diesem Fall kann ich nicht wie die Rote Frau vorgehen. Meine Zellengenossin hat klar zum Ausdruck gebracht, dass jede Verständigung tabu ist. Also muss ich sie dazu bringen, dass sie mit mir reden will.

Dafür werde ich Papier brauchen.

Langsam versuche ich, mich vollständig aufzusetzen. Jeder Teil meines Körpers kämpft dagegen an. Harini beobachtet mich mit Argusaugen. Bei den Göttern, ich hoffe, sie schlägt mich nicht wieder, wenn ich mich ihr nähere. Meine Lunge zieht sich zusammen. Gequält sinke ich zurück, kann kaum atmen.

Der morgendliche Alarm ertönt, und die Tür unserer Zelle gleitet auf. Essenszeit.

Harini steht auf. Beim Hinausgehen wirft sie einen Blick auf mich. Wir wissen beide, dass ich mich heute nicht von der Stelle rühren werde. Das bedeutet, ich werde auch nichts zu essen bekommen. Als sie verschwindet, begutachte ich meine Verletzungen. Ich habe etliche blaue Flecke, vor allem entlang der gesamten rechten Seite, wo sie über den Verbänden schillern. Wie es darunter aussieht, will ich mir gar nicht vorstellen. Wirklich Sorgen jedoch bereitet mir die möglicherweise gebrochene Rippe. Ich presse eine Hand auf die Brust. Immer noch habe ich das Gefühl, nicht genug Luft zu bekommen.

Da ich nichts zu tun und nichts zu essen habe, versuche ich zu schlafen. Mir ist alles recht, was mich von den Schmerzen ablenkt.

***

Schweißgebadet wache ich auf. Die Flüssigkeit durchtränkt meine Kluft, mein Bettzeug und bedeckt meine Stirn. Es dauert einen Moment, bis mir klar wird, dass ich diesen gesamten Schweiß verströme. Verdammt. Mein Zustand hat sich verschlechtert.

Meine Brust zieht sich zusammen. Als ich nach Luft ringe, ereilt mich eine Ahnung, was mit mir nicht stimmt. Die gebrochene Rippe muss den rechten Lungenflügel durchstoßen haben. Zum ersten Mal im Leben bin ich krank. Verheerend krank sogar – ohne Heilmittel, ohne Magie, ohne Hilfe.

Mir droht der Tod. Meine Sicht wird trüb. Es fühlt sich an, als würde ich langsam und mit schwindendem Bewusstsein ausbrennen. Normalerweise gelingt es mir in solchen Fällen, wach zu bleiben. Aber magische Erschöpfung schlägt sich anders nieder als eine körperliche Verletzung. Dagegen kann ich nicht ankämpfen.

Das Geräusch einer Tür und der Geruch von Gewürzen holen mich einen Moment lang zurück. Ich blinzle heftig. Unsere Zelle wird abgesenkt, und ich erkenne Harinis Umrisse, die sich mir nähern. Sie bleibt stehen, ragt über mir auf, und ich habe mich noch nie so verwundbar gefühlt. Gleichzeitig fühle ich mich so kraftlos, dass es mir egal ist. Schmerzen, Schweiß, Hitze verdrängen jede Beklommenheit. Ich bin dafür zu benebelt. Abgesehen davon, was für ein eigenartiges Wort, *Beklommenheit*. So viele Silben …

153

Langsam stellt Harini eine Schüssel mit irgendetwas ab. Suppe oder Eintopf, meint meine Nase zu erkennen. Mit einer Willensanstrengung wende ich den Blick in Richtung des Essens. Am Rand der Schüssel liegen zwei weiße Idli, die bereits die Feuchtigkeit aufsaugen. Das Bild erinnert mich so sehr an Jatin, dass ich um ein Haar zu weinen anfange. Der Augenblick auf dem Dach während der Festlichkeiten scheint eine Ewigkeit her zu sein.

Eine eiskalte Hand berührt meine Stirn, und abrupt befinde ich mich wieder in unserer Zelle. Richtig – in einer Zelle. Harini schaut betroffen drein. Dann kauert sie neben mir und untersucht meine Rippen. Ich röchle lautlos vor mich hin.

Harini schreibt dort, wo ich vorhin meine Botschaft gekritzelt und weggewischt habe, zwei Worte in den Dreck. Mein Verstand ist gerade noch klar genug, um sie zu lesen. *Vertrau mir.* Unmittelbar darunter fügt sie etwas hinzu, doch meine Sicht verschwimmt bereits. Eindringlich starre ich hin und versuche, die Worte zu entziffern. Dabei frage ich mich, ob mein Verstand vor lauter Sauerstoffmangel vollkommen aussetzt. Als Harini mich vom Bett hebt, kneife ich die Augen zusammen. Und endlich gelingt es mir, den hinzugefügten Rest zu lesen.

Es tut mir leid.

Eine Blutschliere durchzieht die Worte.

Hm. Das finde ich beängstigend.

***

Verschwommen bekomme ich unsere Reise aus der Zelle mit. Ich nehme ein Scheppern wahr, ein Gesicht voller Sommersprossen, einen Abstieg, der mir den Magen umdreht, dann das Holpern gleichmäßiger Schritte. Eine heisere Stimme ruft etwas, und die Arme um mich herum spannen sich an. Schließlich verliere ich vor Schmerzen das Bewusstsein.

Als ich wieder zu mir komme, liege ich auf einer Pritsche. Sie fühlt sich kalt an, demnach hat länger niemand darauf gelegen. Drückende Feuchtigkeit lastet um mich herum.

»Sie sollte nicht hier unten sein«, sagt eine harte Männerstimme. Der Aufseher.

»Wo soll sie sonst hin?« Ekani? Es klingt nach ihr. Ich versuche, mich zu drehen, doch die Schmerzen verschwören sich gegen mich mit einem Anflug von Schwindelgefühlen und Hitze. Zusammen ersticken sie meine Willenskraft. »Sie ist die Neue mit der roten Stärke«, fährt die Stimme fort. »Du weißt, wie wichtig sie für sie ist. Wenn du noch eine sterben lässt, bringen sie uns *alle* um.«

»Du brauchst mir nicht zu sagen, wie wichtig sie ist. Wie konnte das passieren? Der Kampf sollte sie nur schwächen. Teste sie«, befiehlt der Aufseher.

Ein höhnisches Schnauben ertönt. »Jemand ist ein bisschen zu gewalttätig geworden.«

Eine Pause.

»Was sagt sie? Ich verstehe sie nicht, wenn sie so mit den Armen herumfuchtelt«, bemerkt der Aufseher kühl.

»Keine Ahnung, aber sie beteuert wohl, dass es nicht ihre Schuld war, könnte ich mir denken. Jaya wollte nicht nachgeben. Sie besitzt Willenskraft. Wir müssen sie *sofort* heilen.«

»Ich leite hier ein Gefängnis, Ekani. Keine Klinik. Ich werde Basu holen müssen. Das ist sowieso sein Problem.«

Kaum habe ich den Namen gehört, öffne ich die Lider. Ich befinde mich tief im Inneren der Anlage, vermutlich in einer Art Krankenstation. Der Geruch von Blut und Kräutern steigt mir in die Nase. Zwei blubbernde Kessel verströmen zusätzlich das Aroma von Gewürzen.

Die zwei neben mir bemerken, dass meine Augen offen sind. Ekani. Harini. Vom Aufseher fehlt bereits jede Spur. Er ist losgegangen und holt …

Ich schüttle den Kopf. *Nicht Basu. Bitte,* bilde ich mit den Lippen.

Ekanis Kopf schiebt sich über meinen. »Du wirst nicht sterben, Jaya. Ich versuche gerade, dich zu retten.« Ihre Worte zerschmettern meine Konzentration. Ein Anflug von Hitze erfasst mich. Schweiß tropft mir von der Stirn.

Während ich Ekani anstarre, vergesse ich, warum ich kämpfen sollte. Ich stelle mir meine Mutter an ihrer Stelle vor. Das Bild ist angenehm und weich um die Ränder. Als ich acht Jahre alt war, hat sie mich nach meiner ersten Begegnung mit Jatin in ihre Klinik mitgenommen. *Ich finde, es ist an der Zeit, dass du anfängst, mir zu helfen, Adraa.* Damals musste sie sich noch bücken, um mir in die Augen zu sehen. *Mit einem Schlag kannst du dir einen Feind fürs Leben machen. Mit einem Trank kannst du ein Leben retten. Wenn du jemanden rettest, gehört dir dessen Vertrauen. Er teilt dann seine Geheimnisse mit dir. Dasselbe gilt für unsere Tränke. Du musst die Geheimnisse der Natur kennenlernen. Selbst mit den besten Absichten kannst du mehr Schaden anrichten als Gutes bewirken, wenn du die Natur nicht respektierst.* Wir haben damals jedes Regal in der Klinik des Palasts in Augenschein genommen und die Gläser darin geöffnet. Ich habe mir verschiedene Blattpflanzen genau angesehen und gelernt, sie an ihrer Form zu erkennen. Ich habe die Beschaffenheit verschiedener Fledermausflügel gefühlt. Ich konnte es riechen, wann sich eine Blume in einer Tinktur vollständig aufgelöst hatte. *Fangen wir mit einem einfachen Antibiotikum an.*

Dafür braucht man drei Hauptzutaten – Knoblauch, Ingwer und …

Honig. Er treibt um mich herum, parfümiert die Luft mit seiner Süße. *Mama,* versuche ich zu sagen, bringe das Wort jedoch nicht heraus. Warum kann ich nicht …

Die Bilder verfliegen. Etwas Kaltes bohrt sich in meine Rippen. Jäh öffne ich die Augen.

Basu steht über mir. Er hält mir ein Messer aus gelber Magie an die linke Seite. *Nein! Nein, nein, nein, nein, nein.*

»Halt still, meine Liebe.«

Jemand packt meine Beine. Harini drückt meine andere Schulter auf den Tisch. Sie gestikuliert, doch ich werde nicht schlau aus den Bewegungen. Dann merke ich, dass sie sich an Basu richten.

»Du weißt, dass ich dich nicht verstehe. Aber falls du mich gerade bittest, diese junge Frau zu retten, dann ja, natürlich. Ich gebe mein Bestes. Tatsächlich ist sie eine liebe Freundin von mir«, presst er zwischen zusammengebissenen Zähnen hervor.

Das gelbe Messer aus Basus Magie bohrt sich in die linke Seite meiner Brust. Schmerzen flammen in qualvollen Wellen auf. Schwarze Punkte treiben durch meine Sicht. Dazwischen erkenne ich einen verschwommenen Strang gelber Magie, der auf meinen Mund zuschießt. Ich gerate in Panik. Das ist kein Heilzauber. Er hat es wieder auf meine Kehle abgesehen, will etwas noch Lebenswichtigeres aus mir herausreißen. Eine Heilung sollte nicht so schmerzhaft sein. Er will mich nicht retten, sondern vernichten.

Mein Blick heftet sich auf Harinis Gesicht, während ich stumm schreie und ein Schwall Luft in meine Kehle strömt.

Ihre Lippen bilden vier schlichte Worte: *Es tut mir leid.* Dann überwältigt mich Dunkelheit.

Kapitel 15

Das Treffen

Jatin

Durch Fizas Besuch haben sich zwei Dinge herauskristallisiert. Erstens: Ich brauche einen Plan. Und zweitens: Ich brauche Hilfe. Sosehr diese Mission still und heimlich bleiben muss, ich kann nicht weiter allein arbeiten. Die verdeckten Ermittlungen auf der Straße haben keine handfesten Hinweise erbracht. Ich glaube sogar, ich zerbreche langsam daran. Deshalb habe ich Hiren und Prisha gebeten, sich hier im Teezimmer meiner Mutter mit mir zu treffen, um ihre Idee zu besprechen. Ich kenne keinen besseren Ort, um einen Plan zu schmieden und zu veranschaulichen.

Als ich Adraa zum ersten Mal in diesen Flügel des Azur-Palasts gebracht habe, hat sie – wie alle anderen – unwillkürlich so leise gesprochen, als könnte ein einziges zu lautes Wort die Geister der Vergangenheit wachrütteln. Den Geist meiner Mutter, um genau zu sein. Komisch, dass es mir früher genauso ergangen ist, bis es der Ort wurde, an dem Adraa und ich häufig unsere Vorhaben besprochen haben. In diesem Raum haben wir uns sicher gefühlt und waren zuversichtlich, wir könnten die Verbrecher unschädlich machen, die Firelight horten und Blutlust herstellen. Damals, vor ein paar Monaten, waren wir noch ziemlich idealistisch.

»Jatin?« Kalyan reißt mich aus meinen Gedanken.

»Ja, tut mir leid, Kalyan. Bring sie rein.«

Die Tür öffnet sich. Riya, Prisha und Hiren treten ein. Riya wirkt erschöpft, Prisha hingegen so entschlossen, wie ich sie noch nie erlebt habe. Als wäre sie plötzlich größer. Sie scheint ihren Frieden damit geschlossen zu haben, was am Abend vor der Verhandlung in ihr gewütet hat.

»Danke, dass ihr gekommen seid«, beginne ich.

Riya sieht sich um. Ich kann mir denken, was ihr durch den Kopf geht. Wir befinden uns nicht in einem Kriegsraum. Es ist nicht mal der sicherste Ort im Palast. Bogenfenster führen auf abgerundete Balkone. Die Vogelhäuser meiner Mutter schaukeln leer im Sonnenschein.

»Natürlich. Kalyan hat uns aufgeklärt. Aber Jatin, warum hast du uns *hierher* bestellt?«, fragt sie.

»*Simaraw*«, zaubere ich auf beide Türen. Sicherheitshalber füge ich einen zusätzlichen Schallschutz hinzu. Erst danach ergreife ich das Wort.

»Ich möchte euch allen etwas zeigen.«

Hiren tritt vor und öffnet den Mund.

Ich hebe einen Finger. »Und ich werde euch zuhören. Bitte gebt mir nur eine Minute.«

Ich gehe in die Hocke und bewundere kurz das Gemälde meiner Mutter von Wickery. Jedes Gebäude ist detailgetreu abgebildet. Dann lege ich die Hand auf den Azur-Palast, streiche darüber und verteile gerade genug Magie über den Boden, dass Nebel unsere Füße umhüllt. Hiren weicht zurück.

Mit dem Gemälde meiner Mutter und schwarzer Magie habe ich unser Ziel vergrößert und eine dreidimensionale Darstellung der Kuppel und deren Umgebung erschaffen. Nun haben wir sie in all ihrer schrecklichen Pracht vor uns. Mir ist noch nie der Kontrast zwischen der runden Form der Kuppel und dem natürlichen Hang des Gandhak aufgefallen, aber mich beschleicht nicht zum ersten Mal das Gefühl, dass die Kuppel das künstlichste Gebilde in ganz Wickery ist.

Alle beugen sich vor und starren darauf.

»Oha«, rutscht es Prisha heraus, als sie sich neben mich kauert. Ein Frühlingsduft weht an mir vorbei. Schlagartig werde ich an Adraa erinnert. Unwillkürlich sehe ich Prisha an.

»Was ist?« Sie wirkt verdattert.

»Tut mir leid, du ... äh ... du riechst wie sie«, erkläre ich und bereue es bereits, als ich merke, wie unangebracht die Worte klingen.

Prisha beißt sich auf die Unterlippe. »Ich habe ihr Parfüm stibitzt. Es tut mir leid. Ich ... Ich wollte ...«

»Schon gut. Ich verstehe.« Die Aufmerksamkeit der anderen gilt noch der detaillierten Karte. Zum Glück haben sie nichts von einem der peinlichsten Wortwechsel mitbekommen, den ich je hatte.

»Ich habe mich immer gefragt, woher du Belwar so gut kennst«, flüstert Riya und beugt sich vor, um meine Illusion zu berühren. Kurz flimmert sie, bevor sie sich wieder festigt.

»Eigentlich war das Adraa. Aber die Einsätze bei den Signalen in den letzten Monaten haben auch beigetragen.«

Ich richte mich zu voller Größe auf, die nicht allzu beeindruckend ist, wenn Kalyan neben mir steht. Aber daran habe ich mich längst gewöhnt. Es fühlt sich seltsam an, wie erwartungsvoll mich die Mitglieder unserer Truppe ansehen. Plötzlich wird mir klar, dass wir sonst alle um Adraa gekreist haben, am meisten ich.

»Es hat einen Grund, dass wir alle hier beisammen sind«, beginne ich. Mein Blick wandert nacheinander über meine Freunde. »In den letzten Tagen haben Kalyan und ich jeden Vencrin verhört, den wir finden konnten. Keiner wusste, wo sich Adraa in der Kuppel aufhält oder wie es ihr geht. Allein komme ich nicht weiter. Zusammen erreichen wir vielleicht mehr. Wir fünf werden Adraa Belwar aus der Kuppel befreien.«

Entschlossenheit. Nickende Köpfe. Keine Überraschung. Darauf habe ich gehofft.

»Gut.« Riya tritt vor. »Ich hoffe nur, du hast auch ein *Wie* in deine Ansprache eingebaut.«

»Ja, aber bevor wir dazu kommen, will ich mich vergewissern, dass alle Anwesenden voll hinter der Sache stehen. Wir holen sie da raus, mit allen Mitteln.«

Kalyan verschränkt die Arme vor der Brust und nickt. Prisha folgt seinem Beispiel prompt mit großen, aufrichtigen Augen und einem Nicken.

Riya wirkt irritiert. »Du kennst uns, Jatin. Hättest du diesem Treffen nicht zugestimmt, hätte ich dich entweder weiter damit bedrängt oder sie selbst herausgeholt.«

Ich drehe mich Hiren zu. Er mustert mich. »Ich bin Belwarer«, verkündet er, als wäre er allein damit über alle Zweifel erhaben. Mir geht die Kundgebung an jenem Abend durch den Kopf, all die gegen den Namen Belwar wetternden Menschen, die nicht mehr hinter der herrschenden Familie stehen. Vielleicht verdient er mein uneingeschränktes Vertrauen ja doch. Immerhin sind wir wegen seiner Idee und seiner Bereitschaft, Geheimnisse der Garde von Belwar preiszugeben, hier.

»Er ist der loyalste Mensch, den ich kenne«, betont Prisha und reckt trotzig das Kinn vor. Und da erkenne auch ich es.

Wie es sie zueinander hinzieht. Wie Hirens Blick immer wieder Prishas Gesicht sucht.

Riya und ich sehen uns an, und sie neigt den Kopf. Offenbar war ich wirklich ein bisschen unaufmerksam.

»Wir müssen einfach sicher sein«, sage ich. »Moolek war nicht im Gerichtssaal. Nicht er hat Adraa zu ihrer Äußerung gezwungen. In Belwar treiben sich Verräter herum. Auch der Anführer der Vencrin ist noch frei. Nichts, was wir heute hier sagen und planen, darf diesen Raum verlassen.«

Wie erwartet tritt Stille ein. Die Wunde fühlt sich für uns alle noch zu frisch an. Es schmerzt, an die unveränderliche Vergangenheit zu denken, in der wir Adraas Opfer für uns zugelassen haben. Der Augenblick taucht mit niederschmetternder Wucht aus meinem Gedächtnis auf. Rasch dränge ich ihn zurück, bevor er mich überwältigen kann.

»Wir *müssen* sie da rausholen. Und wir müssen ihren Namen reinwaschen.« Kurz verstumme ich. »Außerdem müssen wir wissen, wem wir vertrauen können. Oder wichtiger noch, wem nicht.«

Ich drehe mich Hiren zu. »Wir alle schulden deinem Vater etwas dafür, dass er sich von Anfang an gegen die Verhandlung ausgesprochen und dann jenen Pfeil aufgehalten hat. Dafür respektiere ich ihn sehr, dennoch darfst du ihm nichts hiervon erzählen. Kannst du das versprechen?«

»Ja«, antwortet er, ohne zu zögern.

Ich klatsche in die Hände. »Also gut. Dann lass uns deinen Plan durchgehen.« Mit einer Handbewegung über die Karte vergrößere ich den Eingang zum Untergrund. Wir beugen uns zu fünft vor und starren auf die gemalte Nachbildung jener schmierigen, beengten Einrichtung.

»Hat Riya dir das Wesentliche geschildert?«, fragt Hiren.

»Eindringen in den Untergrund, bevor die Garde von Belwar es tut. Verhören, wen auch immer wir können. Jemanden festnehmen, den du dann in die Kuppel bringen kannst.«

»Richtig«, bestätigt er. »Aber einen Haken gibt es dabei. Wir brauchen jemanden, der wichtig genug ist, um meine Anwesenheit in der Kuppel zu rechtfertigen. Ein bloßer Käfigzauberer ohne Vorstrafen und nur mit einer losen Verbindung zu den Vencrin reicht nicht. Tatsächlich ist sogar ein gewöhnliches Mitglied der Vencrin zu wenig.«

Kalyan und ich wechseln einen Blick. »Dafür wissen wir einen perfekten Anwärter«, sagt Kalyan.

Ich lächle, während sich der Plan in meinem Kopf zusammenfügt. Ja, in der Tat ein perfekter Anwärter. »Wie wäre es mit dem Mann, der den gesamten Untergrund leitet?«

Hiren grinst. »Genau darauf habe ich gehofft. Aber da ist noch etwas. Ich habe mich umgehört und herausgefunden, dass die Kuppel vom Ausbruch des Ghandak beeinträchtigt ist. Die Nordseite wurde aufgerissen. Ein Viertel der Zellen steht derzeit nicht zur Verfügung.«

»Sag ihnen, was das für Adraa bedeutet«, drängt Prisha.

»Die nördliche Ecke hat man früher für Einzelhaft und besondere Gefangene genutzt.«

»Also deshalb …«, beginnt Riya. In ihrer Stimme schwingt Hoffnung mit.

»Und deshalb«, greift Hiren den Faden auf, »müssen sie Adraa in der allgemeinen Frauenabteilung untergebracht haben. Sie wird eine Zellengenossin haben. Vielleicht wird sie sogar wie alle anderen behandelt. Das könnte es einerseits vereinfachen, sie herauszuholen. Andererseits bedeutet es mehr Augen, mehr Zeugen, vielleicht sogar mehr Wächter.«

Alle im Raum seufzen. Ich glaube, innerlich fluchen wir

alle. Und mir graut bei dem Wort *Zellengenossin*. Weil es sich um eine Verbrecherin handeln muss, eine *belwarische* Verbrecherin.

»Das Gute daran ist wohl, dass sie nicht allein ist«, flüstert Kalyan.

Ich lasse die Faust auf den nächstbesten Tisch niedersausen. »Nein. Das sind keine guten Neuigkeiten. Wenn die anderen Gefangenen wissen, wer sie ist, und sie für schuldig halten, werden sie es auf sie abgesehen haben.« Ich muss niemanden an die verstärkten Sicherheitsvorkehrungen im Belwar-Palast erinnern, um die vom Volk als »Monster« bezeichnete Bewohnerin dort vor Anschlägen zu schützen.

Prisha wischt sich übers Gesicht und lässt die Schultern leicht hängen, schweigt jedoch.

Hiren runzelt die Stirn, bevor er in die ausgedehnte Stille hinein das Wort ergreift. »Da ist noch etwas, worauf ich mit dieser Information hinauswollte.« Wir alle sehen ihn an. »In der Seite der Kuppel, eines der unerschütterlichsten Orte in ganz Wickery, klafft ein Loch.«

Kapitel 16

Ende des Untergrunds

Jatin

Ein Loch in der Seite der Kuppel ändert alles. Statt uns getarnt einzuschleichen, werden wir die Öffnung finden und aufbrechen, um einen Eingang und einen Fluchtweg zu schaffen. Aber trotz der neuen Erkenntnis bleibt der Beginn unseres Plans unverändert. Wir brauchen einen Weg in die Kuppel, um herauszufinden, wo genau Adraa festgehalten wird, bevor wir zurückkehren und sie herausholen können. Deshalb brauchen wir einen Verbrecher, den Hiren ins Gefängnis eskortieren kann. Heute Nacht werden Kalyan, Riya und ich eines der Herzen der Vencrin herausreißen. Wir werden den Untergrund ausschalten und Sims verhaften.

Adraa hat mich einst durch eine Reihe versteckter Botschaften auf der Straße hingeführt. Auch heute benutze ich sie. Ein umgedrehter Hammer auf einem Schild. Der verblasste Pfeil auf einem hängenden Laken. Bis hin zum Fenster am Ende einer verlassenen Gasse.

»Der Ort ist mir jedes Mal wieder unheimlich«, gibt Riya zu, als wir uns nähern. »Und es macht mich wütend, dass Adraa allein hergekommen ist.«

»Ich weiß. Projekt Rauch hätte nie ein Alleinunterfangen

sein dürfen. *Upaphtrae*«, zaubere ich in Richtung des Fensters. Der grüne Rahmen knackt, als er sich vergrößert wie ein aufklappender Schlund.

»Losung?«, fragt ein stämmiger Zauberer von drinnen.

»Ein verfluchter Ort wie dieser braucht eine verdammt noch mal kürzere Losung«, antworte ich. Bei den Göttern, habe ich die Schimpfwörter an den richtigen Stellen platziert? Dabei bin ich mir jedes Mal unsicher, wenn sie die Losung leicht abwandeln.

»Ist lange her.« Er nickt. »Weißer Ritter.«

Einen Moment lang frage ich mich, ob ich aus der Äußerung etwas herauslesen sollte. Aber er fügt nichts hinzu, lässt uns einfach rein. Der Gestank, der sich mir längst eingeprägt hat, umfängt mich wie eine Staubwolke. Riya und Kalyan rümpfen nicht mal die Nase über den Geruch Hunderter verschwitzter, dicht gedrängter Körper, als sie sich unter den Deckenbalken hindurchducken. Hartgesottene Wächter durch und durch.

Als wir zum inneren Bereich gelangen, zum Mittelpunkt der dunstigen Anlage unter der Erde, wende ich mich an den Einzigen, der die versiffte Umgebung noch nicht kennengelernt hat – Kalyan. »Was denkst du?«

Eine Hexe rempelt ihn an und verschüttet Roloc auf seine Hose. Das bunte alkoholische Getränk schimmert in verschiedenen Schattierungen. Es verfärbt sich von Rot zu Grün, als er über den Fleck wischt. »Bezaubernd.«

»Hat Adraa anscheinend auch gedacht«, scherzt Riya.

Und plötzlich spannen sich sämtliche Muskeln in meinem Körper an. Ich bin bereit, es anzupacken. Könnte sogar Spaß machen, den Laden auf den Kopf zu stellen.

Sims zu finden ist nicht schwierig. Und nicht nur, weil er ein großer Kerl ist. Er ist der Puls dieses Orts. Kein Kampf findet ohne grünes Licht von ihm statt. Ich erblicke ihn auf dem Oberdeck, dem oben um die Arena verlaufenden Steg, von wo aus sich die meisten Kämpfenden die Duelle ansehen. Mit einer knappen Kopfbewegung mache ich Kalyan und Riya auf ihn aufmerksam. Dann teilen wir uns wortlos auf. Riya steuert auf die Theke zu, die sich in einem Bogen an einer Seite des großen Raums erstreckt. Kalyan rückt zum Rand der brüllenden Menschenmenge vor. Ich trete den Weg zum Umkleideraum an.

Der schmale Korridor setzt eine Flut von Erinnerungen frei. Wie Sims mich verhört hat. Wie Adraa mich gerettet und dafür angeboten hat, gegen Beckman zu kämpfen. Hier sind Adraa und ich eine Einheit geworden. Hier hat die Geschichte von Nacht und der Roten Frau begonnen. Und in wenigen Minuten werde ich den gesamten Betrieb sprengen.

Nicht eine einzige Stimme hallt mir durch den Flur entgegen. Tatsächlich finde ich es gerade unheimlich ruhig. Als ich den Umkleideraum betrete, offenbart sich der Grund. Es ist niemand da. Als ich die kleinere, beengte Kammer der Frauen überprüfen will, biegt eine massige Gestalt um die Ecke.

Beckman. Im Untergrund besser bekannt als Tsunami.

Ein Blick, dann schleift mich Beckman um die Ecke und schiebt mich außer Sicht. »Was machst du hier?«, fragt der mächtige Zauberer blauer Stärke mit tiefer, donnernder Stimme.

Ich stoße ihn weg. »Dasselbe könnte ich dich fragen. Was glaubst du wohl, was ich hier will?« Bei meinem letzten Gespräch mit Beckman habe ich ihn genau hier angebrüllt, während ich Adraas Kopfverletzung geheilt habe. Eine Verletzung, die er ihr zugefügt hatte. Hätte er mir damals nicht von seinem geheimen Auftrag erzählt, Adraa zu beschützen, und gleichzeitig selbst aus einer Wunde geblutet, hätte ich ihn geschlagen.

Er tritt einen Schritt zurück. »Ich soll dafür sorgen, dass keiner eine Fluchtmöglichkeit hat.« Er verstummt und deutet mit dem Kopf zur Tür. »Ich hätte nicht gedacht, dass du aufkreuzen würdest.«

»Warum nicht?« Ich bin genauso ein Teil davon. Mehr sogar als andere.

Er zieht die Brauen zusammen. »Weil du ein ganzes Land zu regieren hast.«

Oh ihr Götter, warum meinen alle, mich daran erinnern zu müssen? Ich habe mein gesamtes Leben mit dieser Bürde verbracht.

Beckmans Züge werden milder. »Weißt du irgendetwas? Gibt es Neuigkeiten aus der Kuppel?«

»Deshalb bin ich hier.«

»Sims und die Wettkämpfer wissen rein gar nichts über die Kuppel. Ob du's glaubst oder nicht, noch keiner von ihnen musste dort Zeit absitzen.«

»Werden sie aber bald«, stelle ich klar. »Schön zu sehen, dass deine Tarnung nicht aufgeflogen ist.«

Er schaut finster drein. »Ja, Fräulein Belwar hat sich an dem Abend damals gut geschlagen. Deine Tarnung hingegen ist eine andere Geschichte. Obwohl die wenigsten hier je nach Naupure reisen, bist du kein Unbekannter mehr.«

»Mach dir um mich keine Gedanken«, erwidere ich. »Das ist mein letzter Besuch hier.«

»Was brauchst du von mir?«

Ich ziehe eine Augenbraue hoch. »Schaff alle Unschuldigen raus.«

169

Damit bringe ich Beckman zum Schmunzeln. »Mir hat man gesagt, es wird ein einfacher Überraschungseinsatz. Was hast du vor? Willst du hier alles auseinandernehmen?«

Ich starre ihn an.

Er stößt einen Pfiff aus. »Sie hat wirklich auf dich abgefärbt, was?«

Etwas in mir erwärmt sich. Das Kompliment gefällt mir. »Ich habe eine Mission.«

Langsam nickt er. »Und ich jetzt auch.« Damit geht er davon, hält allerdings am Vorhang inne und dreht sich zu mir zurück. »Meinst du, ich kann Nachthexer ein letztes Mal schlagen?«

Das scheint wirklich jedem ein Anliegen zu sein. Auch mir. »Wer ihn zuerst findet.«

Beckman lacht leise und hält sich die Finger an den Hals, ein Gruß ohne Verbeugung. Vielleicht ist er gar kein so übler Kerl.

»Chagnyawodahs«, zaubere ich mir die schwarze Maske ins Gesicht und werde so zu Nacht. Dann ersetze ich die weiße Kurta meiner Auftritte als Käfigzauberer durch eine schwarze und bringe Schildzauber an meiner Brust und meinen Beinen an. Als Nächstes baue ich meine Magie auf. Weißer Rauch und kristallisierter Frost breiten sich im Raum aus. Die Wut, die ich auf diesen Ort empfinde, schwillt an, bis sie die Zauber durchwirkt und die in mir beherbergte Macht verstärkt. Ich verlasse den Umkleideraum. Der nächste Teil könnte mir beinahe zu viel Vergnügen bereiten.

Eine allgemeingültige Tatsache des Lebens – zu zerstören ist immer einfacher als zu erschaffen. Obwohl ich in gewisser Weise beides mache. Frost wächst zu Eis, als ich den ruhigen Gang im hinteren Bereich in weiße Magie hülle. Kristalle knirschen unter meinen Stiefeln, dann breiten sie sich aus, bilden einen grellweißen Tunnel. Mein Atem bildet kleine Wölkchen. Und es wird nur noch kälter werden.

Mit einem Schwall messerscharfer Eiszapfen sprenge ich die Tür zur Bühne des Untergrunds auf. Der Lärm ist ohrenbetäubend. Holz splittert, Eis klirrt. Beinahe wird der Trubel der Menschenmenge übertönt. Beinahe.

Ich trete durch das von mir geschaffene Loch und drücke eine Hand an die Mauer, an der die Werte der Kämpfenden und die derzeit laufenden Wetten angezeigt werden. Frost friert die Zahlen ein. Der perfekte Beweis, wenn demnächst ein Trupp der Garde von Belwar eintrifft.

Mein Blick wandert an der zum Eingang drängenden Meute vorbei hinauf zum Oberdeck. Auf mein flüchtiges Zeichen hin durchtrennt die maskierte Riya eines der Seile, die den Steg halten, bevor sie die Planke herabrutscht und im Getümmel darunter landet. Sims hingegen kullert herunter und endet mit einem dumpfen Aufprall am Boden. Er rollt sich ab und will aufstehen, doch ich bin bereits zur Stelle, Zauber im Anschlag.

Eis umhüllt seine Arme und friert sie am Boden fest. Aber damit begnüge ich mich nicht. Meine Magie verdichtet sich wie Nebel. Ich halte in der Menge Ausschau nach Kalyan. Er und Riya haben Nachthexer auf ähnliche Art mit Eis und violettem Seil gefesselt. Gut, denn ich bin mit diesem Ort noch nicht fertig.

»*Himadloc!*«, rufe ich und lasse die Arme vorschnellen. Der Untergrund wird von Nebel verschluckt. Einen Moment lang sehe ich Riya und Kalyan nicht mehr. Alles wird blendend weiß, als hätte ich uns in eine Wolke versetzt. Dann verteilt sich meine Magie mit einem Zischen, heftet sich als glitzernder kristallisierter Frost an die Wände.

171

Und damit kehrt Stille ein. Die Menge hat es nach draußen geschafft. Beckman steht am Eingang. Nach einem Nicken verschwindet auch er. Ich begutachte mein Werk. Die geöffneten Hälften des kuppelförmigen Käfigrings beherrschen nun Speere aus Eis, die wie Fänge daraus hervorragen. Der Boden gleicht einem gefrorenen See. Die Theke ist ein Gewirr aus umgestürzten Getränken und Eiszapfen.

Sims bricht das Schweigen als Erster. »Du zerstörst hier ja alles!«

Nicht wirklich. Ich friere es lediglich ein. »Das schmilzt wieder«, erwidere ich. »Irgendwann.« Allerdings nicht schnell genug, um nicht entdeckt zu werden. Hiren und seine Männer sollten bereits unterwegs sein. »In der Zwischenzeit möchte ich über etwas reden.«

Ich rufe Zauber. Unsere Gefangenen mögen in Eis gebannt sein, aber ich weiß, wie viele Menschen weiße Magie als Trumpf im Ärmel haben und damit Eisfesseln brechen können. Also füge ich weitere Zauber hinzu. Violette Ketten kriechen durch das Eis. Gelbe Ranken breiten sich nach unten aus. Grün wuchert über die magischen Gefängnisse und drückt sie zusammen. Und zu guter Letzt sorgen Schatten eines schwarzen Trugbanns für den Anschein, dass es keinen Ausweg gibt.

Rakesh, der Nachthexer, kämpft brüllend gegen seine Fesseln an. Adraa hat mir alles über die Nacht auf dem Oberdeck erzählt, in der er sie angefasst hat und dachte, er könnte sich einfach nehmen, was nur freiwillig gegeben werden kann. Beckman ist damals dazwischengegangen, dennoch erfüllt es mich mit Genugtuung, Nachthexers Geschrei zu hören. Er verdient jedes Quäntchen Schmerz. Ich wünschte nur, Adraa könnte hier sein und ihm ebenfalls lauschen.

Ich springe von meiner erhöhten Plattform, trete auf Nachthexer zu und schlage ihn ins Gesicht. Sein Kopf schnellt durch den Treffer herum. Beckman hat recht. Das fühlt sich gut an. Ich hätte es schon längst tun sollen.

»Von euch beiden will ich nur dann etwas hören, wenn ihr meine Fragen beantwortet«, stelle ich klar und lege eine eigene Art von Frost in jede Silbe.

»Oh, du hast einen Fehler begangen, Junge. Einen schweren Fehler«, sagt Sims kopfschüttelnd.

Ich drehe mich ihm zu. Riya und Kalyan kommen näher. Wir zu dritt gegen die zwei. Der knifflige Teil steht an.

»Das glaube ich nicht«, entgegne ich und zeige auf seine Fesseln aus Eis. »Das wollte ich schon lange tun. Weißt du, ich bin mir gar nicht sicher, ob ich je zuvor meine gesamte Macht auf etwas entfesselt habe.« Der Raum glitzert. Mit einem Aufflackern weißer Magie erschaffe ich zwei Kegel aus Eis mit Spitzen wie Speere. Sie fliegen auf meine Gefangenen zu. Rakesh würgt krächzend einen Protestlaut hervor, als der Eiszapfen vor seiner Stirn schwebt. »Ich habe mich mein Leben lang zurückgehalten. Weil ich bisher noch nie töten wollte. Schon komisch, wie sich die Dinge ändern können.« Die Dolche aus Eis wirbeln näher. »Und wie schnell.«

»Ich sage dir, was du wissen willst«, brüllt Sims. »Verdammt. Diese Dramatik ist nicht nötig. Aber es wird dich den Kopf kosten.«

»Danke für die Warnung.« Ich hocke mich zu ihm auf Augenhöhe. »Lass uns am Anfang beginnen.«

»Am Anfang? Dem Anfang wovon? Den Einnahmen? Dem Bau dieses Ladens hier?«

»Nein. Fang dort an, wo Maharadscha Moolek ins Spiel gekommen ist. Ich will wissen, warum er dich angeheuert hat. Ich will es dich sagen hören.«

Einen Moment lang wirkt Sims verwirrt. Er verzieht dermaßen den Mund, dass ich glaube, er könnte dauerhaft so bleiben. »Siehst du, das zeigt mir, dass du nicht ahnungslos bist. Du weißt, mit wem du es zu tun hast. Und doch bist du noch hier.«

»Letzte Chance.« Der Eisdolch bewegt sich schnell vorwärts und presst gegen Sims Stirn, durchdringt die Haut. »Warum ... hat ... er ... dich ... angeheuert?«

Sims seufzt. Mir widerstrebt zutiefst, wie ruhig er bleibt. »Lass uns eins klarstellen, damit deine Fragen nicht in die falsche Richtung gehen. Moolek hat sich mir nicht angeschlossen. Er hat die Vencrin nicht *angeheuert*.« Sims schnaubt. »Er hat sie erschaffen.«

Ich wippe auf die Fersen zurück. Es dauert einen Moment, bis ich die Worte verarbeite. Riya sieht sich um, nimmt unsere Umgebung in Augenschein. Wahrscheinlich ähneln sich unsere Gedanken gerade. Denn wenn das stimmt, wenn Moolek die Vencrin *erschaffen* hat, sind seine Pläne nicht nur komplexer, sondern auch langfristiger als vermutet. Dann hat er die Sache mit dem Gandhak nicht über Monate geplant und angebahnt, sondern über Jahre.

»Wofür?«, frage ich. »Für den Ausbruch des Gandhak?«

Sims sieht mir in die Augen. Er schweigt.

Kalyan schlägt Rakesh. »Was ist mit dir?«

»Ich hab nur getan, was man mir gesagt hat. Dafür bin ich bezahlt worden. Sonst weiß ich nichts«, erwidert Rakesh winselnd.

In Sims' Augen blitzt etwas auf. »Wo ist denn die Frau, hm? Wo ist eure Anführerin? Rauch würde das nicht verpassen wollen.«

Rauch. Ein Schauder durchzuckt mich. Und nicht wegen

der von mir um uns herum geschaffenen Kälte. Sims weiß Bescheid. Er kennt eines von Adraas Geheimnissen. Und vielleicht auch meines. »Du stellst hier keine Fragen«, stoße ich knurrend hervor.

»Wozu hat Moolek die Vencrin erschaffen?«, brüllt Riya.

»Das war keine richtige Frage«, erwidert Sims an mich gewandt und ignoriert Riya völlig. »Ich habe meine Vermutungen.« Er blickt auf die eisigen Fesseln hinab, die ihn gefangen halten. »Es gibt hier in der Gegend nicht viele Zauberer mit der Macht, so was abzuziehen. Versucht ihr eigentlich wirklich noch, euch zu tarnen? Tut mir jedenfalls leid, dass sie heute Nacht nicht hier sein kann. Grüß sie von mir.«

»Ach ja?«, ertönt eine Frauenstimme vom Eingang. »Schön zu hören, dass du mich vermisst hast.«

Wir alle erschrecken, aber ich wirble als Erster herum. Und in der Mitte der Treppe steht dieselbe Illusion, die ich neulich Abend im Arbeitszimmer meines Vaters gesehen habe. Abrupt wende ich mich ab, sehe Kalyan und die anderen an. Alle Blicke sind auf die ausgesprochen echt wirkende Doppelgängerin der Roten Frau gerichtet, die sich auf uns zubewegt.

Meine Brust zieht sich zusammen. Ich brauche einen Moment, um zu begreifen, warum. Weil ich einen herzzerreißenden Augenblick lang gedacht habe, es wäre *wirklich* Adraa, die zu mir zurückkommt. Nur für eine Sekunde – voller Staunen, Hoffnung und tiefen Glücksgefühlen. Sosehr ich mir wünschte, diese Gefühle festzuhalten, kaum ist der Moment vorbei, schlagen die Empfindungen in meiner Brust erst in Schmerz, dann in Wut um. Es ist wieder Fiza Agsa. Sie hat entgegen meinen Anweisungen an ihrem Plan festgehalten.

In der glitzernden, von mir erschaffenen Eiswelt halten sich die Schatten der Illusion. Aber wie sie geht ... Ich kann nicht genau beschreiben, wie es sich von Adraas Gang unterscheidet. Vielleicht durch einen leichten Hüftschwung. Andererseits passen die Aufmachung, die Maske, das zu einem engen Zopf geflochtene Haar nahtlos ins Bild. Ich glaube kaum, dass der Unterschied vielen auffallen würde, schon gar nicht Sims oder Rakesh.

»Beantworte seine Frage«, fordert sie.

Kalyan nimmt abrupt stramme Haltung an. Riya hingegen tritt vor, als wäre sie provoziert worden. Ihre Körpersprache verrät deutlich, wie fassungslos und verraten sie sich fühlt. Aber dafür ist gerade keine Zeit. Ich strecke die Hand aus und versuche verzweifelt zu vermitteln, was passieren muss. Denn Sims ist noch verblüffter als Riya. Tatsächlich vollkommen verdattert.

»Bitte sehr. Damit ist deine Frage wohl beantwortet. Du kannst sie selbst grüßen«, sage ich mit kalter Stimme. »Und jetzt rede weiter.«

Kapitel 17

Stimmlose Unterhaltung

Adraa

Ich bin noch nicht tot.

Als ich aufwache, ist mir kalt, und ich merke sofort, dass mein Fieber gesunken ist. Außerdem bin ich wieder in meiner Zelle, als wäre nichts geschehen. Aber ich kenne die Wahrheit.

Als ich nach meiner Schulter taste, spüre ich weiche Verbände. Basu hat nicht versucht, mich umzubringen – diesmal nicht. Sogar meine Lunge hat er gerichtet. Aber verdammt, irgendjemand muss diesem Zauberer mal beibringen, wie man rosa Magie richtig wirkt. Die Genesung wird doppelt so lange dauern, wie sie sollte, obwohl ich mit Magie geheilt worden bin.

Ich frage mich, wie spät es sein mag. Dann formuliere ich die Frage in Gedanken um. Wichtiger ist wohl, welchen Tag wir haben. Als ich den Kopf drehe, erblicke ich Harini, die auf ihrem Bett sitzt und mich beobachtet. Auch ihr merkt man nicht an, dass irgendetwas Ungewöhnliches passiert ist.

Die nächsten Stunden verlagere ich nur gelegentlich das Gewicht und bemühe mich, nicht an die Schmerzen zu denken. Harini lässt mich dabei nicht aus den Augen. Ich habe keine Ahnung, was in ihrem Kopf vorgeht. Beobachtet sie mich aus Besorgnis? Oder ist sie damit beauftragt worden?

In meiner üppigen Freizeit gehe ich gedanklich durch, was ich bereits weiß und was ich noch herausfinden muss.

Erstens: Es hat ein Gerichtsverfahren mit einem Wahrheitszauber stattgefunden. Dabei haben alle Anwesenden gehört, wie ich zugegeben habe, mein Firelight im Gandhak platziert und ihn zum Ausbruch gebracht zu haben. Ich bin mir zu neunzig Prozent sicher, dass Moolek das Verfahren manipuliert hat, obwohl ich keine Ahnung habe, wie.

Zweitens: Ich bin mir nicht sicher, was Jatin gehört hat. Aber wenn ich richtig vermute, dann habe ich ihm gesagt, dass er mich nicht holen kommen soll. In dem Fall denkt er wahrscheinlich, ich würde allein zu entkommen versuchen, und er wird unsere Mission fortsetzen, Moolek zu belasten. Oder vielleicht kümmert er sich um seinen Vater und regiert Naupure.

Drittens: Maharadscha Naupure wurde beim Gerichtsverfahren verletzt, muss jedoch am Leben sein. Eine so bedeutende Nachricht wie sein Tod wäre sogar durch die Ritzen dieses Orts gesickert. Rede ich mir zumindest ein.

Viertens: Es ist möglich, ohne Stimme zu zaubern. Und Harini weiß, wie.

Das führt mich zu fünftens: Ich weiß jetzt, dass die Kuppel mehr als ein Gefängnis und eine Arena für brutale Unterhaltung ist. An diesem Ort geht etwas noch Heimtückischeres vor sich. Während meiner Krankheit hat man mich in die Klinik gebracht, mir eine Welt gezeigt, die ich nicht sehen und an die ich mich nicht erinnern sollte. Wenn ich mich anpassen wollte, würde ich es dabei belassen. Ich würde einfach versuchen, zu überleben. Aber so bin ich nicht. Denn irgendetwas sagt mir, dass die Gefangenen bewusst verletzt werden.

Und so etwas lasse ich nicht tatenlos geschehen.

Also werde ich mir etwas überlegen. Ich werde herausfinden, wie Harini ihre Magie wirkt. Und ich werde dieser verborgenen Höhle von einer Klinik auf den Grund gehen. Danach werde ich aus diesem Gefängnis ausbrechen. Wenn ich es dabei Basu heimzahlen kann, dann umso besser.

Aber zuerst steht Harini im Vordergrund. Ich glaube, ich habe ihre kalten, harten Blicke wie der Rest der Menschen in diesem Gefängnis falsch gedeutet. Sie hat mich in jene Klinik gebracht, weil es das Einzige war, was sie tun konnte. Das Vertrauen, das sie von mir wollte, hat mir das Leben gerettet. Basu hat die Magie gewirkt, aber Harini hat mir die nötige Hilfe besorgt. Sie ist keine Mörderin.

Also werde ich mir ihr Pergament holen und versuchen, mich mit ihr zu verständigen. Das ist zwar riskant, aber tief in meinem Innersten glaube ich, dass ich ihr vertrauen kann. Ich muss nur auf einen richtigen Augenblick warten.

Schließlich geht sie ohne mich zum Mittagsessen. Sobald sich die Tür schließt und ihre Schritte verklingen, setze ich mich in Bewegung. Kriechend. Eigentlich eher wie ein Kleinkind, das gerade lernt, wie eine Raupe zu robben. Da ich nicht von den Wächtern bemerkt werden will, geht es langsam vonstatten. Ich hebe eine Ecke von Harinis Pritsche an und achte darauf, dabei den rechten Arm nicht zu überanstrengen. Nachdem ich mich mehrfach weiter gewunden habe, kann ich die Matratze als Versteck ausschließen. Nichts. Verdammt, wo bewahrt sie es dann auf? Allzu viele Möglichkeiten gibt es ja nicht.

Zuckend vor Schmerzen kämpfe ich mich auf die Knie und ziehe die Korbschublade des einzigen Tischs in unserer Zelle auf. Leer. *Zu offensichtlich.* Ich taste unter dem Tisch herum.

Meine Finger spüren nur Korbgeflecht. Verflixt. Harini wird jeden Moment zurück sein. Ihre Warnung hallt durch meinen Kopf. Sie darf mich nicht erwischen.

Ich sacke auf den Boden. Mit dem Kopf unter dem Tisch atme ich tief durch. Ein Schwindelgefühl setzt ein, das sich nicht um die knappe Zeit, die mir bleibt, schert und ebenso wenig um meine gewalttätige, Geheimnisse hütende Zellengenossin, die nicht teilen will. Dann jedoch, als ich den Kopf drehe, erspähe ich die Ecke einer Seite, die aus dem hinteren linken Tischbein lugt. Ich schiebe mich weiter unter den Tisch, ergreife das Papier und taste das Bein entlang. Das Weidengeflecht gibt mit etwas Druck nach, und die Seite des Tischbeins öffnet sich. Ein Geheimfach kommt zum Vorschein. Mir fällt eine eng mit einem bunten Band umwickelte Schriftrolle in die Hände. Dann taste ich nach dem Stift. Nach gründlicher Suche bekomme ich ihn zu fassen.

Als ich unter dem Tisch hervorkrieche, bewegt sich die Zelle. Sie wird zurück auf die Plattform gehoben, damit jemand eintreten kann. Nein! Ich greife nach dem Band und fingere am Knoten, während der Käfig langsam weiter aufsteigt. Die Tür öffnet sich. Ich schäle eine Seite aus dem Bündel und kritzle das Erste, was mir einfällt.

Zu spät.

Mit dem dumpfen Laut ihres festen Schritts steht Harini über mir. Wut verzerrt ihre Züge. Sie greift nach dem Papier. Meine Hand verselbstständigt sich und umklammert das Einzige, womit ich mich auszudrücken vermag. Das Pergament zerreißt, und ich falle zurück. Schmerzen schießen durch meine Schulter.

Schlimmer noch, ein Gefühl von Versagen bohrt sich mir in

die Brust. Eine Chance. Ich hatte eine einzige verdammte Chance. Jetzt ist Harini stinkwütend auf mich.

Dann fällt ihr Blick auf meine gekritzelte Botschaft. *Ich weiß von deiner Magie.*

Ihre gesamte Haltung verändert sich. Angst tritt in ihre Augen, gefolgt von einem weiteren Anflug von Zorn. Sie wirbelt herum, schaut zu den anderen hängenden Käfigen, während unserer zurück über den Rand der Klippe gesenkt wird. Aber sie ist früh zurückgekommen. Die Zellen zu beiden Seiten sind noch verwaist. Es würde mehrere Minuten dauern, bis ein Wächter eintrifft und Harini aufhält, falls sie sich in einem Anflug von Raserei auf mich stürzt. In ein paar Minuten kann eine Menge passieren.

Ihre Hände zucken. Ich wappne mich für ihre Faust. Aber sie schlägt mich nicht. Stattdessen wirbeln ihre Arme, und orangefarbener Rauch umhüllt uns. Verblüfft stelle ich fest, dass es sich um einen Zauber handelt. Nur habe ich ohne die Worte keine Ahnung, womit ich rechnen soll. Ich setze mich vollständig auf und sehe staunend zu, als wäre ich wieder acht Jahre alt und betrachtete Magie in jeder Form als Wunder.

Dann bemerke ich einen Schimmer. Bei den Göttern, es ist ein Trugbann, den sie um unsere Zelle legt. Sie schirmt uns vom Rest des Gefängnisses ab. Würde ich nicht gerade von blankem Grauen erfüllt, wäre ich beeindruckt.

Ich schiebe mich zu meiner Pritsche hinüber, bringe so viel Abstand wie möglich zwischen Harini und mich. Während uns die Illusion tarnt, kann sie anstellen, was immer sie will. *Du wirst dir wünschen, du wärst tot,* hatte mir ihre Nachricht mitgeteilt.

Als Harini fertig ist, dreht sie sich mir zu. So gern ich kapitulierend die Hände heben und eine Entschuldigung murmeln würde, ich rühre mich nicht. Stattdessen warte ich ab.

Ruckartig bewegt sie die Hände in einer Art Muster. Über ihr erscheinen schwach schimmernde, orangefarbene Buchstaben. Es ist ein nicht allzu schwieriger, violetter Zauber, den ich schon Hunderte Male gesehen habe, trotzdem bin ich gebannt davon. So also macht sie es – mit Handzeichen. Der im Ring flüchtig erhaschte Eindruck ihrer Magie war eine Sache. Nun jedoch habe ich den Beweis für ihre Fähigkeiten klar und deutlich vor mir – zusammen mit der von ihr gebildeten, in der Luft schwebenden Frage.

Wem hast du es erzählt?

Ich lese die Worte noch einmal. Erzählt? Das kann nur ein Scherz sein, oder? Finde ich ziemlich lausig für unsere erste richtige Verständigung.

Sie deutet mit dem Kopf auf meine Hände. Mir wird klar, dass ich immer noch eine Hälfte des zerrissenen Papiers und den Stift halte. *Niemandem,* schreibe ich und halte ihr den Zettel zum Lesen hin.

Wir starren uns gegenseitig an. Mehrere Herzschläge verstreichen in Stille.

Schließlich rührt sie sich wieder. *Du wirst es niemandem verraten,* verlangen ihre orangefarbenen Worte. *Und du wirst nie wieder mein Papier anfassen.*

Trotz der Drohung keimt Hoffnung in mir.

Bring es mir bei, schreibe ich langsam und zeige ihr das Pergament. *Ich bewahre dein Geheimnis, wenn du es mir beibringst.*

Anscheinend waren das die falschen Worte.

Was stimmt nicht mit dir? Abrupt schnellt sie vorwärts und packt mich am Kragen meiner Kurta. *Ich habe dich verprügelt. Ich ...* Die schimmernden Worte über ihrem Kopf stocken einen Moment lang, bevor sich der Satz vervollständigt. *Ich hätte dich fast umgebracht ...*

Ihre Augenbrauen zucken, und eine neue Emotion taucht auf – Reue. Und damit legt sich meine Angst. Ich bleibe ruhig, rühre mich nicht und warte darauf, dass sie mich loslässt. Darauf, dass ihr klar wird, wie bedeutsam das Wort *fast* in dem Satz ist. Ich will sie nicht darauf aufmerksam machen, sie soll es selbst erkennen. Abgesehen davon könnte ich es nicht mal, während sie mich so festhält.

Schließlich lässt Harini mich los. Sie löst sich von mir und bewegt die Hände wieder. *Als man eine Stimmlose zuletzt beim Zaubern erwischt hat, ist sie dafür ermordet worden.* Sie wirbelt herum. *Bist du bereit, das zu riskieren? Ist es dir so wichtig, deine Kräfte zurückzuerlangen, dass du dafür dein Leben aufs Spiel setzen willst?*

Das tun schon etliche andere in Wickery, also kann ich ruhig mitmachen. Ist ja schließlich *mein* Leben.

Langsam kritzle ich meine Antwort. *Meine Magie ist für mich mehr als meine Kräfte.* Kurz halte ich inne. Wie soll ich es ihr verständlich machen? *Sie ist ein Teil von mir,* füge ich hinzu und unterstreiche *mir* dreifach.

Bring es mir bei, bilde ich mit den Lippen und deute auf meine Worte. *Bitte.*

Erneut starren wir uns an. Sie bricht den Blickkontakt als Erste ab. Verständnis tritt in ihre Züge.

Mit schwebenden Worten übermittelt sie mir ihre Antwort. *Dafür wird es Regeln geben. Eine Menge Regeln. Du wirst dich an alle halten.*

Ich nicke und warte, dass sie fortfährt. Sie schnappt sich Papier und schreibt mit schnellen Bewegungen. Als sie mir den

Zettel reicht, stoße ich den angehaltenen Atem aus. Dann lese ich.

Nummer eins: Du zauberst niemals, unter keinen Umständen vor einem Wächter. Zwei: Du hörst immer auf mich. Drei: Du teilst niemals irgendjemandem etwas über Magie oder darüber mit, was ich dir beibringe.

Das ist alles. Mehr steht da nicht. *Und?*, schreibe ich, bevor ich das Papier zurückgebe. Harini setzt sich neben mich auf den Boden und beginnt, aufzuzählen. Während ich sie beobachte, erstaunt mich, wie schnell der Abstand und die Feindseligkeit zwischen uns verflogen sind. Auf einmal gleichen wir zwei Vierzehnjährigen, die sich im Unterricht gegenseitig Briefchen schreiben. Zumindest stelle ich es mir so vor – ich bin immer privat unterrichtet worden. Jedenfalls gefällt es mir. Ich entspanne mich. Mein Körper ist nicht mehr in ständiger Alarmbereitschaft, weil Harini versuchen könnte, mich zu schlagen. Oder weil die Wächter in ihrem Turm auf uns herabblicken könnten.

Schließlich überreicht sie mir das Papier, unseren Verhaltenskodex, und ich bin bereit, mich daran zu halten. Allerdings steht darauf nur dasselbe, was sie zuvor geschrieben hat. Zu behaupten, es wären ach so viele Regeln, halte ich für übertrieben, denn im Wesentlichen beschränkt es sich auf ein – niemand darf etwas davon mitbekommen.

In Ordnung, schreibe ich in dicken Buchstaben. *Ich verstehe.*

Sie gibt das Papier auf, benutzt wieder ihre Magie in der Luft. *Ich ... Das ist wichtig. So haben die sie nämlich erwischt.*

Wen?, bilde ich mit den Lippen.

Meine ... Kurz stocken die orangefarbenen Nebelranken. *Meine frühere Zellengenossin.*

Nira. Die junge Frau, die ich ersetzt habe. *Ich werde vorsichtig sein,* kritzle ich.

Harini verdreht darüber die Augen. *Ich habe dich beobachtet. Vorsicht liegt dir nicht im Blut.* Ihre Hände werden langsamer. *Tatsächlich macht mir am meisten Angst, dass du mich an sie erinnerst.*

Im Nu habe ich eine Erwiderung geschrieben. *Wenn es darauf ankommt, bin ich vorsichtig. Ich schwöre, ich werde nicht so enden wie deine frühere Zellengenossin.*

Sie zuckt zusammen. Ein Aufflackern eines so unverfälschten Schmerzes, wie ich ihn bei ihr noch nicht erlebt habe.

Verdammt, bin ich unsensibel. Immerhin bitte ich Harini nicht bloß um einen Gefallen. Ich bitte sie darum, das eigene Leben aufs Spiel zu setzen, nachdem es jemandem genommen wurde, dem sie offenbar nahegestanden hat. Deshalb kann ich das nicht so stehen lassen. *So habe ich das nicht gemeint,* schreibe ich.

Dachte ich mir. Es ist nur … Es muss ein Geheimnis bleiben. Kannst du das? Kannst du ein Geheimnis bewahren, als hinge dein Leben davon ab?

Ich schaue zu ihr auf, sehe Angst und Unsicherheit.

Ja, das kann ich, kritzle ich unter ihre Regeln und schiebe ihr das Pergament zu wie einen Vertrag. Zum ersten Mal seit Tagen fühle ich mich selbstsicher. Manche Dinge, beispielsweise lebensbedrohliche Geheimnisse, sind für mich mittlerweile ein alter Hut.

Kapitel 18

Demaskierung der Fiza von Agsa

Jatin

Aus Sims bekomme ich nicht viel mehr heraus. Er zieht das Verhör hin, bis unsere Zeit abläuft. Als die Wächter von Belwar eintreffen, wirkt er auf mich vor allem ruhig. Unwillkürlich frage ich mich, ob es mir durch sein Gehabe entgehen könnte, falls er in Wirklichkeit verängstigt wäre. Ich blicke auf meine vor lauter Kälte tauben Hände hinab. Nachdem ich meine gesamte Magie auf diese unterirdische Festung entfesselt habe, fühle ich mich kurz vor dem Ausbrennen. Aber es steckt mehr dahinter. Während ich meine Macht zum Einsatz gebracht habe, war ich vorübergehend unsicher, ob ich den Plan ohne Blutvergießen umsetzen würde. Wie hätte ich mich verhalten, wenn Sims nicht geredet, mich auf die Probe gestellt hätte? Zum ersten Mal kann ich nicht aufrichtig sagen, dass ich mich zurückgehalten hätte. Diese Erkenntnis erschüttert mich zutiefst.

Sims wird in Handschellen abgeführt und von Hiren in eine Kutsche gesteckt. Auf dem Weg nach draußen wiederholt er seine Warnung. »Das ist ein Fehler, Nacht. Du begehst einen schweren Fehler.«

Fehler – das Wort hallt in meinem Kopf wider. Eigentlich

sollte ich guter Dinge sein – immerhin hat der Plan funktioniert. Aber während ich beobachte, wie Hiren und die anderen Wächter sowohl Sims als auch Rakesh zur Kuppel bringen, fühlt sich irgendetwas falsch an.

Ich wende mich der Roten Frau zu. Fiza und ihr Trugbann – daran muss es liegen. Daher rührt meine Unsicherheit. Die verdammte Fiza Agsa ist der Grund dafür.

Riya wirkt angriffslustig. Ihr gesamter Körper ist angespannt. Sie hält sich zurück, weil immer noch Wächter anwesend sind, die den Untergrund in Augenschein nehmen. Aber ihr Blick schwenkt lodernd zwischen Fiza und mir hin und her. Ich kann mir gut vorstellen, was sie sagen wird, sobald wir allein sind.

Hiren schickt die Kutsche mit den Gefangenen die Straße hinunterrumpelnd los, bevor er und Riya mich durch einige Gassen schleifen. In diesem Teil des Ostdorfs hat man das Firelight der Lampen nicht durch Kerzen ersetzt, deshalb bewegen wir uns durch Dunkelheit. Auf abgewetzten Stufen und an rissigen Wänden ergänzt immer noch Asche den Dreck. Die Umgebung erinnert stark an jene, in die ich Yipton gebracht habe. »Wie sehr soll ich dich gerade hassen?«, fragt Riya in barschem Ton.

Das entspricht nicht den Worten, mit denen ich gerechnet habe.

Hiren ist nicht besser. »Verrätst du mir, wer das ist? Ich meine, es kann schließlich nicht …« Sein Blick schwenkt zu Fiza, die, nach wie vor als Rote Frau getarnt, wenige Schritte hinter uns steht. Kalyan stellt sich neben sie, schirmt sie, ganz der Beschützer, der er ist, vor dem verwirrten Zorn der anderen ab. Wir haben bereits wissende Blicke gewechselt. Sowohl er als auch ich haben mit Fiza die Schule besucht, und ich habe ihm von ihrem unerwarteten Besuch erzählt.

»Sie ist es nicht.« Ich seufze. »Sie ist lediglich ein Problem, das ich lösen muss.«

»Also war das deine Idee?«, fragt Riya. »Du hast jemanden Adraas Maske tragen lassen? Wann wolltest du den Rest von uns darin einweihen?«

»Langsam, das war *nicht* meine Idee«, entgegne ich.

Hiren zieht die Augenbrauen hoch. »Nicht? Es ist nämlich genial.«

»Was?«, brüllen Riya und ich gleichzeitig. Diesmal sind wir uns einig. Dass sich eine andere Frau als die Liebe meines Lebens ausgibt, würde ich nie und nimmer als *genial* bezeichnen.

»Wer auch immer das ist, es schützt Adraa. Keiner meiner Wächter wird daran zweifeln, dass dies hier die Rote Frau ist. Es wird die Runde machen, dass sie heute Abend dabei war. Die Rote Frau ist ohnehin mehr ein Symbol als ein echter Mensch. Und jetzt …«

Und jetzt steht für die Welt fest, dass es keine mögliche Verbindung zwischen ihr und Adraa Belwar geben kann. Mein Blick fällt wieder auf Fiza. So ungefähr hat sie es neulich ausgedrückt.

»Das verstehe ich, aber es ist schon komplizierter«, sage ich schließlich.

Riya hat genug. »Wer, verdammt noch mal, ist sie?«

»Warum fragst du mich nicht einfach selbst?«, ergreift Fiza das Wort. Ihr Ton klingt belustigt, bildet einen Kontrast zur Anspannung, die in der Gasse herrscht. Ich kann es kaum ertragen, sie anzusehen, vor allem nicht aus der Nähe. Der Trugbann ist zu gut, zu mächtig. Und in der Dunkelheit ist er noch überzeugender als im Arbeitszimmer meines Vaters.

Riya dreht sich ihr zu. »Na schön. Für wen, verdammt, hältst du dich?«

Seufzend trete ich vor, stelle mich zwischen die beiden. »Was hast du wirklich vor?«, frage ich Fiza so freundlich wie möglich. Ich sehe all die kleinen Unterschiede – und höre sie. Dennoch sehnt sich ein Teil von mir nach den Worten, dass alles nur ein böser Traum gewesen ist und ich tatsächlich Adraa vor mir habe.

»Also kennst du diese Person«, folgert Riya mit harter, vorwurfsvoller Stimme. In dem Moment wird mir klar, dass ich ihre Wut noch nie gegen mich gerichtet erlebt habe.

Fiza lässt sich von Riya nicht im Geringsten einschüchtern. Sie begegnet meinem Blick und lächelt. »Du hast gesagt, für die Aufgabe kann man sich nicht bewerben.«

Oh ihr Götter. »Du hörst nur, was du hören willst, nicht wahr?«

»Was ist hier los!«, brüllt Riya.

Fizas Maske löst sich auf. Der Trugbann zerfällt zu einer Welle aus Rot, die sich in Schwarz verwandelt. Riya zuckt zurück.

»Mein Name ist Fiza. Ich bin eine Fürstin aus Agsa und habe mit Maharadscha Jatin und Kalyan die Akademie besucht.«

Riya sieht Kalyan an, als bräuchte sie seine Bestätigung. Er nickt, bevor er sich die Schläfen reibt. Die Geste spiegelt meine eigenen Gefühle wider. Ich habe mich in dieser Nacht bemüht, niemanden zu ermorden. Fiza hat mich schon immer gern an meine Grenzen getrieben.

Einen Moment lang glaube ich, Riya wird sich der Etikette, welche die Anwesenheit einer adeligen Diplomatin aus einem Nachbarland erfordert, besinnen und sich verneigen. Nein. Sie zeigt sich davon unbeeindruckt. Stattdessen wirkt sie eher noch aufgebrachter. »Wie kannst du es wagen, ihr Gesicht und ihr Aussehen nachzuahmen, als wäre die Rote Frau bloß ein *Kostüm?*«

»Du musst zugeben, dass ich geholfen habe«, erwidert Fiza.

Hiren nickt. »Das ist richtig. Und wir brauchen jemanden mit schwarzer Stärke, um den Trugbann zu durchschauen, der den Schaden an der Seite der Kuppel verhüllt.«

Fiza sieht mich mit schiefgelegtem Kopf an, lässt deutlich erkennen, was ihr durch den Kopf geht. *Du brauchst mich.*

»Nein!«, schnaubt Riya aufgebracht gestikulierend. »Nein. Wir brauchen keine Hilfe von jemandem ohne Respekt vor der Frau, die wir zu retten versuchen.«

Hiren schaltet sich ein. Damit erweist er sich als mutiger, als ich ihm zugetraut habe. »Du musst zugeben, dass Adraas Geheimnis jetzt sicherer ist als je zuvor. Was bedeutet, dass unser *aller* Geheimnisse sicherer sind als zuvor. Das gilt auch für diese gesamte Mission.« Er sieht uns alle nacheinander an. »Das muss euch klar sein.« Zuletzt heftet er den Blick auf mich. »Niemand hat vergessen, was im Gerichtssaal passiert ist und wie du sie verteidigt hast. Die niederen Radschas hegen nur wegen deiner Maske nicht den Verdacht, dass wir einen Gefängnisausbruch durchführen.«

Seine Worte verklingen in der Nacht.

Ich trete näher zu Fiza. »Komm morgen in den Azur-Palast. Wir haben viel zu besprechen.« Dann wende ich mich an Riya. »Er hat recht. Der Plan ist bereits im Gang. Wir haben nur einen Versuch.«

Schließlich sieht Riya mich ohne Mordlust in den Augen an, und ich weiß, dass Hirens Worte sie ebenso zur Vernunft gebracht haben wie mich. »Ich werde da sein.«

Kalyan und ich fliegen schweigend. Wie immer gibt er mir Zeit, meine Gedanken zu ordnen. Und ich habe eine Menge zu verarbeiten. Kalte Nächte, in denen wir mit mehr Fragen als Antworten nach Hause fliegen, werden für Kalyan und mich allmählich zur Gewohnheit. Zu gewohnt.

Riya und Hiren sind ebenfalls auf dem Heimweg, Fiza ist dorthin aufgebrochen, wo sie übernachtet. Unter normalen Umständen hätte ich mich danach erkundigt und ihr eines der vielen freien Zimmer im Azur-Palast angeboten. Aber irgendwie komme ich nicht über ihr neuerliches Auftauchen in meinem Leben hinweg, auch wenn mich Hiren mit seinen Worten überzeugt hat. Wir werden reden und sehen, ob es klappen kann. Trotzdem werde ich mich nie mit dem Gedanken anfreunden können, dass sie sich als Adraa ausgibt.

»Sie also hast du neulich Nacht auf dem Flug nach Hause gesehen«, sagt Kalyan plötzlich. »Du hast es mir erzählt. Und obwohl ich sie heute selbst gesehen habe ...«

»Es ist unheimlich, oder? Zu ...« Ich kann es nicht mal aussprechen.

»Zu echt.«

Ja. Genau das ist es. Zu echt.

»Hast du je daran gedacht, schwarze Magie so einzusetzen? Professor Parsa hat uns *das* an der Akademie jedenfalls nicht beigebracht. Und als jemand, der sich regelmäßig für dich ausgibt, hätte ich darauf mit Sicherheit besonders geachtet.«

Ich lache freudlos. »Daran würde ich mich erinnern. Aber nein.« Kalyan hat recht. Noch vor einem Jahr hätte ich versucht, einen solchen Zauber ebenfalls zu beherrschen. Aber nachdem ich ihn bei Fiza gesehen habe, bleibe ich lieber so, wie ich bin, mit allen Fehlern und Unzulänglichkeiten.

Ein Tumult unter uns lenkt meine Gedanken von Fiza ab.

Eine Versammlung wie jene vor langer Zeit scheint sich gerade zu bilden. Laut Hughes haben seit der Gerichtsverhandlung fünf solche Kundgebungen stattgefunden. Den letzten Bericht habe ich noch nicht bekommen, aber ich vermute, dass sich die Proteste jeden Abend in der einen oder anderen Form fortsetzen. Ich hätte nur nicht gedacht, dass sie immer noch so groß ausfallen. Adraa ist im Gefängnis. Was wollen die Leute denn noch?

Ich fliege tiefer. Kalyan folgt mir. »Willst du da runter?«, fragt er.

»Ja«, entscheide ich spontan. Ich begutachte die umliegenden Dächer, bis ich eines entdecke, das in Schatten getaucht daliegt und eine gute Aussicht bietet. Ich deute mit dem Kopf darauf. »Aber nicht zu der Menschenmenge. Da will ich nicht reingeraten. Nur zuhören.« Diesmal wird es kein Aufsehen geben. Diesmal werden sich Nacht *und* Jatin heraushalten. Ich werde keinen Anlass bieten, der Adraas Geheimnis gefährden könnte.

»Gut.« Er seufzt.

Ich schaue zu ihm hinüber.

»Alle Welt vertraut darauf, dass ich dein Leben schütze, aber ich bin nur ein Mann. Gegen Hunderte kann ich nicht bestehen.«

Hinzu kommt, dass mir allmählich die Energie und die magischen Reserven ausgehen. Mein Himmelsgleiter spürt es bereits, hält sich deutlich mühsamer als sonst in der Luft.

»Kannst du mich wenigstens vor Fiza Agsa beschützen?«, scherze ich.

Kalyan schnaubt freudlos. »Die Sache mit den Liebesbriefen an Adraa habe ich mir als Scherz einfallen lassen. Ich war mir sicher, Fiza würde dich dann in Ruhe lassen. Und sieh nur, was es gebracht hat. Sie scheint mir übereifriger als je zuvor zu sein.«

»Ja, was hat es damit bloß auf sich?«

»Manche wollen wohl einfach genau das, was sie nicht haben können.« Er starrt auf die Kundgebung hinab. Als ich seinem Blick folge, erkenne ich sofort, was er meint. Man hat wieder eine Bühne aus Holz aufgebaut. Aber statt eines schmierigen Sprechers streckt ein hochgewachsener Zauberer in orangefarbenem Gewand der Menge die Hände entgegen.

»Ist das nicht Radscha Dara, Hirens Vater?«, fragt Kalyan.

»Ja. *Aasrenni*«, zaubere ich auf meine Ohren, um mein Gehör zu verbessern.

»Wer mich nicht kennt, ich bin Sai Dara, Radscha der äußeren Nordregion und Oberbefehlshaber der Kuppelwache. Ich kenne eure Bedenken und verstehe sie. Wir leben in schwierigen Zeiten. Der Verrat der jungen Belwar war herzzerreißend und beispiellos. Aber ihr sollt wissen, dass ich als Radscha dieses Lands und vor den Göttern erwiesene Neun für euch da bin.«

»Sie hat versucht, uns alle umzubringen, und trotzdem herrschen die Belwars noch!«, brüllt ein besonders lauter Zauberer.

»Wir sollten wählen dürfen! Wählen, wer uns anführt.«

»*Ihr* solltet Maharadscha werden.«

Die Jubelrufe werden so laut, dass ich die orangefarbene Magie beende, damit meine Trommelfelle nicht platzen. Radscha Dara hebt die Hand, ersucht um Ruhe, aber die Menge jubelt weiter und verlangt brüllend nach Wahlen. »Das nennt er ›die Situation entschärfen‹?«, murmle ich halb bei mir, halb zu Kalyan. »Bei den Göttern. Ich hätte nicht gedacht, dass es so schlimm ist.« Selbst nach der Verhandlung, bei der Adraa zu einem Monster abgestempelt und ins Gefängnis verdammt worden ist, rufen die Menschen noch nach einem Umsturz.

Moolek hat uns nicht angeheuert. Er hat uns erschaffen, hat Sims gesagt. Besteht die Möglichkeit, dass er auch *das* eingefädelt hat? Andererseits würde er nicht wollen, dass die Menschen einen neuen Anführer wählen. Das wäre ein Verstoß gegen Traditionen und alles, wofür Moolek steht.

»Hier geht es gar nicht um Adraa«, stelle ich fest, als mich eine Erkenntnis ereilt.

»Was?«, fragt Kalyan.

»Der Hass. Diese Unzufriedenheit. Adraa wurde benutzt, um das zu entfachen, aber hier ist etwas anderes im Gange. Irgendetwas, das wir nicht sehen.«

Ich blicke mit dem Wissen, dass der Zusammenhalt unseres Teams bereits bröckelt, auf die Menge der Zauberer und Hexen hinunter. Wir haben Adraa nach wie vor nicht in der Kuppel aufgespürt. Sie ist noch weit von der Freiheit entfernt. Und selbst wenn ich sie zurückbekomme, kehrt sie in ein Land zurück, in dem politische Unruhen herrschen, wie Wickery sie noch nie erlebt hat.

Der Gedanke an Sims' Selbstsicherheit jagt mir einen Schauder über den Rücken. Vielleicht habe ich wirklich einen Fehler begangen.

Kapitel 19

Fragen und Antworten

Adraa

Trotz des Versprechens von Magie muss ich weiterhin so tun, als wäre ich schwach. Meine noch heilende Rippe hilft ein wenig dabei, es vorzutäuschen. Hoffnung lässt mich die Lage in einem neuen Licht sehen.

Als ich schließlich wieder gehen kann, ohne zu stürzen, nehme ich erneut am täglichen Treiben der anderen in der Kuppel teil. Ich betrachte die Kantine, in der ich gerade sitze, nicht nur aus dem Blickwinkel des Überlebens, sondern auch strategisch.

»Du hast einen der besten Auftritte hingelegt, die man hier je erlebt hat, das weißt du, oder?«, sagt Ekani, die an meinen Tisch getreten ist. Ein Lächeln umspielt ihre Lippen. Warum sie glaubt, ich würde mich darüber freuen, ist mir ein Rätsel. Ich höre aus den Worten nur heraus: *Ich hoffe, du bist bereit, jede Woche verprügelt zu werden, bis du stirbst.*

Oder vielleicht auch nicht. Vielleicht will man gar nicht, dass ich sterbe. Vielleicht hat man mein Todesurteil im Gerichtssaal nicht grundlos mit knappen Worten in eine Haftstrafe umgewandelt.

Und vielleicht kann ich das zu meinem Vorteil nutzen.

Mit neu geschärfter Aufmerksamkeit bemerke ich, dass auch die sieben anderen Stimmlosen in Ekanis Reichweite gehalten werden. Die meisten sind schüchtern. Ich kann nicht mal lang genug Blickkontakt mit ihnen herstellen, um zu versuchen, mich mit ihnen zu verständigen. Aber auch so zeugt ihre gesamte Körpersprache von Missbrauch.

Ich lasse den Blick über die Unterhaltungen an den anderen Tischen wandern. Fünfzig Frauen essen und plaudern in dem großen, düsteren Saal. Am Tisch mir gegenüber scheint sich ein Kampf anzubahnen. Trotzdem glotzen uns die Wächter nur an. Normalerweise würde ich das Schweigen der anderen Stimmlosen auf Basus Behandlung zurückführen, aber Hexen mit mächtigen Berührungsmalen lassen sich nicht so leicht kontrollieren und bändigen. Man braucht sich nur Harini und mich anzusehen. Zwar glaube ich nicht an die Klischees bestimmter Stärken, sehr wohl jedoch finde ich, dass man den meisten Hexen, die mehr als fünf Arten von Magie beherrschen, ein gewisses Selbstvertrauen anmerkt. Sie wurden mit ihren Berührungen gesegnet oder haben sie sich verdient. Dennoch verhält sich keine dieser Hexen entsprechend. Tatsächlich scheinen die meisten am liebsten mit den Wänden verschmelzen zu wollen, sogar noch mehr als die Unberührten. Plötzlich stört mich Ekanis Anwesenheit nicht mehr so sehr.

Weiterhin fällt mir die Palette der Hautfarben unter den Stimmlosen auf. Belwar gehört zwar zu den vielfältigsten Orten in Wickery, dennoch finde ich es seltsam, dass gerade wir neun eine solche Bandbreite abdecken – die Mächtigsten, aber Stummen.

Harini und zwei andere haben dunklere Haut. Ich vermute dahinter eine Abstammung von der Insel Pire. Dann komme ich, was an sich schon seltsam ist. Ich bin es gewohnt, die

Dunkelste im Raum zu sein. Bei zwei anderen Stimmlosen vermute ich, dass sie gebürtige Belwarerinnen sind. Zwei stammen zweifellos aus Moolek. Und eine junge Frau hat so hellblondes Haar, dass es wie gesponnenes Sonnenlicht aussieht. Sie muss aus Agsa sein, obwohl ich noch nie jemanden wie sie gesehen habe. Als ich sie alle aufmerksam beobachte, stelle ich fest, dass einige beim Essen zittern. Die Erinnerung an Ekanis Warnungen bringt meine Haut zum Kribbeln. Auch ohne meine Magie rücke ich instinktiv näher zu den anderen.

Die junge Frau, die mein Geheimnis verraten hat, heißt Deepa, wie ich erfahre. Obwohl sie ein Jahr jünger ist als ich, hat sie bereits genug auf dem Kerbholz, um in der Kuppel gelandet zu sein. Entweder ist sie vom Pech verfolgt oder eine der gefährlichsten Gefangenen. »Ich hab ja gesagt, dass sie gut ist«, heischt Deepa bei Ekani nach Lob dafür, dass sie mich empfohlen hat.

»Du warst wirklich interessant«, meint Ekani zufrieden zu mir. Dann jedoch schürzt sie die Lippen. »Aber das nächste Mal bleibst du unten, wenn es offensichtlich vorbei ist.«

Ja, heilt mich ruhig, damit ihr mich erneut brechen könnt. Wunderbar. Aber statt meine Gedanken preiszugeben, nicke ich in meine Schüssel und gebe mich unterwürfig. Man muss glauben, jener Kampf wäre für mich ein Wendepunkt gewesen, der mich so eingeschüchtert hat wie die anderen.

»Erspar dir die Schmerzen und den Ausflug zu Basu. Er mag Experimente«, fügt Ekani hinzu.

Experimente? Das Wort klingt falsch. Medizin und rosa Magie sind keine Experimente. Oder sollten es zumindest nicht sein.

»Aber das ist Rauchs Ding. Sie steht immer wieder auf.

197

Glaubst du nicht, dass sie gerade deshalb so beliebt war?«, wirft Deepa ein.

Ekani schaut finster drein. »Wieder aufzustehen ist schön und gut, aber nicht, wenn man dabei draufgeht.«

Ich schweige dazu, esse weiter und konzentriere mich erneut auf jenes Wort. *Experimente.* Übertreibt sie und kritisiert Basus Fähigkeiten? Oder ist das der eigentliche Zweck der Klinik? Und falls ja, was genau macht Basu dort?

Mir fällt auf, wie Harini ein Stück weiter am Tisch die Kiefermuskulatur anspannt. Obwohl sie ausschließlich auf ihr Essen zu achten scheint, weiß ich, dass sie zuhört.

»Willst wohl nichts von deinem Kampf hören, was?« Ekani sieht mich an. »Tja, aber das könnte dich interessieren. Sims' Untergrund ist gestern Nacht zerstört worden. Restlos ausgelöscht.«

Unwillkürlich horche ich auf. Der Untergrund hochgenommen? Das bestgehütete Geheimnis von ganz Belwar verschwunden? Nach allem, was die Vencrin getan haben, um Moolek zu helfen, kann ich mir nicht vorstellen, dass er sie vernichtet hat.

Wer?, bilden meine Lippen, noch bevor ich überlegt habe, wie ich damit umgehen soll.

»Ah, also interessiert es dich.« Ekani beugt sich vor. »Angeblich war es Nacht.«

Jatin! Allein den Namen seiner zweiten Persönlichkeit zu hören, schmerzt mich. Aber warum sollte er …

»Und natürlich auch die Rote Frau«, fügt Deepa hinzu.

Was? An sich bin ich nicht leicht zu verblüffen, aber die Äußerung fährt mir hart in die Brust. *Die Rote Frau.* Ich kann nicht genau nachfragen, wie die Rote Frau dort gewesen sein kann, ohne mich zu verraten, aber der Teil muss erfunden sein.

Jatin und ich sind ein Team. Meine Stadt glaubt, dass wir immer noch zusammenarbeiten. Das muss ein Irrtum sein. Oder hat Riya die Maske aufgesetzt und ist in eine rote Uniform geschlüpft? Aber warum den Untergrund zerstören?

»Soweit ich gehört habe, ist der Untergrund vorerst geschlossen. Vielleicht sogar dauerhaft, denn anscheinend hat Nacht ihn eingefroren. Weißt du, was das bedeutet?«, fragt Ekani verschlagen lächelnd.

Deepa zuckt übertrieben mit den Schultern. »Nein.«

»Dass unsere kleine Arena vielleicht erweitert werden muss. Da draußen gibt's eine Menge vergnügungshungriger Kunden.« Ekani mustert mich. Ein Schauder kriecht mir über den Rücken. »Und wer bin ich denn, es ihnen zu verwehren? Das könnte das Beste sein, was unserem kleinen Teil der Welt je passiert ist.«

Mir wird bewusst, dass sie mich ködert. Aber wenn stimmt, was Ekani sagt, ist sie meine einzige Verbindung zur Außenwelt. Und sie ist bereit, vor mir zu reden. Denn was könnte ich schon weitererzählen? Ich bin eine Stimmlose. Zum ersten Mal bin ich, was ich im Untergrund sein wollte – wertvoll, aber unbeachtet, übersehen und unscheinbar. Jemand, der harmlos genug wirkt, dass man ihm bedenkenlos weitere Einzelheiten verrät. Im Grunde bin ich zur perfekten Jaya Rauch geworden.

✳❘✳❘✳

Ich bin bereit, mit dem Lernen anzufangen, schreibe ich, sobald Harini und ich zurück in unserer Zelle sind. Zum Glück hat das Gespräch mit Ekani offenbar auch in Harini etwas angefacht, denn sie nickt, und nach einem abwägenden Blick hüllt sie uns in einen abschirmenden Trugbann.

Als sie fertig ist, läuft sie auf und ab und zaubert die Botschaft: *Lass mich überlegen, wie ich anfangen soll.* Also warte ich.

Gut, zuerst die Grundlagen. Magie entstammt keinen Geräuschen, die man von sich gibt. Sie ist eine Macht, die man in sich trägt. Man kann sich auch mitteilen, ohne zu reden. Also kann man auch auf andere Weise zaubern. Sie zieht eine Augenbraue hoch. *Verstehst du, was ich mit den Händen mache? Wie ich mich mit ihnen verständige?*

Ich nicke. Zwar weiß ich von der Sprache jener, die nicht hören oder sprechen können, aber ich wusste nicht, dass man sie auch zum Zaubern nutzen kann. Obwohl es einleuchtet. Zaubern besteht zu einem Großteil darin, sich an die Götter zu wenden. Es gibt keine unumstößliche Regel, dass es verbal erfolgen muss.

Gut. Denn im Grunde musst du für jeden Zauber, den du beherrschen willst, ein Zeichen lernen.

Fangen wir damit an, was du gerade machst. Mit Violett. Ich will mich nicht mehr als nötig auf Papier verlassen müssen.

Eins nach dem anderen. Was bist du? Eine Sechs? Eine Sieben?

Ich zwinge mich, nicht die Länge meines rechten Ärmels zu überprüfen, um mich zu vergewissern, dass er das nicht vorhandene Berührungsmal verdeckt.

Ausnahmsweise halte ich mich an die Wahrheit. *Acht,* schreibe ich langsam. *Du?*

Ich bekomme keine Antwort. Harini lässt die Hände an die Seiten sinken. Ihr Gesicht verzieht sich vor Kummer.

Schließlich nimmt sie meinen Stift. *Du bist eine Acht mit roter Stärke?*

Ich versuche, ihre Reaktion zu deuten. Sie kann unmöglich wissen, wer ich wirklich bin. Aus ihrem Gesicht spricht solche

Panik, dass sich mein Magen unabhängig von Hoffnung und Vernunft zusammenkrampft.

Womöglich habe ich gerade verraten, dass ich Adraa Belwar bin, die meistgehasste Hexe der Welt.

Harini schüttelt ihren Schock ab und bildet mit den Händen neue Worte. *In Ordnung. Dann haben wir eine Menge Arbeit vor uns.*

Mein Geheimnis scheint noch sicher zu sein. Aber irgendetwas stimmt hier nicht. Irgendetwas an meiner Macht oder Stärke verängstigt sie. *Was verschweigst du mir?*

Sie schüttelt den Kopf.

Eigentlich wollte ich nicht nachbohren, aber … ihre Reaktion. Jene Klinik. Basus Anwesenheit hier. Das Gefühl von Geheimnissen überall in der Kuppel. Ich muss es wissen. *Was passiert in diesem Gefängnis? Was sagst du mir nicht?*

Sie beginnt, auf und ab zu laufen.

Was ist mit den anderen Stimmlosen? Was geschieht mit ihnen? Ich schreibe schnell, drücke mit dem Stift fest auf das Papier, unterstreiche meine Frage.

In diesem Gefängnis sind nicht nur Verbrecherinnen untergebracht.

Was?, bilde ich mit den Lippen.

Ich meine, einige sind es schon. Zum Beispiel die unheimliche junge Frau, die Ekani ständig folgt. Sie auf jeden Fall. Aber die anderen … Harini schüttelt den Kopf. *Soweit ich weiß, hat man die meisten von uns von der Straße aufgelesen oder unter falschen Vorwänden hergelockt. Ich bin auf der Suche nach einem besseren Leben von Pire nach Belwar gereist.*

Es dauert einen Moment, alles vollständig zu verarbeiten. Dann jedoch breitet sich Wut in mir aus. Harini ist voller Hoffnung in meine Stadt gekommen und dann zu einem Leben in der Dunkelheit der Kuppel gezwungen worden. Wie ich zu Unrecht eingesperrt. Oder auch nicht ganz wie ich. Ihre Lage ist noch schlimmer.

Es gibt hier drei Arten von Gruppen, fährt Harini fort. *Die Stimmlosen, die alle mindestens eine Sechs sind. Die Unberührten. Und Hexen, die höchstens eine Vier sind. Wir haben verschiedene Bezeichnungen dafür – Denkfabrik, Labor. Aber die meisten von uns nennen es ein Experiment.*

Was will man erreichen?, schreibe ich, kann kaum mithalten und möchte so viel mehr sagen.

Sie versuchen, herauszufinden, wie man die Berührten noch mächtiger machen kann.

Meine Hand wandert zu meinem Hals. *Wie?*, bilde ich mit den Lippen.

Kennst du eine Substanz namens Blutlust?

Ich richte mich auf, nicke langsam. Leider nur allzu gut.

Darauf sind sie bisher gekommen, indem sie uns Stimmlose benutzt haben. Aber die Leute, die den Ort hier betreiben, suchen nach einer besseren, dauerhaften Lösung, die kein Ausbrennen verursacht.

Oh ihr Götter. Die ganze Zeit war ich hinter den Vencrin her und habe doch nie auch nur annähernd herausgefunden, wie oder wo Blutlust hergestellt wird.

Es wird hier angefertigt?, kritzle ich mit zittriger Hand.

Ein entschlossenes Nicken bestätigt es. Bei den Göttern, deshalb konnte ich es nie finden! Hier unter meinen Füßen wird Blutlust hergestellt.

Sie brauchen neun dafür, fährt Harini mit ihren Worten in der Luft fort. *Eine für jede Stärke. Unsere Letzte mit roter Stärke … ist gestorben. Ich nehme an, du sollst sie ersetzen.*

Was meinst du damit?

Deshalb bist du noch am Leben. Wenn ich dich hätte sterben lassen, hätten sie mich wahrscheinlich umgebracht. Obwohl ich mir nicht sicher bin, ob ich dir einen Gefallen damit getan habe, dich zu retten. Weil ich weiß, dass dir ein schlimmeres Schicksal als der Tod bevorsteht – die Verfahren, die Experimente. Von denen mit roter Stärke fordern sie immer den höchsten Tribut. Keine Ahnung, warum. Aber rot färbt sich die Substanz erst am Ende.

Ich brauche einige Augenblicke, um die Worte zu verarbeiten, die Harini über unsere Köpfe gezaubert hat. Also hat das alles gar nichts damit zu tun, dass ich Adraa Belwar bin. Oder vielleicht doch. Was hat Moolek mal gesagt? Er hat gemeint, er wäre froh, dass ich Firelight erfunden habe. Weil es meine Macht gezeigt und ihn zu mir geführt hat.

Zu deinem Glück habe ich euch beide lebend gebraucht. Seine Worte hallen in meinem Kopf wider.

Wie lange haben wir Zeit?, schreibe ich.

Sie lassen uns jede Woche kämpfen, um zu sehen, ob wir stark genug sind. Ich weiß nicht genau, wie es funktioniert, aber es wird bald wieder passieren. Wahrscheinlich, sobald sie dich für ausreichend geheilt halten ...

Also Wochen. Möglicherweise auch nur Tage. Meine Hand zittert, als ich die nächste Frage kritzle. *Wie ist sie gestorben? Die andere mit roter Stärke.*

Harini wendet sich ab und setzt sich auf ihre Pritsche. *Ich ...* Ihre Hände zittern, und damit auch ihr Zauber. *Ich kann nicht darüber reden,* bringt sie schließlich heraus.

Weil die Frau mit roter Stärke ihre Zellengenossin war. Ihre Freundin. Ich erinnere mich sogar von meinem ersten Tag an ihren Namen. Nira. Hat Ekani nicht gesagt, dass ich ihr ... Ersatz bin?

Ich verstehe. Eine Freundin, schreibe ich, bevor ich mit dem Stift in der Hand innehalte. *Aber bitte, ich muss es wissen.*

Sie war mehr als eine Freundin. Harini rollt sich auf ihrer Pritsche der Wand zu. Offenbar hat sie genug von meinen Fragen und unserem Zauberunterricht. Die letzten Worte steigen als orangefarbene Spirale über ihrer Schulter auf, pulsierend wie ein Herzschlag.

Sie war meine Schwester.

Kapitel 20

Mühsal

Adraa

Wir erwähnen Harinis Schwester nicht mehr. Tatsächlich erwähnen wir von der gesamten Unterhaltung nichts. Dennoch bin ich neugierig auf ihre Schwester – immerhin bin ich ihr Ersatz. Ich muss mehr in Erfahrung bringen, muss verstehen, was auf mich zukommen könnte. Denn ich hatte recht – der Wahrheitszauberer im Gerichtssaal, der mir das Leben angeboten hat, muss von den Plänen für mich gewusst haben.

Allerdings ist mir klar, dass ich aus Harini nichts mehr über Nira herausbekommen werde. Am nächsten Morgen wirkt sie einen Trugbann, und plötzlich fühlt es sich an, als hätte ich nicht erfahren, dass mein Leben in Gefahr ist und die Betreiber der Kuppel Menschen entführen, um an ihnen zu experimentieren.

Ein Teil von mir verspürt Erleichterung. Wenn ich zu sehr an die Gräuel dieses Orts oder die tickenden Zeitbomben der Experimente denke, kann ich mich vielleicht nicht konzentrieren.

Aber wenn ich als Fürstin etwas gelernt habe, dann, wie man sich ins Lernen vertieft.

Wir beginnen mit den Grundlagen des Zauberns – ähnlich

wie damals, als ich acht Jahre alt war. Bei jedem Zauber müssen die Götter angerufen werden. Also lerne ich die neun Handzeichen, die jeder Gottheit entsprechen. Das für Renni gleicht einer zuschlagenden Faust. Bei Raw wird nach außen gedrückt, als würde ich die Waffe beschwören, die ich brauche. Für Laeh ist es eine sanftere Drehbewegung, weg vom Körper. Im Fall von Wodahs streichen meine Handflächen schwungvoll übereinander. Bei Ria flattern meine Hände wie ein Windstoß. Für Erif wackle ich mit den Fingern nach oben wie züngelnde Flammen.

Die Bewegungen für Retaw, Htrae und Dloc überspringen wir, weil Harini keine blaue, grüne und weiße Magie wirken kann. Stattdessen gehen wir dazu über, die Handbewegungen für Dutzende Zauber zu kombinieren. Da die Zeit unser Gegner ist, beschließen Harini und ich, dass ich nicht ihre gesamte Sprache erlernen kann. Mein Unterricht wird sich daher auf die Zauber beschränken, auf genug Magie, um mich gewaltsam befreien zu können. Harini legt sich dabei mächtig ins Zeug, was mir zweierlei verrät. Zum einen, dass uns wirklich nicht viel Zeit bleibt. Zum anderen glaubt sie wohl, dass wir uns nicht lang genug kennen werden, um miteinander zu reden.

Ich äußere meine Wünsche nach frischer Luft und Freiheit nicht. Denn jemandem gerade so viel beizubringen, um am Leben zu bleiben, ist nicht dasselbe, wie das ganze System zu stürzen. Nur falls uns die Zeit ausgeht, werde ich es letztlich erwähnen müssen. Vorerst will ich nicht riskieren, dass Harini einen Rückzieher macht. Ich darf nicht zulassen, dass ihre Angst meinen Fluchtplan vereitelt.

Wieder bewege ich die Hände. Tatsächlich empfinde ich die Gesten gar nicht als den schwierigen Teil. Immerhin bin ich für die königliche Zeremonie ausgebildet worden. Dabei stellen Bewegungen eine Erweiterung der Zauber dar. Im Wesentlichen leuchtet mir Harinis Verwendung von Magie ein. Ich habe das schon oft gespürt. Ein Großteil von rosa Magie dreht sich um Gesten, die ich bereits benutzt habe, um Tränke mit Heilmagie zu versehen. Wenn man die Finger auf eine bestimmte Weise dreht, verstärkt man die Wirkung eines Tranks.

Harini hat es mir an diesem Morgen bestätigt. *Es ist eine andere Art, sich auszudrücken und Verbindung mit den Gottheiten aufzunehmen,* hat sie geschrieben. Der religiöse Anstrich ließ mich eine Augenbraue hochziehen, weil die meisten Bewohner von Pire nicht an die tatsächliche Existenz der Gottheiten glauben.

Sieh mich nicht so an. Auch wenn ich von Pire komme, kann ich an die Götter und Göttinnen glauben.

Hm. Vielleicht habe ich doch noch viel zu lernen. Alles weist darauf hin, denn nachdem ich eine Stunde lang schweißtreibend geübt habe, schreibt Harini in großen Buchstaben *Verbindung* oben auf mein Papier.

Ich konzentriere mich. Eigentlich versuche ich lediglich, Hallo zu sagen. Ein einfaches Winken, gefolgt von einem Schieben, wie es bei Raw jeden Zauber begleitet, der Worte in der Luft erscheinen lässt. Ich lege jedes Quäntchen Willenskraft hinein. Meine Magie quillt an die Oberfläche – reine Energie, wie eine Brandung oder das flackernde Licht einer zum Leben erwachenden Flamme. Ich winke, dann schiebe ich so fest, als würde ich mit der Hand gegen eine Wand drücken … Immer noch nichts. Nicht mal ein Hauch von rotem Rauch erscheint an meinen Armen. Dabei brodelt die Magie unter der Haut und verlangt nach Befreiung.

Im Kopf schreist du die Worte immer noch, schreibt Harini. Das wiederholt sie seit drei Stunden. Manchmal muss sie mich dafür nur ansehen. Dass sie überhaupt zu *wissen* scheint, was in meinem Kopf vor sich geht, ist Hexerei einer höheren Stufe, allerdings empfinde ich es nicht mehr als neuartig. Da sie meine Handposition seit einer halben Stunde nicht mehr korrigiert hat, weiß ich, dass es mit der Verbindung zu tun haben muss. Oder vielmehr mit deren Fehlen. Einen Moment lang sucht mich die Erinnerung an meine königliche Zeremonie heim, an das kalte Grauen von Dlocs über mich hereinbrechenden Schneesturm.

Vielleicht versage ich deshalb. Fürchte ich mich davor, mich solcher Magie erneut vollkommen auszuliefern? Oder liegt es vielleicht daran, dass ich immer noch keine weiße Magie wirken kann? Einige Dinge schafft man einfach nicht.

Frustriert seufze ich lautlos, sinke auf den Boden zurück und strecke die Handgelenke durch. Sie fühlen sich an, als hätte ich sie den ganzen Tag gegen eine Wand gerammt.

Harini rührt sich nicht, aber ihre Worte schweben über mir. *Was ist? Hast du etwa gedacht, es würde einfach? Jaya, du lernst gerade ein ganzes System und musst es meistern, diese Bewegungen in eine Magie umzuwandeln, von der du nicht mal gewusst hast, dass es sie gibt. Wie viele niedere Berührte glauben, dass sie keine anderen Arten beherrschen können? Oder wie viele Unberührte versuchen es gar nicht erst, weil man ihnen beigebracht hat, dass sie es nicht können?*

Ich setze mich auf und runzle die Stirn. Verdammt, ich glaube, so habe ich noch nie darüber nachgedacht. Stecke ich deshalb als Acht fest? Ein Teil von mir ist mit zu vielen Zweifeln erfüllt. Habe ich einmal zu oft versagt? Konnte mich deshalb nicht mal meine Entschlossenheit die königliche Zeremonie bestehen lassen?

Ich schüttle den Gedanken ab. Mich von neuen Zweifeln

oder Mutmaßungen ablenken zu lassen, ist das Letzte, was ich brauche. Zum Großteil von Harinis aufmunternden Worten nicke ich. Jeder Tag in der Kuppel bringt mich den Experimenten näher und verschafft Moolek einen festeren Stand in Belwar. Ich muss mich mehr ins Zeug legen. Für Belwar. Für Jatin. Für mich selbst. Ich werde das lernen.

Also versuche ich es erneut. Und wieder.

Stunden vergehen, und ich lerne in der Zeit Dutzende Zeichen. Schließlich übermittelt Harini mir eine Botschaft. *Du hast gelernt, für einen Zauber deiner Stimme zu vertrauen. Jetzt musst du lernen, dafür der Magie in dir zu vertrauen.* Sie sieht mich mit gerunzelter Stirn an. *Du musst stärker werden. Körperlich und geistig.* Was sie dabei nicht hinzufügt, hängt unausgesprochen zwischen uns. *Sonst stirbst du.*

***

Ich bin bei der fünfzigsten Rumpfbeuge. Der Zettel liegt auf meinen Beinen, meine Hände bilden Zauber und prägen sich deren Bedeutung ein, als sich Harini auf ihrer Pritsche rührt und aufsetzt. Selbst in der Dunkelheit besagt ihr Gesichtsausdruck mehr, als Worte es könnten. Mit grimmiger, zugleich verschlafener Miene vermittelt sie mir: *Was machst du da, verdammt?*

Ich halte keinen Moment lang inne. Ich muss stärker werden. Körperlich und geistig. Das hat sie selbst gesagt.

Ihr Bettgestell aus Weidengeflecht knarrt, als sie sich auf die Beine schwingt. Ihre Hände bewegen sich. Mittlerweile habe ich genug gelernt, um ein paar Worte aufzuschnappen. Für mich bewegt sie außerdem dazu die Lippen, deshalb verstehe ich das Wesentliche. *Willst du etwa, dass man uns erwischt? Es ist mitten in der Nacht. Ruh dich aus, um der Götter willen.*

Ich spüre die Verärgerung, die sie ausstrahlt.

Dennoch bleibe ich im Takt. Windzauber. Tarnbann. Schutzschild. Ich muss üben, muss hier raus, und mir bleibt nicht mehr viel Zeit. Mich wird man nicht dafür benutzen, Blutlust herzustellen.

Sie hüllt unsere Zelle in Magie, verwandelt die stille Düsternis in einen orangefarbenen Dunst. Dadurch wird es hell genug, dass ich beim Blick auf das Papier die Augen nicht so sehr anstrengen muss.

Du hast heute schon stundenlang geübt. Geh ins Bett, schreibt sie.

Nach der nächsten abgeschlossenen Rumpfbeuge halte ich inne. Mein Brustkorb stöhnt protestierend. Ich schüttle den Kopf in Harinis Richtung. Ich muss noch mehr lernen, muss es richtig hinbekommen.

Sie steht auf und schaut zu den anderen Zellen. Nichts rührt sich in der Finsternis. Sogar im mittleren Wachturm ist es dunkel.

Verdammt, warst du in der Schule auch so? Noch nie zuvor war ein Lehrer oder eine Lehrerin unzufrieden mit mir, weil ich *zu viel* geübt habe.

Ich drehe das Papier um und schreibe: *Da war ich noch schlimmer. Weil ich mich jemandem beweisen musste.* Jatins Gesicht taucht vor meinem geistigen Auge auf. Der schiere Schmerz, der mich dabei erfasst, lässt meine Arme erschlaffen. Ich strecke die Beine aus und lege mich hin, heiße das körperliche Leiden willkommen. An Jatin habe ich lange nicht mehr gedacht. Wenn ich es tue, kommen mir nämlich meine letzten Worte an ihn in den Sinn. Worte, die mir mittlerweile vor

Selbstüberschätzung zu triefen scheinen. *Versuch nicht, mich rauszuholen.* Warum nicht? Weil ich allein mit der Lage klarkomme? Weil ich ohne Hilfe fliehen könnte?

Und jetzt? Harinis Gesichtsausdruck wirkt neugierig, nicht urteilend.

Jetzt muss ich mir selbst etwas beweisen.

Die Antwort scheint ihr zu gefallen. Sie setzt sich wieder hin. *Verstehe.*

Ich stutze. *Ach ja?*, bilde ich mit den Lippen.

Von jemand anderem angespornt zu werden hat seine Grenzen. Es ist ein guter Anfang, aber nicht mehr. Alles Weitere muss von hier kommen. Sie klopft sich mit der Faust auf die Brust, aber ich glaube nicht, dass sie nur das Herz meint. Meine Zellengenossin meint jeden schmerzenden Muskel, der aufhören will, und dem ich den Gefallen nicht tue. Nicht, bevor wir stärker geworden sind.

Na schön, noch eine Übung. Keine violetten Wortbildungen mehr. Deine Stärke ist Rot. Versuchen wir es mit einem einfachen Feuerzauber.

Ich horche auf und nicke, obwohl Angst ein Leck in mein Selbstbewusstsein reißt. Sie flüstert mir zu, dass keine Hoffnung besteht, wenn ich selbst diese Magie, meine rote Stärke, die immer zu mir gesprochen hat, nicht meistern kann. Ich schüttle die Arme aus. Bei den Göttern, wann bin ich so geworden? Wie konnte ich zulassen, dass Zweifel so tief in meine Gedanken vordringen?

Doch genau das tue ich. Die königliche Zeremonie, der Gandhak, die Morddrohungen, die Kundgebung, das Gerichtsverfahren. Ich lasse all das, sogar die unverhohlenen Lügen, die Macht aus mir saugen.

Genau, wie es meine Feinde wollen.

Nein!

Ich drehe mich Harini zu und beobachte, wie sie die Bewegung vormacht, indem sie mit den Fingern den Tanz einer Flamme nachahmt. Ich atme tief durch und gestatte mir zum ersten Mal seit Langem, in den roten Raum zurückzukehren. In Gedanken male ich mir den blutroten Strom aus, der in pulsierenden Wellen die Wände herabfließt. Damals bin ich zwar gescheitert, aber wichtiger war, dass ich zurückgekommen bin. Und ich habe die Zerstörung aufgehalten.

Ich schließe die Augen.

Verbindung. Anzapfen des Quells der Energie in meinem Blut. Fühlen der Kräfte, die in mir wirken.

Ich atme.

Feuer. Flammen tosen. Hitze und Macht. Meine Macht. Mein Feuer. Mein Firelight.

Ich wirke den Zauber.

Dünner roter Rauch rankt sich um mein Handgelenk und kringelt sich um meine tanzenden Finger. Ich atme so heftig aus, dass die Magie mit dem Lufthauch entschwindet, trotzdem *weiß* ich, dass ich es geschafft habe.

Ich schaue zu Harini hinüber. Sie grinst, wie ich es noch nie bei ihr gesehen habe. *Wurde auch Zeit,* schreibt sie. Die Worte kräuseln sich in der Luft. Ich richte die Aufmerksamkeit wieder nach innen, und die dünnen Ranken meiner Magie erhellen meinen Mittelfinger. Winzige Flämmchen flackern daran. Ein Ansturm purer Freude und Hoffnung schwappt über mich hinweg.

Ich starre auf die Wände unserer Zelle und darüber hinaus, weiter zu den anderen Käfigen und den kreuz und quer durch die Höhle verlaufenden Gängen. Sogar ein kleines, flackerndes Licht vermag Dunkelheit zu vertreiben. Ich konzentriere mich wieder auf die rote Magie, die ich wortlos erschaffen habe. Stimmlos, aber nicht länger machtlos.

Man hat mich hier eingesperrt, weil man mich für den gefährlichsten Menschen in ganz Wickery hält. Eine Zeit lang war ich das vielleicht sogar. Jetzt bin ich es nicht mehr.

Aber ich werde es wieder.

Kapitel 21

Qualvolle Ausbildung

Jatin

Wir haben einen Tag, bevor Sims abgefertigt wird und Hiren ihn zur Kuppel bringt. Einen Tag. Und jetzt gehört auch Fiza zu uns. Ihre Nützlichkeit ist mir klar. Und noch jemanden an Bord zu haben, vor allem jemanden mit schwarzer Stärke, verbessert den Plan. Allerdings sehe ich auch voraus, dass sie die Truppe auseinanderreißen könnte.

Wie zu erwarten, hat Kalyan die Rolle des Vermittlers übernommen. Im Augenblick steht er zwischen Riya und Fiza, eine schweigende Barriere, während ich unseren Plan durchgehe und dafür erneut den Kartenraum meiner Mutter benutze. Fiza und ich werden das Loch finden und den Trugbann dort zerbrechen. Hiren und Riya werden Sims ins Gefängnis eskortieren. Kalyan und Prisha werden am Himmel kundschaften und sich die Dachfenster ansehen, falls Fiza und ich nicht erfolgreich sein sollten.

Während die einzelnen Rollen besprochen werden, zuckt Fiza mit keiner Wimper. Stille liegt in der Luft. Sie fühlt sich nach Anspannung an. Fiza steuert nur eine Anmerkung bei. »Also werde ich doch gebraucht.«

Erst als Riya und Kalyan weg sind und ich Fiza durch den

Palast in Richtung des Übungsplatzes führe, ergreift sie wieder das Wort.

»Es ist schön, hier zu sein. Und endlich den Azur-Palast kennenzulernen.«

Damit spielt sie darauf an, dass ich sie neulich praktisch hinausgeworfen habe. Ich war damals wohl kein besonders guter Gastgeber.

»Und es ist schön, dich in deiner natürlichen Umgebung zu sehen«, fügt sie hinzu.

Abrupt bleibe ich stehen und komme direkt zur Sache. »Etwas lässt mir keine Ruhe. Woher ... Woher weißt du überhaupt, wie Adraa aussieht?« Die Plakate werden uns beiden nicht gerecht. Also bleibt mir nur ein Schluss übrig. »Warst du im Gerichtssaal?«

»Ja.«

Ich schlurfe weiter, brauche Bewegung, um ihre Antwort zu verarbeiten und mein Gehirn zu beschäftigen, damit es nicht in den Gerichtssaal zurückkehrt. Zu Adraa. Zu meinem Vater. Und jetzt, im Hintergrund lauernd, zu Fiza Agsa.

Zu spät. Ich sehe beinahe vor mir, wie sie dort durch die Barriere zu uns hereingespäht hat. Aber ich kann mir nicht vorstellen, was sie dabei empfunden hat. Mitleid? Entsetzen? Ein düsterer Teil von mir sieht sie lächelnd vor sich. Ich schüttle die Gedanken ab und konzentriere mich stattdessen auf die goldenen Vorhänge, die das Treppenhaus schmücken. Es ist noch zur Feier des Wiederaufbaus von Naupure und Belwar nach dem Ausbruch des Gandhak geschmückt. Ich sollte veranlassen, dass die Dekoration entfernt wird. Es fühlt sich an, als wäre das ein ganzes Leben her.

»Ich habe dir ja gesagt, dass ich hier bin, um der Sache mit

215

Adraa auf den Grund zu gehen.« Sie bleibt stehen. »Es tut mir leid.«

»Was?« Fiza hat sich *nie* bei mir entschuldigt. Das liegt nicht in ihrer Natur.

»Es war ein schlechter Tag. Und jetzt erlebst du wahrscheinlich alles noch mal.« Als wir die Treppe erreichen, steigt sie eine Stufe hinunter und dreht sich zu mir um. »Lass mich dir nur eines sagen: Irgendetwas hat in diesem Gerichtssaal nicht gestimmt.«

»In welcher Hinsicht?«

»In jeder Hinsicht.«

Ich starre sie an.

»Was auch immer du von mir hältst, du sollst wissen, dass ich auf *deiner* Seite bin, Jatin. Mein Vater mag nicht das Gesamtbild verstehen, aber Agsa braucht dieses Bündnis.« Damit wendet sie sich ab. Und bevor ich in ihren Worten etwas Erleichterung finden kann, wird mir klar, dass sie Adraa nicht in ihre Beschwichtigungen einbezogen hat.

∗∗∗

Fiza scheitert.

Wieder und wieder.

Ich will nicht selbstgefällig sein, aber es liegt daran, dass sie nicht auf mich hört. Wir wollten zusammen an dem Trugbann arbeiten, was jedoch schnell nach hinten losgegangen ist. Mittlerweile sind wir zu den Grundlagen zurückgekehrt, lernen nur, miteinander zu arbeiten, und nicht mal dabei will sie mitmachen. Wenn wir auf Regenbognen zurückgreifen müssen, um herauszufinden, wozu sie fähig ist, glaube ich nicht, dass ich Ruhe bewahren kann.

216

Fiza und ich treten gegen Kalyan und Riya an. Mit Adraa als Partnerin wäre es ein ungleicher Wettstreit. Aber das ist nicht der Fall. Obwohl Fiza eine ausgebildete Neun ist, bewegt sie sich steif. Unsere Kräfte vereinen sich beim Kampf nicht fließend wie bei Adraa und mir. Mit ihr musste ich nie auch nur trainieren.

»Du übernimmst die linke Seite. Ich die rechte mit Kalyan«, sage ich und hoffe inständig, dass sie diesmal auf mich hört. Gegen die Schärfe in meinem Ton kann ich nichts machen. Ich bin ein schlechter Verlierer, und in diesem Fall erst recht, weil die Misserfolge die kleine Hoffnung schwächen, die Rettungsmission erfolgreich durchzuführen.

Unsere Vierergruppe geht erneut in Stellung. Hiren und Prisha sehen von den Seitenlinien aus zu und kritisieren unsere Taktiken. Aber jedes Mal, wenn ich zu ihnen sehe, werfen sie sich gegenseitig Blicke zu wie … na ja, wie verliebte Teenager.

Kalyan greift an. Irgendwie erahnt er die Taktik, die ich anwenden wollte. Ich will gerade Ringe rufen, eines von Adraas und meinen häufigsten Manövern, zögere jedoch. Fiza kennt weder unsere Rufe noch meine Gesten. Ebenso wenig weiß sie, wie ich mit Adraa kämpfe. Riyas Angriff bannt meine Aufmerksamkeit, und ich blocke einen stumpfen Splitter violetter Magie ab. Zu meiner Rechten ertönt das Aufklatschen von Wasser, gefolgt von einem dumpfen Schlag. Riya hält inne und verdreht die Augen. Als ich mich umsehe, ist Fiza abermals außer Gefecht gesetzt.

Sie ist verdammt noch mal nach rechts gegangen.

Mürrisch starre ich auf sie hinab. Kalyans Welle hat sie völlig durchnässt. »Links, hab ich gesagt.«

Sie atmet ein und aus, entweder benommen oder wütend. Ein Gespräch mit Adraa fällt mir ein. Damals habe ich ihr zum ersten Mal vorgeschlagen, ihre Schwester bei uns mithelfen zu lassen. *Meine Schwester ist nicht wie ich ausgebildet worden. Sie musste nie um ihr Leben kämpfen.* Und da ereilt mich eine Erkenntnis. Fiza ist, wie ich es wäre, wenn ich Adraa nie kennengelernt hätte. Verwöhnt. Hochmütig. Bereit, ihre Rolle zu spielen, aber nicht, sich dafür aufzuopfern.

»Vielleicht wollte ich ja nicht nach links«, mault Fiza, als sie aufsteht.

»Dann wird es nicht klappen. Wir haben zusammen Erfolg oder gar nicht«, sagt Prisha und tritt vor. Sie klingt dabei wesentlich älter als fünfzehn Jahre.

»Oh, und Adraa hätte es bestimmt vorausgesehen und perfekt reagiert, nicht wahr?«

»Ja«, erwidert Riya und verschränkt offensichtlich missbilligend die Arme vor der Brust. Ich kann die Aussage nicht leugnen. Selbst wenn Adraa nicht auf mich gehört hätte, sie hätte trotzdem einen Weg gefunden, ihre Gegner zu überwältigen. Nichts gegen unsere Wächter, aber Adraa wäre ihnen mehr als gewachsen.

»Natürlich. Fürstin Belwar würde ja nie ein Fehler unterlaufen«, spottet Fiza. Keine Ahnung, ob sie es bewusst macht, jedenfalls deutet sie mit einer ausholenden Geste in Richtung des Gandhak hinter ihr. Ich erstarre.

Riya scheint es auch bemerkt zu haben und schnellt vorwärts. Die Anspannung der vergangenen Nacht im Untergrund flammt, wie von einem Streichholz entfacht, wieder auf. »Ich weiß, dass alle glauben, wir bräuchten dich. Aber wenn ich dich noch ein Mal bei einer Respektlosigkeit gegen Adraa erwische, mache ich dich fertig.«

»Sieh an. Wie temperamentvoll«, erwidert Fiza lächelnd.

Ich habe Riya in den letzten Wochen öfter zornig erlebt,

aber jetzt entlädt sich ihre pure Wut. Sie hebt die Arme. Ranken schwarzer und violetter Magie wirbeln wild hervor. Peitschen aus Wind und ein mehrschichtiger Schild prallen aufeinander.

»Aufhören!«, ruft Prisha.

Ich strecke mich, um es zu beenden, bevor es ernst wird, aber Kalyan hebt die Hand in unsere Richtung. »Übung, richtig?«

Fiza duckt sich und weicht einen Schritt zurück, schafft Abstand. »Adraa hat dir anscheinend nicht beigebracht, wie sich eine Wächterin zu verhalten hat.«

»Kritisier sie ruhig noch mal, dann gestalte ich dein hübsch symmetrisches Gesicht dauerhaft um. Du brauchst nur noch ein Mal ihren Namen in den Mund zu nehmen«, tobt Riya.

Fiza hält kurz inne, mustert ihre Gegnerin, dann öffnet sie den Mund. »Adr…«

Das reicht.

»*Simaraw*«, zaubere ich. Kalyan hat denselben Gedanken wie ich. Ein Windstoß von ihm drängt zusammen mit meinem Schild sowohl Fiza als auch Riya zurück. Beide landen mit einem dumpfen Laut auf dem Boden.

»Aufhören«, verlange ich. »Dieses kleinliche Gezänk endet hier und jetzt! Dafür haben wir keine Zeit. Bei dieser Übung geht's nicht darum, Freundschaft zu schließen oder unsere Fähigkeiten zu verbessern. Wir müssen uns gegenseitig vertrauen können.« Ich schaue zwischen den beiden Frauen hin und her. »Wir müssen uns darauf verlassen können, dass wir uns gegenseitig den Rücken decken.«

Obwohl ich Fiza einen scharfen Blick zuwerfe, verzieht sie bei der Kritik keine Miene. Aber bei Riya scheine ich etwas zu bewirken. »Du hast recht. Es tut mir leid«, entschuldigt sie sich.

Verdammt. Dass sich Riya nach Fizas Unverschämtheit gemaßregelt fühlt, ist das Letzte, was ich will. In den vergangenen Monaten habe ich mich in ihrer Gegenwart mehr wie Jatin Naupure gefühlt, nicht wie ein künftiger Maharadscha. Auf einen Schlag habe ich die erzielten Fortschritte zunichtegemacht. Und es ist meine Schuld. Ich habe gebrüllt wie ein Radscha.

Nach einem Blick auf die Gruppe scheuche ich Fiza ein paar Meter weg. Dabei beobachte ich, wie Riya von Kalyan zu Prisha und Hiren gedrängt wird und die vier ein Gespräch beginnen, bei dem ich gerne dabei wäre.

Stattdessen beuge ich mich Fiza zu und ergreife mit leiser Stimme das Wort. »Nicht Riya sollte sich entschuldigen. Sie hat recht. Wenn du Adraa nicht den Respekt entgegenbringen kannst, den sie verdient, dann geh.«

»Warum machst du dir immer noch etwas vor?«, fragt sie und kehrt mit jeder Faser ihres Wesens die künftige Rani hervor. Ihre Stimme klingt fragend, als wäre ich derjenige, der sich rechtfertigen müsste, als hätte ich gerade eine Wächterin dazu provoziert, mir das Gesicht zu verunstalten.

»Was mache ich mir vor?«, frage ich genervt.

»Dass es das Richtige ist, sie herauszuholen.«

»Ich …«

»Ich höre auf. Ich werde nichts mehr über unsere Schutzheilige sagen. Aber hör du auf, so zu tun, als würde dir nicht tief in deinem Innern etwas sagen, dass wir vielleicht nicht den besten Weg eingeschlagen haben. Es wäre sinnvoller, sie durch Beweise und Wahrheit zu befreien statt durch Gewalt und Sturheit.« Sie wirft die Hände hoch. »Hör – hör einfach auf, dich zu verstellen.«

»Nach dir, Fiza.«

»Was?«

»Sag mir, warum du uns wirklich hilfst. Für ein Bündnis opferst du dich ganz schön auf.« Der hässliche Gedanke, der heute Morgen an mir genagt hat, kehrt in meinen Kopf zurück. Fiza war damals im Gerichtssaal, und sie ist die beste Hexe schwarzer Stärke, die ich kenne. Was, wenn sie gefährliche Hintergedanken hat?

»Das habe ich dir schon gesagt. Ich bin für Agsa hier.«

Schulterzuckend bemühe ich mich, meinen Verdacht zu verbergen. »Und ich kaufe es dir immer noch nicht ab.«

»Dann weiß ich nicht, was ich dir noch sagen soll.« Wir wechseln einen unnachgiebigen, finsteren Blick. »Dann ist die Übung wohl vorbei.«

Als sie sich zum Gehen wendet, halte ich sie am Handgelenk zurück. »Na schön, wir machen mit deinem Spiel weiter. Aber hör um deinetwillen auf, Adraa zu kritisieren. Nächstes Mal gehe ich nicht dazwischen.«

»Ich denke, mit einer Wächterin werde ich auch allein fertig, schönen Dank«, entgegnet sie lachend.

»Anscheinend nicht, wenn man die letzten Stunden betrachtet.«

Zorn regt sich unverkennbar in ihr. Schließlich flüstert sie: »Warum? Warum ist sie das alles wert?«

»Weil ich ohne sie tot wäre – und das meine ich nicht im übertragenen Sinn. Die ganze Welt würde in Schutt und Asche liegen.« Und das stimmt – auch wenn ich Adraa liebe und aus selbstsüchtigen Gründen zurückhaben will, ich weiß, dass die Menschen in Wickery sie brauchen und ihr alles verdanken.

»Also ist sie mächtiger als ich? Das ist alles, was nötig ist, um ...«

»Hör auf, Fiza.« Es kostet mich Überwindung, nicht einfach wegzugehen. Ihre Einstellung, dieses Wettbewerbsdenken – das widert mich an. »Hör einfach auf. Sie ist nicht besser als du, aber besser für mich. Verstehst du das? Kannst du dich damit abfinden, dass ich sie liebe?«

Fiza erwidert nichts.

Zornig fahre ich fort. »Und wenn du so von mir denkst – dass für mich nur Macht zählt –, dann kennst du mich überhaupt nicht.«

Ihre Züge verhärten sich und fallen irgendwie gleichzeitig in sich zusammen. »Und ob ich dich kenne.«

So viel Verletzlichkeit habe ich noch nie in ihrem Gesicht gesehen. Ein Teil von mir fühlt sich beinahe schlecht. An der Akademie habe ich mir selbst und anderen keinen guten Dienst erwiesen, indem ich nicht mutig genug war, um ich selbst zu sein. Aber das hat sich geändert. Ich habe meine Maske fallen gelassen. »Nein, tust du nicht.«

»Sag das nicht. Lüg nicht.«

»Das ist keine Lüge.«

Mit einem Laut, der verdächtig nach einem Knurren klingt, versetzt sie mir einen Stoß gegen die Brust. Damit überrumpelt sie mich dermaßen, dass ich einen Schritt zurückstolpere.

Aus dem Augenwinkel bekomme ich mit, dass sich die anderen in unsere Richtung in Bewegung setzen. Ich hebe die Hand, um sie zu bremsen.

»Welchen Grund hast du, wütend zu sein?«, frage ich schließlich. »Zwischen uns ist nichts passiert. Ja, ich habe damals an der Schule gelogen und so getan, als wäre ich in Adraa verliebt. Die Briefe habe ich ihr geschrieben, um dich abzulenken, aber wir waren nie zusammen.«

Sie sieht mich finster an. »Oh, ich weiß über die Briefe Bescheid.«

»Was?«, frage ich verwirrt. Ich verstehe ihren vor Verachtung strotzenden Tonfall nicht.

»Ich habe von deinen Briefen gewusst. Ich habe gewusst, dass du gelogen hast.«

Sie hat nicht unrecht. Ich bin ein Lügner. Aber ... »Das verstehe ich nicht.«

»Durch diese Briefe ist mir klar geworden, wie ähnlich wir uns sind.« Sie deutet zwischen uns hin und her. »Und ich dachte, du würdest Pflichtgefühl und Ehre genau wie ich über alles andere stellen. Du solltest deshalb nicht jemanden heiraten müssen, den du nicht ausstehen kannst.«

Ich schüttle den Kopf. »Fiza ...«

»Aber dann bist du ihr wirklich verfallen. Und plötzlich bin nur noch ich übrig. Die Einzige, die unglücklich ist.«

»Nicht erst dann. Ich war ihr schon verfallen, seit ich neun Jahre alt war.«

Tränen kullern ihr über die Wangen. »Wie gesagt, du bist ein sehr guter Lügner. Vielleicht ist das der Grund, warum hier niemand dem anderen vertraut«, flüstert sie schließlich. Ohne ein weiteres Wort marschiert sie davon, bevor ich fragen kann, was sie damit meint.

Kalyan, Riya, Hiren und Prisha nähern sich mir langsam, nachdem Fiza gegangen ist. Die Frauen sehen sich gegenseitig an. »Der Sache musst du auf den Grund gehen«, sagen sie beide gleichzeitig.

»Und vorzugsweise, bevor ich es tue«, fügt Riya unverhohlen warnend hinzu. Ich fahre mir mit der Hand durchs Haar und nicke.

Als Riya, Hiren und Prisha davonstapfen, seufzt Kalyan, ein Laut, den ich durch und durch nachvollziehen kann. »Kann nicht behaupten, dass ich Fiza vermisst habe«, murmelt er.

Ich sehe ihn an. »Hm, und ich dachte immer, du hättest nichts gegen sie. Wenn ich mich recht erinnere, hast du mich sogar mit Vorliebe in unangenehme Situationen mit ihr gedrängt.« Mit einer Willensanstrengung verleihe ich meiner Stimme einen ruhigen, leichten, sarkastischen Ton. Ich kann Kalyan nicht die Schuld daran geben, dass ich damals in der Schule unfähig war, Fiza gegenüber deutlich und ehrlich aufzutreten.

Kalyan seufzt erneut. »Erstens waren wir damals noch Kinder, und es war lustig zu beobachten, wie du dich gewunden hast und geflohen bist. Zweitens ist damals nicht die Welt um uns herum in sich zusammengefallen. Niemand war wirklich bedroht.«

Natürlich hat er recht, also frage ich ihn, was mir schon den ganzen Tag durch den Kopf geht. »Meinst du, sie kann es schaffen?«

Können wir ihr vertrauen? Kann ich es?

»Oh, sie kann es schaffen. Sie ist mehr als mächtig genug. Im Untergrund dachte ich echt, Adraa wäre zu uns zurückgekommen. Die eigentliche Frage lautet, ob wir wollen, dass sie es schafft. Worauf ist sie *wirklich* aus?«

»Das versuche ich gerade herauszufinden.« Beim nächsten Mal hoffentlich, ohne dass ich sie zum Weinen bringe oder sie mich anbrüllt.

Kalyan geht davon, und meine Brust zieht sich schmerzlich zusammen. Ich schaue in den strahlend blauen Himmel. Die flauschigen Wolken wirken schmutzig, als hätten Schatten ihre Bäuche versengt.

»Bitte sei in Ordnung, Rauch. Bitte. Wir brauchen dich.«

Ich brauche dich.

Kapitel 22

Kein Verstellen mehr

Adraa

Langsam werde ich immer besser darin, Zauber zu wirken. Meine rote Magie entlädt sich recht schnell. Bei Rosa, Gelb und Schwarz brauche ich länger, aber es wird. Nach stundenlangen Fehlschlägen ranken sich violette Buchstaben durch die Luft. Allerdings habe ich größte Mühe, etwas anderes als Worte zu wirken. Und die anderen vier Arten? Da fällt es mir schwer, die Verbindung herzustellen.

Und es gibt noch ein Problem.

Manche Zauber kennt Harini schlichtweg nicht. Immerhin ist sie nur eine Sechs. Sie kann weder Blau noch Grün oder Weiß wirken, und bei Gelb und Rosa beherrscht sie nur die Grundlagen.

Der Tag vergeht wie jeder andere hier – seit ich die Wahrheit darüber kenne, was mir bevorsteht, jedoch qualvoll und angespannt. Aber im Schutz der Dunkelheit übe ich wie besessen.

Ich lerne gerade Zauber auswendig und mache Liegestütze, als mich ein Ruckeln unserer Zelle innehalten lässt. Es ist mitten in der Nacht, und wir werden hochgezogen. Das kann nur eins bedeuten. Harini und ich sehen uns gegenseitig an. Wir wissen beide, was auf uns zukommt. Tritte gegen die Bettpfosten. Raue Hände. Eine weitere unterhaltsame Keilerei auf unsere Kosten. Aber was folgt danach? Geht es nur um einen weiteren Käfigkampf, oder ist unsere Zeit abgelaufen?

Hastig werfe ich die Papierrolle unter mein Bett und wickle mich in meine Decke. Harini scheint auch noch etwas in Ordnung bringen zu wollen, aber die Zeit reicht nicht. Also legt sie sich wieder hin und tut so, als wäre sie vor Stunden eingeschlafen.

Es läuft wie erwartet ab. Unsanfter Weckruf, hinaus auf den Flur, ab in eine Käfigarena, umgeben von bunten, brüchigen Linien. Aber diesmal achte ich auf die Umgebung der Kuppel, präge mir ihren Aufbau ein. Es ist schon erstaunlich, wie viel einem entgeht, wenn Angst und Verwirrung die analytischen Fähigkeiten lähmen.

Im Ring prügeln zwei Stimmlose aufeinander ein. Es ist widerlich. Eine junge Frau prallt mit dem Gesicht gegen die Wand und sackt zu Boden.

Wozu das alles? Mir ist nicht klar, wie wir damit auf die Probe gestellt werden sollen. Und es kann nicht rein zur Unterhaltung dienen. Wenn es sich wirklich um eine Versuchsanlage handelt, dann übersehe ich etwas Entscheidendes, von dem sogar Harini nichts weiß. Noch etwas, dem wir auf den Grund gehen müssen.

Plötzlich taucht Ekani an meiner Seite auf und führt mich wie zuvor in den Umkleideraum. Diesmal jedoch sind fünf andere Stimmlose dort und warten oder richten ihre Aufmachung. Harini hält an der Schwelle inne, und zum wohl hundertsten Mal versuche ich, ihr Schweigen zu deuten. Ist es eine Warnung vor einem bevorstehenden Experiment? Oder etwas anderes?

»Mach schon, Jaya. Du bist spät dran, und sie wollen dich als Nächste.«

Ich werde in den hinteren Bereich gezogen, wo Ekani mich in die gleiche rote Bluse wie zuletzt zwängt. Sie zieht die Schnüre um meine Rippen fest, genau dort, wo sie angeknackst waren. Obwohl ich unwillkürlich zusammenzucke, sind keine Restschmerzen von letzter Woche mehr vorhanden. »Scheint wunderbar geheilt zu sein«, meint sie, als würde sie sich damit auskennen. Als ich mich umdrehe, hat sie die Stirn in Falten gelegt. Sie senkt die Stimme. »Vielleicht solltest du dich verstellen. Ihnen zeigen, dass noch nicht wieder alles perfekt ist.«

Warum, bilde ich mit den Lippen.

Ekani verengt die Augen zu Schlitzen. Sogar sie merkt, dass ich heute anders bin. Da ich wieder zaubern kann, muss ich einen wilden Ausdruck in den Augen haben. Unweigerlich. Selbst wenn ich wollte, könnte ich das nicht unterdrücken.

»Mach dir keine Gedanken über den Grund. Tu einfach, was ich sage.«

Ich nicke. Ich darf nicht zulassen, dass Wächter oder Gefangene bemerken, was Harini und ich können. Auch wenn es entmutigend und schwierig ist, halte ich es für das Beste, die Schwache zu spielen.

Mit dem Gedanken schiebt mich Ekani vorwärts in Richtung des Rings.

Vor mir wird die blonde Hexe mit der hellen Haut in den Kampfkäfig gezerrt. Sie sieht schwach aus und stolpert, als sie die Arena betritt. Ich schaue zu Harini zurück. Sogar sie besitzt den Anstand, beunruhigt zu wirken. Eine schiebende Hand auf meinem nackten Rücken bedeutet mir, ihr zu folgen.

Wie soll ich mich jetzt verhalten? Ich kämpfe nicht gegen eine junge Frau mit der Hälfte meiner Muskelmasse.

»Also gut, Rauch. Du bist dran.« Ekani verzieht das Gesicht. »Mach sie schnell fertig, dann können wir weitermachen.«

Weitermachen?

Das Gebrüll des Publikums hallt von der Schalldämmung wider. Mir wirbelt die Zahl einhundertneunundzwanzig durch den Kopf. Bei allem Mitleid und aller Hoffnung, stärker zu werden, beschämt mich, dass mich die Zahl, die Gesichter und die Geschichten hinter ihrem Tod seit Tagen nicht mehr im Schlaf heimgesucht haben. Aber die Erinnerung daran schnürt mir die Brust zu und flutet mich mit Schuldgefühlen. Mein Herzschlag beschleunigt sich sprunghaft.

Ich stolpere in den Ring. Bevor ich zu flüchten versuchen kann, schließt sich der kuppelförmige Käfig. Meine Gegnerin beobachtet mich aufmerksam.

Die Glocke läutet.

Die junge Frau stählt sich mit einem tiefen Atemzug, dann stürmt sie heran. Sie greift mich mit einem schwachen Schlag an – ich bin mir nicht mal sicher, worauf sie eigentlich zielt. Gemächlich blocke ich sie mit dem Unterarm ab, als mein Selbstverteidigungsdrang einsetzt. Statt zu versuchen, mich mit der anderen Faust zu treffen, dreht sie durch, schnellt herum und erwischt mich mit dem Ellbogen ausgerechnet an der Brust. Das ist das Problem, wenn jemand so neu darin ist – die Bewegungen sind dann unberechenbar, unsinnig. Es werden keine Kampfregeln befolgt, vernünftige Entscheidungen gibt es nicht. Meine Gegnerin stolpert zwar fuchtelnd und planlos umher, trotzdem bedeutet das nicht, dass ich nicht verletzt werden kann.

Sie wirbelt herum und versucht, mich mit einem Schlag in

den Rücken zu überrumpeln. Als ich ausweiche, fällt sie durch den eigenen Schwung nach vorn.

Die wollen wirklich, dass ich so kämpfe? Als ich mich umsehe, wirkt das Publikum alles andere als begeistert. Wozu soll das gut sein? Wie soll ich schwach aussehen und meine Gegnerin gleichzeitig blutig schlagen?

Wieder stürmt sie heran. Diesmal packe ich ihren Arm und drehe ihn ihr auf den Rücken. Sie zuckt gequält zusammen. Hätte sie ihre Stimme noch, würde sie schreien. Aus der Nähe bemerke ich lange Narben auf ihrem Rücken. Vermutlich von magisch erschaffenen Fesseln verursacht. Mir kommt die Galle hoch. Und zum ersten Mal fühle ich mich wie das Monster, für das Belwar mich hält.

Ich werfe einen verstohlenen Blick zu Harini. *Kämpfe*, bilden ihre Lippen zornig. *Kämpfe!*

Sie meint damit, ich soll so tun, als wäre ich Jaya Rauch, und diese wehrlose Gefangene verprügeln, damit wir in unseren Rollen bleiben. Gekonnt, aber nicht zu sehr. Selbstbewusst, aber nicht übermütig. Allerdings zerreißt bei ihrer Anweisung etwas in mir. Ja, ich sollte kämpfen.

Langsam lasse ich den Arm los und entferne mich von meiner Gegnerin.

Blondes Haar peitscht herum, als sie sich umdreht und nach mir schlägt. Ich hebe nur die Hände und bewege mich aus ihrer Reichweite.

Die Menge spürt eine Veränderung. Zum ersten Mal seit dem Läuten der verfluchten Glocke wird es laut. Die Zuschauer hämmern gegen die Wände des Rings. Sie johlen, brüllen, fluchen, aber ich behalte nur die Hände oben und weiche weiteren Angriffsversuchen aus, bis sogar meine Gegnerin verwirrt zurückweicht.

Dann stehen wir da. Kein angespanntes gegenseitiges Umkreisen. Nur zwei Hexen, die genug haben und es gut sein lassen. Wir prügeln uns nicht weiter. Nicht heute. Nicht für dieses Publikum.

Die Luke öffnet sich mit einem Klicken und senkt sich. Ein wütender Wächter betritt den Ring. Er schlägt der jungen Frau ins Gesicht. Als sie zu Boden geht, stürmt er auf mich zu. Er holt mit der Hand aus, um auch mich zu schlagen, kündigt mit der Bewegung sein Vorhaben bereits einen Meter entfernt an.

Der Wächter glaubt vermutlich, ich würde es einfach hinnehmen, brav stillhalten, während er mich bestraft. Der Gedanke bringt mich beinahe zum Lachen – aber nicht ganz.

Ich ducke mich, bevor ich nach oben schlage, ihn einmal in den Brustkorb treffe, einmal in die Achselhöhle. Überrascht und gequält stößt er die Luft aus. Ich nutze die Gelegenheit, um die Beine unter ihm wegzufegen. Er fällt.

Als er auf dem Boden landet, hoffe ich, meine Botschaft deutlich vermittelt zu haben. *Du wirst uns nicht verletzen.*

Die Wächter im Publikum verstummen verdattert. Genau das Zögern, das ich brauche.

Harini eilt zu mir. *Nicht*, bilden ihre Lippen panisch und wütend zugleich.

Und einen Moment lang halte ich inne.

Aber ich bin es leid. Ich habe es satt, mir sagen zu lassen, ich soll aufhören. Mir reicht es. Ich werde nicht länger zerfressen von Wut und Angst in einer Zelle hocken. Ich werde nicht länger der Unterhaltung dieser Leute dienen. Und ganz sicher werde ich nicht zu dem mordlüsternen Ungeheuer verkommen, zu dem sie mich machen wollen.

Eine Schar von Wächtern stürmt herbei, um mich zu überwältigen.

231

Langsam entferne ich mich von Harini. Dann ziehe ich so schnell, dass man meinen könnte, ich hätte orangefarbene Magie unter dem Ärmel versteckt, den ersten Wächter an der Schulter vorwärts und schlage ihm ins Gesicht. Seine Landung lässt den dünnen Boden vibrieren. Violette Magie, die eine Art Netz bildet, fliegt mir entgegen, und ich weiche mühelos aus. Von da an entbrennt ein chaotisches Gefecht. Die halb abgesenkte Käfighülle schützt mich vor Fernzaubern, und der zum Ring führende Steg ist so schmal, dass meine Gegner nur einzeln oder höchstens zu zweit auf einmal hereinkönnen. Einen solchen Vorteil hatte ich schon lange nicht mehr.

Ich wirble herum, schlage zu. Und ich kämpfe für etwas, wofür es sich lohnt.

Aber irgendwann wird es zu viel. Drei Wächter umzingeln mich. Dann stürmt jemand von hinten heran. Harini wirft sich nach vorn und verpasst einem Wächter einen Kinnhaken. Mit einem Krachen wird sein Kopf zur Seite geschleudert.

Meine Zellengenossin und ich sehen uns gegenseitig in die Augen, bevor wir zusammen angreifen. Wir weichen Magie und Zaubern aus, ohne selbst welche zu wirken. Die noch nicht geflüchteten Wächter schalten wir aus. Es ist mitten in der Nacht. Wir müssen nur diese Angriffswelle überwinden. Danach können wir uns mit schwarzer Magie verstecken und tarnen, bis wir einen Ausgang erreichen.

Ist es so weit? Werden wir gleich ausbrechen?

Dann jedoch fährt mir Magie in die Kniescheibe, und ich knicke unter dem Folterzauber ein. Der Treffer ist nichts im Vergleich dazu, womit Moolek mich misshandelt hat, dennoch verkrampft sich mein Körper vor Schmerzen. Was genügt, damit mir jemand einen Schlag ins Gesicht verpassen kann. Ich fliege rückwärts. Als ich mich aufrichte und die Hände zum

Zaubern hebe, erwartet mich eine Ansammlung von Speeren und Schwertern, die Spitzen auf meine und Harinis Kehle gerichtet.

Der Aufseher höchstpersönlich tritt vor. »Aufhören. Sofort!«

***

Wir steigen mehrere Ebenen höher, und zuerst glaube ich, wir werden einfach zurück in unsere Zelle gebracht. Dann jedoch betreten wir den düstersten Gang, der mir bislang in der Kuppel begegnet ist. Pechschwarze Finsternis herrscht darin. Firelight würde in diesem Korridor wunderschön schimmern.

In dem Moment wird mir bewusst, dass ich mich zum ersten Mal seit langer Zeit wieder wie ich selbst fühle. Ein wilder Teil von mir möchte seine Fesseln abschütteln und auf der Stelle Firelight wirken.

Der Aufseher und Vihaan bringen uns zum zylindrisch geformten Schacht einer Höhle. Neun Zellen hängen im Kreis von den Felswänden. Sie sind kleiner als im Rest der Kuppel. Hier trägt keine gelbe Magie das Gewicht der Käfige und hält sie in der Luft. Am Grund der Höhle befindet sich ein dunkler Tümpel … Ich kneife die Augen zusammen. Wasser? Oh ihr Götter, ich hoffe, es ist Wasser.

Als Vihaan mich in meine neue, kleinere Zelle stößt, schwankt sie. Der Käfig baumelt an einem dicken Seil. Ich setze meine Füße weiter auseinander und versuche, das Gleichgewicht zu halten, bis sich die Todesfalle einpendelt. Harini wird in die Zelle neben meiner geworfen.

»Genießt die Stille.«

Als ich mich aufrichte, grinst der Aufseher. »Nur einen

233

Schritt weiter, und das gesamte Gefängnis wird erfahren, wer du bist.« Sein stechender Blick wandert durch meine Zelle. »Ich würde versuchen, mich nicht zu sehr zu bewegen.« Dann ist er weg, und ohrenbetäubende Stille hält Einzug.

Harini und ich verharren in unseren Seite an Seite hängenden Kugeln. Als Bestrafung erscheint mir das etwas seltsam. Allerdings habe ich nicht vor, jemanden darauf aufmerksam zu machen, dass die Einzelhaft in der Kuppel verbesserungswürdig ist. Obwohl mich Harini jetzt wahrscheinlich hasst, schätze ich uns glücklich. Ich muss mit ihr reden. Auch wenn ich keinen Plan habe, muss ich sie zurück auf meine Seite holen. Wenn mich diese Nacht eines gelehrt hat, dann dass ich mir nicht einreden darf, ich könnte alles ohne Hilfe. Oder dass die Zeit reichen wird, so gut in wortloser Magie zu werden, dass ich mir den Weg nach draußen allein erkämpfen kann. Ich brauche sie.

Aber Harini scheint fertig mit mir zu sein. Sie wickelt sich in die fadenscheinige Decke auf ihrer Pritsche und dreht sich von mir weg. Ein deutlicheres Zeichen, dass sie nicht reden will, könnte es kaum geben.

Plötzlich erscheinen Worte über ihrer Schulter. *Was hast du dir dabei gedacht? Deinetwegen hätten sie uns fast umgebracht. Außerdem warst du drauf und dran, vor ihnen zu zaubern.*

Es dauert eine Weile, bis die Nachricht verschwindet. Dann schreibt sie: *Ich kann das nicht mehr.* Die Buchstaben steigen wie Dampf auf, bevor sie verblassen.

Ich starre eindringlich zu ihr und wünsche mir innig, dass sie sich umdreht. Endlich wird Harini neugierig genug, um sich mir zuzuwenden. *Sie wäre gestorben, wenn ich gegen sie gekämpft hätte,* schreibe ich mit violetter Magie in die Luft. Zur Betonung fügte ich das Zeichen für *tot* hinzu.

Ich wusste, dass man dir nicht trauen kann. Wenn du nicht auf mich hörst, war es das. Kein Unterricht mehr.

Mit Magie könnten wir ausbrechen. Wir könnten flüchten. Wir alle, rücke ich endlich mit meinen Absichten heraus.

Frustriert schließt sie die Augen. *Wo sollten wir schon hin?*

Ich zeige ihr meine Verwirrung. Was meint sie damit?

Wenn wir tun, was du sagst – fliehen –, wohin würden wir gehen? Einige von uns haben nichts. Andere wollen nicht den Rest ihres Lebens auf der Flucht sein.

Ich hebe die Hände, aber sie fährt fort.

Und da sind noch etliche andere Fragen. Wie? Viele von uns sind Zweier, Dreier und Vierer. Die Wächter sind Sechser, sogar Siebener sind darunter. Also sag es mir. Wie? Wohin? Womit?

Schon gut. Schon gut. Ich nicke, als wären ihre Einwände berechtigt. *Aber was, wenn ich dir sage, dass du die wichtigste Frage noch nicht gestellt hast?*

Und die wäre? Sie schnaubt irritiert.

Du hast vergessen zu fragen, mit wem.

Sie verengt die Augen zu Schlitzen. *Nicht übermütig werden.*

Meine Hände halten still, bevor ich tue, was ich mir geschworen habe, *nicht* zu tun. Ich reiße die Ärmel von meiner engen roten Käfigkampfbluse ab. Zuerst den rechten. Sie runzelt die Stirn. Dann den linken. Wie ein Geschenk packe ich meinen Arm aus. Langsam trete ich in den Lichtkegel vom Dachfenster, denn hin und wieder habe auch ich mir einen dramatischen Auftritt verdient. Die Wirbel an meinem Handgelenk verdichten sich, kräuseln sich über die Haut. Roter Rauch quillt vom Unterarm zum Oberarm hinauf. Als ich die Schulter entblöße, schnappt Harini nach Luft.

Heute verstecke ich mich nicht mehr. Heute bin ich die wilde Jaya Rauch. Ich bin das Herz der Roten Frau. Dann schreibe ich langsam, bedächtig vier kristallklare Worte in die Luft.

Ich bin Adraa Belwar.

Kapitel 23

Missglückte Mission

Jatin

Der Morgen, an dem Sims die Kuppel betreten soll und unsere Mission beginnt, ist windig – geradezu stürmisch. Als wollte die Göttin Ria unsere Illusionen verwehen und den Schwänzen unserer Himmelsgleiter ihre magischen Ströme entreißen. Der Himmel präsentiert sich schiefergrau und so düster, dass man sich wünscht, jemand würde etwas Licht in die Wolken zaubern.

Das verheißt nichts Gutes, und ich glaube, wir alle fühlen es. Anspannung herrscht vor, während unsere Kurtas im Wind flattern. Wenigstens bleiben die wichtigsten Bestandteile des Plans – Hiren und Riya, die Sims eskortieren – davon unbeeinträchtigt. Kalyan und Prisha bilden unsere Luftunterstützung. Sie werden überprüfen, ob wir durch eines der Dachfenster hinein oder nach draußen können. Allerdings wird der Wind es ihnen erschweren.

Dann sind da noch Fiza und ich. Nur deshalb ein Gespann, weil wir am besten darin sind, schwarze Magie zu benutzen und zu erkennen, und mit ihr wurde vermutlich das Loch in der Kuppel verborgen. Und weil ich mir nicht sicher bin, ob irgendjemand sonst es länger als eine Minute mit Fiza aushält.

Obwohl ich in der Hinsicht sogar Zweifel bei mir selbst habe. Unsere Mission scheint einfach – das vom Ausbruch des Gandhak verursachte Loch finden und vergrößern.

Bisher verhalten wir uns höflich, haben den Streit vom Vortag hinter uns gelassen. Oder vielleicht eher unter den Teppich gekehrt. Als wir den Gandhak überqueren, beobachte ich Fiza dabei, wie sie den Vulkan und die trostlose, geschwärzte Verwüstung, die sein Ausbruch zurückgelassen hat, betrachtet. Das habe ich bereits ausgiebig gemacht. Bei jedem Flug nach Belwar komme ich daran vorbei. Manchmal verstehe ich bei dem Anblick, warum niemand glaubt, eine einzelne Hexe könnte den Zorn des Bergs gebändigt haben.

Wir dürfen nicht trödeln, deshalb schwenke ich ein paar Grad nach Norden und richte den Blick auf das große runde Gebäude am Fuß des Gandhak und an der Ecke von Belwars Westdorf. Der Gandhak wirkt bedrohlich, die Kuppel hingegen entfacht eine ähnliche Furcht wie die Schatten einer dunklen Gasse mitten in der Nacht. Ein ummauertes Geheimnis. Es ist ungewiss, was sich darin verbirgt.

»Als ob man ein Ei aufschlägt!«, ruft Fiza durch den Wind.

»Genau.« Sogar ihre Metaphern sind erschreckend. Findet sie die Kuppel nicht unheimlich? Für jemanden, der sich so gegen unseren Plan ausgesprochen hat, scheint sie sich geradezu darauf zu freuen … ein Ei aufzuschlagen.

Im Tiefflug steuern wir den Erdrutsch des Gandhak an. Auf dem Hang entdecken wir einen schief zum Liegen gekommenen Felsbrocken. Dort landen wir. Hiren hat für uns Uniformen der Kuppelwächter »geliehen«, wir müssen uns also nicht wirklich verstecken. Aber ich will noch nicht gesehen werden. Und es sollte mich nicht so sehr stören, aber jedes Mal, wenn mein Blick auf die orange schimmernde aufgehende

Sonne an Schulter oder Saum meiner Uniform fällt, durchzucken mich Schuldgefühle. Adraa hat nie Gelegenheit bekommen, ihr eigenes Wappen zu tragen. Vielleicht wird sie das nie.

Verdammt, ich muss aufhören, so zu denken. Ich werde die Sache in Ordnung bringen.

Als Fiza und ich unsere Himmelsgleiter an den Gürteln verstauen und uns in schwarze Magie hüllen, um außer Sicht zu verschwinden, fühle ich mich besser. Ein Wächter patrouilliert durch die Umgebung. Als er die Stelle erreicht, an der die Schatten enden, wendet er und kehrt um. Ich beobachte ihn. Nach wenigen Minuten bleibt er abermals stehen, nicht weit entfernt. Das muss es sein. Er bewacht die anfällige Stelle. Ich drehe den Kopf und schaue den Hang hinauf. Die Fläche ist entmutigend groß.

»*Vardrenni*«, zaubern Fiza und ich, um unsere Sicht zu verbessern und Ausschau nach einem Flimmern oder einem Schimmer zu halten. Der Wind fegt gegen die gekrümmte Wand und lässt mich umdenken. Vielleicht kommt uns das Wetter ja doch zugute.

»Hiren hat gesagt, das Loch ist in der zehnten Ebene«, sage ich.

Fiza runzelt die Stirn. »Und wo ist das? Irgendwo in der Mitte?«

»Richtig. Sogar fast genau in der Mitte.« Sicherheitshalber deute ich darauf, und sie verdreht die Augen. Anscheinend lässt sich unser Streit doch nicht so einfach unter den Teppich kehren. Damit ist es soeben die unangenehmste Mission geworden, an der ich je beteiligt war. Und das will etwas heißen.

Nach etlichen Minuten, die zu verlieren wir uns eigentlich nicht leisten können, haben wir immer noch nichts gefunden. Nichts, was einem Loch ähnelt, keine Anzeichen auf einen

Trugbann. Tatsächlich wirkt die Felswand eher zu solide und echt.

»Siehst du irgendwas?«, frage ich schließlich.

»Nein … nichts. Bist du sicher, dass dein Wächter recht hat?«

Ich schnaube.

»Was ist?«, fragt Fiza irritiert.

»Sollte mich nicht überraschen, dass du ihm nicht vertraust.« Ich richte den Blick erneut auf die Felswand, suche sie noch einmal ab, begutachte jede Ritze. Wir haben noch so viel Fläche zu untersuchen, und sie will bereits auf etwas anderes ausweichen. »Du vertraust niemandem.«

»Das stimmt nicht.« Sie sieht erst mich an, dann schaut sie nach oben, wo Kalyan mit seinem Himmelsgleiter kreist und uns Rückendeckung gibt. »Kalyan vertraue ich.«

Die Erkenntnis, dass sie bewusst versucht, mir unter die Haut zu gehen, fühlt sich entmutigend an. »Sicher, verstehe. Such einfach weiter.«

»Habe ich deine Gefühle verletzt?«

Ich verlagere das Gewicht. Der dicke Stoff der Uniform schrammt über das Gestein. »Natürlich nicht. Ist ja nicht so einfach, einem Lügner zu vertrauen, oder? Habe ich auch nicht von dir erwartet.«

»Ich kann mich nicht erinnern, dass du an der Akademie so launisch warst.«

»Seit der Akademie hat sich viel verändert.«

Sie erwischt mich dabei, wie ich zum zehnten Mal die Ärmel zurechtzupfe. »Du hast dich weniger verändert, als du denkst.« Ich erwidere nichts. Bevor ich überlegen kann, was genau Fiza damit meint, steht sie auf. »Das klappt so nicht. Falls da ein Loch ist, hat man es zu gut getarnt. Zeit für den

Ausweichplan, von dem du gesprochen hast. Wir müssen näher ran.«

Seufzend folge ich ihr. Leider hat sie recht. Und das bedeutet, wir müssen den Kuppelwächter außer Gefecht setzen.

Fiza stützt sich an dem Felsbrocken ab und zaubert einen schwarzen Pfeil.

Ich beuge mich vor. »Das ist ein Betäubungszauber, oder?«

Sie zieht die Hand zurück, verlängert den Pfeil zu einem Speer. Rauch wirbelt und kräuselt sich, als er sich wie eine Bogensehne strafft.

»Fiza!«

Sie entfesselt das Geschoss. Mein Blick folgt der durch die Luft rasenden Magie. Einen Herzschlag später geht der Wächter zu Boden.

»Ja, es war ein Betäubungszauber. Du bist der reizbarste Zauberer mit weißer Stärke, der mir je untergekommen ist.«

Weil ich nicht so stoisch und eiskalt bin wie Kalyan. Ich verschränke die Arme vor der Brust. »Wollen wir uns wirklich mit Klischees aufhalten? Das musst du nämlich gerade sagen.«

Mit einem Zischen und einem Schnappen von Stoff entfaltet sie ihren Himmelsgleiter. »So gern ich mit dir plaudere, haben wir nicht einen Zeitplan?«

»Also hast du *doch* zugehört.« Als ich meinen Himmelsgleiter vom Gürtel löse, lächelt Fiza zum ersten Mal seit Stunden.

»Dafür bin ich bekannt.«

Mit dieser kleinen versöhnlichen Note fliegen wir zur Felswand und bremsen ab, als wir uns nähern. Dann teilen wir uns auf. Ich habe keine Ahnung, wie lange es dauern könnte, dieses geflickte Loch aufzubrechen. Schleichend setzt Anspannung ein. Beginnende Kopfschmerzen pulsieren hinter meinen Augen. Ich habe sie überbelastet. Orangefarbene Magie sollte nicht länger als eine Stunde ununterbrochen eingesetzt werden.

Aber ich kann nicht aufhören, weil ich wieder nichts entdecke.

Und doch spüre ich etwas. Es könnte ein Trick des Lichts auf der gekrümmten, glatten Fläche sein. Dann jedoch weiche ich etwas zurück und betrachte die Gesamtheit aus einem neuen Blickwinkel.

Und da bemerke ich es, nehme es wahr wie eine optische Täuschung.

Nein ... Es erscheint unmöglich.

Ich rase hinauf zu Fiza, die über mir schwebt. Die Wahrheit sickert mir ins Bewusstsein, während ich die Felswand entlangfliege. »Ich glaube, ich weiß jetzt, warum wir die Stelle nicht finden können.«

Damit habe ich ihre Aufmerksamkeit. »Und warum?«

Ich atme tief durch. *Hoffentlich irre ich mich nicht.* Dann berühre ich die Felswand. Meine Hand verschwindet. Als ich sie zurückziehe, zerbricht die Illusion nicht wie bei normaler schwarzer Magie. Nur flüchtig lässt ein violetter Schimmer den Grenzbereich eines weitreichenden Zaubers erkennen, der sich sofort von selbst repariert. Es ist der beste Trugbann, den ich je gesehen habe. Nahtlos und durchgehend umfließt er die gesamte Kuppel wie dahinströmendes Wasser.

Fiza schwenkt herum. »Da ist kein Ende«, flüstert sie. »Die gesamte Kuppel? Sie haben einen Trugbann über die vollständige Anlage gelegt?« Wir starren beide hin, können die Wahrheit nicht abstreiten.

»Klug«, räume ich ein. Ohne eine Ecke oder Naht ist unsere Aufgabe gerade bedeutend schwieriger geworden. Da somit keine Möglichkeit besteht, den Trugbann unbemerkt zu entfernen, müssen wir stattdessen eine Möglichkeit finden, eine Öffnung darin zu schaffen.

Fiza schaut erneut hin. »Bei den Göttern, das ist … fast schon beeindruckend.«

»Kannst du dich daran erinnern, je einen solchen Zauber gelernt zu haben?«, frage ich.

»Nein. Hast *du* so was schon mal gesehen?«

Ich denke zurück an die Nacht am Pier sechzehn. Auch dort hat eine Illusionswand einen gesamten Steg und Strandabschnitt verborgen. »Ja, einmal. Etwas Ähnliches.« Ich fliege rückwärts. »Wir müssen da rein. Wenn man so viel Magie in den Trugbann gesteckt hat, wer weiß, wie die Schilde oder Barrieren beschaffen sind.«

»Wir können dieses Gebilde nicht einfach auseinanderreißen. Das wäre nicht zu übersehen. Wir werden es an einer Naht öffnen müssen.«

»Ja, aber …« Ich will das Offensichtliche nicht aussprechen. Eigentlich haben wir ja gerade festgestellt, dass dieser Zauber keine Nähte aufweist.

»Wir werden eine erschaffen müssen.« Ihr Gesichtsausdruck wirkt zuversichtlich.

Ich werfe ihr einen Seitenblick zu. »Du weißt, wie das geht?«

Ihre Antwort besteht aus einem Grinsen. »Da hat wohl jemand in Professor Parsas Unterricht im sechzehnten Jahr nicht aufgepasst.«

»Er hat immer bestimmte Schüler bevorzugt.«

Sie lächelt. »Und anscheinend hat *jemand* nicht zu seinen Lieblingen gehört.«

»Der Mann hatte Probleme.« Kaum hat Fiza Professor Parsas mühsamen Unterricht erwähnt, erinnere ich mich daran, wie er mit seinem Akzent aus Agsa den heiklen Vorgang beschrieben hat, einen Trugbann zu knacken, ohne das Gesamtgebilde zu zerstören. Und jetzt müssen wir es schaffen, während wir auf Himmelsgleitern meterhoch über dem Boden schweben. Wir haben eine Menge Arbeit vor uns.

Und dabei ist noch gar nicht berücksichtigt, dass wir erst die Öffnung finden müssen.

»Wir werden auf Hirens Auskunft vertrauen müssen«, meint Fiza. Sie scheint meine Gedanken zu lesen. Dennoch habe ich nicht vor, sie so einfach vom Haken zu lassen.

»Vertrauen, ja?«

»Bei den Göttern, ist das neuerdings dein Lieblingswort?«, fragt sie schnaubend.

Mir rutscht ein leises Lachen heraus, das jedoch rasch endet, als mir nur allzu bewusst wird, womit wir konfrontiert sind. Und wir haben bloß einen Versuch. Zusammen schweben wir in der Mitte des Suchbereichs. Ich schaue erneut zu Prisha und Kalyan hinauf, die über uns ihre Runden drehen. Noch drohen keine Schwierigkeiten. Nach einem tiefen Atemzug wische ich mir den Schweiß von den Handflächen und umklammere den Himmelsgleiter mit den Oberschenkeln.

Fiza geht rechts neben mir in Stellung, und wir zählen bis drei. »*Driswodahs*«, zaubern wir gleichzeitig. Meine Finger sinken in die Illusion, finden jedoch keinen Halt. Ich wiederhole den Zauber lauter und ziehe an der Rauchschicht auf der Felswand, taste nach Schwachstellen. Es gibt keine. Meine Finger gleiten über die Oberfläche, als wäre sie eingeölt.

Auf der anderen Seite flucht Fiza. »Gib schon nach, du verfluchter ...«

Dann spüre ich etwas. Der Trugbann rührt sich, dreht sich, wirbelt – genug, dass ich meine Magie wie einen Haken hineinbohren kann. Es dauert eine ganze Weile, aber mit Beharr-lichkeit und der Macht von zwei Neunern entsteht ein Riss.

Nach und nach weiten wir ihn aus. Dann jedoch tritt ein Widerstand auf, und der Riss gerät ins Stocken. Mehr noch, er scheint Fiza und mich trotzig anzubrüllen. Oder vielleicht sind es auch wir, die den Zauber wieder und wieder rufen, während wir versuchen, die Oberhand zu erlangen. Meine Finger ver-krampfen sich, als mein Halt nachlässt. »*Zaktirenni*«, jage ich eine zusätzliche Dosis Stärke in meine Fingerspitzen.

Sobald der Riss einen Meter lang ist, suche ich unter der Oberfläche nach etwas anderem als glattem Sandstein. Nach einer Spalte, irgendetwas.

»Da. Unter dir links«, presst Fiza zwischen zusammengebis-senen Zähnen hervor. Ohne die Konzentration oder den Griff zu lockern, drehe ich mich langsam. Und tatsächlich offenbart das Sonnenlicht ein klaffendes Loch.

Hiren hat nicht gescherzt. Es ist riesig.

»Du wirst springen müssen«, sagt Fiza. Das Loch befindet sich knapp einen halben Meter unter uns.

»Du zuerst«, erwidere ich spontan.

»Jatin, hör auf, so verdammt stur zu sein. Mach schon.«

Ein Teil von mir hält dies für sinnvoll. Fiza wird sich hin-einschwingen, den Schwung oder Rückstoß dieser Magie als Antrieb nutzen. Sie wird ihr Ziel klar sehen können, während ich halb fliege, halb zurückzucken werde. Aber wenn sie die Öffnung verfehlt oder die Magie zu heftig für sie zurück-schnellt, dann …

»Ich bin gleich hinter dir«, unterbricht sie meinen Gedan-kengang. »Vertrau mir.«

Vielleicht gefällt mir das Wort tatsächlich zu sehr, denn ich gebe nach. »Dann auf drei.«

»Gut, aber zähl lieber schnell. Das Ding ist verdammt schwer zu halten.«

»Eins.«

»Zwei.«

»Drei!«, rufe ich und lasse los. Ohne nachzusehen, wie Fiza die Belastung allein bewältigt, umklammere ich den Griff meines Himmelsgleiters und tauche abwärts. Es geht schnell. Wind rauscht, Magie schimmert an den Rändern, und im nächsten Moment stürze ich auf eine Plattform aus Stein.

Trotz des schmerzhaften Aufpralls richte ich mich sofort auf, um Fiza aufzufangen. Allerdings unterschätze ich ihren Schwung. Die nächsten Augenblicke sind ein einziges verschwommenes Durcheinander von Bewegung und Licht. Der Trugbann schließt sich abrupt, und in der plötzlichen Dunkelheit bekomme ich nur noch mit, wie Fiza auf mich fällt.

Sie kommt vollständig auf mir zum Liegen. Ich rühre mich nicht, will in der Finsternis nicht nach oben greifen und ... versehentlich etwas berühren.

Stattdessen entscheide ich mich für eine zugleich unverfängliche und wichtige Frage. »Geht es dir gut?«

»Ich gehe gleich von dir runter. Gib mir nur einen Moment.«

Also verharren wir schlaff, von Schmerzen geplagt und können kaum fassen, dass es tatsächlich funktioniert hat. Vor allem aber ist unsere Lage unangenehm. Ich zähle vier peinliche, schreckliche Sekunden, bevor sich Fiza von mir rollt, dann atme ich erleichtert durch.

Flammen erwachen an ihren Fingern, durchdringen die Dunkelheit und erhellen ihr Gesicht, das sich meinem entschieden zu nah befindet. »Du brennst mir doch nicht etwa aus, oder?«, fragt sie zwischen zwei Atemzügen.

Ich lache. Der Laut klingt aufgekratzt und verlegen. »Ach, für dich war es wohl kein bisschen anstrengend, was?«

Das Feuer tänzelt zwischen ihren Fingern. »Überhaupt nicht. Ich glaube, Professor Parsa würde sich bestätigt darin fühlen, dass ich zu seinen Lieblingen gehört habe.«

»Komm jetzt. Uns bleibt nicht viel Zeit.« Ich rapple mich auf und hülle auch meine schmerzenden Arme in magische Flammen.

Die Wände sind mehrfarbig, was bedeutet, dass Zauberer verschiedener Stärken dieses Loch versiegelt haben. Als Nacht habe ich so manchen Zauberer und manche Hexe hinter diese Mauern gebracht. Deshalb finde ich es beruhigend, dass sich die Kuppel ihre Verwundbarkeit nicht anmerken lässt. In jeder anderen Hinsicht wäre das tröstlich.

»Was glaubst du, wie viele Schutzschilde es gibt?«, fragt Fiza.

»Genug, um zeitraubend zu sein, vermute ich. Und laut.«

»Vielleicht versuchst du ja, mich auszubrennen.«

»Wenn ich deinen Tod wollte, würde ich dafür nicht die Mission riskieren.«

»Natürlich. Das ist vernünftig. Und unheimlich beruhigend.«

»Eine meiner besten Eigenschaften«, erwidere ich und bereue es sofort, denn die Worte fühlen sich zu verspielt an. Sie ähneln zu sehr dem Ton, in dem ich mit Adraa reden würde, wenn sie mit mir auf diesem tödlichen Felsvorsprung wäre, um Mauern zu durchbrechen.

»Meinst du vernünftig oder beruhigend? Denn gegen Letzteres würde ich …«

»Vergiss es«, falle ich ihr mit bewusst schroffer Stimme ins Wort. »Wir haben viel zu tun.«

Dreizehn Ebenen später befinden Fiza und ich uns, wieder erschöpft, auf einem Felsvorsprung. Meine Arme habe ich auf meinen Knien abgelegt und lasse sie schlaff baumeln. Meine Hände fühlen sich an, als wären sie mit einem Reibeisen bearbeitet worden. Genauer gesagt haben sie Feuer, einen Luftwirbel, eine Dornenhecke, einen Eisblock und mehrere Schutzschilde hinter sich.

Aber wir haben es geschafft. Wir haben Löcher in jeder Barriere außer der letzten erschaffen. Mission erfolgreich.

Fiza seufzt. »Außer uns hätte das niemand gekonnt. Das ist dir schon klar, oder? Ich meine, das war unglaublich.« Und sie hat recht. Man hat nicht grundlos Schichten jeder Art von Magie in die Befestigungen eingebaut.

Allerdings vermute ich, dass sie mit ihrem Lob etwas anderes andeuten will. Ich mag mich irren, aber es klingt so, als wolle sie damit sagen, dass Adraa mir nicht auf dieselbe Weise wie sie hätte helfen können. Dass sie bei der Eiswand hätte passen müssen.

»Bluten deine Knöchel?«, fragt sie, während sie die rechte Hand umklammert.

Ich blicke auf meine Finger hinab, auf die blauen Flecken, das Blut. Die Schmerzen nehme ich kaum wahr, so erschöpft ist mein Körper.

Vielleicht irre ich mich. In diesem Moment, in dem Adrenalin durch meine Adern strömt und ich mich darüber freue, alle Hindernisse überwunden zu haben, ohne dabei draufgegangen zu sein, kommt mir der Gedanke, dass Fiza und ich unter Umständen Freunde werden könnten. Vielleicht kann ich ihr vertrauen. Ich *sollte* ihr vertrauen und ihr das Bündnis gewähren, das angeblich der einzige Beweggrund für ihre Anwesenheit ist.

Sie beugt sich zu mir. Einen Moment lang denke ich, sie will meine Knöchel, den Schaden daran, begutachten. Aber das würde eher Adraa tun. Fiza hingegen sieht mich aus nächster Nähe unverwandt an. Instinktiv zucke ich zurück. So abrupt und heftig, dass mein Nacken davon schmerzt. »Was soll das werden?«, platze ich heraus, weil ich nicht weiß, wie ich sonst reagieren soll. Ich weiß genau, was sie vorhat.

»Ich dachte ...«

Frustration steigt in mir auf. »Deshalb ist es so verdammt schwer, mit dir befreundet zu sein, Fiza. Tut mir leid, aber über unsere gemeinsame Vorgeschichte zu scherzen oder zusammen etwas zu erreichen bedeutet nicht, dass ich verpflichtet bin, dich auf diese Weise zu mögen.«

Die Dunkelheit scheint sich um uns herum zu verdichten. Unsere Nähe wird mir immer deutlicher bewusst. Habe ich das verursacht? Habe ich Andeutungen gemacht, die sie missverstehen konnte? Oder zu oft gelacht, als wir über Professor Parsa und unsere Zeit an der Akademie geredet haben? Verflixte Gefühle.

Abrupt steht Fiza auf. »Lass uns gehen. Wir arbeiten immer noch unter Zeitdruck, nicht wahr?«

***

Zwei Stunden später befindet sich unsere Gruppe wieder im Kartenraum. Kalyan und Prisha sind als Erste eingetroffen und erwarten uns bereits. »Habt ihr irgendetwas Nützliches an den Dachfenstern gesehen?«, frage ich in der Hoffnung auf eine Rettungsleine. Der Rückflug mit Fiza, ohne zu wissen, wie die Mission auf Hirens Seite gelaufen ist, war schlimm genug.

Kalyan schüttelt den Kopf. »Zu klein. Nur du würdest vielleicht durchpassen.«

»Wie kannst du mein bester Freund sein?«, brummle ich, bin jedoch dankbar für die Ablenkung. Tatsächlich brodelt ein Lachen in meiner Brust. Prishas schmale Lippen verziehen sich zu einem Lächeln, und mir wird klar, dass ich sie außer in Hirens Gegenwart lange nicht mehr lächeln gesehen habe. Obwohl sie ihrer Schwester nicht ähnlich sieht, erinnert mich etwas daran an Adraa. Und ich will an Adraa denken. Daran, sie zu küssen. Daran, sie in den Armen zu halten. Adraa.

Ungeduldig reibe ich mir den Nacken. Ich fühle mich unrein. Und ich versuche, mir einzureden, dass es nur an meinem Schweiß und den geschwollenen Knöcheln liegt. Nur ist das nicht die Wahrheit.

»Irgendwelche Neuigkeiten von den anderen?«

Als hätte ich sie damit herbeibeschworen, öffnet sich die Tür. Hiren und Riya treten in voller Wächteraufmachung ein.

Kaum hat sich die Tür geschlossen, platzt die wichtigste Frage aus mir heraus. »Habt ihr sie gesehen?«

Hiren lässt den Kopf hängen. Niemandem gefällt die einsetzende Stille. Sie verheißt nichts Gutes. Und ich brauche gute Neuigkeiten. »Sie war nicht dort.«

»Wie meinst du das? Du hast sie nur nicht gesehen, oder …«

»Ich habe jede Ebene überprüft. Wir haben uns mit dem Aufseher getroffen. Vom Turm aus hatte ich freie Sicht überallhin. Adraa war in keiner der Zellen«, sagt Riya und macht einen Schritt auf mich zu.

»Du hast wirklich alle überprüft?«

»Ja.«

»Dann muss dir eine Zelle entgangen sein. Oder …« Ich

suche nach einer Erklärung, einem Strohhalm, irgendetwas anderem als der Vorstellung, dass wir versagt haben. Mehr als alles andere hätte ich die Bestätigung gebraucht, dass Adraa am Leben und unversehrt ist.

»Es tut mir leid, Maharadscha«, flüstert Hiren.

»Nicht.« Ich lasse meine Wut heraus. »Bitte nenn mich nicht so.«

Hiren nickt. Der Rest der Gruppe schweigt.

Ausgenommen Riya. »Einzelhaft«, platzt sie heraus.

»Ich dachte, wir wären uns einig ...«, stößt Hiren unwirsch hervor. Dann wirbelt er zu mir herum. »Die Chancen dafür sind gering, Jatin. Diese Zellen werden nicht mehr benutzt.«

Ich versuche, Riyas Zuversicht und Hirens Sachlichkeit und Wissen unter einen Hut zu bringen.

»Wie meinst du das, Riya?«, ergreift Prisha das Wort. In ihrem Tonfall schwingt eine Hoffnung mit, die ich versuche, nicht zu empfinden. »Du glaubst, Adraa ist in Einzelhaft?«

Riya drängt vorwärts. »Wir reden hier von Adraa. Sie war in keiner der Zellen, also muss sie etwas angestellt haben. Nennt mir einen Grund, warum das keinen Sinn ergeben sollte.« Sie sieht uns eindringlich an. Zuletzt heftet sich ihr Blick auf Hiren.

Wir alle sechs grübeln darüber. Nach einer Minute schauen wir gefühlt alle gleichzeitig auf. Eigentlich ergibt nur das einen Sinn – ich finde es sogar wahrscheinlich. Aber wenn Riya recht hat, bedeutet das, ich war Adraa am nächsten, denn Fiza und ich sind im nordwestlichen Teil gewesen. Ich war nur wenige verfluchte Wände von ihr entfernt und habe sie nicht durchbrochen. *Nein, stattdessen hast du zugelassen, dass sich eine manipulative Hexe an dich gedrückt und dich um ein Haar geküsst hätte.*

»Das könnte sogar besser sein«, meint Hiren schließlich. »Was auch immer sie als Ersatz für die nordwestliche Ecke gebastelt haben, es kann nicht so gut befestigt sein.« Er sieht mich an. »Habt ihr das Loch gefunden?«

»Haben wir«, antwortet Fiza für mich. »Gefunden. Aufgebrochen. Es ist bereit für uns.«

Riyas Brust scheint anzuschwellen. »Also, wie lautet der Plan? Jatin?«

Der Fehlschlag von heute schmerzt immer noch. Ich habe aus tiefster Seele gehofft, dass irgendjemand Adraa wenigstens sehen würde. Ich wollte einen Beweis, dass es ihr gut geht, sie nicht gebrochen und immer noch Adraa ist.

Mach dich auf den Weg! Finde sie! Befreie sie!, brüllt der in mir tobende Zorn.

Ich straffe die Schultern. »Keine gescheiterten Versuche mehr. Keine kleinen Siege mehr. Wenn wir das nächste Mal in die Kuppel gehen, nehmen wir sie mit raus.«

Kapitel 24

Einzelhaft

Adraa

Harini starrt mich unablässig an. Ich glaube, ich habe sie gebrochen. Ausnahmsweise bin ich froh, dass man uns in getrennten Käfigen untergebracht hat. Vermutlich hält sie mich nicht für bösartig, aber vielleicht sollte ich versuchen, in einem Gespräch auszuloten, ob sie mich gerade umbringen will.

Bitte zaubere etwas, schreibe ich schließlich.

Langsam schwenkt sie die Hände durch die Luft. *Bist du unschuldig? Hast du den Ausbruch des Gandhak verursacht oder nicht?*

Gut, Fragen. Das ist nah dran, mir zu glauben. Die Formulierung könnte schlimmer sein, viel schlimmer.

Habe ich nicht, antworte ich schlicht.

Sie nickt.

War es das?, schreibe ich. Falls ja, war nicht viel nötig, um sie zu überzeugen.

Mit gerunzelter Stirn deutet sie auf unsere Umstände. *Wir sitzen hier fest, weil du diese Hexe nicht verletzen wolltest.*

Sie war wehrlos.

Genau. Ich teile zwar nicht deine Überzeugung, Adraa Belwar, aber ich kann meinen Respekt nicht leugnen. Du bist nicht die Schurkin, als die man dich hinstellt.

Dasselbe gilt für sie. Ich lächle, bin ihr unermesslich dankbar für die Worte. *Also hilfst du mir?*

Sie zieht die Augenbrauen hoch. *Hat sich gut angefühlt, endlich mal einen von denen zu schlagen, nicht wahr?*

Und ob.

Ich bin bereit, es zu wiederholen.

***

Wir schlafen. Gestört werden wir nur von den Lichtstrahlen, die durch die runden Dachfenster in unsere Zellen fallen. Als ich schließlich erwache, vergesse ich einen halben Moment lang, dass wir in Einzelhaft sind. Im nächsten jedoch bin ich bereits von der klobigen Pritsche gesprungen und begierig darauf, den Tag zu beginnen. Denn Einzelhaft bedeutet keine neugierigen Augen. Daher sind auch keine Tarnzauber nötig. Ich hätte schon vor einer Woche rebellieren sollen.

Allerdings hilft das Tageslicht wenig dabei, die Schrecken dieses höhlenartigen Schachts zu vertreiben. Unter uns befindet sich ein pechschwarzer Tümpel. Von den Wänden steht an die Zähne eines Hais erinnerndes Gestein ab. Die Käfige schwingen bei der kleinsten Bewegung. Dadurch fühle ich mich ständig wackelig und ohne Kontrolle. Einen solchen Ort würde ich meinen schlimmsten Feinden wünschen.

Ironischerweise beginnen Harini und ich ausgerechnet im sichersten Käfig, in dem ich je war, unseren Fluchtplan zu schmieden.

Wir grenzen unsere drei Hauptziele ein, die gleichzeitig unsere drei größten Hindernisse darstellen. Erstens müssen wir aus der Einzelhaft raus. Zweitens aus der Kuppel. Drittens müssen wir Magie zu unserem Vorteil nutzen. Wenn jemand den letzten Teil herausfindet, verlieren wir das Überraschungsmoment. Und das brauchen wir.

Am schwierigsten wird es, durch die Türen zu gelangen, erklärt Harini. *Schilde versiegeln jeden Ausgang. Es wird zu lange dauern, sie zu überwinden.*

Ich habe eine Idee.

Harini bedeutet mir, fortzufahren.

Wir gehen durch keine Tür. Wir gehen durch etwas weniger streng Bewachtes, das bereits halb offen ist. Ich zeige nach oben zu den Löchern in der Decke.

Harini sieht mich an, als hätte ich völlig den Verstand verloren. *So klein bist nicht mal du.*

Deshalb werden wir sie vergrößern. Was ich vorschlage, ist ein bisschen drastisch, aber wir müssen schnell raus hier, mit einem großen magischen Knall – bevor es jemand mitbekommt oder uns einholen kann.

Einmal war ich in einer Klinik, und Jatin hat dort einen Trank gegen meine Krämpfe gebraut. Aber bevor ich gemerkt habe, was er vorhatte, dachte ich, er wollte einen Explosionszauber für unsere Mission anfertigen. Ich glaube, er hat danach geglaubt, ich hätte nur gescherzt. Habe ich aber nicht. Meine Mutter hat mir in ihrer Klinik alles Mögliche beigebracht. Bisher hat sich bloß noch nie die Notwendigkeit einer Bombe ergeben.

Ich kann in der Klinik einen Sprengkörper herstellen. Dafür muss ich nur rein, und ich brauche Zeit.

Beides wird schwierig.

Dann fangen wir mal besser an, schreibe ich.

Wenn Harini und ich nicht gerade unseren Plan besprechen, gehen wir eine Lektion in Magie nach der anderen durch. Vor langer Zeit waren Jatin und ich uns einig, dass Jahr fünfzehn der Zauberausbildung das schwierigste ist. Aber wir mussten beide nicht in einem beengten Raum lernen, während sich am Horizont unser drohender Tod abgezeichnet hat. Das spornt ziemlich an.

Während ich die Handbewegungen und Abläufe übe, gehe ich den Plan im Kopf durch. Dabei wird mir klar, dass unsere Flucht, wenn alles gut geht, ohne großes Aufsehen verlaufen wird. Wir können nicht alle befreien. Nur Harini und ich werden entwischen. Aber sobald ich wohlbehalten im Belwar-Palast eingetroffen bin, werde ich zurückkommen.

Nur so kann es funktionieren. Dennoch nagen Schuldgefühle in meinem Hinterkopf. Die Rote Frau würde nicht so handeln. Nicht mal Adraa würde es. Am ehesten würde ein solches Verhalten zu Jaya Rauch passen. Habe ich mich nur dann an Selbstlosigkeit versucht, wenn nicht so viel auf dem Spiel gestanden hat?

Ich verdränge die Gedanken aus dem Kopf. Um andere zu retten, muss man sich manchmal erst selbst retten. Ich bin keine Heldin – vielleicht war ich das nie.

Die Mittagssonne brennt herab, und Harini und ich legen eine Pause ein. Keine Menschenseele ist gekommen, um nach uns zu sehen. In einer Welt wie Wickery, in der sich alle auf Zauberei verlassen und Macht gleichbedeutend mit dem Berührungsmal am Arm ist, werden diejenigen ohne Magie unterschätzt. Den Fehler will ich nicht begehen. Ich gelobe mir, niemals eine mögliche Bedrohung zu übersehen. Deshalb muss mir Harini ein paar letzte Fragen beantworten, auch wenn es schmerzhaft sein mag.

Ich muss es wissen. Wie läuft das Experiment ab? In was könnten wir geraten, wenn … Ich gestatte mir nicht, den Satz zu beenden.

Harinis Brust hebt und senkt sich mit einem Seufzen, und sie reibt sich die Schläfen. *Meistens werde ich ohnmächtig.*

Die Erklärung beginnt nicht gerade vielversprechend.

Aber ich bekomme mit, was sie mit den anderen machen. Ihre orangefarbenen Worte erscheinen langsam.

Ich warte.

Es sieht wie ein einfacher Schnitt am Arm aus, nicht tief genug, um zu töten. Aber immer, wenn ich an der Reihe bin, habe ich das Gefühl, noch nie solche Schmerzen gelitten zu haben. Es ist, als würde mein gesamter Körper ausbrennen.

Ich denke darüber nach. Sie müssen einen Weg gefunden haben, uns die Magie zu nehmen, allerdings weiß ich nicht, wie. Blutlust wird über die Haut aufgenommen. Es ist ein schweres Pulver, keine Flüssigkeit, also muss ich irgendetwas an dem Vorgang hier übersehen. Und da Harini dabei das Bewusstsein verliert, wird sie es mir wohl nicht sagen können. Ich drücke kräftig mein linkes Handgelenk. Normalerweise verunsichert mich das rechte. Früher jedenfalls.

Ich sollte dir noch etwas sagen, schreibt Harini.

Oh nein. Mit einem Nicken bedeute ich ihr, fortzufahren.

Meine Schwester Nira und ich sind nicht wie die anderen Stimmlosen. Basu hat mir die Stimme nicht genommen. Ich habe sie nie gehabt. Als ich ins Gefängnis gekommen bin, waren meine Schwester und ich die Durchbrüche, die sie gebraucht haben. Blutlust ist unsretwegen perfektioniert worden. Seither bringen sie die Frauen zum Schweigen. Bei den Käfigkämpfen messen sie unsere Magie oder unsere Willenskraft oder so. Ganz verstehe ich es nicht. Aber sie dienen nicht nur zur Unterhaltung.

257

Ich verarbeite ihre Worte. Blutlust hat also hier begonnen. Mit meiner Zellengenossin und ihrer Schwester.

Wie war Nira so?

Sie war … Die Worte in der Luft verblassen. *Sie war brillant. Auf Pire war sie als Kind sehr krank. Sie hat ihr Gehör verloren, und wir haben eine Gemeinschaft gefunden, von der wir unsere neue Sprache gelernt haben, damit wir uns verständigen und zaubern konnten. Obwohl sie die jüngere Schwester war, hat sie mir das Schreiben beigebracht.*

Aber vor allem erinnere ich mich an ihr unbeschwertes Wesen. Sie war ein so glücklicher Mensch. Hat immer das Gute in allem gesehen. Und ihr Lächeln konnte jeden zum Schmelzen bringen. Sie hat diese Regenbogenbändchen geliebt. Das Letzte, das ich von ihr habe, ist in unserer Zelle. Als sich Harini wieder mir zudreht, hat sie Tränen in den Augen. *Ich muss es mir zurückholen.*

Das werden wir.

Sie haben entdeckt, dass sie Magie wirken konnte. Und als man uns das nächste Mal in die Klinik geholt hat, ist sie gestorben. Sie haben ihr zu viel genommen, und ich weiß nicht mal, warum. Vielleicht aus Angst, sie könnte sich wehren. Oder sie waren einfach zu gierig auf ihre Macht. Harini zuckt mit den Schultern, während sie schluchzt.

Ich seufze, wütend auf mich, weil ich Harini bedränge. Aber ich muss es wissen. *Glaubst du, dass Nira so gestorben ist? Dass sie ausgebrannt ist?*

Wut verzerrt Harinis Züge, und ihr Körper versteift sich. *Ich habe es nicht gesehen. Als es passiert ist, war ich noch bewusstlos. Erst als ich aufgewacht bin …* Die Magie verschwimmt. Den letzten Teil kann ich nicht mehr lesen. Muss ich aber auch nicht.

Oh ihr Götter. Unwillkürlich denke ich an Prisha, stelle mir vor, aufzuwachen und zu erfahren … Rasch verdränge ich den Gedanken.

Ich habe mir geschworen, hier rauszukommen und alle dafür verantwortlichen Zauberer oder Hexen umzubringen. Und wenn das erledigt ist, bringe ich alle um, die ihr Blut benutzt haben, um mächtiger zu werden.

Dazu äußere ich mich nicht. Ich kann ihren Schmerz nachvollziehen, weiß aber auch, dass es nicht so einfach ist. Sie redet von Hunderten, vielleicht Tausenden Menschen. Einige davon unschuldige junge Leute, die bloß eine Dummheit begangen haben. Anderen ist Blutlust von den Vencrin aufgezwungen worden.

Harini sackt in sich zusammen. *Aber im Grunde ist das alles Wahnsinn. Tausend Dinge können schiefgehen. Sie könnten uns auf der Stelle umbringen.* Plötzlich hören ihre Hände zu zaubern auf, und sie schlägt gegen die Wand. *Wir kommen hier nicht raus.*

Doch.

Sie sieht mich nicht an. Vermutlich kann sie sich denken, was ich geschrieben habe, denn sie zaubert wieder. *Mir ist klar, dass du adelig bist. Und vielleicht hat man dir von klein auf gesagt, du wärst etwas Besonderes. Aber so läuft es hier nicht. So läuft es in der gesamten wirklichen Welt nicht.*

Harini, schreibe ich. Zur Betonung lasse ich das Wort groß anschwellen, als würde ich es brüllen. Ich will, dass sie mich ansieht, damit ich ihr mitteilen kann, was einst eine Göttin zu mir gesagt hat. Als sie zu mir blickt, zaubere ich weiter. *Es gibt kein Schicksal, nur einen Weg voller Entscheidungen. Ich entscheide mich zu tun, was immer nötig ist, um hier rauszukommen, bevor sie uns die Macht aussaugen. Bist du dabei?*

Kurz schweigt sie. Ich glaube, sie hat eine Entschuldigung oder ein Flehen erwartet.

Gehen wir noch mal den Plan durch, zaubert sie schließlich.

Kapitel 25

Fluchtbeginn

Adraa

Der Beginn unseres Plans verlässt sich darauf, dass irgendwann ein Wächter kommt, um uns Essen zu bringen. Stunden vergehen. Je länger wir sitzen und warten, desto hungriger und vergessener fühlen wir uns. Vor allem jedoch beschleicht uns das ungute Gefühl, unser Plan könnte töricht sein. Dumm, wie ich bin, dachte ich, wir würden lediglich bestraft, nicht dem Tod überlassen. Aber wir sind in der Kuppel. Wir haben ein Dutzend Zauberer fertiggemacht, die wahrscheinlich mehr als verpasste Mahlzeiten als Vergeltung fordern.

Als über die Hälfte der Sonnenstrahlen aus meiner Zelle verschwunden sind, kreischt schließlich eine Tür über den unebenen Steinboden. Vihaan kommt. Sogar im schwachen Licht kann ich seine große Gestalt und seinen Überbiss ausmachen. Lieber wäre mir zwar ein namenloser Wächter, aber bei einem Ausbruchsversuch aus einem mit Magie verseuchten Gefängnis kann man nicht wählerisch sein.

Also gut. Es ist so weit.

Gemächlich kommt er auf uns zu. Jedes Pochen seiner Stiefel bringt ihn unserem Plan näher. Langsam erhebe ich mich und achte darauf, den Käfig dabei nicht zum Schaukeln zu bringen und wie eine hungrige, gefügige Gefangene zu wirken.

Vihaan betritt meine Zelle und hebt eine Schüssel mit schlichtem Reis an, bevor er sie auf den Boden stellt. »Tut mir leid, das ist alles.«

Mir auch. Schade, dass er keine Entschuldigung bekommen wird.

Kaum wendet er sich ab, um die Tür wieder zu verriegeln, stürze ich mich auf ihn. Die Zelle gerät in Schwingung.

Blitzschnell ziehe ich die Handschellen von seinem Gürtel, lege sie ihm mit einem befriedigenden Klicken um die Handgelenke und setze seine Magie außer Kraft. Verdattert zögert er. Bevor er das nächste Mal blinzeln kann, habe ich ihn bewusstlos geschlagen. Das ist besser als erwartet gelaufen.

Als ich zur Seite schaue, starrt Harini mich aus ihrer Zelle an. *Das habe ich dir nicht beigebracht.*

Ich lerne schnell, erwidere ich in Zeichensprache, bevor ich loseile, um sie zu befreien. Der Riegel löst sich, die Tür öffnet sich mit einem Klicken. *Aber ich kann mich erinnern, dass du dir gewünscht hast, ich würde nicht so oft üben.*

Sie verdreht die Augen. *Das war vielleicht nicht mein bester Rat.* Lächelnd sieht sie mich an. *Wenn wir draußen sind, entschuldige ich mich dafür.*

Wir hieven Vihaan auf meine Pritsche und werfen eine Decke über ihn. Als wir uns zum Gehen wenden, drehe ich mich zurück, bücke mich und stehle seinen Gürtel. Sobald ich ihn mir um die Hüften geschlungen habe, fühle ich mich wieder wie die Rote Frau.

Harini wirft mir einen fragenden Blick zu.

Um Zeit zu sparen, deute ich auf die Beutel am Gürtel und die Himmelsgleiterhalterung an meiner Hüfte. Taschen haben mir schon einmal das Leben gerettet. Eine so perfekte Gelegenheit lasse ich mir nicht entgehen. Abgesehen davon, wie soll ich sonst Bomben befördern, nachdem ich sie angefertigt habe?

Wir betreten den langen Korridor, den einzigen Weg nach draußen. Es ist still. Bei jedem Schritt wird das Gefühl, eine Höhle zu verlassen, stärker.

Wir halten an der Treppe an, die weiter nach unten ins Gefängnis führt. Harini wird genau hier bleiben und diesen Zugangspunkt bewachen.

Tja, hier verlasse ich dich, teile ich ihr in Zeichensprache mit, bevor ich mich abwende, um die Gänge vor mir in Augenschein zu nehmen.

Ein Tippen auf der Schulter lässt mich zurückschauen.

He. Stirb mir bloß nicht.

Lächelnd nicke ich. Das ist das wohl Netteste, was sie je zu mir gesagt hat. Aber sie muss sich keine Sorgen machen. In der Hinsicht gebe ich immer mein Bestes.

***

Harini hat mir genau beschrieben, wie ich zur Klinik finde. Ich habe mir jede Abzweigung eingeprägt. Im Wesentlichen muss ich eine Ebene nach der anderen abwärts, bis ich einen Punkt erreiche, an dem ich mich unterhalb der Kuppel befinde. So viel zum Fluchtempfinden. Stattdessen teilen mir der Geruch von feuchter Erde und ein erdrückendes Gefühl mit, dass ich mittlerweile unter der Erde sein muss und es keine frische Luft hinter den Wänden aus Stein gibt. Mit einer Prise violetter Magie entriegle ich eine Tür, und plötzlich habe ich mein Ziel erreicht.

Die Klinik, wenn man sie so nennen will, ist geradezu lächerlich im Vergleich zu dem straff geführten Betrieb im Belwar-Palast. In dem kleinen rechteckigen Raum herrscht Düsternis. Eine Wand säumen Schränke, auf der anderen Seite drängen sich verdreckte Pritschen. Ich dachte, es würde wenig Zeit in Anspruch nehmen, mir die nötigen Zutaten zu schnappen. Danach wollte ich mich nach Dokumenten oder sonstigen Beweisen dafür umsehen, was unter der Kuppel vor sich geht. Aber bei all der Unordnung hier werde ich beides gleichzeitig machen müssen. Und es muss schnell gehen.

Die Schubladen sind voller getrockneter Kräuter und schlecht gelagerter Zutaten. Der Albtraum jeder Heilerin. Hätte ich die Klinik meiner Mutter je in einen nur halb so schlimmen Zustand verfallen lassen, wäre ich bereits tot. Nichts wird in den richtigen Gläsern aufbewahrt. Der Kessel weist eine dicke Dreckschicht auf. Die Beschriftung der Etiketten ist ungenau.

Als Nächstes öffne ich die Schränke. Spinnweben und Staub begrüßen mich. Bei den Göttern, wie soll unter diesen Bedingungen jemand überleben?

Schließlich besorge ich mir etwas Feuerwirk, eine rote Blattpflanze, die harmlos ist, bis man sie mit Aschel – einem schwarzen Pulver von der Insel Pire – mischt und erhitzt. Über das Experiment finde ich nichts, keinerlei Hinweis darauf, welche Zutaten dabei verwendet werden. Auch sonst keine Unterlagen, die sich als Beweis verwenden lassen. Die Patientinnen der Kuppel brauchen wohl keine Krankenakten. Was durchaus einleuchtet, wenn man Harinis Bericht darüber bedenkt, wie sie hier gelandet ist. Wer würde schon Massenentführung und ungerechtfertigte Gefangenschaft dokumentieren?

Ich höre ein Schlurfen, Schritte vor der Tür. Die Vorwarnung verschafft mir gerade genug Zeit, um eine Ecke zu huschen und einen Tarnzauber zu wirken. Über die Schulter sehe ich, wie Basu durch die Tür hereinstürmt.

Mit angespanntem Körper presse ich mich an die Steinwand. Hergekommen bin ich nur, um Zutaten zu stehlen, Informationen zu finden und den Plan umzusetzen. Also sollte ich versteckt bleiben. Aber wie bei Harini hat meine Flucht einen Grund, der über Freiheit hinausgeht. Ich will nach Belwar zurückkehren, meinen Namen reinwaschen und aufdecken, was Moolek getan hat, wie er in die Köpfe meines Volks eingedrungen ist. Allerdings kann ich mir nicht vorstellen, wie ich das bewerkstelligen soll, ohne zu sprechen. Ein ausgeprägter Teil von mir kann dieser Gelegenheit nicht widerstehen, meine Stimme zurückzuerlangen – und dabei hier und jetzt Rache zu üben.

Basu eilt zu den Schubladen, die ich eben noch durchwühlt habe. Ich verlagere das Gewicht, um besser zu sehen, und der Boden knarrt. Der widerliche kleine Zauberer zuckt mit keiner Wimper. Ich könnte sofort fliehen und den Plan fortsetzen. Das sollte ich tun.

Harini hat mich mal gefragt, ob ich mein Leben dafür aufs Spiel setzen würde, meine Kräfte zurückzubekommen. Mit einem tiefen Atemzug hebe ich den Tarnzauber auf und trete aus den Schatten. Das ist die Antwort auf ihre Frage.

Basu zuckt zusammen, bevor er sich die Augen reibt. »Was … Was soll das werden?«

Wir starren uns an. Ich achte auf eine so unverbindliche Miene, dass sie geradezu gelangweilt wirken könnte. Ihm hingegen steht schiere Überraschung ins Gesicht geschrieben. Was auch immer er erwartet hat, mit Sicherheit nicht *mich*.

Mit einer schnellen Geste wirft Basu ein Messer. Nach dem

tagelangen Üben bewegen sich meine Hände beinahe wie von selbst. Ein kleiner Schutzschild aus rotem Rauch steigt von meinen Handgelenken auf und lenkt die Waffe ab. Klirrend landet sie auf dem Steinboden.

Verdammt. Warum muss er immer zuerst angreifen? Andererseits wäre er nicht Basu, wenn er keine Angst vor mir hätte.

Seine Augen werden tellergroß. »Wie ... Du kannst zaubern!«

Während Basu noch rätselt, wie das möglich ist, entfessle ich einen Windstoß. Er schleudert ihn zurück gegen die Wand und fixiert ihn dort. Kein Verstecken mehr. Ich stapfe auf ihn zu. Furcht tritt in seine großen Augen, während er gegen die Luft ankämpft.

»Du hast ja keine Ahnung, was du da tust!«, schreit er.

Ich legte den Kopf schief und lasse die Hand vorschnellen, presse den Wind gegen seine Brust.

»Natürlich wirst du es leugnen, aber dass ich hier bin, ist *deine* Schuld, Adraa Belwar«, stößt er winselnd hervor. »Ich war bloß ein Zauberer, der seine Familie durchbringen und über die Runden kommen wollte. Dann hast du mich überfallen und mir das Firelight weggenommen. Und mich in die *Kuppel* verfrachtet, wo *er* mich gefunden hat. Man hätte mich umgebracht. Ich musste nützlich sein, um mein Leben zu retten. Glaubst du etwa, ich will irgendetwas hiervon? Für mich hat es das oder Tod geheißen.«

Vorwürfe. Warum nur habe ich geahnt, dass er mir die Schuld in die Schuhe schieben würde? Aber ich habe Basu nicht gezwungen, sich mit den Vencrin einzulassen. Und ganz sicher habe ich ihm nicht dieses schreckliche Ultimatum gestellt. Ich habe ihn sogar gesucht, um mich zu vergewissern, dass es ihm gut geht. Also weigere ich mich, die Schuld auf

266

mich zu nehmen. Ich weigere mich, die Last seiner Worte zu tragen. Erst recht nach dem, was er unzähligen Hexen angetan hat. Was er *mir* angetan hat.

Und an diesem Punkt zerreißt etwas in mir. Keine Zurückhaltung mehr. Mein Mitgefühl kennt Grenzen.

Was willst du von mir? Mitleid? Du kannst denken, was du willst, aber das hier hat nicht mit mir angefangen. Sondern mit deiner Gier.

»Wir sind uns wohl darin einig, dass wir uns nicht einig sind, meine Liebe.« Seine Arme flammen knallgelb auf. Mit voller Wucht stößt er den Wind von sich. Meine Haare wirbeln, als unsere Magie aufeinanderprallt.

Denk daran zurück, wie du das letzte Mal ohne Unterstützung gegen mich gekämpft hast, erinnere ich ihn. Tief in mir weiß ich, dass er jenen Moment auch gerade vor Augen hat.

»Ich kann dich nicht gehen lassen. Das wäre mein Todesurteil.«

Du solltest dich nicht so vor dem Tod fürchten. Er ist nicht das Schlimmste, was einem passieren kann.

»Das weiß ich, meine Liebe. Und deshalb kann ich dich nicht einfach davonspazieren lassen. Es heißt ich oder du.«

Ich bewege die Hände. *Du hast mir etwas weggenommen. Ich will es zurück.* Als er nichts erwidert, fahre ich fort. *Gib mir meine Stimme zurück,* zaubere ich in die Luft. Die breiten roten Buchstaben zerlaufen wie Blut.

Er schreckt zurück. »Ich … Ich … Deshalb bist du hier?«

Eine rote Welle schwappt vorwärts. Mir war nicht mal bewusst, dass ich gezaubert habe. Aber Basu fliegt zurück an die Wand, wird von Bändern aus violetter Magie daran fixiert. Mit einem Klirren klemmt sich ein Schild um seine Kehle. Das hat Harini mir beigebracht.

»Ich kann nicht!«, ruft er und krallt an seinem Hals.

Meine Hände bewegen sich im Gleichklang mit meinem gesamten Körper, während ich die Worte schillernd über mir erscheinen lasse. *Ich will keine Ausreden hören. Gib ... mir ... meine ... Stimme ... zurück.*

»Das ist keine Ausrede«, presst er atemlos hervor. »Ich habe das noch nie gemacht. Ich weiß nicht mal, ob das möglich ist.«

Ich erstarre. *Soll das heißen ...* Mit zitternden Armen halte ich inne. *Soll das heißen, du hast mir – und anderen – die Stimme genommen und weißt nicht, ob du es rückgängig machen kannst?*

Langsam schüttelt Basu den Kopf. »Niemand ... Niemand hat es je von mir verlangt.«

Da explodiere ich. Mit einem Schnippen des Handgelenks lasse ich die Wand aus Magie auf ihn herabstürzen, ihn erdrücken. Aber er kann immer noch schreien. Der Laut hält mir vor Augen, dass niemand *seine* Stimmbänder beschädigt hat. *Warum wohl, du Monster? Wie könnten die Opfer das auch?*

»Ich habe gemeint ...« Ein neues Ausmaß von Angst tritt in seine Augen, während er sich gegen meine Wand stemmt. Ich weiß, was er gemeint hat. Niemand hat ihn je aufgefordert, eine Stimme zurückzugeben, weil die Stimmlosen bedeutungslos sind. Ausgeschaltete Bedrohungen. Vollstreckte Todesurteile. Warum sollten die Vencrin oder Moolek irgendjemandes Macht wiederherstellen wollen? Wer würde schon darum ersuchen, ein schreckliches Unrecht wiedergutzumachen, wenn es niemanden interessiert?

»*Pavria*«, haucht Basu, und ein kleiner Luftstrom verhindert, dass er zerquetscht wird. Ich lasse es zu. Dann senke ich die Schilde, die ihn fesseln. Er kriecht über den Boden, bahnt sich Millimeter für Millimeter einen Weg zur Tür. Ein trauriger Anblick. Erbärmlich. Trotzdem bin ich immer noch unzufrieden.

Tatsächlich ballen sich in mir alle möglichen Empfindungen. Ich sollte wegrennen, die Zutaten zusammenmischen und Harinis und meinen Fluchtplan fortsetzen. Aber ich kann nicht so einfach aufgeben.

Also beschwöre ich Stärke in meinen Körper, packe Basu an der Kehle und hebe ihn hoch. Meine Daumen bohren sich kräftig unter seinen Unterkiefer. *Heute ... versuchst ... du ... es.*

Er zappelt und wehrt sich, weigert sich, mir zu antworten. *Ich lasse dich nicht los, bevor du es versuchst.*

Dann lächelt er. Sein Blick heftet sich auf etwas hinter mir. »Bist du dir da sicher?«

Kapitel 26

Einbruch in die Kuppel

Jatin

Alles läuft reibungslos, bis es damit vorbei ist. Hiren besorgt uns problemlos Uniformen. Wir treffen uns, ohne Verdacht zu erregen oder verfolgt zu werden. Alle wirken konzentriert, sogar Fiza. Nachdem wir zehn Minuten geflogen sind, bricht jedoch der Himmel auf und entfesselt den ersten Herbstregen. Ein Sturm bricht los, der die noch verbliebenen Blätter von den Ästen reißt.

»Sollen wir bis morgen warten?«, fragt Prisha, die ihren Himmelsgleiter nah neben mich gesteuert hat.

»Nein. Die werden eher früher als später merken, dass wir die Mauern zerstört haben. Es muss heute sein.«

Hiren hebt die Stimmung ein wenig. »Der Lärm könnte unseren Anflug tarnen.« Damit stärkt er meinen Mut tatsächlich, vor allem, als lauter Donner über uns grollt. Dann kontert Fiza. »Ja, nur wird es so gut wie unmöglich sein, unser Loch zu finden.« Sie zeigt auf die Kuppel, die in Sicht gerät. Durch den prasselnden Regen und die zunehmende Düsternis starren wir auf das Gebäude.

»Selbst dieser Regen wird die Illusion nicht brechen. Ich

habe das noch nicht gefragt, aber was glaubst du, wie viele Zauberer sie erschaffen haben?«, wendet sich Fiza an mich.

»Einer«, antworte ich.

»Einer?« Sie schnaubt ungläubig.

Ich habe länger darüber nachgedacht, vor allem letzte Nacht, als sich kein Schlaf einstellen wollte. Der Anführer der Vencrin, der Zauberer mit violetter Stärke und dem schwarzen Umhang. Wohin ich auch schaue, entdecke ich eine Illusion, die Belwar erdrückt. Was ich für einen erst kürzlich erfolgten Zusammenschluss zweier getrennter Vereinigungen gehalten habe, ist in Wirklichkeit eine langjährige Partnerschaft. Wir haben also zwei Zauberer mit bösen Absichten – bei einem handelt es sich um einen Unbekannten, beim anderen um den reichsten und mächtigsten Zauberer von ganz Wickery. Eigentlich habe ich Moolek immer für die größere Bedrohung gehalten. Aber gestern Nacht hat mich eine Erkenntnis ereilt. Was ist bedrohlicher als etwas Unbekanntes, vor allem, wenn man bloß weiß, dass es mächtig ist?

»Nur einer«, bestätige ich.

Wir sind bereits völlig durchnässt, als wir die Kuppel erreichen und die drei Wächter in der unmittelbaren Umgebung ausschalten. Aber nicht das ist der schwierige Teil. Wie ich mir schon dachte, hatte Fiza nicht unrecht. Es kostet Zeit und Energie, das Loch zu finden. Der Regen strömt mir weiter übers Gesicht und zwingt mich, einen Regenschirm aus blauer Magie zu zaubern, damit ich etwas sehen kann. Endlich finden Fiza und ich die Stelle und lassen die anderen hinein. Auf der anderen Seite übernehmen Hiren und Prisha und halten die Illusion für uns offen. Ich lande auf dem Felsvorsprung drinnen in einer Pfütze.

»War es schwer für dich?«, neckt Hiren und streicht Prisha die Haare aus dem Gesicht.

Sie errötet und verdreht die Augen, bevor sie seine Hände ergreift. »Du bist es doch, der immer noch zittert. Und du nennst dich einen Zauberer schwarzer Stärke.«

»Was soll das heißen, ich nenne mich so? Ich *bin* ein Zauberer schwarzer Stärke.«

Wie unverhohlen sie miteinander flirten, verschlägt mir beinahe die Sprache. Gut, Kalyan und Riya hatten recht. Es ist fast traurig, dass es mir die ganze Zeit entgangen ist. Ich sehe mich um, ob es noch jemandem auffällt. Der Gedanke, dass Adraa und ich einen wissenden Blick gewechselt und ähnlich miteinander gescherzt hätten, versetzt mir einen Stich ins Herz. Alle anderen scheinen darauf konzentriert zu sein, sich zu trocknen. Fiza wärmt Kalyan sogar und lacht darüber, dass er das Wasser mit blauer Magie aus der Kleidung gewrungen hat, wodurch ihm nach wie vor kalt ist. Sind wir etwa direkt vor meiner Nase zu einem richtigen Team geworden?

»Jatin?«, flüstert Riya.

»Ja.« Ich gehe auf den einen Schutzschild zu, der noch durchbrochen werden muss. »Warte auf den nächsten Donnerschlag.«

***

Wir betreten die eigentliche Kuppel, biegen um einige Ecken und erreichen eine Klippe aus schwarzem Gestein. Vor uns klafft ein Abgrund mit Käfigen auf zwanzig Ebenen. Hunderte und Aberhunderte Kugeln baumeln von den Felswänden, jede mit einer eigenen Plattform. Durch den Sturm und die Düsternis fühlt es sich an, als beträte man ein Verlies.

»Die Zellen habt ihr alle überprüft?«, fragt Prisha. Die Ungläubigkeit in ihrer Stimme spiegelt meine Gefühle wider.

»Ja. Alle«, bestätigt Riya.

Als ein Kuppelwächter um die nächste Ecke auftaucht, ziehen wir uns hastig zurück. »Wie gesagt, wir sind nicht weit vom Einzelhaftbereich. Kommt mit.« Hiren gibt uns ein Zeichen.

Wir tauchen in die inneren Gänge ein. Obwohl sie sich als verwirrendes Labyrinth erweisen, kann ich mir die Anordnung der Anlage vorstellen. Die äußere Hülle gleicht dem Innenleben eines Ameisenhaufens – gewundene, ineinander verschlungene, zwischen den Ebenen auf und ab führende Korridore. Die Mitte ist hohl, wodurch die Zellen über dem Abgrund hängen können.

Hiren führt uns tief in die Katakomben. Die Luft wird stickig, riecht nach Schlamm und Dreck. Durch die Feuchtigkeit fühle ich mich klebrig.

Ein Zauberer bewacht die Tür zum Einzelhaftbereich.

»Hinter der Tür ist es«, sagt Hiren.

»Ich kann ihn ausschalten«, bietet Riya an.

Ich halte sie zurück. »Nein, benutzen wir ihn lieber.«

»*Kuntaraw*«, zaubere ich. Ein Speer erscheint in meinen Händen. Ich nicke Riya zu. »Ich übernehme seine linke Schulter. Du die rechte?«

Ihr Lächeln blitzt auf. »Musst du überhaupt fragen?«

Die anderen bleiben zurück, als wir beide zielen und feuern. Weiße und violette Rauchstränge schießen durch die Luft und fahren in die Kleidung des Wächters. Unmittelbar dahinter folgt eine schwarze Spirale, die sich auf seinen Mund heftet und seinen Aufschrei abwürgt, als er an die Wand gepresst wird. Riya und ich schauen zu Fiza zurück. »Ihr habt den Lärm vergessen«, sagt sie.

»Danke«, erwidere ich.

Mit einem Aufflackern von Magie lege ich meine Maske als Nacht an. Die anderen folgen meinem Beispiel nacheinander. Dann trete ich aus den Schatten hervor und halte dem Wächter ein Messer aus Eis an die Kehle. »Bring mich zu Adraa Belwar.«

Er reckt das Kinn hoch, weg von der Klinge, trotzdem gelingt ihm ein Nicken.

So weit, so gut.

***

Nachdem wir den Wächter von der Wand gelöst haben, verliert er keine Zeit, schließt die Tür auf und führt uns eine Wendeltreppe hinunter. Es fühlt sich wie ein Abstieg in den Untergang an. Nach wenigen Minuten gelangen wir in eine Grube mit Kugeln, die in einem Kreis hängen. Regen dringt durch Öffnungen in der Decke in die Höhle und prasselt in einen See tief unten.

Nur eine Zelle ist besetzt. Darin liegt regungslos eine Hexe mit dem Gesicht nach unten.

Adraa.

»Was … Was haben sie mit ihr gemacht?«, stammelt Prisha und will vorstürmen.

Hiren hält sie zurück. »Warte, diese Zellen tragen nicht viel Gewicht. Sie sind nicht stabil.«

Der Wächter scheint in Kalyans Griff zu erschlaffen. Vermutlich hat er gehofft, dass wir in die Falle tappen würden und es unser Ende wäre.

Ich sehe meine Gruppe an und strecke die Hand aus. Wenn nur einer von uns hineingehen kann, dann ich, das ist allen klar. »Adraa?«, rufe ich, die Stimme erstickt vor Emotionen. Sie ist da. Unmittelbar vor mir. Aber sie rührt sich nicht, und mir sackt der Magen wie ein fallender Stein zu den Knien. Langsam betrete ich die Zelle, finde in dem wackeligen Käfig das Gleichgewicht und sinke auf die Knie. »Adraa?«

Sie dreht den Kopf. Eine Fremde starrt mich an. Dieselbe Haarfarbe, dieselbe dunkle Haut, derselbe Körperbau. Nein, nicht gleich. Ähnlich.

Weil sie es nicht ist.

Ich ziehe ihren rechten Ärmel hoch. Über der Handschelle, die den Einsatz von Magie verhindert, zeichnet sich das Muster einer Drei ab. Verblüffung lässt mich zurückschrecken. Allmählich habe ich die Nase voll von Doppelgängerinnen. »Wer bist du?«, frage ich schärfer als beabsichtigt.

Sie antwortet selbstbewusst, ohne Zittern oder Verwirrung in der Stimme. »Adraa Belwar«, behauptet sie, als wäre es wahr.

»Nein. Nein, bist du nicht. Also lass die Scharade«, flüstere ich.

»Das ist keine Scharade«, entgegnet sie. Ihre Stimme klingt verzerrt, leicht lallend, als wäre sie … *Oh nein.*

»Prisha«, rufe ich und strecke die Hand aus. »Ich brauche dich. Komm her. Aber vorsichtig«, warne ich, als der Käfig schwankt.

Behutsam tritt Prisha ein, bevor sie neben uns sinkt. »Was …« Abrupt verstummt sie. »Bei den Göttern. Sie steht unter Drogen.«

»Kannst du helfen? Was hat man ihr gegeben?«

Prisha sieht mich an, während die Hexe zwischen uns hin und her schaut. »Etwas Starkes.«

»Was um alles in der Welt ist das?«, flüstert Riya hinter uns. »Was für ein ... Wo ist Adraa?«

»Ich weiß es nicht.« Meine Aufmerksamkeit heftet sich auf den Wächter, den Kalyan mit einem Handgelenkhebel festhält. Der Mann windet sich, als ich mich auf ihn konzentriere. »Aber wir finden es heraus.«

Kalyan muss den Druck auf das Handgelenk des Wächters verstärkt haben, denn er zuckt zusammen. »Schon gut, schon gut. Ich sage euch ja, was ich weiß. Viel ist es nicht. Nur bitte ...«

Fiza beugt sich ihm zu. Halb schlägt sie, halb tätschelt sie seine Wange. »Oh ihr Götter, hör auf zu brabbeln, und spuck es aus.«

»Man hat uns gesagt, das wäre Adraa Belwar. Wenn sie es nicht ist, dann ... dann habe ich sie nie gesehen«, jammert der Zauberer. »Sie ist die wichtigste und tödlichste Gefangene, die wir je hatten. Jemanden wie mich hätte man nicht für ihre Bewachung eingeteilt.«

Ich seufze. Also ist der Mann nutzlos.

»Aber ich habe Gerüchte mitbekommen und die anderen Wächter reden gehört. Ich habe es für Märchen und Gespenstergeschichten gehalten, um uns Neulinge zu erschrecken.«

»Du schwafelst. Komm zur Sache«, fordert Kalyan ihn auf und schüttelt ihn.

»Manche glauben, dass sie in dem Teil der Anlage ist, den die meisten von uns nicht kennen. Man nennt ihn den unheimlichen Untergrund. Andere meinen, dass sie gar nicht hier ist. Dass es sie nie gegeben hat.«

Prisha schaut auf. »Dass es sie nie gegeben hat?«

»Wir brauchen mehr als Gerüchte und Geistergeschichten«, verlangt Fiza. »Weißt du, wo die echte Adraa Belwar festgehalten wird, oder nicht?«

»Wir haben unsere Befehle von ganz oben bekommen. Man hat uns gesagt, wir sollen Stillschweigen bewahren, um eine Panik zu vermeiden und nicht umgebracht zu werden. Die wollten uns alle umbringen.«

»Wenn sie nicht hier ist …« – ich stähle die Stimme, damit sie nicht brüchig klingt – »wo ist sie dann?«

Wir alle sehen uns gegenseitig an.

»Was, verdammt noch mal, haben die mit ihr gemacht?«, brüllt Riya und drischt gegen die schwarze Steinwand.

Denk nach, Jatin. Alle schauen zu dir. Denk nach!

Mein Blick schwenkt zurück zu der als Ablenkung zurückgelassenen Hexe. »Prisha, gibt es irgendeine Möglichkeit, sie auszunüchtern? Vielleicht weiß sie etwas.« Aber uns ist allen klar, dass ich lediglich nach Strohhalmen greife.

Prishas rosa Magie schwebt über der Stirn der jungen Frau. Sie scheint das Bewusstsein verloren zu haben. »Das wird Stunden dauern.«

»Hiren?« Fragend sehe ich mich nach ihm um. Dann bemerke ich, dass er sich an die Wand drückt. Die Situation scheint seine Entschlossenheit erschüttert zu haben.

»Ich … Ich weiß es nicht«, erwidert er schließlich.

Ich verlasse die Zelle und kehre auf den felsigen Boden zurück. *Finde sie!*, brüllt eine Stimme in mir. *Denk nach!* Keine unüberlegten, impulsiven Handlungen mehr. Mein Blick wandert über die um uns herum hängenden Zellen, über den Weg in der Mitte darunter.

Was habe ich übersehen? Wo ist mir ein Fehler unterlaufen?
Ein Fehler.

Ich wirble herum. »In diesem Gefängnis gibt es jemanden, der es weiß.« Ich drehe mich dem Wächter zu. »Du wirst uns jetzt zu einer anderen Zelle führen.«

Kapitel 27

Experiment der Neun

Adraa

Der Aufseher steht am Eingang. Harini lehnt erschlafft an ihm. Ihr rechtes Auge schwillt gerade violett an. Ihre Hände sind gefesselt, allerdings nicht mit Handschellen, sondern mit einem Seil. Wir haben versagt. Harinis Gesichtsausdruck besagt es deutlich. Ihre Worte fallen mir ein, hallen mir wie ein Omen durch den Kopf. *Tausend Dinge können schiefgehen. Wir kommen hier nicht raus.*

»Halt dich zurück«, warnt mich der Aufseher, der Harini ein Messer an die Kehle drückt. Die schimmernde Klinge reflektiert das Licht. Er würde sie nicht umbringen. Sie ist zu wichtig für das Experiment. Andererseits brauchen sie dafür vielleicht wirklich *nur* unser Blut.

Ich ziehe mich von Basu zurück. Hustend und röchelnd ringt er nach Luft.

Ich darf kein Risiko eingehen. Nicht, wenn Harinis Leben auf dem Spiel steht.

Ich schwenke die Hände. Roter Rauch quillt aus meinen Armen, bedeckt sie von den Handgelenken bis zu den Schultern. So wird es nicht enden. *Wie?*, zaubere ich. Woher hat er gewusst, dass ich hier bin?

»Hast du gedacht, ich würde nicht alles sehen, was an diesem Ort vor sich geht? Das ist *mein* Gefängnis. Und welchen Teil von ›zurückhalten‹ hast du nicht verstanden?«

Bevor ich mich rühren oder etwas erwidern kann, fährt blitzartig gelbe Magie an meinem Bein hoch. Ich falle auf die Knie. Ein Schwindelgefühl und Müdigkeit überkommen mich.

Nein. Nicht durch etwas so Simples wie …

Meine Lider flattern bleischwer. Schlaf ködert mich.

»Wir können nicht länger warten. Er will heute die nächste Lieferung. Und wir brauchen die Ergebnisse aus dem Ring nicht, um zu wissen, dass sie geeignet ist. Fessle sie, und hol die anderen Stimmlosen. Mach dich an die Arbeit.«

Ich kämpfe gegen den Schlafzauber an, aber ich sollte eigentlich wissen, wie schwer es ist, Magie zu überwinden. Und ich bin so unsagbar müde.

∗∗∗

Wasser wird mir ins Gesicht gespritzt und weckt mich. Spuckend und prustend schnappe ich nach Luft. Wir befinden uns immer noch in der Klinik. Alle acht anderen Stimmlosen liegen auf Weidentischen. Eine für jede Gottheit. Wie zum Schlachten hergebrachte Opferlämmer. Weiß, Schwarz, Rosa, Violett, Blau, Grün, Gelb, Orange – und zu guter Letzt ich für Rot.

Genau, wie Harini gesagt hat.

»Gut. Sie ist wach. Wir können anfangen.«

Beide Ärmel werden mir abgerissen. Niemand verliert Zeit damit, sich über meinen kahlen Arm zu wundern und darüber nachzudenken, was er bedeutet, wer ich bin. Ich bemerke die von mir gerettete Hexe mit dem hellen Haar auf dem Tisch neben dem von Harini. Gelb ist ihre Stärke. Sie starrt zu mir herüber, hat offenbar erkannt, wer ich bin. Als sich unsere Blicke begegnen, legt sie die Stirn in Falten.

Dann erregt etwas auf der anderen Seite des Raums meine Aufmerksamkeit. Dort türmt sich auf einem Tablett ein hoher Haufen eines weißen Pulvers. Blutlust? Falls ja, reicht die Menge, um die Macht Hunderter zu verstärken.

Mit einem Messer schneidet Basu den Arm der Hexe auf meiner anderen Seite auf. Niemand kann etwas hören, trotzdem weiß ich, dass sie aufschreit. Ihr Blut tropft in langen Fäden auf das Pulver. Harini hatte recht. Viel ist es nicht. Tatsächlich nur ein besserer Kratzer, den eine mittlere Prise rosa Magie heilen könnte. Noch etwas passiert – das zuvor stumpfe Pulver erstrahlt weiß. Eiskristalle steigen in die Luft auf. Dann verliert die Hexe das Bewusstsein, erschlafft in ihren Fesseln.

Ein Schauder durchzuckt mich. Echte Angst schnürt mir die Kehle zu. Danach geht alles schnell. Viel schneller, als man es bei einem so komplexen Zauber erwarten würde. Ich beobachte, wie diese mächtigen Frauen eine nach der anderen ihrer Magie beraubt werden und das Pulver die Farbe ändert. Von Eiskristallen über trübe Schatten bis hin zu strahlendem Rosa und gehärteten violetten Stacheln. Blut. Lautlose Schreie. Bewusstlosigkeit.

Selbst nachdem ich es mit eigenen Augen gesehen habe, kann ich mir nicht zusammenreimen, wie es funktioniert. Irgendwie haben diese Leute herausgefunden, wie sie uns durch einen Aderlass unsere Magie stehlen können. Ich wusste nicht, dass so etwas möglich ist.

Während sie an der dunkelhäutigen Hexe aus Pire arbeiten und sich das Pulver blau färbt, richte ich die Aufmerksamkeit wieder auf das Seil, das mich an den Tisch fesselt. Ich winde mich und zerre, kämpfe dagegen an. Es ist nur ein simples Seil, und ich glaube, sie benutzen es, um zu verdeutlichen, wie machtlos wir sind. An dem Strang um meine rechte Hand entdecke ich einen ausgefransten Rand. Vielleicht kann ich damit irgendetwas anfangen, denn ich muss mich befreien. Sonst werde ich auf diesem Tisch sterben.

Ehe ich mich versehe, schreit Harini neben mir stumm auf. Sie umklammert die Regenbogenbänder an ihrem Handgelenk, und mir wird klar, wie sehr wir beide von unserem Plan abgewichen sind. Trotzdem bin ich froh, dass sie die Bänder hat. Die Substanz schimmert in strahlendem Orange. Harinis Farbe. Wie die anderen erschlafft sie, den Kopf mir zugeneigt. Mit zugeschnürter Kehle male ich mir denselben Gesichtsausdruck, dieselbe Haltung aus, als Harini ihre Schwester Nira zum letzten Mal gesehen hat.

Basu lächelt, als er an meine Seite tritt und mir den Blick auf Harini versperrt. »Und jetzt bist du an der Reihe, meine Liebe. Wir erwarten dich schon eine ganze Weile. Endlich bekommen wir zu sehen, was in dir steckt. Wie mächtig du wirklich bist. Bitte enttäusch uns nicht.« Er hebt das Messer an. »Das wird jetzt wehtun.«

Ich kämpfe gegen das Seil an und versuche, die Hände ausreichend zum Zaubern zu bewegen. Nichts.

Basu runzelt die Stirn. »Kämpferisch bis zum Schluss. Geradezu inspirierend, meine Liebe.« Er beugt sich näher. »Aber es heißt entweder du oder ich.«

Das Messer senkt sich, blitzt silbern auf. Dann setzt Schmerz ein. Als die Klinge tief in meine Haut schneidet, durchzucken mich Qualen, wie ich sie noch nicht erlebt habe. Mein Blut tropft auf das Pulver. Meine Sicht verschwimmt um die Ränder. Ein betäubendes Stechen strahlt in meinen Arm aus. Es fühlt sich an, als würde ich ausbrennen. Die Schmerzen warnen mich, aufzuhören, keine Energie mehr zu verbrauchen, die ich nicht habe.

Aber das tue ich nicht. Ich zaubere nicht. Und dennoch ...

Mit einem unspektakulären, zugleich jedoch verstörenden Platschen tropft mein Blut weiter auf das Tablett.

So also machen sie es. Das ist Blutlust. Kein Kraut, kein mit Magie angereicherter Trank. Aus mir fließt meine wahre Magie und trieft meinen Arm hinab.

Mit zunehmend verschwommener Sicht sehe ich zu. Ich habe es nicht geschafft. Ich konnte nicht entkommen, und niemand ist herbeigeeilt, um mich zu retten. Nur die Dunkelheit nähert sich in Wellen. Dann prallen Erschöpfung und Ohnmacht aufeinander, und ich sinke mit einem letzten Gedanken in tiefe Schwärze. Werde ich so sterben?

Adraa? Adraa, bist du das?

Kapitel 28

Sims redet

Jatin

Sims sitzt gemütlich in seiner Gefängniszelle. Zumindest so gemütlich, wie es jemand haben kann, der zwei Köpfe größer ist als ich und in einer Kugel hockt, die an einer Felswand baumelt.

»Aufmachen«, befehle ich dem Wächter. Es dauert seine Zeit, bis der Käfig auf die Plattform hochgezogen ist. Sims nickt mir zu, als ich schließlich hineinstapfe. Kalyan, Hiren und Riya kümmern sich um vorbeikommende Wächter. Drei Männer haben sie bereits an der Felswand fixiert. Prisha und Fiza habe ich aufgefordert, sich zurückzuhalten und mir das Reden zu überlassen, nur einzugreifen, falls ich ihnen ein Zeichen gebe. Aber mir gefällt Sims' selbstgefällige Miene nicht. Er schaut drein, als hätte er nur darauf gewartet, dass ich auftauche.

Beim Anblick meiner Maske springt sein Zellengenosse auf. »Du bist der verdammte Spinner, der mich ...«

Mit einem Wort schleudere ich den Mann gegen die Wand. Mit einem dumpfen Klatschen landet er auf dem Boden. Sims rührt sich nicht. Tatsächlich wirkt er beinahe teilnahmslos.

»Danke dafür. Der Kerl hat einfach nie die Klappe gehalten«, murmelt er schließlich.

Ich ignoriere seine Äußerung. »Was war es? Was verstehe ich falsch?«

Sims verschränkt die Arme vor der Brust und lehnt sich auf der Pritsche zurück. »Zum einen hast du schlechte Manieren.«

Der weiße Nebel meiner Magie flammt auf. »Mach es nicht schwieriger, als es sein muss.«

»Und warum sollte ich mich vor *Nacht* rechtfertigen?«, brummt Sims. Ich weiß, dass er mich ködert und herausfinden will, was ich preisgebe.

»Weil du weißt, dass ich darunter mehr als das bin.« Damit gehe ich das größte Wagnis meines Lebens ein und wische die Maske mit einer zügigen Geste weg. »An einer Stelle hast du sogar schon meinen Namen genannt.«

Sims lächelt wieder, wirkt erfreut. Zu erfreut. Im Untergrund muss er kurzzeitig gezweifelt haben. »Und dabei hatte ich bei unserer ersten Begegnung tatsächlich Mitleid mit dir. Ich dachte, du wärst ein besessener Anhänger von Rauch, der sich nach hinten geschlichen hat. Hätte Rauch nicht eingegriffen, wärst du als weiterer Blutfleck in der Gasse gelandet, hat sie dir das je gesagt?«

»Das wäre wahrscheinlich nicht passiert«, flüstere ich. Meine Magie lodert auf.

»Ah, stimmt. Aber es platzt nicht jeden Abend ein adeliger Neuner in einen Laden wie meinen.«

»Wo ist sie, Sims? Welchen Fehler habe ich begangen?«

Er legt den Kopf schief. »Was bin ich für dich?« Die Handschellen an seinen Gelenken klicken, als er die Arme zusammenführt.

»Jetzt gerade? Jemand, der sich weigert, eine einzige Frage zu beantworten.«

»Ich halte es für das Beste, zuerst eine Beziehung herzustellen. Eine Übereinkunft. Wir haben noch nicht mal über die Bezahlung gesprochen.«

»Ich nehme an, du willst hier raus.«

»Offensichtlich«, erwidert er mit einem Nicken. »Und genug Geld, um ein neues Unternehmen aufzubauen.«

Ich bin hergekommen, weil Sims das geringere Übel verkörpert. Aber er besitzt das Wissen, das ich brauche. Ich muss Adraa finden. *Befreie sie!*

»Na schön, in Ordnung. Jetzt rede.«

»Zuerst will ich mit der jungen Frau reden.«

Ich packe ihn am Kragen seiner orangefarbenen Gefängniskluft und zerre ihn mit einem Ruck auf die Beine. Dann überlege ich es mir anders und stoße ihn gegen die Wand. Verdammt, ist Sims schwer. »Wir sind fertig mit dem Verhandeln.«

Er schmunzelt. »Du bringst dein ganzes Image durcheinander, Junge. Kein Gespür für Beständigkeit. Mit der Roten Frau als Partnerin kannst du nicht einfach den Bösen spielen.« Sein Blick schnellt zu Fiza. »Jetzt lass mich mit ihr reden.«

»Warum?«

»Ich will wissen, mit wem ich Geschäfte mache. Das habe ich immer so gehalten.«

»Rot!«, rufe ich und bedeute ihr, zu uns zu kommen. Riya und Kalyan versteifen sich. Aber sie vertrauen mir. Unbekümmert betritt Fiza die Zelle. Sogar aus der Nähe hält ihr Trugbann, obwohl Sims jede ihrer Bewegungen aufmerksam beobachtet.

»Rede, Sims«, befehle ich.

»Wie schön, Euch offiziell kennenzulernen, Fürstin Agsa.«
Bevor ich etwas sagen kann, löst Fiza den Zauber auf. Er
kräuselt sich abwärts, enthüllt ihre wahre Gestalt. »Ich kann
nicht behaupten, dass es auf Gegenseitigkeit beruht«, erwidert
sie.

»Ah.« Er lächelt. Seine gesamte Miene hellt sich auf. »Ist
immer erfreulich, wenn man richtig geraten hat.« Dann legt er
los. »Man hat Adraa Belwar hergebracht, damit alle die Scharade glauben.«

»Ich weiß. Also sag mir, wo man sie festhält«, schalte ich
mich ein.

»Man hat sie in die Kuppel gebracht. Das bedeutet nicht,
dass sie noch hier ist, Radscha.«

»Was?« Er kann unmöglich meinen, dass … Nein, sie ist
nicht *tot*. Die würden sie nicht umbringen.

»Sie hat keine einzige Nacht hier verbracht. Für jemanden
ihrer roten Stärke hatte man andere Pläne. Wahrscheinlich
schon lange. Seit ihrem ersten Kampf in meinem Untergrund.
Soll ich euch verraten, wie es läuft?« Sims klopft an die gekrümmte Wand seiner Zelle. »Die Käfige haben nicht nur
durchsichtige gebogene Wände, sie bestimmen auch, wie
mächtig Berührte sind. So hat sich das Käfigzaubern entwickelt. Ein Duell, selbst ein einfacher Faustkampf, eignet sich
immer am besten, um herauszufinden, was in einem Zauberer
steckt – oder in diesem Fall in einer Hexe. Zudem bietet es
verdammt gute Unterhaltung.«

Obwohl mir das neu ist, habe ich weder Zeit noch Lust,
mich mit seinen Umschweifen aufzuhalten. »Für Geschichts-
unterricht habe ich keine Zeit. Sag es uns, Sims! Wo … ist …
sie?«

Er seufzt. »Ich weiß nicht, wie der Ort heißt. Will man ein

Versteck wirklich geheim halten, gibt man ihm keinen Namen. Ich weiß nur, dass man sie dorthin gebracht hat, wohin alle Mächtigen, aber Unerwünschten verschwinden.« Er sieht Fiza an. »Adraa Belwar ist wahrscheinlich die erste öffentliche Person, die sie entführt haben, aber es mussten bestimmte Versprechen erfüllt werden. Man braucht *wahre* Macht, um eine Armee aufzustellen.«

Mächtig, aber unerwünscht? Eine Armee aufstellen? Wovon redet er? »*Wer?*«, brülle ich. »Moolek?«

»Was hast du gesagt?«, flüstert Fiza an Sims gewandt.

In ihren Augen flackert Erkenntnis. Ich schaue zwischen ihr und Sims hin und her, und endlich begreife ich. Sims wollte mit Fiza nicht reden, um Informationen zu sammeln oder zu überprüfen, wer wir in Wirklichkeit sind, sondern weil sie die vagen Hinweise entschlüsseln kann, die er uns gerade geliefert hat. Namen. Entführt. Versprechen. Armee. Zusammengenommen ergibt das für sie einen Ort. »Fiza?«, frage ich, weil mich die Ungewissheit umbringt.

Sie sieht erst mich an, dann den Rest unserer Gruppe. »Ich weiß, wo sie ist.«

Kapitel 29

Rückkehr in den roten Raum

Adraa

Ich treffe in einem Land bestehend aus Rot ein. Zuerst halte ich es für einen Albtraum wie die unzähligen anderen, die ich im vergangenen Jahr angesammelt habe. Erif, die in meinen Verstand eintaucht. Mein Verstand, der daraufhin in die Erinnerung und das Grauen des Todes und mein Versagen bei der königlichen Zeremonie eintaucht.

Dann jedoch legt sich die Benommenheit. Die festen Wände schimmern rot, und ich weiß, dass ich zurück bin. Wieder in dem roten Raum. Und das bedeutet …

»Adraa? Bist du das?« Erif scheint sich aus den Wänden zu lösen, eine Gestalt aus reinem Rot mit feurigem Haar und Augen wie Kohlen. Wie zuvor ist jedes ihrer Kleidungstücke in eine Schattierung von Rottönen getaucht. Für mein Verständnis, meine Fähigkeit, all die Eindrücke zu verarbeiten, scheint sich ihr Haar an den Hals zu schmiegen, statt davon abzustehen. Sie wirkt innerhalb eines Herzschlags bald echt, bald unwirklich.

»Dachte ich mir doch, dass ich eine hochmütige Achtzehnjährige gespürt habe. Was machst du hier? Hast du vor, dich umbringen zu lassen?«, fragt sie.

Das kann nicht wirklich passieren. »Verdammt! Bin ich tot? Schon wieder?«

Unwillkürlich reiße ich die Hand an den Hals. Ich kann sprechen. Ich kann tatsächlich sprechen! Und natürlich rutscht mir gleich als Erstes eine Verwünschung heraus. Meine Mutter wäre ... nicht beeindruckt.

»Nicht mal annähernd. Zumindest noch nicht.« Erif legt den Kopf schief und blickt in die Feuerstelle in der Mitte des Raums. »Aber du blutest den ganzen Boden voll.«

Und tatsächlich zeichnet sich in den Flammen ein Bild von mir ab, wie ich mit blutendem Arm gefesselt auf jenem Tisch liege. Diesmal sind die Erinnerungen daran, wie ich hier gelandet bin, klar und deutlich. Die Klinik in der Kuppel. Harinis Gesicht. Basus Lächeln. Ich überprüfe meinen Puls. Dumpf und stetig pocht er vor sich hin. Diesmal ist es anders.

Vorsichtig frage ich: »Also ... bricht kein Vulkan aus? Wickery ist nicht dem Untergang geweiht?«

»Nein«, bestätigt Erif. »Ich war gerade mitten beim Teetrinken.« Sie hebt eine rote Tasse an, als wäre das alles völlig normal. »Während einer Endzeit würde ich keinen Tee kochen. Und mit Sicherheit auch keinen Gast empfangen. Aber da du schon mal hier bist ... Willst du welchen?«

Ich beuge mich vor, blicke erneut in die Feuerstelle. Die Flammen haben sich verändert. Unzählige davon lodern wie Tausende und Abertausende Hexen und Zauberer. Das ist mir zuvor nicht aufgefallen. Oder war es beim letzten Mal vielleicht nicht so? Verdammt, ist das seltsam. Tausend Ähnlichkeiten. Tausend Unterschiede.

»Nein«, antworte ich. »Danke«, füge ich schnell hinzu, denn ich will sie unter keinen Umständen verärgern. Aber im Moment ist sie so viel ruhiger, als ich sie bisher erlebt habe – sanft und herzlich wie ein Feuer, das knisternd Leben ausstrahlt und Winterfrost vertreibt.

Erif ist buchstäblich die Verkörperung von Feuer. Gefahr. Zerstörung. Heute jedoch tritt sie eher wärmend und tröstlich auf. Und Tee?

»Ist vielleicht auch besser so. Ich weiß nicht genau, was er bei dir bewirken würde.« Wieder begutachtet sie die Feuerstelle. »Aber wahrscheinlich wäre es in Ordnung, da du mittlerweile stark genug bist, um allein herzukommen.«

Ich trete vor. »Wie bin ich denn hergekommen? Wie funktioniert das alles?«

»Oh.« Erifs Augen werden groß. »Egal. Also bist du doch immer noch eine kleine Idiotin.« Sie nickt bei sich. »Ergibt auch mehr Sinn. Ich wollte gerade sagen, du warst mit dem Aderlass und dem Vergießen deiner Essenz ein bisschen übereifrig. Heb dir das nächste Mal etwas für die Rückreise auf.«

Aderlass klingt schlimm genug, Vergießen der Essenz noch viel schlimmer. »Meine Essenz?«

»Deine Verbindung zu mir und zur Magie und zum Jenseits.« Erif deutet auf die triefenden Wände. »Jetzt höre ich lieber auf. Manche Dinge bleiben besser unbekannt.«

Na wunderbar. Als würde ich jetzt nicht mein Leben lang über *Essenz* und *Jenseits* grübeln.

»Aber du hast es wirklich nicht versucht?«, fragt sie. »Ich habe gespürt, wie du gerufen und gerufen hast, und ...«

»Ich habe nicht versucht, hierherzugelangen. Wer würde ...«

Abrupt verstumme ich, als mir eine Erkenntnis selbst in der Hitze des roten Raums einen eiskalten Schauder über den Rücken jagt.

Die Erinnerung an eine samtene, manipulative Stimme

sucht mich heim wie ein böser Traum. *Du hattest deinen ersten Tod. Sobald du dein fünftes Mal hinter dir hast, werde ich beeindruckt sein.*

Für Moolek muss das offenbar so etwas wie eine Gewohnheit sein. Gehört das zu den grundlegenden Dingen über Magie, die Moolek weiß und wir nicht? Rührt ein Teil seines Hasses daher? Dass wir so ahnungslos gegenüber dem Reich unserer Gottheiten sind?

»Das ist unhöflich. Du sollst wissen, dass viele der von mir Gesegneten nur zu gern mit mir reden würden«, erklärt Erif nüchtern. Mir fällt auf, dass ihr Haar dabei nicht flammt, daher vermute ich, dass eine Göttin der Wickery gerade einen passiv-aggressiven Scherz angebracht hat. Was für ein Leben führe ich, dass ich so etwas überhaupt weiß? »Um ehrlich zu sein«, fügt Erif hinzu und wirkt beinahe schüchtern, als sie die Teetasse abstellt und sich setzt, »warst du meine Erste.«

Da beschließe ich, alles anzuwenden, was meine Mutter mir je über Manieren und Höflichkeit beigebracht hat. Ich nehme Erif gegenüber Platz. »Danke«, erwidere ich, denn was soll ich sonst sagen? Immerhin hat sie mir geholfen, mein Land zu retten.

»Ich kann verstehen, warum Htrae die von ihr Gesegneten so oft zu sich einlädt«, fährt sie fort. »Ist irgendwie nett, wenn du nicht gerade erstickst, jammerst oder dich wie eine Idiotin aufführst.«

Also hatte ich recht. Htrae, die Göttin der Erde, empfängt Besucher wie Maharadscha Moolek.

»Htrae?«

»Wir sind nicht alle gleich. Einige von uns sind einladender als andere. Erst neulich hat Laeh zu mir gemeint, ich sollte gütiger sein. Das muss sie gerade sagen. Die Hälfte der von ihr

Berührten glaubt nicht mal mehr an sie. Ich vermute, sie könnte nicht mal ein Portal für sie öffnen, selbst wenn sie es wollte. Sie würde sich davor scheuen, dass jemand ihretwegen sterben könnte. Wodahs wiederum lädt die Seinen ausschließlich so ein. Nur durch den Tod.«

Sie spricht schnell, und ich bin mir ziemlich sicher, dass sie gerade Geheimnisse über die Sterblichkeit und das Leben nach dem Tod ausgeplaudert hat und … Mein Hirn schmerzt.

»Kannst du mir irgendetwas sagen? Was ist mit dem bevorstehenden Krieg?«

»Bevorstehend? Er hat bereits begonnen.«

»Was ist passiert?«

Sie bedenkt mich mit einem finsteren Blick. »Der Vulkan. Deine Haft. Die Unruhen. Kein Wunder, dass du dabei bist zu verlieren. Du hast nicht mal mitbekommen, dass bereits alles begonnen hat?«

Mühsam verarbeite ich ihre Worte. Das alles habe ich gewusst. Aber so sollte kein Krieg geführt werden. Nicht mit Täuschung und Unwahrheiten. Ich habe so viele Fragen. Was ist bei meiner Gerichtsverhandlung passiert? Wie hat Moolek mein Land manipuliert? Allerdings ist nur eins wirklich wichtig. »Was werden sie als Nächstes tun?«, frage ich.

Erif legt den Kopf schief. »Die Zukunft ist schwer zu bestimmen. Sie hängt von dir ab.«

»Von mir?«

Sie seufzt. »Kaum zu glauben, dass du meine … Ach, egal.« Sie sieht mir in die Augen. »Hast du deine Bedeutung bei alldem immer noch nicht erkannt? Du und ein paar andere sind die unscharfen Teile des Mosaiks. Da wird es kompliziert und ungewiss. Das hat Htrae den von ihr Gesegneten gesagt. Deshalb hat es Moolek auf dich abgesehen.«

»Kannst du mich mächtiger machen?« Ich fasste mir an den Hals. »Mir die Stimme zurückgeben?«

Sie zeigt seitlich auf meinen Hals, wo sich ein Geflecht von Mustern in meine Haut gebrannt hat. »Du bist bereits die Mächtigste mit roter Stärke, die es gibt. Noch mehr Sonderbehandlungen, und die anderen Gottheiten könnten dir zürnen. Dloc und ich haben …«

Plötzlich knistern die Flammen, und Glut spritzt umher, als hätte die Feuerstelle gehustet. Es wiederholt sich ein zweites Mal. Dann leuchtet ein grellrotes Licht wie ein Strahl heraus. Blutlust. Sie müssen fertig sein.

Erif wirbelt zur Feuerstelle herum. »Adraa, du musst aufhören, deine Magie freizusetzen. Sofort.«

Ich blicke an mir hinab. Blut tritt aus der Wunde und benetzt meinen Unterarm. »Ich mache doch gar nichts«, sage ich, drücke auf die Wunde und versuche, den Strom zu stillen.

Erif wendet sich wieder dem Feuer zu und sinkt mit einem Flattern roter Seide auf die Knie. »Du musst zurück. Jetzt verstehe ich, was los ist. Verdammt! Die gierigen Mistkerle nehmen sich zu viel. Wenn du nicht bald aufwachst, stirbst du.« Sie sieht erst das Feuer an, dann mich. »Ich muss dir wieder ein bisschen Magie einflößen. Das könnte jetzt leicht brennen.« Lächelnd greift sie sich einen Schürhaken von der Feuerstelle. Daran erinnere ich mich nur zu gut. Es wird wehtun. Heftig.

»Gibt's auch eine andere Möglichkeit, als mich damit zu stechen?« Ich runzle die Stirn, mein Unmut ist offensichtlich.

Erif seufzt. »Besonders dankbar bist du ja nicht, weißt du das?«

»Das würde ich nicht als meine größte Schwäche bezeichnen.«

»So viel steht fest. Es war … irgendwie nett, mit dir zu reden. Könntest du das nächste Mal bitte trotzdem auf eine Einladung warten?«

»Ich werd's versuchen.«

»Das ist alles, worum ich bitte.« Damit haben wir die Höflichkeiten hinter uns gelassen, und Erif, die Göttin des Feuers, sticht auf mich ein. Diesmal nicht in die Brust wie beim letzten Mal, sondern in den Unterarm. Erfreut stelle ich fest, dass es nicht annähernd so schmerzt wie damals, als sie mich gepfählt hat. Vielleicht könnten wir sogar … Freundinnen werden.

»Eins noch, Adraa, falls es dir nicht klar ist. Am Tag des Ausbruchs« – sie fasst mir dort an den Hals, wo sie mir das Berührungsmal eingebrannt hat – »habe ich dir etwas von *meiner* Essenz gegeben, damit du überlebst. Weil diese Zauberer *dein* Blut für die Herstellung dieser Substanz benutzen, enthält sie auch ein bisschen von meiner Macht. Damit dürfen sie nicht davonkommen. Dieses Pulver ist jetzt mächtiger, als du es dir vorstellen kannst. Es muss vernichtet werden.«

Grauen breitet sich in mir aus. Ich blicke auf meinen Arm, schaue zur Feuerstelle. »Warum kommst du immer erst am Schluss auf das Wesentliche?«

»Verzeihung. Aber ich durfte es dich nicht vergessen lassen. Vernichte es, Adraa. Jedes einzelne Körnchen davon.« Damit stößt sie mich rückwärts in die Flammen.

Kapitel 30

Erkenntnis

Adraa

Diesmal huste ich, als ich ins Leben zurückkehre. Wie ich auf Anhieb bemerke, liegt es daran, dass ich in Flammen stehe. Wörtlich. Flammen züngeln über meine Arme. Aber so wie wenn ich selbst Feuer beschwöre, schmerzen sie nicht. Ich verspüre nur Hitze und Wut.

Besonders subtil ist Erif nicht, oder? Aber wann habe ich die Göttin des Feuers schon subtil erlebt? Verdammt geheimnisvoll, ja. Aber nicht subtil.

»Macht es aus!«, brüllt Basu. »Und nehmt es mit.«

Andere männliche Stimmen ertönen, Schritte stampfen über den Boden.

Ich vermeine, Wasser zu spüren, das mich löschen soll, aber es ist ein lächerlicher Versuch. Ich bin der zum Leben erweckte rote Raum. Was an mir lodert, ist reine Magie von Erif höchstpersönlich. Vielleicht aber auch nicht, denn es fühlt sich zugleich nach meiner eigenen Macht an. Die Seile sind längst verbrannt, also hebe ich die Hand. Die blutroten Flammen züngeln freudig tosend auf. Bei näherer Betrachtung stelle ich fest, dass sie aus der Wunde an meinem Arm stammen.

Ich wirke meine Magie nicht, sie sickert aus mir heraus.

Männer schreien durcheinander. »Sie lebt!«, ruft einer, und ich glaube, ich habe lange nicht mehr so viel Angst in einer Stimme gehört. Nicht mehr, seit ich nach dem Ausbruch des Gandhak aufgewacht bin. Nur habe ich diesmal keinen Vulkan aufgehalten – ich bin ein eigenes Inferno.

Mit zusammengekniffenen Augen versuche ich, durch die Flammen und die erstickenden schwarzen Rauchwolken in der Luft zu sehen. Rauch. Kein magischer, sondern echter Rauch! Die anderen Stimmlosen liegen noch bewusstlos und gefesselt auf ihren Tischen. Wenn ich diese Macht nicht irgendwie dämpfe, werden sie sterben.

Aber ich habe auch eine Aufgabe zu erfüllen. Erif hat mir diese Macht nicht grundlos verliehen – sondern damit ich Blutlust zerstöre. Vielleicht hat bei ihren Überlegungen auch mitgespielt, dass sie mich nicht sterben lassen wollte, aber ich mache mir ungern etwas vor. Als ich den Blick durch den Raum wandern lasse, erkenne ich schnell, dass die Droge bereits weg ist. Der Boden ist sauber gewischt. Die unordentlichen Schränke sind alle weit aufgerissen. Weitere Wächter stürmen zur Tür herein und umzingeln mich. Darunter befindet sich niemand mit Basus kleiner Statur und behaarten Armen.

Ein Wächter vor mir schwingt eine violette, an seiner Faust verankerte Flamme. Ich ducke mich und nutze seine Kraft gegen ihn, stoße ihn aus dem Weg. Dann lasse ich den Arm nach vorn schnellen und entfessle Erifs Macht. Zauberer fliegen durch die Luft. Glas zerspringt, Risse erscheinen in Wänden. Der Lärm der Zerstörung hallt explosiv durch den Raum. Ich renne hinaus. Ein Stück vor mir biegt Basu gerade um eine Ecke. Als er zurückschaut, begegnen sich unsere Blicke. In diesem eindringlichen Moment scheint sich die Zeit zu verlangsamen. Der Ausdruck in seinem Gesicht schlägt in blankes Grauen um.

»Halt, oder sie stirbt!«, brüllt eine verängstigte Stimme.

Ich wirble herum und erblicke einen aschfahlen, geschundenen Wächter neben der blonden Hexe, der er ein Messer an die Kehle hält. Bei den Göttern, immer dasselbe. Ich darf Basu nicht entkommen lassen. Auf keinen Fall. Aber über den Hals der jungen Frau läuft bereits ein dünnes Rinnsal Blut, und ich weiß, dass der Wächter sie töten wird.

Als ich die Hände hebe und mich zum Angriff wappne, nehme ich aus dem Augenwinkel eine Bewegung wahr. Harini setzt sich auf. Die Seile, die sie gefesselt haben, sind verbrannt.

Ich dämpfe mein Feuer, damit es so wirkt, als wolle ich mich ergeben.

»Gut. Und jetzt …«

Ich rechne mit einem orangefarbenen, durch die Luft schnellenden Zauber. Stattdessen steht Harini auf und zieht dem Wächter das Nächstbeste über den Schädel, was sie finden kann – ein Glas mit Käferflügeln. Mit einem dumpfen Aufprall sackt er zu Boden. Harini schwankt, stützt sich an einem Tisch ab. Ausgebrannt.

Als ich zurück in den Gang spähe, ist Basu verschwunden. Ich werde ihn einholen müssen, sobald ich alle wohlbehalten nach draußen geschafft habe. Die Flammen an meinen Armen erlöschen, und ich renne zu Harini. Sie sieht mich mit großen Augen an. Sofern sie mir bisher nicht geglaubt hat, dass ich Adraa Belwar bin, sind damit wohl jegliche Zweifel beseitigt.

Alles in Ordnung?, frage ich Harini in Zeichensprache. Sie antwortet mit einem knappen Nicken.

Erifs explosives Feuer hat sich als die Ablenkung erwiesen, die wir gebraucht haben. Gut zu wissen, dass mein Plan mit den Bomben funktioniert hätte. Lustigerweise sind noch alle Zutaten dafür an meinem Gürtel. Mich überrascht, dass sie ihn lediglich in eine Ecke geworfen haben. Das kommt davon, wenn man sich seiner Sache zu sicher ist. Den Göttern sei Dank, dass wir noch den von Vihaan gestohlenen Himmelsgleiter haben.

Harini und ich prüfen den Herzschlag der jungen Frauen und lösen ihre Fesseln.

Wie lange, bis sie aufwachen?, frage ich und wünschte, ich könnte mehr tun, einen Diagnosezauber wirken, um mich von ihrem Zustand zu überzeugen.

Harini kann keine Worte in die Luft zaubern. Stattdessen bildet sie Sätze mit den Händen. *Stunden* ist alles, was ich aufschnappe.

Ich blicke auf meine Hände hinab. Obwohl mir Magie zur Verfügung steht und ich Heilzauber im Kopf habe, die vielleicht helfen könnten, Harini kennt sie nicht, also kann ich sie nicht einsetzen. Ich kann den Frauen nicht helfen.

Kennst du keinen Zauber dafür?

Sie schüttelt den Kopf.

Wir können sie nicht raustragen. Harini kann nicht mal zaubern. Somit bleibt nur …

Wir gehen. Wir flüchten. In wenigen Stunden werden die anderen in der Belwar-Klinik und der Obhut meiner Mutter sein. Ich werde Vater von dem Grauen erzählen, das sich vor seiner Nase abspielt. Dann kommen wir mit einer Armee zurück. Und ich kann mir von Jatin und den anderen dabei helfen lassen, Basu und Blutlust zu finden.

Oh, ihr Götter. Jatin. Allein der Gedanke …

Ich komme zurück.

Es tut weh, die anderen Stimmlosen zu verlassen. Als ich zu

298

ihrem Schutz Schilde errichte, um zu verhindern, dass Wächter in die Klinik eindringen, fühlt es sich an, als würde ich sie in einer Gruft einmauern. Aber ich weiß nicht, was ich sonst tun soll. Erifs Macht scheint zu schwinden. Ich kann spüren, wie meine körperlichen Möglichkeiten nachlassen, wie das Experiment und Erifs Magie ihren Tribut von mir fordern.

Wächter rennen durch die Gänge. Mit einem Tarnschild aus schwarzer Magie schleife ich Harini im Laufschritt zurück in den Einzelhaftbereich. Niemand sonst ist in die Richtung unterwegs. Kaum jemand würde damit rechnen, dass wir ausgerechnet dorthin gehen. Genau deshalb wählen wir diesen Weg. Harini setzt sich hin, während ich Vihaans Himmelsgleiter entfalte und zu den Dachfenstern fliege. Dank Erifs Magie brauche ich keine Bombe. Ich benutze, was sie mir gegeben hat, um die Öffnung aufzusprengen.

Sie explodiert mit ohrenbetäubendem Krachen. Ich weiche aus, als Geröll herabprasselt. Dann fliege ich los, habe bereits den Geschmack von Freiheit im Mund.

Als ich den Rand der Anlage erreiche, bewege ich mich langsamer auf den offenen Himmel zu. Der Horizont füllt mein Sichtfeld aus. Aber als ich wende, begrüßt mich nicht das Stadtbild von Belwar. Stattdessen schwebt über mir eine violette Schicht, die alles wie ein dichter Nebel bedeckt. Zaghaft strecke ich die Hand aus. Ein Teil von mir fürchtet, dass es sich nicht um eine Illusion handelt, sondern um eine weitere Barriere, mit der ich nicht gerechnet habe. Als meine Finger den Rauch berühren, spritzt ein Fleck der Illusion davon. Ich wische mit der Hand darüber und steige höher.

Meine Augen müssen sich erst an die plötzliche Helligkeit des anbrechenden Tages und die rosa Schlieren am Himmel gewöhnen. Die Sonne lugt gerade über den Horizont. Wie lange war ich besinnungslos? Stunden? Einen ganzen Tag? Ich habe aufgehört, mitzuverfolgen, wie lange ich insgesamt im Gefängnis gewesen bin. Jetzt ist es damit vorbei.

Als ich die Umrisse steiler Berge erkenne, drehe ich mich um, weil mir klar wird, dass Naupure vor mir liegen muss. Aber als ich wende, fühlt es sich völlig falsch an. Die Luft ist zu trocken und kalt. Der Geruch von Meersalz fehlt. Die Nacht ist hier noch nicht gewichen, und die Sterne funkeln zu hell. Die Landschaft unter mir ist eine einzige Ansammlung schneebedeckter Gipfel.

Zittrig atme ich ein und taumle, als hätte ich einen Schlag in die Magengrube bekommen. Nachdem ich um ein Haar vom widerspenstigen Himmelsgleiter gerutscht wäre, finde ich wieder Halt und steige aufwärts in den Himmel. Das kann nicht stimmen. Es ist einfach nur dunkel.

Ich steige zwei Meter höher, bis sich meine Sicht über Kilometer erstreckt. »*Vardrenni*«, zaubere ich und halte Ausschau nach Lichtern, nach Geräuschen, nach Flugstationen, der Bucht und dem Meer. Allerdings sehe ich nur Bäume und Berge, während ich die Stille von Abgeschiedenheit höre. Was zum … Das kann nicht richtig sein.

Ich tauche wieder zu Harini ab. Sie bildet Zeichen, aber ich hatte nicht genug Zeit, ihre Sprache vernünftig zu lernen. Dennoch lese ich ihre Besorgnis heraus. Ihre Angst. Harinis Hände halten kurz inne, bevor sie langsam eine Frage bilden. *Was ist?*

Ich sehe sie an, gebe mir keine Mühe, mein Entsetzen zu verbergen. *Nicht was. Wo.*

Kapitel 31

Vorwärtsflug

Jatin

Noch nie im Leben bin ich so verwirrt gewesen. »Was soll das heißen, du *weißt*, wo sie ist?«

»Das ist eine lange Geschichte. Ich erzähle sie dir unterwegs.«

»Und wohin?«, rufe ich, als wir zurück in die Gänge eilen.

»Nach Agsa. Zu einem völlig anderen Gefängnis.«

Wir rasen die Stufen hinauf. Kalyan friert einen Wächter an die Wand und entschuldigt sich dafür. Ich bin direkt hinter Fiza. Die anderen folgen uns und feuern eine Salve von Fragen auf sie ab. »Woher weißt du das?«, fragt Hiren. »Was für ein Gefängnis?«, brüllt Riya.

Fiza antwortet nicht.

Wir kehren zu dem Loch unseres Einstiegs zurück. Fiza entfesselt einen jähen Zauber gegen die Illusion und versucht, sie allein aufzubrechen.

»Fiza, was ist hier los?«

»Adraa steckt in Schwierigkeiten. Muss ich wirklich mehr sagen? Willst du rumsitzen und reden oder lieber fliegen? Vertrau mir, verdammt noch mal.«

»*Driswodahs*«, zaubere ich statt einer Antwort und reiße die Rauchschicht auf. Sie hat recht.

***

Wir fliegen mehrere Stunden. Um einen Plan zu entwickeln, wie vor dem Eindringen in die Kuppel, fehlt uns die Zeit. Wir haben nicht mal Zeit zum Reden, so schnell fliegt Fiza.

Ich lenke meinen Gleiter mehrmals neben sie. Jedes Mal lässt sie mich abblitzen. Entweder murmelt sie dabei: »Reden hält uns auf.« Oder sie schüttelt nur den Kopf und raunt: »Ich kann nicht.«

Wir fliegen über die Grenze Belwars, rasen an einer der letzten großen Flugstationen vorbei. Wir alle haben seit etlichen Stunden nicht geschlafen. Allmählich beschleicht mich die Sorge, Kalyan oder Riya könnten ausbrennen und vom Himmel stürzen.

Als die nächste Flugstation in Sicht gerät, treffe ich eine Entscheidung. Prisha muss es mir angesehen haben, denn sie fliegt neben mich.

»Jatin, hör zu. Riya und Kalyan sind zu stolz, um es zuzugeben, aber wenn wir so weitermachen, gehen sie drauf«, sagt sie und klingt dabei ganz wie Adraa.

»Du hast recht. *Pavria*«, zaubere ich und ducke mich, um zu beschleunigen und Fiza einzuholen. Ich deute auf die Station. »Wir halten an«, sage ich so gebieterisch wie möglich.

Sie erwidert nichts, nickt nur.

Dreißig Minuten später landen wir auf einer unbeaufsichtigt über den Alpen von Alconea schwebenden Flugplattform. Sie ist klein und dient nur zum Verschnaufen, beherbergt keine Unterkünfte, kein Gasthaus, besteht nur aus einem fünf mal fünf Meter großen Stein. Ein Kuppeldach mit Tassen zum Auffangen von Regenwasser ist die einzige Annehmlichkeit.

Es ist schon spät. Nur der helle Schnee auf den schartig aufragenden Gipfeln lässt die Landschaft erahnen. Das genügt mir für die Erkenntnis, dass dies der letzte Ort ist, an dem man ausbrennen möchte.

Meine Muskeln schmerzen protestierend. Ich glaube, sie würden mich im Stich lassen, wenn sie könnten. Und vermutlich würde ich es ihnen gestatten. Zum ersten Mal im Leben habe ich Windbrand, also ist sogar meine Haut gereizt. Somit kann ich den Tag offiziell zu einem der schlimmsten meines Lebens erklären.

Kalyan sackt nach vorn und zerdrückt dabei fast Prisha, die ihn auffängt, bevor ich helfen kann.

»Vor drei Stunden sind wir an einem Ort mit Kissen vorbeigeflogen.« Hiren wirft Fiza einen finsteren Blick zu. »Sag, ist Adraa in so großer Gefahr?«

Wir alle sehen Fiza an, warten auf ihre Antwort. Kalyan und Riya stützen sich dort auf die Ellbogen, wo sie vor lauter Erschöpfung auf den Boden gesunken sind.

Schließlich dreht Fiza sich zu uns um. »Ja. Ich glaube, das ist sie.«

***

Riya und Kalyan schlafen schnell ein. Ich beobachte, wie Riya dagegen anzukämpfen versucht. Ihre Blicke bohren sich wie Dolche in Fiza. Aber trotz aller Abneigung siegt die Erschöpfung. Auch ich sollte schlafen. Doch ich kann mir die Gelegenheit nicht entgehen lassen, dass der Wind meine Stimme nicht verweht.

Also nähere ich mich Hiren und Prisha, die in ein geflüstertes Gespräch vertieft sind.

»Wir sollten umkehren. Deine Eltern bringen mich glatt um, wenn sie erfahren, dass du weg bist und ich die Verantwortung dafür trage. Keine Ahnung, ob ich danach noch dein Leibwächter sein kann, geschweige denn …«

»Hiren, schon gut. Sie ist meine Schwester. Und wenn sie in so großer Gefahr schwebt, wie Fiza sagt, muss ich hin.«

»Genau – wir fliegen auf Gefahr zu. Eine unbekannte Gefahr. Lass es Jatin herausfinden.«

»Hiren, du weißt, was ich zuletzt zu Adraa gesagt habe. Ich kann nicht zulassen, dass …«

In dem Moment bemerken sie mich, wenden sich ab und dämpfen ihre Stimmen mit Magie. Prisha gestikuliert aufgebracht mit den Händen, bevor sie zu weinen beginnt. Hiren umarmt sie. Ich stapfe zur nördlichen Ecke der Plattform, wo Fiza in die Weiten der Dunkelheit starrt.

»Um die Jahreszeit ist es so ruhig«, meint sie. »Oder vielleicht ist Agsa im Vergleich zu Belwar und Naupure allgemein ruhig.«

»Du musst mir verraten, woher du von diesem Ort weißt, welcher es auch ist«, sage ich. »Und woher hat Sims gewusst, dass du ihn verstehen würdest?«

»Jatin, warum stellst du immer Fragen, auf die du keine Antwort willst?«, erwidert sie, ohne sich zu mir umzudrehen.

»Weil es die wichtigsten sind. Und mir hat mal jemand gesagt, ich muss noch daran arbeiten, wie man Fragen stellt. Ich versuche, besser darin zu werden. Vor allem, wenn meine Feinde mir einen Schritt voraus zu sein scheinen.«

Schließlich wirbelt sie herum. »Sehe ich wirklich wie dein Feind aus?«

»Warum sagst du es mir nicht, damit ich nicht ständig raten muss? Das ist verdammt ermüdend.« Einen Moment lang verzieht sie keine Miene. Dann verrät ihr Gesicht sie. Mit irgendetwas hat sie zu kämpfen. Mit etwas, das ihr Angst einjagt. Kälte fährt mir in die Knochen, frostiger als jeder Wind. Was könnte schlimmer sein als die Kuppel? Was ist so übel, dass Fiza dafür unser Vertrauen und das Bündnis aufs Spiel setzt, für das sie eigentlich nach Naupure gekommen ist?

Endlich begegnet sie meinem Blick wieder. »So viele Zauberer in meinem Leben – meine älteren Brüder, mein Vater – toben und schreien, wenn ich nicht tue, was sie sagen. Sie versuchen, mich zu kontrollieren. An der Akademie warst du der Einzige, der mich nicht so behandelt hat. Diesen Jatin brauche ich jetzt. Vertrau mir. Ich verspreche dir, sie zu finden.«

»Tut mir leid, Fiza. Du hast uns den ganzen Tag an die Grenzen getrieben. Das verrät mir zweierlei. Erstens ist Adraas Leben in Gefahr, und zweitens hast du Angst. Ich brauche ...«

Sie weicht zurück. »Vielleicht habe ich genug davon, was *du* brauchst.« Sie seufzt. »Jetzt muss ich erst mal schlafen. Müssen wir beide.«

»Fiza!«, flehe ich geradezu und greife nach ihrer Hand. Bevor ich darüber nachdenken kann, trete ich nah an sie heran. »Was willst du?«

Angesichts unserer Nähe schnappt sie nach Luft. Dann hebt sie das Kinn und sieht mir unverwandt in die Augen. Sie stellt sich auf die Zehenspitzen. Ich spüre ihren Atem auf den Lippen und fürchte mich davor, was ich bereit bin, ihr anzubieten.

»Du wirst mich nie akzeptieren, wenn ich dir die Wahrheit sage«, murmelt sie.

»Das stimmt nicht«, entgegne ich und ersehne mir so sehr eine Antwort, dass ich nicht zu sagen vermag, ob ich lüge.

»Was bist du bereit, dafür zu tun?«

Schweigend starren wir uns gegenseitig an. Ich weiß nicht, ob ich in der Lage bin, es laut auszusprechen. Aber sie weiß es. Ich sehe es in ihren Augen.

Unverhofft zieht sie sich zurück. »So verzweifelt bin ich nicht. Mit etwas Unechtem gebe ich mich nicht zufrieden.«

Bevor ich verarbeiten kann, was ich gerade getan habe, dreht sie sich um und marschiert davon.

Ich lasse sie gehen. Sie hat versprochen, Adraa zu finden. Darauf muss ich mich konzentrieren. Ich sacke zusammen. Eine Mischung aus Erleichterung und Selbsthass breitet sich in mir aus. Es fühlt sich an, als würde mein Gehirn ausbrennen. Die Emotionen strömen zu schnell aus mir heraus. *Oh ihr Götter. Was ist nur los mit mir?*

Zum ersten Mal habe ich Zeit, die heutigen Ereignisse richtig zu verarbeiten. Die Radschas von Belwar haben Adraa zu lebenslanger Haft in der Kuppel verurteilt und dort eine ihr ähnlich sehende Hexe ihren Platz einnehmen lassen. Adraa selbst hat man aus dem Land verschleppt, aus welchem Grund auch immer. Ira Belwars Worte kommen mir in den Sinn. *Die haben sie nicht ohne Grund am Leben gelassen. Und egal, wie ich es betrachte, es kann kein guter Grund sein.*

Finde sie! Befreie sie! Das pulsierende Mantra in meinem Kopf begleitet mich in den Schlaf.

Kapitel 32

Suche nach Antworten

Adraa

Ich falle auf die Knie, starre auf das dunkle Wasser hinab und habe das Gefühl, davon angesaugt zu werden, je länger ich in die trüben Tiefen blicke. Wie konnte das passieren? Ich habe die Kuppel gesehen. Ich habe die Kuppel *betreten*. Aber ... ich bin nicht in der Kuppel. Ich füge meine Erinnerungen aneinander, bis irgendetwas nicht zusammenpasst. Die Zelle, in die man mich gebracht hat, als mir die Stimme geraubt wurde. Quadratisch. Keine Fenster. Die beiden Wächter, die ich noch nie gesehen hatte. Leichte, beunruhigende Bewegungen.

Ich war fünf Tage lang in dem Raum. Vielleicht hat das doch nicht dazu gedient, mich zu brechen, sondern um mich zu transportieren ...

Soweit ich das beurteilen kann, hat man die meisten von uns von der Straße aufgelesen oder unter falschem Vorwand hergelockt, hat Harini geschrieben. Es war die ganze Zeit da. Ich sehe Harini an. Sie starrt mich an, wartet auf Antworten und darauf, dass ich sie hier wegfliege. Oh ihr Götter!

Ich stehe auf und schwenke ruckartig in Richtung des Eingangs zu unserem Zellentrakt.

Harini gestikuliert. Ich schnappe nur das Wort *Wohin* auf.

307

Planänderung. Ich hole alle raus. Und ich werde mir ein paar Antworten beschaffen.

Sie versperrt mir den Weg und deutet zur Tür, als wäre ich übergeschnappt. Und vielleicht bin ich das, denn wir wären um ein Haar gestorben, trotzdem will ich zurück.

Du musst nicht mitkommen. Ich kann dich sofort wegfliegen. Das hier ist nicht die Kuppel. Ich weiß nicht mal, ob es ein echtes Gefängnis ist. Aber wir sind nicht in Belwar. Ich kann nicht mal eben in Sicherheit fliegen und rasch zurückkommen, um die anderen zu holen, die in diesem Grauen zurückgeblieben sind. Und ich werde keine Unschuldigen zurücklassen, um sie von den Vencrin für ihre Zwecke missbrauchen zu lassen. *Aber mich selbst rette ich erst, wenn alle frei sind,* zaubere ich in die Luft.

Harini fuchtelt mit den Händen, teilt mir in hektischer Zeichensprache etwas mit. Aufmerksam beobachte ich jede Bewegung. Dabei schnappe ich meinen Namen und am Ende das Wort *selbstsüchtig* auf.

Keine Ahnung, ob sie mich so bezeichnet oder von mir will, dass ich es bin. So oder so, mein Entschluss steht fest. An dem Tag, an dem ich entschieden habe, die königliche Zeremonie zu bestreiten, um eine Rani zu werden, obwohl ich wusste, dass Moolek etwas geplant hatte, war ich selbstsüchtig. Dieser Fehler unterläuft mir nicht noch einmal. Eine wahre Rani hilft ihrem Volk.

Ich schüttle den Kopf. Die Geste besagt genug. Tatsächlich spricht sie Bände.

Außerdem werden böse Menschen – Zauberer, die Unschuldige entführen und zerstören – immer das Schlimmste von anderen annehmen. Selbstlosigkeit könnte das Letzte sein, womit sie rechnen. Sie werden davon ausgehen, wir wären geflohen, während wir uns in Wirklichkeit vor ihren Nasen befinden werden.

Füße stampfen durch den Gang. Jemand nähert sich, um nachzusehen, was explodiert ist. Ich erhebe die Hände, tarne uns mit schwarzer Magie, als Harini und ich uns in die Nähe der Tür kauern. Gerade rechtzeitig.

***

Ich nutze den Schwung, mit dem die Zauberer in unser Verlies stürmen, gegen sie. Nur ein kleiner Schub ist nötig, und sie stürzen mit einem Aufschrei in den Abgrund unter unseren Käfigen, bevor sie platschend in dem finsteren Gewässer am Boden des Schachts landen. Im Schutz meines Trugbanns beugt sich Harini neugierig über den Rand des Abgrunds, bevor sie sich mir zudreht. *Hast du einen Plan?*

Da ich gerade eine vernünftige und einfache Flucht in den Wind geschossen habe, nehme ich mir kurz Zeit zum Überlegen. Um die anderen Stimmlosen zu befreien, werden wir Hilfe brauchen. Und um alle rauszuholen, muss ich in den Turm des Aufsehers.

Während ich nachdenke, bewegt Harini die Hände. Langsam steigen Ranken orangefarbener Magie in die Luft. Ihr ausgebrannter Zustand bessert sich.

Ich muss zum Turm, um den Rest der Zellen zu öffnen. Du musst für ausreichend Ablenkung sorgen, damit ich es unbemerkt dorthin schaffe. Dann musst du in die Klinik und den anderen helfen. Wir treffen uns dort. Ich komme, sobald ich kann.

Danach hole ich die Zutaten aus der Tasche des von Vihaan gestohlenen Gürtels, streiche die Kräuter glatt und richte die Dochte aus.

Ist das …

Ich lese ihre verwirrte Miene und lächle. *Die Ablenkung? Ja.* Harini und ich bauen Bomben. Als wir bei der fünften angelangt sind, habe ich eine weitere Entscheidung getroffen. Am Ende werden die Sprengkörper mehr als nur eine Ablenkung sein. Sobald alle draußen sind, will ich diesen Ort brennen sehen. Zwar werde ich immer noch die aus meinem Blut angefertigte Droge aufspüren müssen. Aber warum sollte ich die Anlage in der Zwischenzeit bestehen lassen?

Wir schleichen uns zurück aus der Höhle, und ich übergebe Harini einen Teil des Sprengstoffs. Wir haben besprochen, wie man ihn zündet und wie lange sie Zeit hat, um zu verschwinden. Trotzdem fühle ich mich unwohl dabei, sie mit hineinzuziehen. Ich sehe ihr noch einmal in die Augen. *Wirst du zurechtkommen?*

Sie verdreht die Augen. *Bei den Göttern, bist du rührselig. Stirb nicht, Adraa.* Noch bevor die in die Luft geschriebenen Worte verblassen, ist sie um die Ecke verschwunden.

Ich verzichte auf einen Zauber zum Dämpfen meiner Schritte. Stattdessen gehe ich leicht in die Knie und trete behutsam auf. Kurz spähe ich um die nächste Ecke. Drei Wächter befinden sich zwischen mir und dem nächstgelegenen schmalen Zugang zum Turm. Ich umklammere eine Bombe, atme tief durch, zünde den Docht an und werfe, so schwungvoll ich kann, in die andere Richtung. Die Erschütterungen lassen kleine Felsbrocken von den höhlenartigen Wänden rieseln. Der Anblick erinnert mich an den Ausbruch des Gandhak. Aber ich erziele die gewünschte Wirkung. Die Zauberer rennen los. Schließlich tue ich es ihnen gleich.

In den nächsten Minuten bin ich verwundbar, obwohl ich mich mit schwarzer Magie tarne. Anfällig für unzählige verschiedene Zauber, die mich aufhalten könnten. Und dabei habe ich noch nicht mal mögliche ungeschickte Unfälle meinerseits berücksichtigt. Zum Beispiel könnte ich von dem verdammten schmalen Steg fallen. Einen vorsichtigen Schritt nach dem anderen eile ich auf den Turm zu, bis ich die Tür erreiche. Ich ziehe an dem rankenartigen Griff und haste hinein. Die Treppe ist verwaist, während ich die Stufen hinaufrenne.

Als ich den Raum mit den Fenstern erreiche, herrscht bedrückende Stille. Ich öffne die Tür, und es wird noch bedrohlicher.

Langsam, bedächtig dreht sich der Aufseher um und sieht mir in die Augen. »Was für eine nette Überraschung. Alle meine Wächter suchen nach dir, und du kommst geradewegs zu mir gerannt. Danke, dass du es so einfach machst.«

Deshalb hat niemand Magie auf mich abgefeuert, als ich auf dem Weg hierher den Abgrund überquert habe. Deshalb hat man den Turm nicht gegen mich gesichert. Der Mann wollte, dass ich komme.

Der Aufseher krempelt die Ärmel hoch. Sein Berührungsmal verrät mir seine Macht. Gelbe Stärke, und mindestens ein Siebener oder Achter. Vielleicht sogar ein Neuner. Er holt leuchtende Handschellen aus seiner Kurta hervor und wirft sie mir zu. »Wenn du die nicht sofort anlegst, kannst du dich darauf verlassen, dass deine Freundinnen unbeschreibliche Schmerzen erleiden werden, sobald das hier vorbei ist.«

All diese Zauberer halten sich für so gut darin, mit Drohungen um sich zu werfen, besonders er.

Und du kannst dich darauf verlassen, dass es nicht so einfach wird, zaubere ich, trete die Handschellen weg und stürme mit bereits lodernden Armen los.

Erifs Magie bricht los. Kurz bevor mein blutroter Zauber den Aufseher erreicht, flammt hinter ihm eine andere Farbe auf – Violett. Ich schere aus, ducke mich, hechte zu Boden und rolle mich ab. Als ich mich aufrichte, fällt der Aufseher nach vorn und sinkt auf die Knie. Seine nie blinzelnden Augen rollen in den Höhlen nach oben. Dann kippt er vorwärts und klatscht mit einem dumpfen Laut auf den Boden. Ekani steht mit erhobener Hand hinter ihm. »Das hätte ich nicht tun sollen«, sagt sie. »Aber heute ist wohl so gut wie jeder andere Tag, um endlich zurückzuschlagen.«

Pure Verblüffung überwältigt mich. Ekani. Sie hat gerade den Aufseher niedergestreckt. Ekani, die Wächterin.

»Was glotzt du so? Ist das jetzt ein Gefängnisausbruch oder nicht?«

Schnell reiße ich mich zusammen und eile zu den magischen Mechanismen an den Wänden. Hunderte Räder sorgen dafür, dass die Zellen schweben. Kurz halte ich inne und versuche zu verstehen, wie es funktioniert, dann drängt Ekani mich beiseite. »Das kann ich übernehmen. Aber sobald sich die Zellen öffnen, werden Wächter aufkreuzen. Ich kann die Frauen nach draußen schaffen«, versichert sie mir. »In der Kampfarena gibt es eine Hintertür, die nur wenige von uns kennen. Du findest uns später in den Bergen unterwegs nach Süden. Aber wir werden eine Ablenkung brauchen.«

Ich deute auf die Steuerung. *Tu es,* schreibe ich in die Luft. *Und überlass die Wächter mir.*

Ekani zaubert. Damit setzt sie einen Mechanismus in Gang, der jede einzelne Zelle auf ihre Plattform zieht. Mit einem weiteren Zauber entriegelt sie die Türen. Wir beide beobachten, wie Dutzende Frauen zum ersten Mal ungeplant und unbewacht aus ihren Käfigen treten.

Dankbar nicke ich ihr zu, obwohl mir immer noch unklar ist, warum sie mir hilft. Aber ich habe keine Zeit, Fragen zu stellen. Von unserem Aussichtspunkt sehen wir bereits die zum Turm stürmenden Wächter. Insgesamt sechs. Weitere haben sich in die Luft erhoben und versuchen, die Flüchtigen einzukesseln. Wir rennen aus dem Raum und den Turm hinunter.

»Unterschätz sie nicht«, warnt Ekani.

Wieder nicke ich. Dann geht in den Tiefen der Anlage eine der Bomben hoch. Prompt ertönt ein schriller Alarm, den ich diesem Ort gar nicht zugetraut hätte. Trotz des Lärms hallt das Pochen schwerer Schritte von den Wänden wider. Sie kommen schnell.

Geh und hilf den anderen. Ich schwinge die Hände in Richtung eines weiteren Gangs. *Um die kümmere ich mich.*

Kapitel 33

Zweiter Anlauf

Jatin

Die Reise zu unserem Ziel verläuft ereignislos. Im einen Moment fliegen wir noch über endlose Berge und Wälder, und dann – endlich – führt Fiza uns plötzlich in den Sinkflug. Der Rest von uns hält den Atem an. Ich warte darauf, dass der Boden zu Ackerland abflacht, gesprenkelt mit Gebäuden aus Holz wie in den meisten, wenn nicht sogar in allen Dörfern von Agsa. Aber der Abstieg endet nicht. Fiza sinkt tiefer und tiefer. Kalyan, Riya und ich wechseln skeptische Blicke. Wir alle denken dasselbe.

»Ist das der Punkt, an dem sie uns umbringt?«, fragt Riya düster.

Gut, wir denken also nicht alle *genau* dasselbe.

Ich öffne den Mund zu einer Erwiderung, als ich etwas erblicke, das sich wie ein Felsbrocken über die höchsten Bäume erhebt. Allerdings handelt es sich nicht um einen Berggipfel. Auch nicht um das Kuppeldach eines Tempels. Es ist eine Festung, die ich bisher nur einmal gesehen habe.

Vor mir sehe ich ein Spiegelbild der Kuppel.

Hiren schwenkt seinen Himmelsgleiter auf unsere Höhe. Gleich darauf wird mir bewusst, dass wir alle mitten in der

314

Luft angehalten haben. »Ich dachte, davon gäbe es nur eine«, sagt er staunend.

»Anscheinend nicht«, erwidert Riya.

»Aber was macht das Ding mitten im Nirgendwo?«, fragt er.

»Ein Geheimnis sein«, meint Prisha. »Vor allem, wenn nicht mal du davon gewusst hast.« Mit ihrer Folgerung hat sie nicht unrecht.

Fiza dreht sich zu uns um.

»Wie kommen wir rein?« Riyas Arme beginnen zu leuchten, während sie spricht.

»Nicht gewaltsam«, erwidert Fiza. »Der beste Weg ist der einfachste.«

»Auf einmal wirst du mitteilsam. Und was ist der einfachste Weg?«, knurrt Riya.

»Eskortiert werden natürlich.« Fiza sinkt zwischen den Bäumen weiter zum Boden und befestigt nach der Landung ihren geschrumpften Himmelsgleiter am Gürtel.

»Was hat sie gerade gesagt?« Ungläubig sieht Riya uns an.

»Sie hat uns so weit gebracht«, befindet Kalyan und folgt Fiza hinunter. Mein bester Freund ist sein Leben lang mit dem Strom geschwommen. Es sollte mich nicht überraschen, dass er es auch diesmal tut. Im Sturzflug eile ich hinter ihm her durch das herbstliche Blätterdach ins dichte Unterholz.

Zuletzt schließt auch Riya zu uns auf, danach befestigt sie ihren Himmelsgleiter mit einem Schnappen am Gürtel. »Das gefällt mir nicht, Jatin. Mir hat noch nichts von alldem gefallen, aber das hier am wenigsten. Sie hat praktisch verkündet, dass sie diesen Ort kennt und auch sie hier bekannt ist.«

»Aber das haben wir bereits gewusst, oder?«, entgegne ich.

Also setzen wir uns in Bewegung. Sobald wir zwischen den

Bäumen hervortreten, ragt die Nachbildung der Kuppel über uns auf, halb so groß wie das Original. Dennoch scheinen sich die gekrümmten Wände aus diesem Blickwinkel kilometerweit nach oben zu erstrecken. Das Bauwerk befindet sich auf einem Feld. Nur ein schmaler, gewundener Pfad kennzeichnet den Ort. Auf einer Seite steht ein verlassener Wagen. Nichts rührt sich. Am Himmel kreisen keine Vögel. Die Bäume ragen starr empor, schwanken nicht. Da das Licht schräg einfällt, kann ich sehen, dass sich ein schwarzer Trugbann über das Gebäude spannt, allerdings kein besonders mächtiger, wenn ich ihn ohne Magie erkennen kann.

Fiza dreht sich um. »Also, ich gehe rein, und dann …«

»Nein«, falle ich ihr ins Wort. »So machen wir das nicht.«

»Jatin, glaubst du etwa, man würde dich nicht erkennen?«

»Es ist Zeit für Antworten, Fiza. Wer sind die? Was ist das für ein Ort?« Ich spüre, wie meine Freunde näher zu mir rücken und Fiza umzingeln.

»Fang damit an, woher du weißt, dass Adraa dadrin ist«, verlangt Riya so eiskalt, wie ich sie noch nie habe sprechen hören.

Fiza zieht die Augenbrauen hoch, und ich ahne, dass ihr eine bissige Rechtfertigung auf der Zunge liegt. Dann grollt der Boden, und eine graue Rauchfahne quillt aus der Seite des Gebäudes. Ein Alarm ertönt. Die Tore fliegen auf. Ein Haufen Männer in orangefarbenen Kuppeluniformen stürmt heraus und erhebt sich in die Lüfte.

Adraa!

»Planänderung!«, brülle ich und presche vorwärts.

Ich entfessle einen Strahl meiner Magie und treffe den nächstbesten flüchtenden Himmelsgleiter. Der Zauberer stürzt ab und landet im Dreck. Er stöhnt, als ich ihn am Kragen packe und hochzerre. »Was ist passiert?«

»Sie war reines Feuer!«, entfährt es dem Wächter. »So was habe ich noch nie gesehen … Dafür ist mir mein Leben zu wertvoll.« Er tritt um sich, befreit sich aus meinem Griff und ergreift im Laufschritt die Flucht, verzichtet darauf, zu fliegen.

Ich wende mich dem Tor zu. »*Tvarenni*«, zaubere ich und renne los. Die anderen folgen mir.

Wir passieren mehrere fliehende Wächter, die uns jedoch keine Beachtung schenken. Was auch immer Adraa getan hat, es hat diesen Zauberern und Hexen vor lauter Angst das Pflichtbewusstsein ausgetrieben. Schließlich betreten wir die ummauerte Festung, die ein einziges Labyrinth tunnelartiger, verschlungener Gänge ist – noch verwirrender als der Ort, von dem wir kommen.

»Was jetzt? Wo ist sie?«, frage ich Fiza.

»Ich weiß es nicht genau. Aber Sims zufolge ist sie hier.«

»Oh, das ist sie«, sagen Riya und ich gleichzeitig.

»Ihr habt den Zauberer gehört«, füge ich hinzu. »Wir teilen uns auf. Riya, Prisha, Kalyan – versucht, die Zellen zu finden. Hiren, du zu den Unterkünften der Wächter. Ich nehme mir den Einzelhaftbereich vor.«

»Ich glaube, hier gibt es einen Keller. Dorthin gehe ich«, kündigt Fiza an.

»Wartet«, bremse ich die anderen, die sich bereits in Bewegung setzen. Ich hole die Firelight-Kugeln hervor, die in der Dunkelheit schimmernd zum Leben erwachen. »Hier. Falls jemand sie findet und sie verletzt oder ausgebrannt ist, könnte das helfen.«

»Was genau sollen wir damit machen?«, fragt Fiza und

nimmt einen der wertvollsten Zauber entgegen, die ich besitze. Eines der letzten Firelights, die Adraa erschaffen hat.

»Du lässt sie ihre Magie zurücknehmen«, erklärt Riya.

Fiza runzelt die Stirn. »Soll das heißen, Adraa kann einen Zauber wieder in sich aufnehmen?«

»Was glaubst du, wie sie den Gandhak aufgehalten hat?«, sage ich, bevor ich einen Gang hinunterlaufe.

Ich komme, Adraa. Ich bin fast da.

Kapitel 34

Rettung durch die Rote Frau

Adraa

Ich stehe im Turm. Von der anderen Seite nähern sich die Geräusche einer Armee. Ich muss Ekani genug Zeit verschaffen, die Gefangenen in Sicherheit zu bringen. Und ich muss es zu den Stimmlosen schaffen, um Harini zu helfen, damit wir alle von hier verschwinden können. Dafür muss ich nur diesen Kampf überstehen. Allein. Mein erster Instinkt besteht darin, die Tür aufzureißen und die Zauberer anzugreifen. Aber ich halte mich zurück und untersuche stattdessen das Holz der Tür. Ich habe keine grüne Magie, um es zu beeinflussen, doch als mich die Stimmen auf der anderen Seite auffordern, mich zu ergeben, fällt mir ein Plan ein.

Zaktirenni, zaubere ich in meine Beine und trete die Tür mit so viel Wucht auf, dass sie aus den Angeln und durch die Luft fliegt. Wächter feuern Zauber darauf ab und erzeugen eine bunte Rauchwolke. Ich warte, bis der Beschuss endet, die Spannung steigt und Angst einsetzt.

Dann schreite ich aus dem Turm, den Oberkörper in Flammen gehüllt. Der letzte Rest von Erifs Magie strömt durch mich hindurch.

Die meisten Wächter auf Himmelsgleitern ergreifen umgehend die Flucht. Andere machen kehrt und rennen davon. Die Verbliebenen zögern.

Runde zwei. Diesmal ohne Grenzen.

Ich stürme vorwärts, lasse mich von den Flammen umhüllen, während ich Barrieren aus Feuer wirke und sie dann in Form von Feuerbällen entfessle. Was gut funktioniert. Die schmale Plattform bietet den Wächtern keinen Platz zum Ausweichen. Ich erkämpfe mir den Weg durch jene, die nicht mit ihren Himmelsgleitern abhauen, schlage Haken, ducke mich, dränge die Wächter zurück.

Ich muss zu den Plattformen, damit ich nicht mehr so ungeschützt bin. Magische Pfeile regnen auf mich herab. Ein blau gleißender streift mich an der Schulter. Ich lasse Energie in meine Beine fließen und lege einen Zahn zu. Als ich es zur Klippe schaffe und anhalte, erlischt das Feuer. Erifs Macht ist aufgebraucht.

Nur noch zwei Wächter stehen.

»Du!«, ruft der links von mir, als würde ich versuchen, mich zu verstecken. »*Astraraw*«, zaubert er. Prompt rast ein weiterer blauer Dolch auf mich zu. Ich weiche zur Seite aus und stürme vorwärts. Der andere Wächter ist ein Unberührter. Er zieht ein Messer. Gleichzeitig erschafft der mit blauer Stärke ein Schwert. Instinktiv hechte und schlittere ich nach vorn, erschaffe einen Schild über meinem Kopf und ramme einen Fuß in die Kniescheibe des Unberührten. Als er einknickt und zu Boden geht, schwinge ich das andere Bein, um den zweiten Zauberer zu Fall zu bringen. Er springt hoch und lässt das Schwert nach unten sausen. Ich reiße den Schild nach oben und schmälere ihn, um meinen Arm zu schützen. Blau und Rot prallen zu einem zornigen Violett aufeinander und spritzen wie Farbe an die Wände.

So verharren wir eine atemlose Sekunde lang. Unsere Kräfte pressen gegeneinander und versuchen, sich gegenseitig zu brechen.

»Willst wohl die Heldin spielen, was? So sein wie die Rote Frau, hm?«

Mit der freien Hand beginne ich, einen Windzauber zu bilden, um meinen Gegner zurückzustoßen, aber der Wächter blauer Stärke kommt mir zuvor. Eine Böe weht mich zurück bis zum Rand der zerklüfteten Klippe. Ich rolle mich herum, will mich aufsetzen und zaubern, doch plötzlich verkrampfen sich meine Muskeln, und mein Berührungsmal verblasst. *Nein!*

Weil es in meinem Leben schon so oft vorgekommen ist, weiß ich auf Anhieb, was passieren wird. Was bereits passiert. Das Blutlust-Experiment und jenes Feuer. Ich bin am Ende meiner Kräfte. Erif hatte recht. Sie haben sich zu viel genommen, und die Macht von ihr habe ich bereits aufgebraucht. Ich stehe kurz davor, auszubrennen.

Ein kribbelndes Taubheitsgefühl sickert von der Haut in die Knochen, und es ist vorbei mit »kurz davor«. Es ist so weit, ich brenne wirklich aus.

Der Wächter scheint nicht zu verstehen, was vor sich geht. Als ich zusammensacke, zögert er. Wahrscheinlich vermutet er dahinter eine List. Ich wünschte, es wäre eine. Und wie ich das wünschte.

»Was ist los? Fühlst du dich nicht gut?«, verhöhnt er mich, aber in den Worten schwingt ein Hauch Unsicherheit mit. Jene Flammen haben ihm Angst eingejagt. Wenn ich sie nur noch einmal herbeibeschwören könnte.

Er greift nach mir, doch vorerst steckt in mir noch genug Energie, um mich zu ducken und wegzurollen. Ein Stiefel trifft mich in die Rippen. Ich stoße einen lautlosen Schrei aus, als ich rückwärts schlittere.

»Du bist endlich ausgebrannt, stimmt's?«

Er packt mich am Arm und zerrt mich auf die Beine. In dem Zustand hat mich noch nie jemand so grob angefasst. Sonst würde ich die damit verbundenen Qualen bereits kennen und hätte mein Leben ganz darauf ausgerichtet, sie zu vermeiden. Es fühlt sich an, als würde er meine Knochen zermalmen. Dann drückt er fester zu, und ich erschlaffe.

Er lässt mich fallen. Meine Schulter brüllt, als ich auf ihr lande.

»Du kommst hier nicht lebend raus. Niemand wird dir helfen. Die echte Rote Frau wird *nicht* auftauchen, um dich zu retten.«

»Auftauchen wird sie deshalb nicht, weil sie schon hier ist«, ertönt eine Stimme aus der Dunkelheit. Eine rote Peitsche schnellt durch die Luft und schlingt sich um die Taille des Wächters. Er zuckt zurück, als würde er durch ein Rohr gesaugt. Ein Krachen hallt von den gekrümmten Wänden wider.

Eine Frau tritt aus den Schatten. Und nicht irgendeine Frau – die *Rote Frau.*

Wir starren uns an. Ich sie. Sie mich. Es ist unheimlich. Als blicke man in einen Spiegel. Oder in eine andere Dimension. Ich weiß, dass meine Sicht verschwimmt, wenn ich ausbrenne, aber so habe ich es noch nie erlebt. Wie viel Blut habe ich denn verloren?

Sie kommt auf mich zugerannt und zieht etwas Helles aus der Tasche, bietet es mir wie ein Geschenk an. Ich schaue auf und erblicke … erblicke … Firelight! Das ist eindeutig ein Traum, oder? Verrennt sich mein Verstand in Wahnvorstellungen und Selbstbetrachtung? Soll ich diese Frau ansehen und mein anderes Ich erkennen? Jenes, das mehr Schmerz und Folter erträgt? Das ich erschaffen habe, um die Vencrin das Fürchten zu lehren und mich zu stärken, wenn ich mich schwach gefühlt habe?

»Hier. Nimm. Tu, was du musst.« Das Firelight landet in meinem Schoß, und die Wärme weckt mich. Ich hebe die rote Kugel aus Magie und Licht auf. Sie flackert, als würde sie mich erkennen. Vielleicht bilde ich es mir auch nur ein.

Harini hat mir offensichtlich nie das Zeichen für meinen Firelight-Zauber beigebracht. Trotzdem versuche ich es, indem ich Feuer anzeige, Erif anrufe und beide Hände auf mich richte, wie ich es auf dem Gandhak getan habe. Vor allem konzentriere ich mich auf die Absicht.

Es funktioniert – die Magie, *meine Magie,* fließt in mein Berührungsmal. Die Muster an meinem Handgelenk leuchten auf und verblassen wieder. Vor Monaten auf dem Gipfel eines ausbrechenden Vulkans war dieser Zauber das Schwierigste, was ich je versucht habe. Eigentlich sollte ich überrascht sein, dass ich ihn ohne Stimme hinbekomme und es überhaupt funktioniert. Aber dieser Zauber ist wie Firelight ein Teil von mir geworden, hat sich in meine Magie gebrannt. Ich balle die Hand zur Faust, dann öffne ich sie. Viel ist es zwar nicht, aber es reicht. Mit ein bisschen Zeit werde ich zurechtkommen.

»Jetzt kannst du mir danken«, sagt meine Doppelgängerin.

Abrupt schaue ich auf. Ich erschrecke beim Anblick der schwarzen Uniform, der in rote Wirbel gehüllten Schildzauber und der Maske in ihrem Gesicht. Was ich vor mir habe, ist echt. Diese Frau ist echt und ... und sie hat die Maske nicht richtig gezaubert. Sie besteht nur aus Rauch, der ihr Gesicht verdeckt. Es fehlt die zusätzlich eingearbeitete Magie. Ich wirke einen Zauber, um den Mangel zu beheben. Diesmal erschrickt sie und reißt die Hände ans Gesicht. Aber ihr wird schnell klar, was ich mache, denn sie hält still.

»Oh. Das ist … unglaublich«, flüstert sie und dreht den Kopf hin und her. »Ich kann alles sehen.«

Stumm zaubere ich Worte, die zwischen uns schweben. *Du kannst mir später danken.*

∗∗∗

Während meine Doppelgängerin und ich durch die Gänge laufen, bemühe ich mich, sie nicht anzustarren. Bei den Göttern, das ist mehr als seltsam. Nach mehreren prüfenden Blicken fällt mir auf, dass ein leichter Schatten ihr Haar umgibt, wodurch der Zopf ein wenig unnatürlich schwingt. Trugbanne. Sie hat sich in einen Nebelschleier aus schwarzer Magie gehüllt, um sich in mein Ebenbild zu verwandeln.

Verdammt beeindruckend. Aber warum?

Schließlich ertrage ich es nicht länger. Ich muss wissen, wem ich gerade folge. Wenn mich dieser Ort etwas gelehrt hat, dann dass man vorsichtig damit sein sollte, wem man sein Vertrauen schenkt. Meine Liste ist denkbar kurz.

Ich ziehe an ihrem Ellbogen und zaubere die einfache Frage in die Luft. *Wer bist du?*

Bevor sie antworten kann, zischen orangefarbene und grüne Zauber über uns hinweg. Einer verfehlt mich nur um Zentimeter. Wir huschen hinter eine Säule.

»Ich bin Fiza, Fürstin von Agsa«, antwortet sie und feuert über meine Schulter einen Zauber ab.

Eine Fürstin aus Agsa? Das kommt unerwartet.

Ich schwenke die Hände. *Vermutlich weißt du bereits, wer ich bin.*

Sie nickt, als sollte das Wort *leider* folgen.

Vielleicht irre ich mich damit auch. Vielleicht stellt sie nur meine eigene Miene zur Schau. Wirke ich immer so ernst und zornig? Bei den Göttern, kein Wunder, dass ich den Leuten Angst einjage. Mit der Maske, der Uniform und dem ganzen Drumherum … bin ich wirklich furchterregend.

Ich verkneife mir ein Lächeln, weil mir das irgendwie gefällt. Die Aufmachung habe ich wahrhaftig gut gewählt.

Eine Augenbraue hebt sich über die Maske. »Warum lächelst du?«, fragt sie.

Ich wische die Frage mit einer Handbewegung beiseite.

Eine grüne Rauchwolke kräuselt sich um die Ecke der Säule. Ich würge sie ab und errichte einen Schild, damit wir geschützt sind.

Wichtiger noch, wer hat dich geschickt?, frage ich.

»Was glaubst du wohl?«

Ich weiß noch nicht so recht, ob ich von dieser Hexe beeindruckt sein soll oder ob ich sie nicht leiden kann. Obendrein ist es verdammt nervig, ein Gespräch während eines Gefechts zu führen. Und dazu muss ich mich auch noch mit dieser Doppelgängerin herumschlagen, die Fragen mit Gegenfragen beantwortet.

Orangefarbene Pfeile treffen meinen Schild hart. Der Letzte durchbohrt ihn sogar. Das reicht, ich habe genug.

Mit einem Seufzen ziehe ich eine weitere Bombe von meinem Gürtel, zünde die Lunte mit Flammen von meinen Fingerspitzen an und werfe, so weit ich kann. Ich beobachte, wie der Beutel mit Kräutern in hohem Bogen über die Wächter fliegt. Einer bemerkt das Geschoss. Ich erkenne den Moment, in dem er beschließt, es abzuschießen.

Verdammt!

»Was um alles in der Welt war ...«

Ich ziehe Fiza runter und den Schild wie eine Decke über uns. Eine Sekunde später dröhnt, viel näher als geplant, eine Explosion durch den Gang. Als sich der Rauch verzieht, liegen die Zauberer am Boden, und der Weg ist frei. Ich drehe mich der jungen Frau zu. *Ich weiß nicht, wer dich geschickt hat. Deshalb habe ich gefragt. Warum sagst du es mir nicht einfach, verdammt?*, schreibe ich.

Sie steht auf und schaut zu den beiden stöhnenden Männern. »Deine Wächter, deine Schwester und dein ... und Radscha Jatin.«

Was? Sie alle! Mein Herzschlag beschleunigt sich beim Gedanken, dass Jatin hier ist.

Also hat er doch nicht auf mich gehört. Ich kann nicht behaupten, verärgert darüber zu sein. Allerdings ... Ich mustere die Frau erneut. Wenn Jatin versucht hat, mich in meiner Abwesenheit zu ersetzen, dann ist er fällig.

Weitere Schritte hallen durch den Gang in unsere Richtung. Diesmal entfesselt die junge Frau – Fiza – ihre Magie, wirft sie aus wie ein Lasso. Es legt sich um die Hände des Zauberers, und sie zieht kräftig daran. Inmitten der Schwärze von der Explosion geht der Mann zu Boden.

Haben alle an der Akademie diesen Seiltrick gelernt? Den muss ich mir unbedingt auch aneignen.

Ich sehe Fiza an. Mein Blick fällt auf die dicht verschlungenen Linien ihres Berührungsmals. Einen Ärmel hat sie über den Unterarm hochgezogen. Weit genug, um den roten Fleck an ihrem Ellbogen zu erkennen. Fiza bemerkt, dass er mir auffällt. Rasch zieht sie den Stoff wieder nach unten.

Sie benutzt Blutlust. Nein, keine Süchtige.

Von unter uns ertönt ein Tumult, der verdächtig nach einem Kampf klingt. Ein Blick, und wir drehen uns beide der Treppe zu. Ich verdränge die Frau in den Hintergrund meiner Gedanken und richte alle Aufmerksamkeit auf meine Sinne und das wilde Gefecht, in dem wir anscheinend gelandet sind.

»Klingt, als würden sie meine Hilfe brauchen«, sagt Fiza.

Ihre Hilfe? Was glaubt sie denn, was ich bin? Machtlos? Wer hat denn die Wachen im Gang ausgeschaltet? Oder zumindest die meisten davon …

Sie stürmt voraus, bevor ich ihre Äußerung richtigstellen kann. Ich kann ihr nur folgen.

Verflixt. Fühlt es sich für Jatin so an, mein Partner zu sein?

***

Als wir uns dem Lärm nähern, weiß ich bereits, woher er stammt – aus der Kantine.

Fiza will direkt hineinpflügen, aber ich halte sie zurück und bedeute ihr, dass wir die Türen gleichzeitig aufstoßen sollten. Mit Handbewegungen deute ich es an, bevor ich drei Finger hebe.

»Ich kann dich nicht verstehen.«

Es kostet mich erhebliche Mühe, nicht die Augen zu verdrehen. Gibt es überhaupt eine simplere Zeichenbotschaft als »auf drei«? Aber ich mache mich bereit und zeige nur auf die Tür. Gehen wir eben rein, wann immer ihr danach ist. Abstimmung und Zusammenarbeit werden ohnehin überschätzt.

Fiza stürmt hinein. Ich folge ihr schnell und schwinge die Tür mit Wucht auf – für den Fall, dass sich jemand auf der anderen Seite befindet. Meine Hände schießen vor, bereit für einen Angriff. Aber niemand bemerkt unsere Ankunft oder schert sich darum. Das Geschehen findet wenige Meter ent-

327

fernt statt, wo eine Horde von Wächtern auf der anderen Seite der Halle zusammenströmt.

Rauchende Farbblitze erhellen das Gefecht. Weitere Uniformierte traben aus dem südlichen Korridor an. Die Masse der Körper wird größer und größer. Alle rennen hierher, zur Mitte der Gefängnisanlage. Das lässt nur eine von zwei Möglichkeiten offen. Entweder ist es Harini und mir gelungen, alle zu befreien, und sie sind bereits geflohen. Oder wir haben völlig versagt, und die größte Bedrohung ist …

Ein Zauberer wird zurückgeschleudert und am Boden festgeeist. Als ich der Bahn des weißen Nebels folge, erblicke ich ihn.

Auf der anderen Seite der Halle kämpfen Riya und Kalyan zu beiden Seiten der Liebe meines Lebens. Er wirkt … ich weiß gar nicht, wie. Wütend. Erschöpft. Gebieterisch. Vor allem aber sieht er gut aus. So nah sind wir uns seit Wochen nicht mehr gewesen. Deshalb ist *gut* eigentlich stark untertrieben. Er ist hier. Irgendwie hat er mich gefunden, obwohl ich nicht mal weiß, wo ich bin.

Einen Moment später schaut Jatin auf, und unsere Blicke begegnen sich. All der Schrecken um uns herum verblasst, als sich seine Züge aufhellen. Er lächelt. Und damit trifft *gut* es überhaupt nicht mehr. Der Mann ist der schönste Anblick, den ich je gesehen habe. Und bei den Göttern, ich habe fast vergessen, was dieses Lächeln bei mir bewirkt.

Sein Blick schnellt auf etwas zu meiner Linken. Sofort schwenke ich die Arme und bilde einen Schild. Prompt saust ein Schwert auf mich herab. Ein Wächter brüllt auf, während er auf meine Barriere presst, aber mit einer schnellen Drehung lenke ich ihn zur Seite ab. Ich entwirre das Geflecht roter Magie zu einem Windstoß gegen die Brust meines Angreifers. Er

wird rückwärtsgeschleudert und prallt mit verrenkten Gliedmaßen gegen die Wand.

Mein Name tönt durch die Halle, als Jatin nach mir ruft.
Ich schaue zu seiner Gruppe hinüber, die gerade von einer Flut
anstürmender Wächter überwältigt wird. So viel zum Plan, die
Wächter abzulenken, um alle Gefangenen heimlich nach draußen zu schmuggeln. Wir werden uns den Weg in die Freiheit
erkämpfen müssen.

Zwar verspüre ich bereits ein Kribbeln in den Armen, aber
ich beiße die Zähne zusammen. Mir ist, als wäre ich zurück in
der Kampfarena, und ich verteile Schläge, statt zu zaubern. Jatin tut es mir gleich, drängt vorwärts und pflügt durch die ihn
umzingelnde Horde der Wächter. Als sie zu den Seiten ausweichen, erblicke ich Prisha, die mit zwei Schwertern in den
Händen kämpft. Neben ihr schlingt Hiren gerade einen Schatten aus schwarzem Rauch um den Rumpf einer Wächterin.

Dann gilt meine Aufmerksamkeit wieder Jatin, der kaum
auf die Männer achtet, die er durch die Luft wirbelt. Ich beginn-
ne, die Entfernung zu schätzen. Fünf Meter. Drei Wächter
stürmen von rechts heran. Ich trete einen Tisch in ihre Richtung, der sie gegen die Wand befördert. Vier Meter. Ich greife
mir ein Tablett und schleudere es einer Wächterin an den
Kopf. Drei Meter. Ich spüre die Kälte von Eis, als Jatin jemanden damit umhüllt. Zwei. Ich wirble herum und zaubere einen
Windstoß.

Dann ist er da, unmittelbar vor mir.

Wir stehen einander gegenüber. Eine Sekunde der Unsicherheit verstreicht, während wir nach Luft schnappen.
»Adraa«, flüstert er, und wie bei unserem ersten Kuss setzen
wir uns im selben Moment in Bewegung. Seine Arme um-
schließen mich, drücken mich an ihn, heben mich hoch.

»Ich komme nie wieder zu spät«, murmelt er wieder und wieder in mein Haar. »Nie wieder.«

Ich atme seinen frischen Berggeruch ein und koste den Augenblick in vollen Zügen aus, bevor ich schildern muss, was mit mir passiert ist – was Basu und die anderen zerstört haben. Und warum ich nicht sofort etwas erwidern kann. Mit den Armen nach wie vor um mich geschlungen dreht Jatin den Kopf. Ich folge seinem Beispiel, will seine Lippen auf meinen spüren.

Aber er nähert sich mir nicht für einen Kuss.

Stattdessen spricht er. Nur ein kurzes Wort.

»Adraa?«

Kapitel 35

Ausbruch

Jatin

»Adraa? Sag etwas. Geht es dir gut?«,

Ihre Züge fallen in sich zusammen. Sie öffnet den Mund und schließt ihn wortlos wieder. Tränen treten ihr in die Augen. Ich vermag nicht zu sagen, ob sie von Erleichterung darüber zeugen, dass ich hier bin, oder von Zorn darüber, dass ich nicht eher da war. Denn verdammt, ich komme nicht nur verspätet. Ich hätte nie zulassen dürfen, dass irgendetwas davon überhaupt passiert.

Langsam streichle ich ihre Wange. »Bitte sag etwas.«

Tut sie nicht. Stattdessen krallt sie die Fäuste in meine Kurta und presst den Mund auf meinen. Ich küsse sie, als würde ich es nie wieder können – was ich wochenlang gedacht und befürchtet habe.

»Um der Götter willen, ihr müsst euch wirklich ein Zimmer suchen«, merkt Fiza barsch an, während sie Magie um sich schleudert, als würde sie Dolche werfen. Ich würde nur zu gern ein Zimmer für uns suchen, statt mich wieder dem uns umgebenden Wahnsinn zu widmen. Aber was kann ich schon tun? Unser Leben ist mittlerweile Wahnsinn geworden.

Adraa löst sich von mir und sieht Fiza an, die aus irgendeinem Grund ihren Trugbann der Roten Frau angelegt hat.

»Das kann ich erklären«, beginne ich.

Weil ich mit Zorn oder schneidendem Sarkasmus rechne. Stattdessen bekomme ich nur eine hochgezogene Augenbraue und ein leichtes Kopfschütteln zu sehen.

»Adraa?« Verspätet wird mir klar, dass sie immer noch rein gar nichts gesagt, mir nicht geantwortet hat. »Adraa?«

Sie beißt sich auf die Unterlippe, zieht sich weiter zurück und schwenkt die Arme im Kreis. Ihr Mund bewegt sich nicht. Kein Zauber wird gesprochen. Und doch erscheint über ihr ein Wort. Mein Name. *Jatin.*

Was um alles in der Welt … »Wie hast du …« Hat sie gerade …

Mit einer weiteren Bewegung verschwimmt das blutrote Wort, wird von anderen ersetzt. *Jatin, ich kann nicht sprechen. Sie haben mir die Stimme genommen.*

***

Kummer und Wut steigen in mir auf wie eine Flutwelle. »Wie? Warum?«, platzt es aus mir heraus. Die Fragen kämpfen um meine Aufmerksamkeit, bis eine noch bedeutendere auftaucht und mich nicht mehr loslässt – *wer.* Denn irgendjemand hat ihr die Stimme geraubt. Die Stimme, verdammt noch mal.

»Du kannst trotzdem noch zaubern?«

Sie nickt. Dann feuert sie mit einem Lächeln einen Strom aus rotem Rauch auf einen nahenden Wächter ab. Ich beobachte, wie er mit einem Aufschrei rückwärts durch die Luft segelt. Und wieder mal kann ich über Adraa nur staunen. Oh, das wird sie mir lange unter die Nase reiben. Ich glaube nicht, dass ich je wieder mit Fug und Recht behaupten können werde, ich hätte gewonnen. Aber heute gebe ich mich ihr gern geschlagen.

»Adraa!«, brüllt Prisha, löst die Stränge eines Tischs aus Korbgeflecht und fesselt damit einen Zauberer. Beeindruckend.

»*Simaraw*«, ruft Riya, und ein violetter Schild fegt durch den Raum. Danach laufen Riya und Adraa aufeinander zu, fallen sich gegenseitig in die Arme. »Oh ihr Götter, ich habe dich so vermisst.« Riya wirft mir über Adraas Schulter hinweg einen finsteren Blick zu. »Hättest du nicht eine Barriere errichten können, damit wir alle eine richtige Wiedervereinigung feiern können?« Riya umarmt Adraa noch inniger. »Bitte lass mich nicht wieder mit ihnen allein.«

»Tut mir leid, Riya«, sage ich.

»He! So schlecht waren wir gar nicht«, protestiert Hiren. Kalyan schüttelt nur den Kopf.

»Ja, ich würde sagen, die meisten von euch sind ganz in Ordnung.« Riya zieht sich zurück und wirft einen Seitenblick zu Fiza, die einen Schritt hinter mir steht, die Maske noch aufgesetzt. Tatsächlich sitzt sie besser, als ich sie je an ihr gesehen habe.

Prisha nähert sich langsam, unsicher. »Ich möchte dir sagen, wie leid es mir tut. Mein Verhalten war voll daneben, und ...« Weiter kommt sie nicht, weil Adraa sie in eine innige Umarmung zieht.

An der Stelle scheint Riya ein Licht aufzugehen. »Adraa? Ist alles in Ordnung?«

»Sie haben ihr die Stimme genommen«, erkläre ich, damit Adraa es nicht noch mal zaubern muss.

Riya reißt die Hand an den Hals. »Sie haben *was?* So was ist überhaupt möglich?«

Prisha löst sich aus der Umarmung. »Jemand hat dir die Stimme geraubt?«

Basu, schreibt Adraa in die Luft.

Wir alle starren auf die Buchstaben. Zorn durchfährt mich, als ich den Namen erkenne. Der Händler, der Firelight an die Vencrin verkauft hat, steckt dahinter? »Ich bringe ihn um.«

Riya tritt einen Schritt vor. »Und wenn Jatin es nicht kann, tu ich es.«

Wir müssen ihn finden, aber darüber können wir später reden, schreibt Adraa.

»Du hast recht. Verschwinden wir von hier«, sage ich.

Adraa zieht sich zurück. *Das können wir nicht,* teilt sie uns mit roten Worten mit.

»Warum nicht? Was entgeht mir?«, frage ich.

Adraa schüttelt den Kopf, bevor sich ihre Hände bewegen. Ich warte. *Wir müssen alle Gefangenen befreien. Das hier ist kein Gefängnis. Es ist eine Einrichtung, um Blutlust herzustellen.*

Blutlust! Ich starre Adraa an. All die Monate. So viel Zeit! Wir hatten es nicht direkt vor den Nasen. Es war viele Meilen weit entfernt.

In der Klinik sind noch sieben Hexen. Wir müssen sie rausholen. Ich brauche eure Hilfe.

Mir ist nicht ganz klar, wie und warum man diesen Ort für die Herstellung von Blutlust braucht, aber es ist keine Zeit für Fragen.

Eine Sekunde später spricht Riya meinen Gedanken aus. »Dann also Planänderung.«

»Ich wünschte, das hätte jemand ein bisschen früher gesagt. Dann hätte ich die da bewusstlos geschlagen«, merkt Kalyan nüchtern an und zeigt auf etwa ein Dutzend Männer außerhalb von Riyas Barriere. Sie haben sich wieder aufgerappelt und bereiten Verteidigungszauber vor.

Hiren schaut ungläubig drein. »Du hast dich absichtlich zurückgehalten?«

Ich greife zu meinem Gürtel, ziehe das Firelight hervor und halte es Adraa hin. Die anderen folgen nacheinander meinem Beispiel. Adraa bewegt die Hände und nimmt ihre Magie zurück. Blutrot leuchtend strömt sie in ihre nackten Arme. Ihr freizügiges Oberteil ist mir schon aufgefallen, als ich sie auf der anderen Seite des Raums gesehen habe, aber ich glaube, der Rest der Gruppe bemerkt es erst jetzt, denn Riya fragt: »Was um alles in der Welt hast du da an?«

Adraa winkt ab, besagt mit der Geste: *Lass mich gar nicht erst anfangen.*

»Mir gefällt …«, beginnt Hiren, bevor ich ihn mit einem finsteren Blick abrupt verstummen lasse und Prisha ihm gegen den Arm klatscht.

»Für solchen Unsinn haben wir später Zeit. Verschwinden wir jetzt erst mal von hier«, schaltet Fiza sich ein, als ein Blitz aus Magie auf Riyas Schutzschilde trifft.

»Bereit?«, frage ich Adraa.

Wollen wir es interessanter gestalten?

»Kommt drauf an. Was bekommt der Gewinner?«

Sie zieht eine Augenbraue hoch und tritt vor.

Ich werde so oder so gewinnen.

Kapitel 36

Bedeutsame Frage

Adraa

Jatin und ich stürmen durch die Barriere, als Riya sie öffnet.

So gern würde ich Fragen an alle richten. Ich sehne mich danach, zu sprechen. Aber Jatin braucht seinen Mund, um Zauber zu brüllen. Das wird warten müssen. Als ich einen Wächter zum Stolpern bringe, wird mir klar, wie gezeichnet vom Kampf diese Männer bereits sind. Jatin muss es wohl auch spüren, denn er nähert sich mir einen Schritt.

»Deinen Eltern geht es gut«, versichert er mir, bevor er jemanden an der Wand festfriert.

Ich schalte einen Wächter aus, zeige auf Jatin und bilde mit den Lippen *Vater?*, um zu verdeutlichen, was ich meine. Obwohl er es zu unterdrücken versucht, lässt er leicht die Schultern hängen. »Mein Vater ist sehr krank, aber noch sehr lebendig. Deine Mutter glaubt, dass Gift die Ursache ist.«

Jemand hat Maharadscha Naupure vergiftet?

»Prisha geht's hervorragend, wie du ja siehst. Allerdings war sie ziemlich fertig wegen dem, was mit dir passiert ist.«

Ich nicke, während ich alles verdaue. Der Familie geht es gut. Belwar schwebt nicht in Gefahr. Jetzt müssen wir nur noch von hier verschwinden, alle in Sicherheit bringen und die

Droge mit meinem Blut zurückholen. Allerdings ist da noch die Sache mit meinem Gerichtsverfahren und die Beeinflussung durch Moolek.

Hast du herausgefunden, wie Moolek in die Köpfe der Leute eingedrungen ist?, frage ich schließlich.

»Was meinst du?«

Ich runzle die Stirn, strecke den letzten Wächter mit einem kräftigen Schlag nieder und drehe mich wieder Jatin zu. *Das habe ich dir doch gesagt. Bei der Verhandlung. Ich habe es dir zugerufen.*

»Ich ...«

Ich trete vor. Nein. Das kann nicht sein. Meine ganze Hoffnung während der Zeit in der Kuppel hat darauf beruht, dass Jatin das Geheimnis lüften würde. Ich merke, dass die anderen die Aufmerksamkeit auf uns richten, doch es ist mir egal. *Ich habe dir gesagt, du sollst Moolek unter die Lupe nehmen. Er ist irgendwie in unsere Köpfe eingedrungen und hat die Lügen glaubhaft erscheinen lassen.*

Ich sehe die anderen an, Menschen, die ich liebe und denen ich mehr vertraue als irgendjemandem sonst. *Bitte sagt, dass ihr den letzten Monat nicht alle nur darauf konzentriert wart, mich zu retten.*

Alle Blicke bleiben auf mich gerichtet, aber niemand öffnet den Mund zu einer Antwort. Also stimmt meine Vermutung offensichtlich.

Die falsche Rote Frau mustert die anderen. »Darf ich jetzt schon anbringen, dass ich es ja gesagt habe? Oder soll ich noch warten?«

Aus dem Gang ertönt das Getrampel von Schritten. Alle spannen die Körper an. Fragen und Sarkasmus sind schlagartig vergessen. Mein Herzschlag beschleunigt sich sprunghaft, und ich hebe die Hände, bereit für ein weiteres Gefecht.

»Schon gut, ich warte«, sagt die Rote Frau, kurz bevor eine neue Horde von Wächtern angreift.

***

Wir arbeiten als Team zusammen und nutzen die Umgebung der halb zerstörten Kantine, um uns die neuen Wächter vom Leib zu halten. Ich kauere hinter einem umgekippten Tisch neben Jatin und feuere Zauber über unsere Schultern ab.

Er will das Gespräch nicht beenden. »Adraa, es tut mir leid, aber ...«

Ich schüttle den Kopf. *Ich weiß. Du konntest nicht anders.*

»Du hast recht. Ich konnte nicht anders. Ich musste herkommen. Immerhin hast du unsere beiden Länder gerettet. Und hätte ich geahnt, was sie mit dir vorhaben, wäre ich schon früher gekommen.«

Die Eindringlichkeit seiner Worte verblüfft mich. Aber ich darf nicht vergessen, dass sie von Jatin stammen, dem Jungen, der sich selbst dazu angetrieben hat, der beste Zauberer von ganz Wickery zu werden, und mich dazu, die beste Hexe zu werden. Ich würde alles für mein Land tun, Jatin alles für die Menschen, die er liebt. Und er liebt mich.

»Adraa, ich muss dich etwas fragen.«

Der Ernst in seiner Stimme lässt mich innehalten. Aber wenigstens nicht: *Ich muss dir was sagen.* Das hätte Verheerendes erahnen lassen. Stattdessen geht es um eine Frage. Ich setze zu einem Nicken an, als eine gelbe Rauchspirale den Tisch aus Korbgeflecht zerteilt und zwischen uns hindurchschießt. Es ist ein Windzauber, kein Pfeil, wie ich eine Sekunde zu spät be-

338

merke. Der von mir errichtete Schild wird samt mir über den Boden gefegt.

Ich rapple mich auf die Beine. Jatin tut es mir einige Meter entfernt gleich.

Suchend wandert mein Blick über das Schlachtfeld der Kantine. Steine und Weidengeflecht übersäen den Boden. Prisha und Hiren kämpfen zu meiner Rechten gegen einen Zauberer. Riya und Kalyan schalten zu meiner Linken gerade drei weitere aus. Fiza steht am Ausgang und hält Wächter auf, die an ihr vorbei flüchten wollen. Keiner der Wächter scheint besonders stark zu sein, obwohl sich alle frisch ins Gefecht gestürzt haben. Dann bemerke ich ein auf mich gerichtetes Augenpaar.

Der Aufseher. Und er ist stinksauer. Die Wirkung von Ekanis Betäubungszauber muss letztlich nachgelassen haben. Seine Kleidung ist zerknittert, sein Haar zerzaust. Aus seinen sonst so ruhigen, scharfen Augen spricht etwas Wildes, das an Verzweiflung grenzt.

»Das hier!«, brüllt er und hüllt die Arme in Magie. »Das ist *mein* Gefängnis! Du wirst es nicht zerstören.«

»Ich glaube, wir haben ein neues Ziel«, murmelt Jatin.

Mit wackeligen, unsteten Schritten tritt der Aufseher vor. »Stell dich mir. Im Zweikampf. Lass uns beenden, was wir begonnen haben, ohne andere mit hineinzuziehen. Mal sehen, was die echte Adraa Belwar kann.«

Eigentlich ist es traurig. Ich verspüre eine Mischung aus Mitleid und Abscheu. Der Aufseher leidet noch unter den Auswirkungen des Betäubungszaubers. Trotzdem stachelt er mein Ego an, um dafür zu sorgen, dass mir niemand hilft? Vor einem Jahr wäre ich ihm vielleicht auf den Leim gegangen. Gut möglich, dass ich allein gegen ihn gekämpft hätte. Aber dann ist Jatin in mein Leben getreten. Er hat mir beigebracht, wie wertvoll eine Partnerschaft und gegenseitiges Vertrauen sind.

Bevor ich meine Antwort zaubern kann, ruft Jatin unseren Freunden zu: »Gebt uns Deckung!« Dann wendet er sich mir zu und ergreift meine rechte Hand. »Zusammen?«

Ich lächle und verstehe genau, was er meint. Wie Spiegelbilder rücken wir vor und legen unsere Magie zusammen. Ein rot-weißer Strom schnellt auf den Aufseher zu und drückt ihn an die Wand.

»Um auf die Frage zurückzukommen«, sagt Jatin mit strahlender Miene.

Ich sehe ihn an. Wirklich? Unsere Freunde halten gerade zehn angriffsbereite Wächter zurück, während wir einen labilen Zauberer an einer Wand festhalten, und er will jetzt seine Frage stellen? Ich habe Dutzende – zum Beispiel, wie er mich gefunden hat und wo genau dieses Gefängnis liegt. Aber das hat Zeit bis später.

Jatin und ich treten vor. Unsere Magie schwillt an. »Ich wollte dich schon bei den Feierlichkeiten zum Wiederaufbau fragen. Da hätte ich es einfach tun sollen«, meint Jatin. »Tatsächlich hätte ich vieles anders machen sollen.«

Die Feierlichkeiten? Richtig, da wollte er mir etwas sagen. Nach allem anderen hätte ich das beinahe vergessen.

Der Aufseher brüllt unter dem Druck. Jatin und ich erhöhen ihn und rücken einen weiteren Schritt vor. Und noch einen. »*Pavria*«, zaubert Jatin. Die Verstärkung unserer gemeinsamen Magie ist zu viel. Die schiere Macht drückt den Aufseher zu Boden, und sein gelber Rauch verpufft. Ähnlich wie im Wachturm landet er als ein Haufen verrenkter Gliedmaßen am Boden. Vollkommen ausgebrannt. Was für eine wundervolle Ironie.

Ich stütze die Hände auf die Knie, als sich Erschöpfung in meinen Muskeln einnistet.

Jatin wirft einen Zauberer über seine Schulter. Er redet *immer noch*. »Mir ist klar, dass es vielleicht nicht der beste Zeitpunkt ist.«

Ich richte mich auf und schreibe: *Kannst du laut sagen. Wir sind gerade ein wenig beschäftigt.*

»Ich will mir nicht wieder eine Gelegenheit durch die Lappen gehen lassen«, erwidert er und weicht erst einem Feuerball aus, dann einem pfeilförmigen Eiszapfen. Ich wirble einen Wächter mit einer Windspirale aus dem Weg. »Und ich will dich nicht verlieren.«

Ein weiterer Wächter stürmt zwischen uns. Jatin raunt ihm zu: »Ich bin hier mitten in einer Ansprache.« Damit schlägt er ihm auf den Kopf. Irgendetwas an Jatin kommt mir anders vor. Er wirkt selbstbewusster, aber dabei nicht hochmütig oder überehrgeizig. Nein, er ist einfach … mehr er selbst. Sicherer.

Wir fegen die Beine unter mehreren eintreffenden Wächtern weg und erschaffen Hindernisse für die restliche Verstärkung.

Nur weiter. Was willst du fragen?

Lächelnd ergreift er meine Hände. »Adraa Belwar, willst du mich heiraten?«

Kapitel 37

Warten auf Antwort

Jatin

Schon klar. Mir ist bewusst, dass ich auf einen Moment hätte warten sollen, in dem Adraa und ich nicht verschwitzt um unser Leben kämpfen. Ich weiß, ich hätte es romantisch gestalten und versuchen sollen, jedes Quäntchen meiner Liebe für sie zum Ausdruck zu bringen. Auf einem Antrag lastet eine Menge Gewicht. Vor allem bei Adeligen wie uns. Aber ich konnte mich nicht zurückhalten. Ich wollte nicht länger darüber nachdenken.

Weißt du, als ich vorgeschlagen habe, es interessanter zu gestalten, habe ich einen Wettkampf gemeint, schreibt Adraa lächelnd und mit Freude in den Augen.

»Ich weiß. Aber ich habe wochenlang Qualen gelitten, weil ich nicht wusste, ob es dir gut geht. Oder ob man dich gar umgebracht hat. Jetzt besteht kein Druck mehr. Du kannst auch ablehnen. Mit dem Wissen, dass du lebst, kann ich ein Nein verkraften.«

Statt etwas zu erwidern, bewegt sie die Hände und erschafft einen blasenförmigen Schutzschild um uns herum. Ich folge ihrem Beispiel und füge meine Magie der ihren hinzu.

Dann packt sie mich inmitten eines wilden Gefechts erneut

am Kragen der Kurta und küsst mich. Es wird einer der besten Küsse meines Lebens, denn ich spüre dabei ihre Antwort, und sie lautet ja. Ich küsse meine Verlobte, die mir bei allem zur Seite stehen wird – auch bei dem Kampf, der außerhalb unserer Schutzhülle nach wie vor tobt. Es fühlt sich an, als würden wir nicht von Worten oder Macht geschützt, sondern von unserem Willen und unserer Liebe. Mit Adraa in den Armen wähne ich mich in Sicherheit. Zu Hause. Und wenngleich es in der Kuppel düster ist, erhellen bunte Zauber die Umgebung – besser, als es eine Feier je vermocht hätte.

»Nur, um es klarzustellen, das ist ein Ja, richtig?«

Sie nickt und bewegt die Faust auf und ab, bevor sie Magie in die Luft entlässt. *Ja.*

Ich beuge mich vor, um sie erneut zu küssen, als ein Körper gegen unseren Schild prallt und bewusstlos daran zu Boden rutscht.

Prisha klatscht mit der Faust gegen die Schutzhülle, als wolle sie anklopfen. »Knutscht ihr zwei dadrin wirklich mitten in dem Gefecht hier rum? *Schon wieder?*«

»Gut, ich gebe zu, es hätte romantischer sein können. Wir sollten wohl langsam verschwinden.«

Lächelnd hält Adraa drei Finger hoch. Ich weiß bereits, was sie denkt. Wir drehen uns Rücken an Rücken.

»Eins.« Ich lasse den Blick prüfend über die Umgebung wandern.

»Zwei.« Ich plane meinen Zauber.

»Drei.« Ich ziele.

Dann explodieren unsere Schilde nach außen. Wächter schreien auf, als sie rückwärts ins Getümmel geschleudert werden. Wir haben beide gelbe Magie benutzt. Das Ergebnis ist ein wirbelsturmartiger Windstoß. Der Rest der Wächter geht darunter ebenfalls zu Boden. In Wahrheit hatten sie gegen uns sieben nie eine Chance.

»Alles klar«, haucht Fiza. »Schon kapiert. Ihr seid ziemlich mächtig.«

Riya kneift die Augen zusammen. »Adraa, vorhin … hab ich gesehen, wie du einen Kerl mit nur *einem* Schlag ins Gesicht ausgeschaltet hast.«

»Sie muss orangefarbene Magie eingesetzt haben«, meint Prisha.

Langsam wendet Adraa sich um und lächelt dabei. Ihre Hände gestikulieren, und Worte steigen in die Luft auf. *Ich habe im Gefängnis einiges gelernt.*

Wir alle starren sie an. Noch nie zuvor im Leben hat mich solcher Stolz erfüllt. Meine Verlobte ist so was von unglaublich.

Kalyan beugt sich vor und flüstert mir ins Ohr. »Die Frau solltest du besser nie, also wirklich *nie* wütend machen.«

»Ich bin schlauer als das halbe Land. Das wusste ich nämlich schon. Aber dieser Haufen hier muss es erst noch lernen.«

»Du meinst die von ihnen, die sich noch nicht aus dem Staub gemacht haben?«, wirft Riya lachend ein.

Ich lasse den Blick durch den Raum wandern. »Meiner Ansicht nach habe ich gewonnen«, verkünde ich und drehe mich mit einem nicht zu bändigenden Grinsen Adraa zu.

Sie legt den Kopf schief, bevor sie ihre Erwiderung in die Luft zaubert. *Einigen wir uns diesmal auf ein Unentschieden?*

»In Ordnung. Und jetzt nichts wie raus hier.«

Kapitel 38

Zerstören, was zerstören wollte

Adraa

Als wir in die Tiefen der Anlage hinabsteigen, gehe ich voraus. Kaum sind wir um die letzte Ecke gebogen, rührt sich in der Klinik ein Schatten. Ich bleibe stehen, hebe die Hand, gebe der Gruppe das Zeichen, sich für einen weiteren Kampf zu wappnen. Obwohl alle widerwillig zu schnauben scheinen, spannen sie die Körper an und halten sich bereit. Ranken aus schwarzem Rauch bedecken Hirens Arme.

Ich halte drei Finger hoch. Jatin und Riya zeigen an, in welche Richtung sie schießen werden, wenn wir reinstürmen. Auf mein Zeichen schwenken wir um die Ecke, und sieben der mächtigsten Berührten von Belwar stehen mit lodernden Armen auf der Schwelle.

Allerdings erwarten uns keine Wächter. Nur Harini, die überrascht zusammenzuckt, als sie gerade einer der Stimmlosen auf die Beine hilft. Rasch sehe ich mich um und atme erleichtert auf, als ich feststelle, dass alle wach sind. Die meisten haben sich aufgesetzt und halten sich den Arm. Natürlich sind sie verängstigt, aber nicht bewusstlos.

Wo bist du so lange gewesen?, will Harini von mir wissen.

345

Bei meinen Freunden, schreibe ich. Jatin tritt neben mich, als wäre es sein natürlicher Platz. Gefällt mir irgendwie.

Harini mustert die Gruppe. Zuletzt fällt ihr Blick auf Jatin. *Du hast in deinem Plan keine Verstärkung erwähnt. Sonst wäre ich weitaus schneller damit einverstanden gewesen.*

Sie sind unerwartet eingetroffen.

Tja, wir können die Hilfe gebrauchen. Sie deutet auf die anderen jungen Frauen.

Kommt, gehen wir, zaubere ich für die anderen, bevor ich vortrete und einer der Stimmlosen helfe.

»Was ist mit ihnen passiert?«, fragt Riya, die ihrerseits eine der jungen Frauen aus Pire beim Aufstehen stützt.

Harini bewegt die Hände, wofür ich unheimlich dankbar bin. Ich brauche eine Pause, und sie beherrscht die Verständigung besser als ich. *Dasselbe wie mit uns. Blutlust-Experimente.*

»Soll das heißen, dass Blutlust so hergestellt wird? Indem man den Opfern die Stimme raubt und ihnen Blut abzapft?«, fragt Jatin.

Ich nicke mit gerunzelter Stirn und drehe den Arm, zeige ihm meine Wunde. Sie verläuft gerade, ist rot und noch *frisch.* Jatin stößt zwischen den Zähnen hindurch ein Zischen aus.

Ich bewege die Hände. Blutroter Rauch steigt über mir auf. *Ich glaube, deshalb hat man mich bei der Verhandlung hierhergeschickt. Man hat mich gebraucht, um die neueste Lieferung für die Vencrin herzustellen.*

»Verdammt, ich bringe sie um.«

Wir müssen sie zurückbekommen. Die Droge ist mächtig, Jatin. Ich ziehe den Ausschnitt meiner Bluse runter und entblöße Erifs rotes Berührungsmal. *Und sie enthält nicht nur meine Macht.*

Einigen scheint dabei ein Licht aufzugehen. Für die ande-

346

ren springt Hiren ein. »Moment mal. Soll das heißen, die Vencrin haben eine Ladung Blutlust nicht nur mit deiner, sondern auch mit der Macht der Göttin Erif hergestellt?«

Ich nicke.

»Dann haben wir eine neue Mission. Wir finden die gesamte Ladung Blutlust und vernichten sie bis aufs letzte Körnchen. Wie viel war es?«, fragt Jatin.

Genug für eine Armee, schreibt Harini.

»Eine Armee?«, haucht Riya. »Jatin, was Sims gesagt hat …«

Sims?, schreibe ich verdattert. *Was hat Sims damit zu tun?*

»Wir haben ihn verhört. Ich dachte, er redet Unsinn. Aber er hat etwas von einer Hexe erzählt, der versprochen wurde, eine Armee zu erschaffen.«

Entsetzen und Wut ringen in meiner Brust um die Vorherrschaft. Jatin fährt fort. »Wir holen es zurück, Adraa, aber jetzt müssen wir hier weg.«

Nicht, bevor wir diesen Ort zerstört haben, blitzen Harinis Worte durch die Luft.

Ich schaue zum Schrank mit Kräutern, und ein Plan nimmt in meinem Kopf Gestalt an. *Fangt an, die Hexen rauszuschaffen. Ich komme gleich nach.*

»Adraa, ich verlasse dich nicht«, protestiert Jatin. Damit habe ich gerechnet.

Ich werde nur zwei Schritte hinter euch sein.

Er gibt nicht nach.

Bitte, Jatin. Du musst ihnen nach draußen helfen. Allein sind sie nicht schnell genug. Ich hingegen bin es.

Schließlich hilft er nach einem letzten Blick zu mir einer der Stimmlosen aus der Klinik.

Ich sammle Haufen von rotem Feuerwirk und schwarzer

Asche zusammen und verschmelze sie wie bei allen Bomben, die ich angefertigt habe. Ein Strom Magie ergänzt die meine, und ich rechne mit Jatin oder Riya. Aber es ist Prisha, die kriegerisch neben mir steht.

»Ich weiß, was du vorhast und machst. Lass mich dir helfen.« Wir sehen uns gegenseitig in die Augen, und ich nicke zum Dank. Ein Belwar-Mädchen sollte man eben nie unterschätzen.

Prisha holt Gläser mit Kräutern aus dem Regal. »Weißt du, Mama hat uns das eigentlich nur beigebracht, damit wir nicht aus Versehen ihre Klinik in die Luft jagen.«

Ich werfe ihr einen Blick zu und deute mit ausladender Geste auf den verkommenen Ort um uns herum. Dann stopfe ich sämtliche Unterlagen, die ich finden kann, zwischen die mit den explosiven Kräutermischungen gefüllten Gläser. So viel zu Beweisen. Doch die Blutlust-Experimente dürfen sich auf keinen Fall wiederholen. Es darf nichts zurückbleiben, was als Anleitung dienen könnte. Als Prisha mit der vierten Bombe fertig ist, halte ich inne. *Du bist verdächtig gut darin,* bedeute ich ihr lächelnd.

Sie geht nicht auf meinen schlechten Scherz ein. »Ich weiß nicht genau, wo ich anfangen soll, aber es tut mir so leid«, sagt sie. Tränen kullern ihr über die Wangen.

Wir reden später, versichere ich ihr. *Hilfst du mir beim letzten Teil?*

Sie wischt sich über das Gesicht. »Natürlich. Du bist meine Schwester. Und wozu sind Schwestern da, wenn nicht dafür, beim Zerstören einer Versuchsanlage mitten im Nirgendwo zu helfen?«

Ganz so hätte ich es nicht formuliert, aber sie hat tatsächlich den Ruf, zerstörerisch auf Kliniken zu wirken. Gemeinsam setzen wir die Kanten der Schränke mit einem Feuerstoß in Brand.

Dann rennen wir los.

***

Die Bombe geht hoch, als wir den Eingang erreichen, wo Jatin auf mich wartet. Er schaut hinter mich, als der Boden grollend seinen Unmut kundtut. »Was ... Was habt ihr gemacht?«

»Lauf, du Trottel«, antwortet Prisha für mich und löst den Himmelsgleiter von ihrem Gürtel.

Jatin gehorcht prompt, und wir rennen einen tunnelartigen Gang hinunter. »Fliegst du mit mir?«, fragt er, als wir der aus den Angeln gerissenen Eingangstür ausweichen. »Wir hatten nicht genug Himmelsgleiter.«

Wenn ich sprechen könnte, würde ich darüber scherzen. Als er mir in die Augen sieht, habe ich den Eindruck, dass er weiß, was mir durch den Kopf geht, denn er lächelt. »Komm schon, Rauch. Ich glaube keine Sekunde, dass du mich hier zurücklassen würdest.«

Ich löse Vihaans Himmelsgleiter vom Gürtel. Meine Freunde schweben bereits außerhalb der Gefängnismauern. Die Stimmlosen sitzen alle hinter ihnen auf Himmelsgleitern. Prisha steigt gekonnt in die Luft auf. Ich schwinge ein Bein über den Griff und lasse mich hinter Jatin nieder. Er ruft den Zauber. Wir rasen in dem Moment los, als eine Explosion hinter uns dröhnt.

Ich drehe mich um, werfe einen letzten Blick auf die Steinmauern der Anlage. Eine Rauchfahne steigt in den Himmel auf.

»Ich weiß zwar immer noch nicht genau, was du dadrin gemacht hast, aber allmählich entwickeln wir den Ruf, Orte abzufackeln, die wir verlassen«, flüstert Jatin.

Weil man uns nicht ohne letzten Kampf ziehen lassen will, zischt hinter uns her ein Pfeil durch die Luft. Riya und Prisha drehen sich um, wollen zurückschießen oder uns abschirmen, aber ich weiß eine bessere Lösung. Zeit, die letzten gestohlenen Kräuter zurückzugeben. Ich werfe meine letzte Bombe. Sie fällt und explodiert zu rotem Rauch wie eine Verlängerung meiner selbst.

Alle sind verblüfft, am meisten Jatin. »Was war das?«, entfährt es Hiren.

Jatin erlangt als Erster die Fassung wieder. »Ich dachte damals … Ich dachte, das wäre ein Scherz. Du kannst *wirklich* Sprengstoff herstellen?«

Ich ziehe eine Augenbraue hoch und lächle. Über Sprengstoff würde ich nie scherzen. Er versteht mich auf Anhieb und reibt sich den Nacken.

»Du bist furchterregend, Adraa Belwar. Und ich bin so was von in dich verliebt.«

Kapitel 39

Aussprache unter Schwestern

Adraa

Nach dreißig Minuten Suche und vor dem Untergang der Sonne hinter den Bergen finden wir Ekani und die anderen. Sie haben ihr Lager auf einer Lichtung auf einem der nahe gelegenen Gipfel aufgeschlagen. Mit letzter Kraft stürzen wir auf unseren Himmelsgleitern mehr zu ihnen hinab, als dass wir uns absinken lassen.

Beide Gruppen sind vom Wind gebeutelt und müde. Einige lassen die untrüglichen Anzeichen ihres ersten richtigen Flugs erkennen. Deepa beispielsweise schwankt auf den Beinen und klagt über ihre Oberschenkel. Manche sind überhaupt zum ersten Mal geflogen.

Ich beachte sie nicht weiter und nehme den Rest unserer bunt zusammengewürfelten Gruppe in Augenschein. Insgesamt sind wir sechsundachtzig Leute. Die meisten wirken geradezu benommen von der frischen Luft, den Wäldern, der ersten Kostprobe von Freiheit seit wer weiß wie langer Zeit. Die Reise zurück nach Belwar wird zwar nicht einfach, aber ich bin zuversichtlich, dass Papa wissen wird, was zu tun ist. Und Mama wird die körperlichen Leiden und die Unterernährung beheben können.

Aber davor ist noch so viel zu tun. Wir müssen wohlbehalten nach Belwar gelangen und die Ladung Blutlust finden, bevor Basu sie an die Vencrin, Moolek oder beide übergibt. Mittlerweile hat er mehrere Stunden Vorsprung. Trotzdem kann ich diese Frauen nicht verlassen.

Bevor ich überlegen kann, wer was übernehmen soll, verteilt Jatin bereits die Aufgaben: Essen, Unterstand, Nachtwache. Als ich beobachte, wie er das Kommando übernimmt, überkommt mich ein neuer Anflug von Bewunderung. Ich habe mir das im Gefängnis nicht eingebildet. Er hat sich wirklich verändert.

Vorerst weiß ich, wo ich am hilfreichsten sein kann. Einige der Stimmlosen müssen medizinisch versorgt werden, wenn wir hoffen wollen, morgen früh loszufliegen. Also machen Prisha und ich uns ans Werk. Zwar haben wir keine Kräuter, aber wir säubern und nähen Schnittwunden, betäuben einige üble Blutergüsse, und ich richte ein paar gebrochene Knochen, bevor die Dunkelheit über unser Lager hereinbricht.

Nacheinander sehen Jatin, Riya, Kalyan und Hiren nach mir, bringen mir Essen und Wasser. Riya schenkt mir sogar eine nicht zerrissene schwarze Bluse, in die ich rasch schlüpfe. In einer Stunde werde ich mit mehr Zuneigung, Liebe und Essen bedacht als in den letzten Wochen.

Nur Prisha verhält sich auffallend still. Als sie auf mich zukommt, wird mir klar, dass sie sich nur zurückgehalten hat, bis wir die Gelegenheit haben, unter uns zu sein.

»Können ... Können wir reden?« Kaum hat sie es ausgesprochen, zuckt sie zusammen. »Tut mir leid, ich meine ... äh ....« Sofort hebe ich die Hände. *Schon gut. Lass uns reden.*

Wir verlassen den Kreis der Leute um uns herum. Sobald wir eine andere, kleinere Lichtung erreichen, legt Prisha los.

»Ich konnte in dieser ... Klinik nicht alles sagen, was ich wollte.«

Schon gut, wiederhole ich.

»Nein, ist es nicht. Ich muss mich entschuldigen. Tatsächlich muss ich noch so viel mehr, aber damit sollte ich anfangen. Und so ungern ich es zugebe, ich glaube, nicht *alles,* was ich gesagt habe, geht auf Moolek zurück. All diese Gefühle hat nicht er verursacht. Sie sind nur an die Oberfläche gezogen worden.«

Erschrocken wird mir bewusst, dass meine Hände ihre Entschuldigung unterbrechen wollen. Ich lasse sie sinken. Dann bedeute ich ihr, fortzufahren. Auch wenn wir beide zu Vergebung bereit sind, müssen wir uns gegenseitig ausreden, uns loswerden lassen, was wir zu sagen haben.

»Ich liebe dich, Adraa, aber ich bin schon immer neidisch auf dich gewesen.«

Gut, damit habe ich nicht gerechnet. Zweifelnd zeige ich auf mich.

»Du bist so perfekt. Hübscher als ich. Stärker. Witziger. Du bist besser beim Kämpfen. Ich meine, verdammt – Mama und Papa haben dich als Maharani von Naupure vorgesehen, und ich bin mir ziemlich sicher, sie würden lieber dir als mir die Führung von Belwar anvertrauen. Würde ich ja *selbst.*«

Als ich die Arme hebe, um ihr zu widersprechen, legt Prisha langsam die Hände über meine. »Gib mir noch eine Minute.« Sie atmet durch. »Trotz allem Neid hast du mich genauso angezogen wie alle anderen. Ich habe dich sowohl als Adraa als auch als Rote Frau geliebt. Deshalb wollte ich unbedingt zu dir gehören. Und als diese Stimme in meinem Kopf aufgetaucht ist, da bin ich ... Ich bin übergeschnappt. Nein, das stimmt nicht. Ich bin zerbrochen.« Tränen treten ihr in die Augen.

Ich nehme sie in die Arme, erspare mir Worte. Während ich sie festhalte, übermittle ich an Gefühlen, so viel ich kann.

Schließlich ziehe ich mich zurück und schreibe: *Ich hab dich lieb.* Kurz halte ich inne, bevor ich etwas hinzufüge. *Ich wünschte, ich könnte es laut aussprechen.*

Meine Schwester nickt. Weitere Tränen fallen. Schnell wischt Prisha sie weg. »Darüber habe ich nachgedacht. Ich habe Papa den ganzen Herbst über dabei geholfen, an Sprach- und Klangzaubern für die neue Alarmanlage zu arbeiten. In der Klinik konnte ich einfach nicht sein. Ich habe es nicht ausgehalten, wie die Patienten gegen dich gewettert haben. Jedenfalls haben Papa und ich einige interessante Dinge entdeckt, neue Zauber. Kann … Kann ich etwas versuchen?« Ihre Hände leuchten auf. Helles Rosa strömt aus ihren Handflächen, als würde ihre Magie überquellen.

Du glaubst, du kannst mir helfen?, frage ich. Im Gefängnis habe ich angenommen, nur Basu könnte mir zurückgeben, was er mir genommen hatte. An eine andere Möglichkeit habe ich gar nicht gedacht – meine begabte Schwester mit rosa Stärke.

Sie schenkt mir ein mattes Lächeln. »Alle glauben, ich hätte dich mit rosa Magie vollgepumpt, als du bei deiner Zeremonie gestorben bist. Dabei war es überwiegend gelbe, um dich am Atmen zu halten. Ich möchte es versuchen. Verzeihst du mir genug, um es zuzulassen?«

Ich werde dich immer Dinge ausprobieren lassen, bedeute ich ihr.

Dann lege ich mich auf den Boden, und Prisha legt die Hände an meinen Hals. Der Diagnosezauber schwappt über mich hinweg. Wäre es jemand anders, würde Angst mich durchströmen, nicht Hoffnung. Aber Prisha vertraue ich. Sie ist meine nervige Schwester, die mich ständig aufzieht. Und ja, wir rivalisieren miteinander. Von außen betrachtet sind wir Geschwister, die sich dauernd zanken und sich gegenseitig auf die Palme bringen. Aber ihren ersten Trank habe ich Prisha beigebracht, nicht Mama. Ich war da, als sie ihre erste Prüfung nicht bestanden hat. Wir sind Schwestern – mit all den Komplikationen, die damit einhergehen.

»Ich glaube, ich weiß, was sie gemacht haben. Papa und ich haben uns damit beschäftigt, Schall zu verstärken. Aber dafür mussten wir uns auch mit dem Gegenteil auseinandersetzen. Es war wie ein Tornado, stimmt's?«

Ich nicke.

Ein Tunnel aus rosa Wind strudelt über meinem Mund. Ich kralle die Fäuste ins Gras und presse die Augen zu. Das ist Prisha. Meine Schwester. Es wird nicht wehtun.

Es tut weh.

Dieser Wirbelsturm ist kleiner und schmaler als der von Basu, trotzdem bringt er mich genauso zum Würgen. Zu schaffen macht mir vor allem die Panik, die Erinnerung an das letzte Mal, als Basu meine Kehle misshandelt hat. Mein gesamter Mund wird heiß. Meine Lunge krampft sich zusammen, meine Atmung setzt aus. Ich öffne die Augen und versuche, mich zu beruhigen. Prisha verzieht über mir konzentriert das Gesicht. Meine Aufmerksamkeit gilt allein ihr. Das ist nicht Basu. Sie wird aufhören, wenn ich es ihr anzeige.

Eine Sekunde später löst sich eine Enge in meiner Kehle. Als würde ein um meine Stimmbänder geknotetes Seil durchtrennt.

Ich schnappe nach Luft. Wie im roten Raum höre ich mich selbst.

Prisha umarmt mich innig. »Adraa?«

»Ja.« Ich verschlucke mich beinahe an dem Laut, dem wunderschönen Laut. Dem ersten, den ich seit Wochen von mir gegeben habe. Ich weigere mich, bescheiden zu sein. Meine Stimme klingt verdammt gut, wenn auch erstickt vor Emotionen.

Sie lacht über meine Antwort und zieht sich zurück. »Ja!«

»Oh ihr Götter«, sage ich laut. Ich *sage* es!

»Du hattest recht. Laeh hat mich mit der Gabe gesegnet, helfen zu können. Damit ich *dir* helfen konnte.«

Ich streiche ihr die Haare aus dem Gesicht. »Nicht nur mir. Außerdem bist du immer noch mehr als die Farbe deiner Magie. Mehr als dieser eine Zauber.«

»Na ja, dasselbe könnte man über dich sagen. Du bist nicht an Firelight gebunden.«

»Tja, das versuche ich den Leuten seit Monaten zu sagen.«

»Ist das ein … ein Scherz?«

»Ja. Sind in schriftlicher Form gar nicht so einfach. Da kommen sie nicht so gut rüber. Es war eine Qual, dass niemand meinen Sarkasmus verstanden hat.«

»Ein Unding.« Ihr verschmitztes kleines Lächeln zieht ihre Mundwinkel hoch.

»Du wirst mal eine tolle Rani«, versichere ich meiner Schwester.

»Ich … Ich bin nichts im Vergleich zu …«

An der Stelle bremse ich sie. »Vergleich uns nicht miteinander. Wir lassen nicht zu, dass andere es tun, und noch wichtiger ist, dass wir uns gegenseitig davon abhalten.«

»In Ordnung. Das kann ich.«

Bei den Göttern, ist sie reif geworden.

»Was hast du jetzt als Erstes vor?« Prishas Augen werden groß, und sie zieht die Brauen hoch. »Jatin! Du gehst und redest mit Jatin.« Sie grinst. »Oder vielleicht wird auch gar nicht geredet.«

Röte schießt mir in die Wangen. Jatin und ich haben eine Menge zu besprechen. »Du hast recht. Ich sollte zu ihm gehen. Mit ihm reden.« Oh ihr Götter, reden. Ich werde mit ihm reden können. »Heilst du in der Zwischenzeit die anderen Stimmlosen? Harini hat die Stimme nicht durch Basu verloren, aber den anderen solltest du helfen können.«

Ihre Hände leuchten. »Ich werd's versuchen.«

***

Als ich die Lichtung wieder betrete, schauen alle von ihrem notdürftigen Abendessen auf. Alle außer dem, mit dem ich reden will.

Ich erblicke Kalyan, weil er größer als alle anderen ist. Er baut etwas abseits gerade ein Erdzelt auf. Wenn jemand kein Aufhebens davon machen wird, dass ich wieder sprechen kann, oder wissen will, warum, dann er.

»Hallo, Adraa«, begrüßt er mich. »Was brauchst du?«

Ich hole tief Luft. »Wo ist Jatin?«, frage ich.

Kalyans Augen weiten sich, und seine Magie erstarrt, was mir seine Verblüffung verrät. Aber wie vermutet, weist er mir nur die Richtung. »Er hat die erste Wache übernommen.«

»Gut. Ich muss mit ihm über eine Frage reden, die er mir vorhin gestellt hat.«

»Endlich.« Auf Kalyans Gesicht erscheint das breiteste Lächeln, das ich je gesehen habe. »Er hat es siebzehnmal versucht.«

»Siebzehnmal? Wann? Wie konnte mir das entgehen?«

»Ich zeige dir die Aufzeichnungen dazu, wenn wir wieder

357

zu Hause sind. Aber erlöse uns vorerst einfach von unserem Elend.«

Kapitel 40

Sooft du willst

Jatin

Ich habe den Rand des Hangs gefunden, der ein gutes Stück abseits des Lagers hinter dicht wachsenden Bäumen liegt. Der Ort bietet eine Aussicht über das gesamte südliche Tal. Und wichtiger noch, auf die Weiten des Himmels. Adraa gesellt sich während meiner Wache zu mir – gerade als die Sonne den Gipfel erreicht und das Tal in ein sattes, dunkles Orange taucht. Sie setzt sich und lehnt sich an mich. Ich lege den Arm um sie, ziehe sie noch näher zu mir. Zusammen beobachten wir die Abenddämmerung und sehen zu, wie friedlich die Sonne den verwaisten Bergen eine gute Nacht wünscht. Kalyan wird sich über die Farbe freuen. Allerdings steht das Orange nur für den Frieden der Natur. Wickery wandelt immer noch am Rand des Abgrunds.

»Erinnerst du dich an den Brief kurz vor meiner Heimkehr letztes Jahr? Kurz bevor wir uns *kennengelernt* haben?«

Adraa nickt.

Ich zeige mit ausladender Geste auf die Umgebung. »Hab ich nicht gesagt, dass ich dich eines Tages in die Alpen von Alconea mitnehme?«

Sie wirft mir einen Blick zu und schüttelt den Kopf. Das

schnaubende Lachen, das eigentlich dazugehört, stelle ich mir vor.

»Ja, lass mich nicht vergessen, nie wieder ahnungslos Versprechungen zu machen«, sage ich.

Adraa wirkt unruhig. Ich stupse sie an die Schulter und drücke sie an mich. »Was ist los?«

Langsam, zögerlich bewegt sie die Hände durch die Luft. *Wenn ich wieder reden könnte, was würdest du als Erstes hören wollen?*

»Du meinst, wenn du deine Stimme wiederhättest?«

Ein Nicken.

Ich glaube, ich weiß, worauf das hinausläuft. »Komm schon, Rauch.« Ich ziehe sie inniger an mich. »Glaubst du etwa, mich stört, dass du nicht reden kannst?« Ich drücke ihre Hände. »Für mich zählt nur, dass wir uns auf irgendeine Weise verständigen können und du in Sicherheit bist.«

Sie lächelt. *Danke dafür. Trotzdem hätte ich gern eine Antwort auf die Frage.*

Sie scheint es ernst zu meinen, also denke ich kurz nach. Mein Name und *Ich liebe dich* ringen um den ersten Platz. Dann jedoch wird mir klar, was mir wirklich am liebsten wäre.

»Ich würde gern hören, wie du Ja sagst.« Rasch sehe ich sie an, vergewissere mich, dass ich sie damit nicht gekränkt habe. »Nicht, dass ich glaube, du hättest es nicht ernst gemeint. Aber bei den Göttern, ich habe wochenlang versucht, dir die Frage zu stellen. Vielleicht habe ich sogar ein bisschen zu sehr darüber fantasiert.«

Sie zieht mich in eine Umarmung. »Ja«, flüstert sie mir ins Ohr. »Ich werde es so oft sagen, wie du willst. Ja.«

Zum zweiten Mal in unserer Beziehung hält die Welt für mich inne und kippt. Mein Verstand wirbelt vor Verwirrung und Freude durcheinander. »Was?« Jäh richte ich mich auf und drücke ihre Schultern. »Ich meine, wie? Und ... und ... ja?« Sie hat gerade Ja gesagt. Es laut ausgesprochen.

»Prisha ist zu einer außergewöhnlichen Hexe rosa Stärke geworden.«

»Du lässt mich zwei Minuten lang quasseln, obwohl du wieder *reden* kannst?«

»Ich hab mich an die Stille gewöhnt. Und ich wusste nicht ... Ich wusste nicht, was ich sagen sollte. Das war mein Versuch, romantisch zu sein.«

»Muss für dich alles ein Wettbewerb sein? Kannst du mir nicht vielleicht diesen einen Sieg überlassen?«

Sie verzieht das Gesicht. »Auf keinen Fall.«

Ich lache auf, gleich danach auch sie. »Verdammt, ist es schön, deine Stimme wieder zu hören. Aber ich habe gemeint, was ich gesagt habe. Nur du zählst.«

Sie lächelt. »Gut. Denn wenn du auch nur einen Scherz darüber gerissen hättest, dass dir mein Nörgeln nicht fehlt, hätte ich dich wohl von diesem Berg gestoßen.«

»Gestoßen, ja? Nicht geschlagen?«

»Oh ihr Götter.«

»Aber bestimmt hättest du mir einen Himmelsgleiter gelassen, oder?«

Adraa lächelt. »Wahrscheinlich.«

Ich lege ihr die Hand an die Wange. »Ganz im Ernst, ich liebe deine Stimme. Und bei den Göttern, ich liebe dein Lachen. Und noch mehr liebe ich, wie du denkst. Und deinen Sarkasmus.«

»Du und deine Komplimente.« Aber sie lächelt an meiner Hand und küsst meine Finger, um mir zu zeigen, wie sehr es ihr gefällt.

Ich hole den goldenen Hochzeitsarmreif hervor, den ich bei mir trage. »Er hat meiner Mutter gehört.«

»Jatin«, haucht sie, bevor sie mir die Hand entgegenstreckt – wegen ihres Berührungsmals wie immer die linke. Doch stattdessen lege ich ihr den Reif langsam um das rechte Handgelenk an. »Damit du nicht vergisst, dass ich immer dein anderer Arm sein werde. Auch wenn du mich höchstwahrscheinlich nicht brauchen wirst.«

Ihre Hände bewegen sich, zaubern Worte in die Luft und verleihen ihnen einen goldenen Schimmer. *Ich brauche dich sehr wohl.* Dann schmiegt sie sich an mich, und ich kann den Moment nicht mal auskosten, bevor ihre Lippen die meinen berühren. Ich küsse sie innig, lege all meine Empfindungen hinein.

Ihre Hände gleiten unter meine Jacke. Plötzlich werden Knöpfe geöffnet und Stoffschichten entfernt. Der Wind heult, aber ihre Haut fühlt sich wie Feuer unter meinen Händen an, und der Einbruch der Nacht ist das Letzte, woran ich gerade denke.

Roter Rauch steigt von ihren Armen auf. Ich streiche mit den Händen darüber, bevor ich sie zu ihrer Taille gleiten lasse. Mit nur einer fließenden Bewegungen sitzt Adraa rittlings auf mir. Diese neue Nähe bewirkt bei uns beiden etwas. Die Leidenschaft nimmt überhand. Unsere Lippen bewegen sich aneinander, als würden wir nie wieder Gelegenheit dazu bekommen. Und ich weiß, dass wir das beide schon gefürchtet haben.

Wir holen die verlorene Zeit auf.

Ich drücke sie noch enger an mich, Brust an Brust, Herzschlag an Herzschlag. Eine Hand fährt sanft durch ihr Haar, die andere ruht auf ihrem unteren Rücken. Und *ihre* Hände liebkosen mein Gesicht und fassen in mein Haar, jagen mir mit der intimen Vertrautheit ihrer Berührungen schiere Glücksgefühle direkt ins Herz.

Mir wird bewusst, wie verzweifelt ich mich danach sehne, sie einfach nur in den Armen zu spüren. Damit ich merke, dass es kein Traum ist. Als ich die Augen öffne, um mich zu vergewissern, stelle ich fest, dass uns rosa Rauch umhüllt. Weißer Nebel, vermischt mit Blutrot. Sogar unsere Magie will sich gegenseitig umschlingen. Adraa starrt ebenfalls auf den Rauch. Alles an diesem Moment löst in mir so überwältigende Gefühle aus, dass es mir den Atem verschlägt.

»Ich dachte wirklich, ich würde dich nie wiedersehen«, hauche ich. Sosehr ich verhindern will, dass die Worte derart erstickt aus mir dringen und mir Tränen in die Augen treten, es geschieht einfach. Adraa sieht mich an, und plötzlich werden ihre Augen ebenfalls feucht.

»Ich auch. Und ich dachte wirklich, ich könnte dir vielleicht nie wieder sagen, dass ich dich liebe.«

Dann weinen wir beide. Vor lauter glücklicher, überwältigender Erleichterung. Und damit lässt unsere Eile nach. Wir umarmen uns gegenseitig, so fest, dass der Wind oder die Kälte nicht zwischen uns kommen können.

»Jetzt kannst du es mir sagen«, flüstere ich.

Sie schmiegt den Kopf enger an meine Schulter. »Nicht gierig werden«, tadelt sie mich. Gleich darauf jedoch fügt sie hinzu: »Ich liebe dich.«

Meine Magie umhüllt sie wie ein Kokon. »Ich dich auch.«

Und so verharren wir, eng umschlungen.

Als wir schließlich nach Luft schnappen, beginnt sie zu sprechen. Ich ziehe mich etwas zurück, damit ich ihr Gesicht betrachten kann. Das könnte ich für den Rest meines Lebens machen.

»Ich weiß, ich habe es bisher nicht richtig zum Ausdruck gebracht. Also danke, dass du mich rausgeholt hast. Es war falsch von mir, dich aufzufordern, es nicht zu tun. Ich bin so dankbar, dass du nicht auf mich gehört hast.«

Ich drücke ihre Hände. »Wie gesagt, ich wäre auf jeden Fall gekommen.« Ich streiche einige Strähnen zurück, die ich versehentlich aus ihrem Zopf gelöst habe. »Die ganze Zeit hatte ich diese Stimme im Kopf, die mir gesagt hat, ich soll dich finden, dich befreien.«

Adraa erstarrt. Etwas verändert sich zwischen uns. Ich spüre es bis in die Knochen. »Was?«, fragt sie langsam. »Was hast du gesagt?«

»Nichts. Nur, dass ich die Vorstellung im Kopf hatte, dich um jeden Preis finden zu müssen.« Krampfhaft versuche ich, unser Glück zurückzuerobern, den Augenblick zu retten. Mir widerstrebt die unverhoffte, panische Angst, die in ihrer Frage mitschwingt. Das erschreckt mich zutiefst.

»Eine Stimme, hast du gesagt. War es *wie* eine Stimme, oder *war* es eine Stimme?«

Endlich verstehe ich, was sie meint. Mein Magen sackt abrupt zu Boden. Ich durchforste mein Gedächtnis, und die Begebenheit auf dem Dach kommt mir in den Sinn. Eine Stimme, ein so fremdartiges Gefühl, dass ich dachte, ich würde den Verstand verlieren. In jener Nacht hatte ich es darauf geschoben, dass ich Fiza als die Rote Frau gesehen hatte, obwohl ich die wohl größte Illusion die ganze Zeit unmittelbar vor mir hatte. »Oh ihr Götter.«

»Jatin?«

Ich stehe auf, taste am Gürtel nach meinem Himmelsgleiter und stelle fest, dass ich ihn nicht bei mir habe. »Oh ihr Götter.«

»Es war nicht deine Stimme, oder?«, flüstert Adraa.

»Nein. Aber wie ... Warum ...« Ich starre sie an. »Warum sollte er wollen, dass ich dich rette?«

Sie schaut zum Horizont. »Mir fällt nur ein Grund ein.« Ihre Worte klingen erstickt. Eigentlich hätte Adraa sie gar nicht aussprechen müssen. Die Antwort liegt auf der Hand, wenn man den wilden Horizont und die Berge betrachtet, die sich in alle Richtungen erstrecken.

Moolek hat mir seit der Gerichtsverhandlung nur aus einem Grund persönliche Nachrichten geschickt – um uns aus unseren Ländern zu locken und aus dem Weg zu haben.

Kapitel 41

Fizas Kampf

Jatin

»Wir brechen auf!«, brülle ich. Ein Ruck scheint durch das Lager zu gehen. Alle sind schlagartig hellwach oder setzen sich zumindest auf. Viele der ehemaligen Gefangenen schauen suchend zur Baumgrenze. Ich jage ihnen Angst ein. Das ist mir bewusst, und es widerstrebt mir zutiefst. Ebenso sehr widerstrebt es mir, den Leuten sagen zu müssen, warum sie uns nicht nach Belwar oder Naupure folgen können, wo wir ihnen Zuflucht versprochen haben. Wenn Adraa und ich recht haben, ist es nirgendwo sicher, vor allem nicht in unseren Hauptstädten.

»Ich rede mit der Wächterin, die sie rausgeholt hat.« Adraa schwenkt in Richtung der großen Gruppe, dreht sich jedoch noch einmal um. »Hast du Geld dabei?«

Ich ziehe einen bescheidenen Beutel mit Gold von meinem Gürtel. »Wie viel brauchst du?«

»Wie viel hast du?«, fragt Adraa.

»Da sind wir gerade mal einen halben Tag verlobt, und schon willst du mein ganzes Gold.« Ich lasse den Scherz nicht lang genug für ein Augenrollen von Adraa wirken, bevor ich ihr den Beutel zuwerfe. »Hier.«

Adraa fängt ihn auf und rennt los. Ihre Freundin aus dem Gefängnis – Harini – bemerkt es. Nur mit Handbewegungen verständigen sich die beiden, bevor sie zu den anderen Frauen aus der Kuppel eilen.

»Was ist hier los?«, fragt Riya, als sie mich erreicht.

»Brecht das Lager ab. Wir müssen weg. *Sofort.*« Als ihre Züge in sich zusammenfallen und Kalyan mit besorgter Miene auf uns zurennt, wird mir klar, dass ich wiederhole, was Fiza mit uns gemacht hat. Ich erteile Anweisungen und verursache Spannungen, ohne eine Erklärung abzugeben. Meine Züge werden milder. »Ich erkläre alles, während wir fliegen, versprochen. Adraa und ich glauben, dass Moolek gerade einen Angriff auf unsere Hauptstädte entfesselt.«

Prisha wankt zurück, Hiren fängt sie auf. »Ich hätte bleiben sollen«, murmelt sie und dreht sich ihm zu. »Du hattest recht.«

»Jatin, bist du sicher?«, fragt Kalyan.

»Das wird sich zeigen.« Ich marschiere auf Fiza zu.

»Hast du davon gewusst? Hast du uns alle ins Verderben geführt, Fiza?«, schreie ich und versuche nicht mal, die Wut aus meiner Stimme herauszuhalten.

Sie erschrickt. »Wovon redest du? Was soll ich gewusst haben?«

»Dass alles hier« – ich deute mit ausgebreiteten Armen auf die Gebirgslandschaft – »nur eine weitere seiner Fallen ist?«

»Worüber regst du dich diesmal so auf? Was meinst du?«

Unverhofft platzt aus mir die Theorie hervor, die ich seit unserer Ausbildung hege. »Arbeitest du für meinen Onkel?«

»Was?«

»Du bist eine der besten Trugbannhexen der Welt. Du kannst dich perfekt als die Rote Frau ausgeben. Und du warst an dem Tag damals im Gerichtssaal. Hast du Adraa reingelegt? Es so *erscheinen* lassen, als hätte sie ihre Schuld gestanden?«

Fiza schnaubt nur höhnisch. Ihr Blick schnellt auf etwas hinter mir. Ich schaue mich um und stelle fest, dass die anderen, darunter Adraa, uns aufmerksam zuhören. »Du arbeitest schnell«, bemerkt Fiza an Adraa gewandt. »Das muss ich dir lassen. Fühlst du dich ein bisschen bedroht?« Dann gilt Fizas Augenmerk wieder mir. »Schön, endlich zu sehen, wie schlecht du wirklich von mir denkst. Willst du mich einem Wahrheitszauber unterziehen, Jatin?« Sie schüttelt den Kopf. »Es gibt auf der Welt weitaus furchterregendere Menschen als dich.« Wieder fällt ihr Blick über meine Schulter auf Adraa. »Zum Beispiel deine Freundin.«

»Verlobte«, stelle ich trotzig klar.

Ihre Aufmerksamkeit heftet sich auf den Armreif an Adraas Handgelenk und verweilt einen Herzschlag zu lange darauf. Ich kann das Aufblitzen von Schmerz sehen, bevor sie ihn verbirgt. »Tja, dann bist du wohl auch schnell, was Jatin?«

»Antworte mir einfach.«

»Nein! Ich habe uns hergeführt. Damit habe ich dir gegeben, was du wolltest.« Fiza deutet auf Adraa, als wäre sie eine Trophäe. »Also wag es bloß nicht, mich als Verräterin zu beschuldigen.«

»Richtig, du hast uns hergeführt!«

Sie schüttelt den Kopf wie jemand, der bei einer Lüge ertappt wurde und nicht weiß, was er als Nächstes sagen soll. »Ich weiß nicht mal, worauf du eigentlich hinauswillst.«

Adraa zieht an meinem Arm. »Jatin, sie könnte wie alle anderen beeinflusst worden sein.«

»Ich bin meine eigene Herrin«, erwidert Fiza. »Und ich muss mich nicht länger vor euch rechtfertigen.« Schwarzer

Rauch kräuselt sich zornig um ihre Arme. »An der Akademie warst immer du derjenige, der mein wahres Ich gesehen hat. Jetzt bist du genau wie die anderen.«

»Lass den Quatsch, Fiza. Du kannst mich nicht als Lügner bezeichnen, während du uns die wichtigste Wahrheit vorenthältst. Woher hast du gewusst, dass Adraa an diesem Ort war?«

»Blutlust. Dort haben sie Blutlust hergestellt«, sagt Fiza schließlich. Ihre Stimme klingt dabei zugleich angespannt und dennoch eindringlich.

Mittlerweile gilt uns die Aufmerksamkeit des gesamten Lagers. »Und was hat das mit dir zu tun?«

»Sie benutzt Blutlust«, wirft Adraa ein. »Und sie weiß, woher ihr Nachschub kommt.«

Verblüfftes Schweigen setzt ein. Riya findet als Erste die Sprache wieder »*Daher* hast du den Ort gekannt?«, schnaubt sie, und Mordlust blitzt in ihren Augen.

»Woher weißt du das?«, frage ich Adraa. Ich kenne Fiza besser als irgendjemand sonst hier, trotzdem habe ich es nicht bemerkt. Aber wenn ich alles zusammenzähle, ist es tatsächlich die einzige Antwort, die Sinn ergibt.

»Ich habe die Male an ihrem Arm gesehen«, antwortet Adraa traurig.

Bevor sich jemand rühren kann, schlängelt sich orangefarbener Rauch auf Fiza zu. Sie zuckt zusammen, und ich hebe eine Hand, aber Adraa ruft einen Zauber. Ein roter Schild erscheint und hindert den Rauch daran, die Fürstin aus Agsa zu erfassen. Prompt wendet sich Harini mit ihrer orangefarbenen Stärke Adraa zu, gestikuliert wild mit den Armen. Als es so aussieht, als wolle sie ihre Magie auf Adraa schießen, prescht Riya vor und reißt Harini zu Boden. »Beruhig dich, bevor du noch jemanden verletzt oder selbst verletzt wirst«, herrscht sie die ehemalige Gefangene an.

Adraa streckt beschwichtigend die Hände aus. »Harini, es gibt keinen Beweis, dass es Niras Magie war.«

Erneut teilt Harini sich Adraa mit wütenden Handbewegungen mit. Ich habe keine Ahnung, was ihre Zeichen bedeuten oder warum sie angegriffen hat.

»Ich weiß«, erwidert Adraa. »Ich *weiß*. Aber bitte lass uns darüber reden.«

Harini versucht, Riya abzuschütteln, was ihr jedoch nicht gelingt. Mein Blick heftet sich auf Fiza. Ich erkenne genau den Moment, in dem sie aufgibt.

»Ich bin hier fertig.« Damit springt sie auf ihren Himmelsgleiter. Schwarz wallt um sie herum auf.

Ich taste nach meinem eigenen, bevor mir klar wird, dass ich ihn noch nicht zurückhabe.

Adraa legt mir eine Hand auf die Schulter. »Jatin, tut mir leid, wir haben jetzt keine Zeit, ihr hinterherzujagen. Wir *müssen* zurück.«

»Aber sie könnte Moolek warnen«, argumentiere ich, obwohl es sich falsch anhört. Ich weiß nicht mehr, was ich noch glauben soll. Ich weiß nur, dass Fiza zum ersten Mal im Leben nicht so gewirkt hat, als würde sie verheerende Krallen für einen Todesstoß verbergen. Sie hat eher ausgesehen, als hätte *ich* ihr gerade einen niederschmetternden Schlag versetzt.

»Umso mehr Grund, vor ihr einzutreffen. Wir müssen los«, drängt Adraa.

Sie hat recht. Wir müssen nach Hause.

Kapitel 42

Des Rätsels Lösung

Adraa

Riya hält Harini weiter fest, bis sie sich beruhigt hat und Fiza längst weg ist.

»Alles in Ordnung?«, erkundigt sich Riya zugleich entschuldigend und warnend, als sie Harini loslässt.

Harini mustert Riya mit gerunzelter Stirn von oben bis unten, bevor sie schreibt: *Du kannst die Frau nicht ewig beschützen.*

»Ist mir egal. Ich beschütze nur Adraa. Aber was hattest du eigentlich vor? Sie umzubringen?«

Ja, bestätigt Harini.

»Oh verflucht.« Riya wirft mir einen Seitenblick zu, fleht mich praktisch an, zu übernehmen.

Also tue ich es. Zaubernd bewege ich die Hände. *Du bist keine Mörderin.*

Du weißt nicht, was ich bin.

Ich seufze. Damit hat Harini zwar recht, aber mittlerweile glaube ich, zumindest ihren Charakter zu kennen. Sie hat mich in der Kuppel gerettet. Andererseits gilt dasselbe für Fiza. Und ich habe keine Ahnung, was mit ihr los ist.

Harini fährt fort. *Wenn diese Hexe je Blutlust benutzt hat, dann hat sie mich und auch Nira benutzt. Sie ist eine von Tausenden, die für den Tod meiner Schwester verantwortlich sind.*

Ich nehme mir kurz Zeit, um die Äußerung zu verarbeiten. *Es tut mir leid. Aber du redest gerade selbst von Tausenden Menschen. Willst du sie alle umbringen?*

Unwirsch schüttelt sie den Kopf. *Ist mir egal, wie…* Ihre Hände ändern die Richtung. *Ich werde die Droge vernichten. Restlos.*

Dann vernichte nur sie, nicht die Menschen. Danach wechsle ich zurück zu meiner Stimme. »Ich kehre zurück nach Belwar. Die neue Lieferung wird vermutlich dort verteilt und gegen mein Volk eingesetzt. Komm mit uns. Hilf mir, das zu verhindern.«

Harini zögert, scheint noch etwas sagen zu wollen. Schließlich jedoch nickt sie.

»Aber ohne zu töten. Wenn du mir das nicht versprechen kannst, dann geh mit Ekani und den anderen.«

Sie ballt die Hände zu Fäusten. *Sie haben es verdient.*

»Mag sein. Trotzdem musst du es mir versprechen.«

Ich bleibe hart, obwohl jede verstreichende Sekunde ein weiterer Moment ist, den wir nicht nach Belwar fliegen. Aber Harini weiß mehr über Blutlust, als ich es je werde. Deshalb brauche ich sie.

Ich verspreche es. Für Jatin und Riya zaubert sie die Worte deutlich in orangefarbenen Buchstaben. Ich beobachte, wie die beiden einen argwöhnischen, verwirrten Blick wechseln.

Im Krieg gibt es Leute, die es nicht verdienen, verschont zu werden, Adraa. Deine Milde könnte dir zum Verhängnis werden.

***

Wir fliegen hoch am Himmel. Dort rasen wir dahin, die Wolken ungewöhnlich nah, der Wind verständlicherweise bitterkalt und beißend. Harinis Worte gehen mir nicht aus dem Kopf.

Ekani und der Rest der Frauen sind zurückgeblieben. Jatins Beutel mit Gold habe ich Ekani gegeben, damit sie die Hexen entweder zurück in ihre Heimat führt oder sie lang genug beschützt, bis ich dafür sorgen kann, dass Belwar die ihnen versprochene Zuflucht wird. Sofern ich dafür nicht schon zu spät dran bin.

Vielleicht reagiere ich über, aber ich fühle, dass ich recht habe.

Ich wünschte, es wäre anders und mein ungutes Gefühl ließe sich durch eine gute Erklärung beseitigen. Aber es passt alles zusammen. In Gedanken gehe ich erneut alles durch. Moolek. Die Gerichtsverhandlung. Meine Gefangenschaft. Blutlust. Ich schwenke näher zu den anderen und beginne zu erklären.

»Mir ist klar, es klingt lächerlich, aber ich glaube, Moolek hat sich in euren Köpfen eingenistet. Er hat euch hergelockt, um mich zu retten, damit die Hauptstädte von Belwar und Naupure unbeaufsichtigt sind.«

Die Gruppe hat auf Worte von mir gewartet. Alle beugen sich näher.

»Wovon redest du? Nicht Moolek hat mich dazu gebracht, dich aus diesem abscheulichen Ort befreien zu wollen«, sagt Riya.

»Vielleicht nicht bei euch allen«, wirft Jatin ein. »Aber ich höre seit Wochen eine Stimme im Kopf, vielleicht sogar schon länger. Und ich habe euch hergeführt. Ich habe euch gebeten, mich bei der Mission zu begleiten, obwohl Adraa von mir verlangt hat, nicht herzukommen.«

»Ja, aber nichts für ungut« – Riya schwenkt entschuldigend die Hand – »Adraa hätte so was auf jeden Fall gesagt. Das beweist noch lange nicht, dass ...«

»Also hat dich keine nagende Stimme im Hinterkopf aufgefordert, sie zu suchen? Sie zu befreien?«

Riyas Züge fallen in sich zusammen. »Das war bloß ...«

»Genau das habe ich auch gedacht. Ununterbrochen«, fällt Jatin ihr ins Wort.

»Es war einfach, in die Kuppel einzubrechen. Zu einfach«, fügt Kalyan hinzu. Ein weiteres Teil zur Lösung des Rätsels. Alle, denen etwas an mir liegt, wurden lang genug abgelenkt, um mir meine Magie zu nehmen. Sie sind so beeinflusst worden, dass sie zu meiner Rettung losgeeilt sind, sobald sie die Wahrheit herausgefunden hatten.

»Was bedeutet das alles?«, bricht Prisha das eingetretene Schweigen. »Du denkst, Moolek hat uns dazu gebracht, dir zu helfen, damit wir von zu Hause weg sind? In was fliegen wir dann gerade hinein?«

»Ich denke, wenn Moolek einen echten Krieg beginnen wollte, würde er strategisch und entschlossen vorgehen und das Überraschungsmoment nutzen. Das hier vereint alles davon.« Ich halte den Atem an. Mein nächster Gedanke gefällt mir noch weniger. »Keiner der Wächter in der Kuppel hatte seine Kräfte mit Blutlust gesteigert. Basu ist weg. Die haben genug von der Droge, um Hunderte, vielleicht sogar Tausende damit zu versorgen. Ich glaube, wir fliegen in einen ernsthaften Angriff hinein.«

»Mama und Papa«, flüstert Prisha.

Ich nicke. *Mama und Papa.*

»Wir werden es mit Mooleks Männern und den mit Blutlust gestärkten Vencrin zu tun bekommen.«

»Das ist praktisch dasselbe, Adraa. Moolek hat die Vencrin *erschaffen*«, wirft Jatin ein.

»Was?« Das kann nicht … »Aber das würde bedeuten …«

»Er hat das über Jahre geplant. Sims hat es uns erzählt. Er hatte recht mit dem Ort.« Jatin schwenkt die Hand. »Ich muss gestehen, dass ich ihm glaube. Ich denke, auf schräge Weise ist er auf unserer Seite – oder zumindest nicht auf deren.«

Jede neue Einzelheit steigert meine Befürchtungen. Moolek und der Anführer der Vencrin. Sie haben das alles geplant. Schlimmer kann es nicht werden.

Eine Weile fliegen wir schweigend dahin. Dann stelle ich die Frage, vor der mir am meisten graut. »Wer hat noch etwas im Kopf gehört? Etwas, das sich vielleicht nach eigenen Ideen, eigenen Zweifeln angefühlt hat, aber … anders geklungen hat, hartnäckig und zornig?«

Kalyan schüttelt den Kopf. Doch Prisha und Riya schauen betroffen drein. Prisha ergreift zuerst das Wort. »Ich … Irgendetwas in mir hat vor der Verhandlung und dann auch im Gerichtssaal gesagt, dass du schuldig bist.«

»Sonst noch was?«, rufe ich, um den Wind zu übertönen. »Denk nach, Prisha. Ich weiß, dass du an so etwas nicht wirklich glaubst. Aber war da noch irgendetwas?«

»Ich … Ich glaube, die Stimme hat mich aufgefordert, Mamas Raum mit den Tränken zu verwüsten.«

Jatin und ich wechseln einen besorgten Blick. »Irgendetwas Bestimmtes? Eine Zutat? Etwas, das Mama nicht so einfach ersetzen konnte?«

»Ich …«

Riya holt tief Luft. »Wendegras.«

Sofort habe ich die Pflanze vor Augen und weiß, wie selten

sie ist. Oh ihr Götter. Nein. Es wird von Sekunde zu Sekunde nur schlimmer. »Bist du sicher?«

Riya schaut benommen drein. Schließlich jedoch nickt sie. »Irgendetwas in meinem Kopf hat mir gesagt, es wäre nicht wichtig.«

»Was bedeutet das?«, fragt Jatin und klingt dabei geradezu ängstlich.

»Es könnte nichts sein, aber … Wendegras ist eine wichtige Zutat eines Gegenmittels für bestimmte seltene Gifte. Außerdem kommt es nur in den Steppen von Agsa vor.«

»Mein Vater«, haucht Jatin.

Ich nicke. »Dein Vater.«

»Und mein Vater«, fügt Riya hinzu.

»Was?«, hake ich nach. Jatin hat gesagt, dass man seinen Vater vergiftet hat. Aber Herr Burman ist ein anderer Fall. Ein Koma, das … Oh ihr Götter.

Riya bestätigt meine Ahnung. »Deine Mutter glaubt, dass eine Verbindung zwischen den beiden besteht.«

»Mit genug Zeit könnten wir beide retten. Aber nicht ohne Wendegras.«

Das bedeutet, wenn Jatin und ich recht haben und gerade eine Armee in unsere Länder einmarschiert, ist Maharadscha Naupure nicht in der Lage, zurückzuschlagen. Ich beiße mir auf die Unterlippe und bemühe mich, nicht zu weinen. »Wie lange noch, bis wir in Belwar sind?«, frage ich Jatin.

»Ohne dabei auszubrennen? Mindestens zwei Tage.«

Ich betrachte die zahlreichen Himmelsgleiter in der Luft. »Und wenn wir nicht anhalten?«

»Adraa, das ist unmöglich.« Er späht nach hinten. »Irgendjemand würde noch vor der Hälfte der Strecke einschlafen oder ausbrennen. Glaube mir. Fiza und ich haben es auf dem Weg hierher ausprobiert, und wir wären dabei fast umgekommen.«

Ein wilder Gedanke setzt sich in mir fest und lässt mich nicht mehr los.

»Dieser Blick gefällt mir nicht«, sagt Jatin.

»Wir bilden Zweiergruppen. Einer schläft oder ruht sich aus, während der andere fliegt, danach wird gewechselt.«

»Für den Wechsel müssten wir trotzdem an jeder Flugstation halten. Und die nächste kommt erst in unzähligen Meilen.«

»Oder wir wechseln einfach … ohne zu landen.«

***

Der Rest der Gruppe ist alles andere als begeistert von meinem Vorschlag, aber ich weigere mich, langsamer zu fliegen oder anzuhalten. Jede Stunde mehr könnte Leben gefährden.

Der Plan ist einfach. Zugleich jedoch ein bisschen leichtsinnig, nur ist mir in der Stunde seither nichts Besseres eingefallen.

Wir werden versuchen, mitten im Flug von einem Himmelsgleiter zum anderen zu springen. Das bedeutet, ich muss ein Luftpolster erzeugen, das mein Gewicht für den kurzen Moment trägt, in dem ich meinen Himmelsgleiter einfahre und auf den von Jatin hopse. Unter uns haben die anderen ein Windfeld erschaffen, um unseren Sturz abzufangen, falls wir abrutschen. Noch weiter unten fliegt Kalyan, die letzte Verteidigungslinie in meinem unerhörten Plan.

»Das ist wie in jener Nacht auf dem Dach.« Damals bin ich einfach gesprungen, um den Anführer der Vencrin zu verfolgen.

Jatin schmunzelt. »Hat mir schon da nicht gefallen.«

»Du fängst mich doch auf, oder?«, frage ich scherzhaft, um die Nerven zu beruhigen.

»Immer«, erwidert Jatin sofort. Verdammt, ist mein Verlobter heiß.

Das Luftpolster muss mein Gewicht nur einen Moment lang aushalten. Dann wird Jatin mich auffangen, und ich werde auf seinem Himmelsgleiter in seinen Armen sein. Ich atme tief durch, bevor ich auf einen Hauch meiner Magie steige. Gleichzeitig muss ich den Himmelsgleiter schließen.

»*Yayhtrae*«, zaubere ich, und das Holz zieht sich zu seiner kompakten Form zusammen. Mit einer fließenden Bewegung befestige ich ihn an meinem Gürtel. Dabei sinkt mein Fuß in das Luftpolster, und ich rutsche ab. Jatin packt meine Hand, und ich werfe mich ihm entgegen, bringe ihn aus dem Gleichgewicht. Wir kippen seitwärts und rollen. Seine Arme umklammern mich so fest, dass es schmerzt. Der Wind pfeift mir durchs Haar und wirbelt meinen Zopf durcheinander.

Schwer atmend richten wir uns wieder auf. »Ich hab *immer* gesagt und es auch so gemeint, nur das war ein bisschen zu knapp für meinen Geschmack«, flüstert er mir ins Ohr, ohne den Griff um mich zu lockern.

Nach einem weiteren tiefen Atemzug lasse ich den Blick über unsere Freunde wandern. »War doch gar nicht so schlimm. Wer will als Nächster?«, frage ich.

Ist sie schon immer so gewesen?, schreibt Harini in die Luft. Wir alle lesen die Worte schnell, bevor der Wind sie verweht.

»Ja«, antwortet die Gruppe einhellig.

***

Als Nächster springt Kalyan auf Riyas Himmelsgleiter. Es gelingt ihm etwas anmutiger als mir. Die allzeit sture Harini verkündet, dass sie die erste Schicht allein bestreiten wird. Prisha tut sich mit Hiren zusammen, und Jatin erzählt mir von ihrer Liebelei der letzten Wochen. Prisha ist schon immer in Hiren vernarrt gewesen, aber anscheinend hat sich inzwischen mehr daraus entwickelt. Ich betrachte die beiden mit neuen Augen. Ihre Nähe, die an ein Kuscheln grenzt, ist unübersehbar.

»Hätte nicht gedacht, dass es dir als Erstem auffällt«, gestehe ich Jatin.

»Warum traut mir niemand zu, dass ich auch aufmerksam sein kann?«

Lächelnd drehe ich mich ihm zu. »Wann hast du gemerkt, dass ich dich mag? Bevor oder nachdem ich es dir ins Gesicht sagen musste?« Mein Lächeln wird breiter. »Außerdem hat Kalyan etwas von siebzehn Anläufen gesagt ...«

Er wirft die Arme um mich, erdrückt mich mit einer Umarmung. »Vergiss, dass ich was gesagt habe. Lass mich dich einfach festhalten.« Dann fügt er so leise hinzu, dass ich es beinahe überhöre: »Lass mich dich für immer festhalten.«

Seine Worte wärmen meinen Körper. Ich habe so viel durchgemacht. *Wir* haben so viel durchgemacht. Es ist schön zu wissen, dass wir selbst den brutalsten Stürmen trotzen und sie zusammen überstehen können.

So fliegen wir stundenlang erst durch die Nacht, dann durch Tageslicht. Ich schlafe in seinen Armen. Er schläft in meinen. Nur ein paar Mal landen wir für wenige Minuten auf Plattformen, um die Positionen zu wechseln und uns zu erleichtern.

»Wir fliegen übrigens mit Himmelsgleiter Nummer fünf«, verkündet Jatin, als wir uns wieder in der Luft befinden. »Noch weit von deinen siebenunddreißig entfernt, aber ich gebe mir Mühe.«

»Ich werde auf ewig bereuen, dass ich dir das verraten habe«, gebe ich zurück.

Ohne hinzusehen, weiß ich, dass er lächelt. »He, ich hab mich an meinen Teil der Abmachung gehalten«, sagt er.

Stimmt. Jatin erwähnt nie die Nacht, in der er einen Pfeil für mich abgefangen hat und wir auf einem Dach eingeschlafen sind. »Da ist mir zum ersten Mal richtig klar geworden, dass ich dich liebe«, erwidere ich.

Verstohlen linse ich zurück. Seine Augen leuchten bei meiner Äußerung auf. »Ach ja?«

»Ja. Und es war furchtbar.«

Er schüttelt den Kopf. »*Sankraw*«, zaubert er. Unsere Namen erscheinen in der Luft, mit einer Null unter seinem und einer Eins unter meinem.

»Sieht richtig aus«, lobe ich, bevor ich mich auf mein letztes Nickerchen vor der Ankunft zu Hause einstelle. Wir sind seit etlichen Stunden in der Luft, etwas mehr als einen Tag. Mittlerweile sollten wir der Heimat nah sein. Aber ich zwinge mich, zu schlafen, um so viel Energie wie möglich zu sparen.

»Adraa.« Jatins Stimme weckt mich. Ich erschrecke, und er umarmt mich fest, damit wir nicht kippen. »Nur noch ein Höhenzug, dann sind wir da.«

Ich richte mich auf und schaue zum Horizont. Wir befinden uns am Rande des Hoheitsgebiets von Belwar. Gleich nach dem Bergrücken werden wir in das Küstental meiner Stadt hinabsehen können.

»Noch wirkt nichts ungewöhnlich«, flüstert Jatin mir ins Ohr.

Ich nicke. Dann beschleunigt er, und die anderen folgen

uns. Wir alle beobachten, wie sich die Berge nähern. Danach steigen wir über die Barriere auf wie die Sonne bei Tagesanbruch. In der Ferne liegt Belwar friedlich im Sonnenschein eines herrlichen Tags da. Vom Meer weht eine Brise herüber. Aus der Stadt kräuselt sich Rauch gen Himmel.

Wir haben uns geirrt. Waren paranoid. Ein erhebendes Gefühl der Erleichterung überkommt mich.

Oh ihr Götter, noch nie zuvor war ich so froh darüber, mich geirrt zu haben. Die anderen um uns herum lächeln. Prisha lehnt sich auf ihrem Himmelsgleiter so weit zurück, dass sie praktisch darauf liegt. Wir fliegen weiter, steuern auf unsere wunderschöne, unbehelligte Stadt zu.

Plötzlich nehme ich ein Zucken in der Luft wahr, den Druck eines starken Widerstands. Ein violettes Geflecht aus ineinander verwobenen Rauchranken. Als wir es durchdringen, erkenne ich auf Anhieb, worum es sich handelt.

Um einen meterdicken Trugbann.

Prisha wird davon zur Seite geschleudert. Mit rudernden Armen schwankt sie. Instinktiv strecke ich mich nach ihr und komme nah genug ran, um ihr eine Hand auf den Rücken zu legen und sie zu stützen. Erleichtert atmet sie auf. Dann jedoch entdeckt sie etwas hinter mir, und die eben noch beruhigt ausgestoßene Luft wird scharf und bang wieder eingesaugt.

Ich drehe mich um, erblicke mit eigenen Augen, was sie sieht, habe Mühe, es zu verarbeiten.

Riya schreit auf. »Belwar steht in ...«

Mitten im Satz verstummt sie vor Entsetzen, denn mein Land steht in Flammen ...

Es brennt.

Menschen schreien.

Und sterben.

Flammen züngeln großflächig bis hinunter zur Bucht empor. Schwarze Asche und Rauch steigen an mindestens einem Dutzend Stellen auf und wetteifern darum, die Sonne zu verdecken. Selbst aus dieser Entfernung hören wir den Lärm, die panischen und gequälten Schreie. Überall in meiner Stadt schießen verzweifelte Hilferufsignale für die Rote Frau und Nacht in den Himmel, gedämpft nur vom Qualm der Brände.

»Oh ihr Götter!«, entfährt es Riya. »Es sind über hundert.«

»Wie …«

Meine Knie werden weich. Meine Hände rutschen vor lauter Zittern am Himmelsgleiter ab. Also war es doch von Anfang an eine Falle. Und wir sind erneut hineingetappt.

Kapitel 43

Signale am Himmel

Jatin

»Verdammt!«

»Was sollen wir tun, Jatin?« Ich weiß nicht mal, wer gefragt hat, aber es dreht sich ohnehin die gesamte Gruppe mir zu. Adraa sieht sich um, und ein Teil von mir zerbricht. Die Stadt schwebt in Gefahr, steht in Flammen. Panik herrscht. Und sechs Augenpaare starren mich an, darunter das von Adraa. Ich darf nicht auch in Panik verfallen.

»Wir teilen uns auf und finden heraus, was los ist.« Ich lege alle Stärke, die ich noch in mir habe, in die Worte. Nur in Adraas Richtung lege ich fragend den Kopf schief.

Sie versteht die Geste auf Anhieb. »Dasselbe habe ich mir auch gerade gedacht.«

»Mein Vater«, sage ich. Obwohl sich in der Ferne weder Flammen noch Signale am Himmel über Naupure abzeichnen, darf ich mein Land nicht noch einmal im Stich lassen.

»Ich weiß. Meine Eltern.« Eine Pause. »Wir müssen uns beide um unsere Länder kümmern, und dann ...«

»Wer auch immer zuerst beim anderen ist«, ergänze ich.

Riya ergreift Adraas Hand. »Mir gefällt die Vorstellung

nicht, uns aufzuteilen. Wir sind zu lange getrennt gewesen. Ich weiche nicht noch mal von deiner Seite.«

»Du kommst mit mir.« Adraa schenkt ihr ein schmales Lächeln.

Prisha lenkt ihren Himmelsgleiter zu den beiden, und Adraa hebt die Hand. »Würdest du Jatin nach Naupure begleiten? Sein Vater braucht dich. Es könnte sein, dass es in der Klinik dort Wendegras gibt.«

Schmerz lässt Prishas Stimme brüchig klingen. »Adraa. Ich bin mehr als eine Heilerin. Ich kann auch kämpfen.«

»Ich weiß. Bei den Göttern, ich weiß. Ich hab dich im Gefängnis gesehen. Aber weißt du noch, wie ich dir gesagt habe, dass die Welt eines Tages rosa Magie brauchen wird? Tja, der Tag ist gekommen. Du wirst dort gebraucht. Maharadscha Naupure braucht *dich.*«

Prisha runzelt die Stirn. Ich würde ihr gern versichern, dass es sich nicht bloß um einen Plan handelt, um sie aus dem Weg zu haben oder von Gefahr fernzuhalten. Adraa tut, was sie muss. Mein Vater braucht eine Heilerin, und Belwar braucht Adraa. Aber für solche Beteuerungen haben wir keine Zeit.

»Bitte, Prisha. Du bist die Einzige, der ich vertraue«, sagt Adraa.

Schlagartig ändert sich Prishas Haltung. Ihr Himmelsgleiter schwebt bereits in meine Richtung.

Ich merke Hiren an, wie hin- und hergerissen er ist. Prisha drängt nach vorn und küsst ihn. Wir alle beobachten, wie der überraschte Hiren durch die leidenschaftliche Geste ins Taumeln gerät, bevor er Prisha die Hand an die Wange legt und den Kuss erwidert.

Adraa schwenkt mit hochgezogener Augenbraue zu mir herum, dann beugt sie sich vor und küsst mich ebenfalls. Es geht schnell und fühlt sich an, als könnte es unser letzter Kuss sein. Ich bete, dass dem nicht so ist.

Adraa zieht sich zurück. »Pass auf dich auf.«

»Du auch auf dich.«

Sie setzt dazu an, von meinem Himmelsgleiter abzusteigen. Ich halte sie mit einer Hand am Ellbogen zurück. »Warte, Adraa ...« Es schmerzt, den Vorschlag zu unterbreiten. »Leg die Maske an, bevor du eintriffst. Du bist immer noch ...«

»Ich bin immer noch Adraa Belwar.« Damit dreht sie die Hände. Roter Rauch verdichtet sich und taucht ihr Gesicht in einen Schimmer. Die Rote Frau – die *echte* Rote Frau – erscheint vor uns.

Dann springt sie von meinem Himmelsgleiter und fällt mehrere Meter, bevor sie den eigenen unter Kontrolle bringt.

Ich vergewissere mich, dass es ihr gut geht, bevor Kalyan, Prisha und ich zu mir nach Hause rasen, während Adraa, Riya, Hiren und Harini den Weg zum Belwar-Palast antreten. Nach nur wenigen Metern sinkt mein Mut. Wieder weiß ich nicht, ob ich die richtige Entscheidung getroffen ... oder einen weiteren Fehler begangen habe.

Kapitel 44

Die wahre Schlacht beginnt

Adraa

Zu viert steuern wir im Sturzflug auf den Palast zu und weichen den Signalen aus, die den Himmel sprenkeln.

Als wir uns den Dächern nähern, schießt unmittelbar vor uns ein Lichtstrahl hervor. Ich weiche nach rechts aus und blicke zum Verursacher hinab, bin mir nicht sicher, ob ich damit aus der Luft geholt werden sollte oder ob es sich um einen Hilferuf gehandelt hat. Die vertraute Gestalt einer Hexe gerät in Sicht. Willona, Leiterin der Bediensteten meiner Familie. Die Frau, die sich mein Leben lang um mich gekümmert hat. Ein bewaffneter, grün gekleideter Mann taucht hinter ihr auf. Als wir uns dem Belwar-Palast nähern, erlischt der Lichtstrahl abrupt, und Willona sackt zusammen.

»*Nein!*«, brülle ich, als sie auf die Schindeln fällt.

Ich lege eine Bruchlandung hin, und bevor ich darüber nachdenken kann, fege ich den Wächter aus Moolek vom Dach. Schreiend stürzt er in die Tiefe. Ich habe nicht mal sein Gesicht gesehen. Sofort haste ich zu Willona, packe sie an den Schultern und ziehe sie von der Kante weg.

»Willona?«

Ich muss keinen Diagnosezauber anwenden, um zu wissen,

dass sie tot ist. Das Licht in ihren Augen ist erloschen, und sie hat keinen Puls mehr.

Riya sagt etwas, aber ich höre nur das Pulsieren meines Bluts in den Ohren. Ein gellender Schrei reißt mich aus meiner Benommenheit. Mit einem Ruck wirble ich in die Richtung des Lauts, der aus dem Ostflügel stammt. »Tut mir leid, Willona. Ich komme zurück, das schwöre ich.«

Wir sinken hinunter in den Hof. Dort übersäen Fußabdrücke die Erde. Ich renne zum Seiteneingang, durch den ich früher jeden Tag zum Übungsgelände gegangen bin. Eine junge Frau liegt zusammengesackt an der Tür, mitten in der Brust ein faustgroßes Loch. Sie gehört zu den Lieferfliegerinnen der Klinik, die Tränke und Botschaften für meine Mutter in der Stadt verteilen.

Ich hocke mich neben sie und hasse mich dafür, dass ich mich nicht an ihren Namen erinnern kann. »He! He! Es wird alles wieder gut.«

»Rote Frau?«

»Ja, ich bin's.« Mir liegt ein Heilzauber auf den Lippen.

»Nicht. Ich ... darf mich nicht ... bewegen ...« Sie zieht die Hand zurück. Inmitten all des Bluts kräuselt sich Rauch, der das Loch bearbeitet. Allerdings erkenne ich auf Anhieb, dass es nicht reichen wird. Dass sie überhaupt noch lebt, ist schon beeindruckend. »Ich werde sterben.« Ihr Blick richtet sich auf etwas hinter uns, und sie feuert einen Pfeil violetter Magie ab, der einen Zauberer von seinem Himmelsgleiter holt.

»Ich werde tun, was ich kann, um diese Tür zu bewachen«, erklärt die junge Frau.

»Was ist passiert?«, fragt Hiren.

»Sie sind mitten in der Nacht gekommen. Wir haben sie den ganzen Morgen lang zurückgehalten. Um den Palast herum wurde eine Schutzblase hochgezogen. Und vor einer Stunde ist plötzlich Maharadscha Moolek im Thronsaal erschienen. Er hat« – sie hustet nass und blutig – »alle unsere Verteidigungseinrichtungen ausgeschaltet. Dann ist er einfach … einfach gegangen, und dieser Zauberer mit dem Umhang … er …«

Eine herzzerreißende Erkenntnis schmettert mich nieder wie eine Tonne Ziegelsteine. Eine Stunde. Ich komme eine einzige Stunde zu spät.

Ein Krachen ertönt, und jemand schreit im Flur vor uns. Meine Aufmerksamkeit schnellt in die Richtung.

»Geh. Hilf i-ihnen«, stammelt die junge Frau. »Ich bewache diese Tür.«

Wir betreten das schwer beschädigte Gebäude. Um uns herum herrscht schiere Verwüstung. Zerfetzte Wandteppiche, bröckelnde Säulen, die wie angenagt wirken. Löcher und Schrammen von Pfeilen und Speeren ziehen sich kreuz und quer über die Wände. Jemand hat einen Mangobaum durch ein Bogenfenster gezerrt – ob als Barriere oder Waffe, vermag ich nicht zu sagen. Ich schneide die Äste mit grüner Magie ab und setze den Weg fort.

Durch diesen Flur bin ich an dem Abend gegangen, an dem mein Vater mir von der Gerichtsverhandlung erzählt hat. Dabei habe ich mich gefragt, wie ich der Geschichte dieses Orts je gerecht werden könnte. Und jetzt liegt all die Geschichte in Trümmern.

Wir biegen um die Ecke in den Vorraum des Thronsaals und werden von den bunt schillernden Wirren eines Gefechts empfangen.

»Die Rote Frau!«, brüllt jemand. »Die Rote Frau ist hier!«

Blicke heften sich auf mich. Es dauert einen Moment, alles

zu erfassen. Loyale Belwar-Wächter kämpfen erschöpft gegen Mooleks Männer um ihr Leben. Matrosen der Vencrin. Belwarische Bürger und Bürgerinnen wie die von der Kundgebung. Einige weisen Rot in den Augen auf.

Blutlust. Harinis Wort flammt in der Luft auf, als sie vorprescht. Dann verdichten sich die Buchstaben zu einem Speer, den sie mit einer Leidenschaft abfeuert, wie ich sie noch nie erlebt habe.

»Nein, warte.« Ich haste vorwärts, um sie aufzuhalten, als ich aus dem Augenwinkel etwas Aufblitzen sehe. Instinktiv reiße ich ein Schwert hoch, um es abzuwehren. Der Rauch meiner Klinge schrammt über einen gelben, auf meine Brust gerichteten Strahl. Ich hacke ihn entzwei. Der Zauber ist schwach – oder zumindest schwächer als meiner. Schwungvoll schlage ich gegen den Zauberer zurück, der mich angegriffen hat. Erst treffe ich ihn mit dem Griff des violetten Schwerts, dann fahre ich ihm mit der Klinge über seine Kniekehlen. Es ist so brutal, wie es sein kann, ohne ihn zu töten. Aber draußen auf dem Dach über unserem Hof liegt Willona. Über den Boden verstreut sehe ich mehrere tote Wächter. Das ist nicht der richtige Zeitpunkt für Milde.

Riya spürt die Veränderung in mir sofort. Einen Moment lang starrt sie mich und meine blutbespritzte Hose an. Gleich darauf stimmt sie Gebrüll an und stürzt sich auf einen Gegner, der aufgesprungen ist und uns angreifen will. Hiren eilt seinen Wächtern zu Hilfe, aber mir fehlt die Zeit, um darauf zu achten. Ich werde zu einem Wirbelwind aus Bewegungen.

Wir erkämpfen uns den Weg nach vorn, mehren die Zahl der Gefallenen auf dem Boden. Gefallene, die ich kenne. Wächter, die meinem Vater mehr als die Hälfte ihres Lebens gedient haben. Bedienstete, die für meine Familie das Frühstück zubereitet haben. Einige sind verwundet. Sie stöhnen und schreien, aber niemand kann sie heilen oder auch nur eine Hand auf ihre Wunden pressen. Ich muss zusehen, wie meine Leute vor meinen Augen verbluten. So unmöglich es zu sein scheint, es wird noch schlimmer, als wir uns dem Thronsaal nähern.

Der größere Raum und das Licht schwächen das Geschehen nicht ab. Ich dachte schon in dem Gang, durch den wir uns gekämpft haben, die Lage wäre übel. Dabei war das nichts im Vergleich dazu, was vor uns liegt.

Krieg.

Auf einer Seite entfesselt mein Vater Magie in alle Richtungen, nimmt es mit dreißig Zauberern gleichzeitig auf. Ich halte Ausschau nach meiner Mutter, entdecke aber weder sie noch das leuchtende Rosa ihrer Magie. Mittendrin beobachtet eine schattenhafte Gestalt still das Geschehen. Zu still, abgesehen vom unnatürlichen Wabern des Umhangs. Es ist nicht nötig, Schwarz als Stärke zu besitzen, um zu erkennen, dass es sich um einen Trugbann handelt. Der Anblick stinkt förmlich danach. Dennoch erkenne ich die Gestalt aus der Nacht, in der Jatin und ich in das Lagerhaus der Vencrin eingebrochen sind, ich den Mann verfolgt habe und wir dann beide um ein Haar umgekommen wären.

Aber er hat mich noch nicht bemerkt.

»Gib mir Deckung!«, rufe ich Riya zu.

Dann ziele ich. »*Zalyaraw*«, zaubere ich und entfessle einen roten Pfeil, der durch das Getümmel geradewegs auf ihn zurast. Ein Schild schießt aus dem Schatten hervor und löst den Pfeil auf. Aber der Angriff hat seine Aufmerksamkeit erregt. Er sieht mich direkt an, und ich trete hinter einer Säule hervor.

»Ah, da ist sie ja.« Der Mantel des Anführers der Vencrin

flattert unnatürlich. »Die Rote Frau.« Er verstärkt seine Stimme so, dass sie durch den gesamten Saal hallt. Eine Horde von Vencrin, Wächtern aus Moolek und mit Blutlust vollgepumpten Belwarern dreht sich in meine Richtung. »Ich habe mich schon gefragt, wann Belwars Söldnerin auftauchen würde.«

Ich bleibe stehen und widerstehe dem Drang, ihm eine Antwort entgegenzuspeien. Stattdessen warte ich kurz, ob er noch etwas zu sagen hat. So viele haben mittlerweile erraten, wer ich in Wirklichkeit bin. Falls der Feind weiß, dass ich Adraa bin, könnte es vorteilhaft für mich sein, zu schweigen.

»Nicht die Heimkehr, die du erwartet hast?«

Wieder starre ich ihn nur an. Wenn ich antworte, könnte ich ihn einen Moment lang verwirren. Aber wenn nicht …

»Was ist los?«, fragt er lachend. »Sprachlos?«

Das ist die Bestätigung, die ich gebraucht habe. Ich bin froh, dass ich die Klappe gehalten habe. Falls er weiß, wer ich bin, muss er nicht auch noch wissen, dass ich meine Stimme wiederhabe. Ich bewege die Hände, lasse Worte in der Luft erscheinen. *Wer bist du?*

»Das ist jetzt heuchlerisch, oder?«

Ich schaue finster drein.

»Du willst wissen, wer ich bin, verbirgst dich aber selbst hinter einer Maske. Ich zeige dir mein Gesicht, wenn du Belwar deines zeigst.«

Wieder wallt sein Mantel unnatürlich.

Das ist jetzt heuchlerisch, oder?, schreibe ich. *Du willst, dass ich preisgebe, wer ich bin, und bist nicht mal persönlich anwesend.*

Ein Fuß taucht aus der Dunkelheit auf. Langsam entwirren sich die Düsternis und die violette Magie. Beine, dann ein Rumpf, gekleidet in besticktes Schwarz. Der Mantel, die Schatten – alles fällt ab, bis ein Hals und ein Gesicht zum Vorschein kommen. Allerdings umwirbeln violette Schwaden das Gesicht, lassen es so stark verschwimmen, dass man die Züge nicht erkennt. Wäre ich nicht so verblüfft gewesen, ich hätte vielleicht gelacht. Es ist ein fahler Abklatsch meiner Maske.

Und ein verdammt unheimlicher Anblick.

»Ich bin sehr wohl hier, Rote Frau. Das konnte ich mir nicht entgehen lassen.«

Kapitel 45

Aufbrechen der Eistür

Jatin

Im Gegensatz zu Belwar ist es auf der anderen Seite des Gandhak ruhig. Nach einer weiteren Stunde beschwerlichen Flugs durch den Rauch von Belwar landen wir knapp vor den inneren Toren abseits des Hauptwegs, der den Berg hinauf verläuft. Meine Hauptstadt wirkt unbelebt. Ein Teil von mir möchte Kalyan hinunterschicken, um nach dem Rechten zu sehen. Aber ich brauche ihn bei mir. Wir sind nur zu dritt.

»Die Vögel singen nicht«, merkt Kalyan an, und schlagartig wird mir bewusst, warum die Stille so fremdartig klingt.

»Auch keine Ziegen«, fügt Prisha hinzu. »Ist das ein weiterer Trugbann?«

Bei den Göttern, ich hoffe nicht. »Wir müssen auf alles gefasst sein.«

»Soll ich in die Klinik und nach Wendegras suchen?«, fragt Prisha, klingt allerdings zögernd. Adraa wird mir das vielleicht nie verzeihen, aber irgendetwas sagt mir, dass wir uns diesem unbekannten Übel zusammen stellen müssen.

»Nein, bleib in der Nähe. Sobald wir wohlbehalten bei meinem Vater sind, können wir die Klinik durchsuchen.«

Prisha lächelt, dann wirken wir alle drei Zauber – verbesserte Sicht, verbessertes Gehör, Schildpanzer über unserer Kleidung. Schließlich überqueren wir den vorderen Hof. Prisha, Kalyan und ich sehen uns gegenseitig an und wappnen uns. Aber wir überschreiten keine magische Barriere. Alles an meinem Palast wirkt wie immer – abschreckend, kalt. Die Eistür glitzert unversehrt.

»*Utsrig Himadloc.*« Ich sprenge sie in Stücke. »*Simaraw.*« Ich zaubere einen Schutzschild vor mich, und wir stürmen in den Azur-Palast.

Nichts. Es fühlt sich an, als würde eine über den Ort geworfene Decke sämtliche Geräusche dämpfen. Kalyan und Prisha versteifen sich neben mir.

»Das verstehe ich nicht«, sagt Prisha.

Über uns auf der Treppe ertönt ein Schrei – der einer jungen Frau. Das Geräusch dröhnt in meinen Ohren. Ich zucke zusammen und ziehe die orangefarbene Magie zurück. Prisha schreit auf und tut es mir gleich.

Sekunden später prallt grüner Rauch gegen den Treppenabsatz, und eine Hexe mit hellbraunem Haar kullert die Treppe herab. Als sie auf dem Boden aufschlägt, verkrampft sich ihr Körper, und sie verrenkt sich in unsere Richtung.

Fiza.

Als sie uns drei erblickt, quellen ihr förmlich die Augen aus den Höhlen. »Lauft!«, presst sie erstickt hervor.

Ein hochgewachsener Zauberer erscheint auf dem Treppenabsatz. Er strotzt vor Smaragden und ist in grüne Seide gehüllt. Ein bösartiges Lächeln verzerrt sein Gesicht. »Ah, Neffe. Du bist nach Hause zurückgekehrt. Und so pünktlich.«

Kapitel 46

Verlust

Adraa

Ich kämpfe mich vorwärts. Der Anführer der Vencrin tut es mir gleich. Auf unheimliche Weise erinnert es mich daran, wie Jatin und ich uns in der Kantine aufeinander zubewegt haben. Nur pflüge ich diesmal dem Anführer der Vencrin entgegen, nicht meinem Verlobten. Und er tötet meine Wächter, meine Leute, um an mich heranzukommen. Blut spritzt mir ins Gesicht, als mein Schwert zu tief in den Arm eines mit Blutlust gestärkten Zauberers schneidet. Er ist Belwarer. Meine Eingeweide krampfen sich pulsierend und gequält zusammen.

Ich bin noch einen Meter entfernt und bereite meine Arme für den Feuerstoß vor. Dann jedoch schleudert ein orangefarbener Blitz den Anführer der Vencrin zurück, bevor er oder ich einen Zauber brüllen können.

»Danke für die Ablenkung, Rote Frau«, ruft mein Vater und tritt vor.

Mir bleibt keine Zeit für eine Erwiderung, weil bereits ein anderer Vencrin anstürmt, der uns ausschalten will. Die Gruppe, gegen die mein Vater gekämpft hat, vereint sich auf meiner Seite mit Vencrin. Wortlos stellen mein Vater und ich uns Rücken an Rücken. Er weiß nicht, wer ich bin, trotzdem bringt er mir ein gewisses Maß an Vertrauen entgegen. Zusammen errichten wir Schilde, weichen aus, schlagen zurück. Gegen Mooleks Männer. Gegen Vencrin. Gegen Kuppelwächter. Sie fallen einer nach dem anderen. Der Kreis um uns herum schrumpft. Harini, Hiren und andere Belwarer kämpfen sich von außen heran. Riya greift den Feind zu meiner Rechten an.

»Hör auf, Vivaan. Aufhören, oder ich bringe sie um«, warnt eine tiefe Stimme.

Wir alle drehen uns dem Anführer der Vencrin zu, der eine junge Frau als Geisel gepackt hat.

Mich.

Oder vielmehr eine Illusion von mir, aber sie ist so beeindruckend, dass sie sogar Riya verblüfft. Der Anführer der Vencrin presst meinem Ebenbild ein Messer an die Kehle.

Die Stimme meines Vaters wird tonlos. Seine Arme erschlaffen. »Adraa?«

»Ich weiß, was du für deine Lieben opfern würdest. Und ich denke, du weißt, was ich tun würde, um zu bekommen, was ich will. Leg die Waffen nieder, und ruf deine Männer zurück, oder ich töte sie.« Die Illusion zuckt genauso zusammen, wie ich es tun würde. Dann schreit sie vor Angst, vor Schmerz, vor Entsetzen. Diesen Laut habe ich nur einmal von mir gegeben.

Sogar ich stolpere vor Überraschung zurück. Bei den verdammten Göttern. Ich kenne *diesen* Schrei. Es war der letzte Laut, den ich ausgestoßen habe, bevor Basu …

Schrei für mich, hatte er verlangt.

»Aufhören!«, brüllt mein Vater. Seine zehnfach verstärkte Stimme dröhnt durch den gesamten Thronsaal. Die klirrenden Kämpfe hinter uns verstummen.

Nein! Ich darf nicht zulassen, dass er dafür aufgibt.

»Das ist nicht echt«, versichere ich meinem Vater eindringlich. »Es ist nicht deine Tochter.« Ich beschwöre meine Magie. Alles, was ich brauche, ist ein kräftiger Feuerstoß oder ein violetter Zauber, dann sieht er es.

Aber er wirkt zutiefst entschlossen, fällt völlig auf den Trick herein. »Aufhören, sage ich«, verlangt er vom Anführer der Vencrin.

Trotz aller Zeugen, trotz allem, was ich riskiere, greife ich nach meiner Maske. »Das ist nicht …«

»*Rot!*«, brüllt Riya vom anderen Ende des Saals. Ich drehe mich um. Eine Sekunde lang blitzt etwas Violettes auf. Dann verhüllt Orange meine Sicht, und ich schlittere über den Boden, werde aus dem Weg befördert. Als ich zu meinem Vater aufschaue, steht er in einem Lichtkranz. Die Sonne strahlt durch das Fenster hinter ihm herein. Er wirkt wie ein Gott.

Erleichtert seufze ich. Er hat mich gerettet. Er muss geahnt haben, dass es sich um eine Falle handelt, die Illusion nur zur Ablenkung gedient hat, und er hat die aus dem Nichts auftauchenden Pfeile gesehen. Auf mich gerichtete Pfeile.

Dann sackt er zusammen. Die Sonne flutet über ihn, und ich erblicke Pfeile aus Holz, die in seiner Brust stecken. Mit einem dumpfen Klatschen landet er auf dem Boden.

Ich bin bewegungsunfähig, kann mich nicht rühren. Mein Vater, er ist …

Eine Salve violetter Magie setzt ein, dann steigt weiteres Violett wie eine Welle auf und fängt den Zauber ab.

»Adraa!«

Ich schaue auf. Riya hat einen uns umhüllenden Blasenschild gezaubert.

Mein Vater blutet. Unbewusst habe ich mich in Bewegung gesetzt. Ich beuge mich über seinen Körper.

397

»Wie lange kannst du den Zauber aufrechterhalten?«, rufe ich Riya zu.

»So lange es nötig ist!«, brüllt sie zurück und fügt dem Schutzschild eine weitere Schicht hinzu. »Ist er …«

In dem Moment zerreißt etwas in mir, und statt in Zeitlupe spielt sich plötzlich alles mit Lichtgeschwindigkeit ab. Drei Pfeile – einer in der Schulter, eine Wunde, die leicht zu heilen aussieht. Einer zwischen den Rippen. Und einer sehr nah am Herzen. Er ist bei Bewusstsein und starrt mich an, als ich den ersten Schaft abbreche.

»Ich ziehe ihn jetzt heraus, dann kann ich dich heilen«, teile ich ihm mit. Mit einem schnellen, kräftigen Ruck entferne ich den Pfeil, und mein Vater stöhnt auf. Ich presse auf die erste Wunde, so fest ich kann. *»Laeh!«*, brülle ich. Meine Hände fühlen sich feucht an. Ich rechne damit, dass Blut sie bedeckt. Allerdings sind sie nicht nur rot. Auch eine dünne violette Flüssigkeit sammelt sich um die Wunde. Ich schnuppere daran. Der Geruch versetzt mich zurück in die Klinik, zu den Lektionen, die Mama mir widerwillig erteilt hat. *Du musst wissen, was Menschen schadet, was sie vergiften kann. Aber nur, um es zu bekämpfen.* Und mir fällt Prishas Warnung ein. *Ich glaube, die Stimme hat mich aufgefordert, Mamas Raum mit den Tränken zu zerstören.*

Dumpfe Einschläge prasseln auf den Schutzschild ein. Ein Strudel aus gelbem Rauch prallt dagegen. Die Magie spritzt wallend auseinander.

»Ich kann ihn aufrecht halten!«, ruft Riya, allerdings klingt ihre Stimme erstickt. Sie schaut zu mir. »Warum heilst du ihn nicht?«

»Ich …« Mein Gehirn kennt die Wahrheit, doch ich will sie nicht aussprechen. *Ich glaube, ich kann es nicht.*

Papa sieht mich an. Der trübe Blick seiner grünen Augen wird schärfer. »Ich habe mich immer gefragt, warum du uns hilfst. Das habe ich nicht verstanden, deshalb konnte ich dir nicht vertrauen.« Seine Stimme lenkt meine Aufmerksamkeit zurück auf ihn. »Aber du bist ein guter Mensch, nicht wahr?«

Für den Bruchteil einer Sekunde bin ich verwirrt, bis mir klar wird, dass ich nach wie vor meine Maske trage.

»Ich sollte das wohl nicht von dir verlangen, aber meine Frau, meine beiden Töchter ... Meine Älteste ... Bitte hilf, sie zu befreien. Sie ist nicht die Mörderin, für die alle sie ...« Er hustet Blut. »Sie ist die Beste von uns.«

Da reiße ich mir die rote Maske vom Gesicht. »Ich bin hier. Ich bin frei, und ich bin hier.«

Seine Brauen ziehen sich zusammen, als er mich anstarrt. »Adraa?«

»Ja. Ich bin's. Ich bin es immer gewesen.«

Er wirft den Kopf zurück. Kurz merke ich, wie ein Lachen in seinen Augen aufblitzt, bevor er das Gesicht zu einer Grimasse verzieht. »Das hätte ich längst durchschauen müssen, oder?«

»Nein. Es tut mir so leid, dass ich dich belogen habe. Ich habe alle belogen.«

»Ich bin einfach nur froh, dass du jetzt hier bist. Und es tut mir leid«, presst er erstickt hervor. »Ich habe dich enttäuscht.«

Meine Finger pressen auf die Wunde so nah an seinem Herzen. »Ich habe dir schon mal gesagt, dass du mich nie enttäuscht hast. Das könntest du gar nicht.« Ich schluchze. »Papa, das Geschoss war vergiftet. Ich ... Ich weiß nicht, ob ich die Wunde heilen kann. Und wir haben kein Gegenmittel.«

»Geh in die Klinik deiner Mutter«, murmelt er. Wieder schluchze ich. Mehr als alles andere auf der Welt möchte ich tun, was er sagt. Und ich weiß, das Gift muss bereits wirken, wenn er denkt, ich könnte es überhaupt zu Mamas Klinik schaffen. Dann hebt er die Hand an den Mund und flüstert hinein. Eine leuchtende Kugel seiner hellorangefarbenen Magie erscheint um seine Finger, beinahe in der Form und Helligkeit von Firelight. Aber ich erkenne auf Anhieb, worum es sich handelt. Er reicht es mir. Ich nehme es so behutsam entgegen, als wäre es seine Seele.

»Für dich, deine Mutter und deine Schwester.«

Tränen lassen meine Sicht verschwimmen. Er glaubt, dass es vorbei ist. Nein, er *weiß* es. Ich halte sein Abschiedsgeschenk fest. »Papa, nein«, stoße ich schluchzend hervor. »Was kann ich tun? Uns muss irgendetwas einfallen.« Zum ersten Mal, seit er gefallen ist, achte ich auf unsere Umgebung statt auf seine Wunden. Risse breiten sich wie ein Netz über die Oberfläche von Riyas Schutzschild. Mein Schluchzen gerät ins Stocken.

Mein Vater holt tief Luft. »Sei … Sei einfach nur hier bei mir.«

Ich konzentriere mich wieder auf ihn, nur auf ihn, und ich umklammere seine Hand. Obwohl ich nicht glaube, dass er es fühlen kann.

»Habe … Habe *ich* dich enttäuscht?« Mir ist nicht mal bewusst, dass ich es laut ausgesprochen habe, bis sein Blick klarer wird und er mich mit seltener Eindringlichkeit ansieht.

»Niemals«, sagt er. Und in dem Wort liegt solche Stärke, dass ich nicht nachvollziehen kann, warum er danach abrupt erschlafft. Ich kann nicht verstehen, warum er sich nicht mehr rührt.

»Papa? Papa!«

Nein. *Nein.* Ich … Ich kann etwas unternehmen. Verzweifelt ziehe ich den Ärmel hoch. Mit genug Magie kann ich ihn heilen. Oder ich kann … Ich kann mich in den roten Raum versetzen und ihn von dort zurückholen.

Ich suche nach einem scharfen Gegenstand und breche ein gesplittertes Ende des Holzpfeils ab.

»Adraa!«, brüllt Riya. »Was hast du …«

Der Lärm des Gefechts wird gedämpft, als Riya mich vom Körper meines Vaters wegzerrt. Schreiend verlange ich von ihr, mich loszulassen, und brülle, ich könne ihn zurückholen, wenn ich nur genug von meiner Essenz freisetze. Gleich darauf jedoch wird mir bewusst, dass weitere Pfeile durch die Luft schwirren. Mein Vater wird erneut in die Schulter getroffen. Und als er keinerlei Reaktion darauf erkennen lässt, weiß ich, dass ich ihn verloren habe.

Mein Vater ist tot.

Und der Belwar-Palast wird von innen heraus angegriffen.

Sie sind hergekommen, um ihn zu töten. Meine Illusion, meine Magie hat ihnen dabei geholfen.

Ich wünschte, die Welt würde innehalten. Und plötzlich tut sie es. Mein Gehirn blendet den Lärm aus. Das Chaos des Kampfs verlangsamt sich. Irgendwie ende ich hinter einer Säule. Und wieder bin ich unter einer violetten Kuppel. Riya hat den alten Schutzschild aufgelöst und einen neuen gewirkt. Dann ergänzt ein strahlendes Orange das Violett. Harini. Beide stehen über mir, während Farbstrahlen um mich herum in die Wände einschlagen und durch den Saal blitzen. Der Rauch fegt durch die Wandteppiche. Wie gebannt beobachte ich das Flattern der in Fetzen gerissenen Abbildungen meiner Vorfahren, als Flüche den Stoff durchdringen und die Mauer dahinter zum Bröckeln bringen.

»Adraa!«

Ich glaube, das ist mein Name.

»Bitte, Adraa. Wir können das nicht ohne dich …«

Ein Speer kracht in Riyas Schutzschild. Statt sich wie die anderen in Rauch aufzulösen, setzt er den Weg fort und durchdringt die Barriere. Das Geräusch klingt wie Stahl, der durch Glas schneidet. Risse verästeln sich zu den Rändern des Schilds.

»Oh«, murmelt Riya. Sie stolpert, dreht sich um und fasst sich mit der linken Hand an die rechte Schulter. Blut sickert zwischen ihren Fingern hindurch. »Wie haben sie …«

Und plötzlich bricht alles wieder über mich herein. Der Lärm bannt tosend meine Aufmerksamkeit.

»Riya!«, schreie ich, presche vorwärts und fange sie auf, bevor sie fallen kann. Ihr Körper prallt mit meinem zusammen. Der Speer aus violetter Magie ist verschwunden, aber aus der Wunde sprudelt es rot.

Harini steht über uns, hält einen Schild aufrecht, das Einzige, was uns gerade am Leben hält. Ein weiterer Speer bohrt sich hinein, und ein Geflecht aus Rissen breitet sich in meinem Sichtfeld aus. Harini und ich zaubern, erschaffen einen Schild nach dem anderen, während wir mit Magie in allen Farben des Regenbogens befeuert werden. Jeder unserer Schilde wird von der stärksten violetten Magie durchbrochen, die ich je gesehen habe. Ich hefte den Blick auf die Augen des Zauberers, der auf uns schießt. Sie sind blutrot. Es ist *mein* Blutrot.

»Tötet sie!«, brüllt die tiefe Stimme des Anführers der Vencrin.

Riya erschlafft in meinem Schoß.

Nein! Die Welt explodiert – *ich* explodiere. Magie tobt aus meinen Händen hervor. Ich drücke nach oben, und Rauch verhüllt alles, eine rote Wand aus dichtem Nebel, die uns von den anderen abkapselt. Violette Magie fegt zischend hindurch, aber ich errichte einen weiteren Schutzschild, während ich Riyas Bluse aufreiße, um die Wunde zu untersuchen. Keine violette Flüssigkeit. Kein Gift. Sie kann ich retten. Und das werde ich. Vorsichtig hebe ich sie auf. Harini sorgt für Deckung, und wir rennen los.

Kapitel 47

Kampf gegen den Onkel

Jatin

Ich vergeude keine weitere Sekunde. »*Himadloc. Bhitti Himad-loc!*«, rufe ich und errichte eine Eisbahn in Fizas Richtung. Ich ergänze sie mit einem orangefarbenen Geschwindigkeitszauber, rutsche zu ihr und erschaffe eine Hülle aus Eis, die Moolek lang genug aufhalten wird, damit ich Fiza in meine Arme ziehen kann.

Seine weiße Magie zerschneidet das Eis mühelos. Splitter spritzen überallhin. Kalyan und Prisha sind zur Stelle und geben mir lang genug Deckung, um zur Seite auszuweichen.

Als sich der Rauch lichtet, steht Moolek regungslos und ungerührt da, abgesehen von den nach unten verzogenen Lippen.

Er steigt eine Stufe herab. Prisha taumelt zurück.

Ich bin meinem Onkel noch nie persönlich begegnet. Er ist anders, als ich ihn mir vorgestellt habe, aber genau so, wie Adraa ihn mir beschrieben hat. Hellbrauner Teint. Gutaussehend. Groß. Ausdrucksstarke Kinnpartie. Einen Moment lang frage ich mich, ob daher meine fein geschnittenen Züge stammen. Der Gedanke verursacht mir Übelkeit, und zum ersten Mal bin ich froh, dass ich die kleinere Statur meines Vaters geerbt habe. Mir ist alles recht, was mich mit dem Mann verbindet, der mich liebt, und mich von dem unterscheidet, der alles verachtet, was mir lieb und teuer ist.

»Die jüngere Schwester und der treue Wächter. Nicht das Paar, das ich erwartet habe.« Seine Arme lodern. »Sag mir noch etwas, bevor wir anfangen. Hast du Adraa befreit?«

Weiße Wolken verdichten sich an meinen Armen. »Sie hat sich selbst befreit.«

»Das ist jetzt nicht so heldenhaft. Dabei habe ich es so wunderbar für dich eingefädelt.«

Geh. Finde sie. Befreie sie! Die Worte hämmern mir wie ein Befehl durch den Schädel.

Als ich vor ihm stehe und seine Stimme höre, ist mir unbegreiflich, dass ich nicht von Anfang an durchschaut habe, was los war.

»Raus … aus … meinem … Kopf.« Noch nie hat mich solche Wut durchströmt. Sie überzieht meine Haut, pulsiert durch meine Adern. Dieser Mann verkörpert die letzte Verbindung zu meiner Mutter. Früher hatte ich wegen unseres gemeinsamen Bluts ein schlechtes Gewissen. Zurückgehalten haben mich die Erinnerung an sie und der Irrglaube, er hätte mich auf dem Gandhak gerettet, weil er ebenfalls eine Verbindung empfand. Damit ist jetzt Schluss, denn es ist mir egal. Meine Mutter lebt durch meinen Vater weiter, durch mich. Heute beseitige ich das giftige Blut.

Moolek lacht. »Im Augenblick mache ich gar nichts. Aber was ich getan *habe*, ist eine andere Geschichte. Jetzt übergib die Frau aus Agsa. Sie hat uns beiden etwas genommen.«

»Du hättest flüchten sollen«, sagt Fiza atemlos zu mir.

»Was machst du überhaupt hier?«, flüstere ich beinahe panisch und fühle mich hilflos, während sie in meinen Armen zuckt. Ein Folterzauber wütet durch ihren Körper.

»Dein Vater ist noch am Leben. Ich … Ich h-habe … habe nicht zugelassen, d-d-dass …«, stammelt Fiza, während sie zu atmen versucht. »Ich bin rechtzeitig hier gewesen. Er ist versteckt. In Sicherheit.«

»Was?«

»Die sind … nicht die Einzigen, die gute Trugbanne beherrschen«, bringt sie mit einem schiefen Lächeln hervor, bevor sie das Bewusstsein verliert.

Moolek seufzt und steigt eine weitere Stufe herab. »Jetzt muss ich sie aufwecken und noch mal von vorn anfangen. Sieh mich nicht so an, Neffe. Mittlerweile sollten die Agsaer gelernt haben, sich besser nicht einzumischen. Sie sind nicht stark genug für den Rest der Welt. Die Wirkung von Blutlust hat ihre Grenzen.«

Behutsam lege ich Fiza auf dem Boden ab und versuche, alles zu verarbeiten. Fiza hat meinen Vater gerettet. Sie hat ihn irgendwo im Palast versteckt. Moolek steht vor mir.

»Sag bloß, du empfindest etwas für die Frau. Was würde Adraa davon halten?«

Bevor sich einer von uns bewegen kann, schießt grüner Rauch auf Prisha zu. Er trifft sie in die Brust. Zuckend und schreiend bricht sie mit verrenkten Gliedern zusammen. Ein weiterer Folterzauber.

Als ich lospresche, schlingt sich eine Ranke aus grünem Rauch um meine Beine. Ich sprenge sie auseinander, doch die Fäden vervielfältigen sich. *Agnierif.* Ich beschieße sie mit Feuer und renne zu Prisha, um sie aus dem Gefahrenbereich zu schaffen und abzuschirmen, bevor Moolek abermals feuern kann. Aber während ich laufe und seinen Zaubern ausweiche, wird mir klar, dass ich bloß reagiere, mich verteidige. Schilde, Feuer und Eis blockieren einen Zauber aus grünem Rauch nach dem anderen. Kalyan tut es mir zu meiner Linken gleich. Ich bin so darauf versessen, meine Freunde zu retten, dass ich verspätet bemerke, wie er mich zurückdrängt. Als ich auf einen Brocken der Eistür trete, zaubert Moolek so schnell, dass ich nicht mal einen Blick von dem grünen, durch die Luft flimmernden Rauch erhasche. Die Tür richtet sich auf, fügt sich zusammen, sperrt mich ein. Eis knirscht um mich herum, umhüllt mich, zieht sich zusammen.

Bevor ich einen Befreiungszauber brüllen kann, heftet sich ein magischer Schild fest auf meinen Mund. Wasser, Ranken, Ketten und Wind schlingen sich um meine Gliedmaßen und meinen Oberkörper. Innerhalb von Sekunden stecke ich in einem Gefängnis aus allen Arten von Magie. Neben mir ist Kalyan von einem ähnlichen Käfig umgeben, nur haftet seiner am Boden. Moolek murmelt seine Zauber schneller, als ich es je bei jemandem erlebt habe. Kalyan und ich sind völlig überfordert. Plötzlich hört Prisha auf zu schreien.

Moolek grinst durchtrieben. »Ich habe von den kleinen Gefängnissen gehört, die du im Untergrund geschmiedet hast. Einfallsreich. Ich dachte mir, ich versuche mich mit meiner eigenen Fassung daran. Du hast rosa Magie vergessen. Mit Rosa sind die Möglichkeiten endlos.«

Kalyan stößt einen Schrei aus. Ich drehe den Kopf, so weit ich kann, und sehe, wie seine aus Magie angefertigte Beinprothese in Stücke gerissen wird. Magie zerfetzt Magie.

»Aufhören!«, brülle ich durch den Schild.

»Halt still und sieh zu, oder ich töte sie alle.«

Eine Bestätigung braucht Moolek nicht. Um Fiza herum leuchtet es waldgrün auf. Sie erwacht mit einem weiteren Schmerzensschrei.

»Ah, da bist du ja. Schön, dass du dich wieder zu uns gesellst.«

Fiza spuckt ihn an, doch Moolek dreht den Kopf weg. »Versuchst du wieder, dich als Adraa Belwar auszugeben? Ich bin mir nicht sicher, ob Spucken wirklich zu ihren Vorlieben gehört. Jatin, irgendeine Meinung dazu?« Er reißt mir den Schild vom Mund.

»Ich bringe dich um.«

»Über deine Drohungen unterhalten wir uns später.« Er wendet sich wieder an Fiza. »Sag mir, wohin du ihn gebracht hast.« Seine Stimme klingt kalt.

»Nein.« Fiza lacht, als wäre sie betrunken. Ihre Kehle bebt, woran ich erkenne, dass der Folterzauber nach wie vor in ihr wütet.

»Muss ich erst meinen Neffen foltern? Denn das werde ich. Es würde mir kein Vergnügen bereiten, aber er gehört zu den wenigen Menschen, die dir etwas bedeuten. Du lässt mir also keine große Wahl.«

Sie erwidert nichts, und ich frage mich, ob sie ihn überhaupt gehört hat.

»Sag es ihm nicht«, fordere ich sie auf.

Ihr hellwacher Blick heftet sich auf mich. Dann ergreift sie das Wort. »Im Arbeitszimmer ist eine Karte. Dahinter befindet sich ein Geheimraum. Dorthin habe ich Maharadscha Naupure gebracht.«

»Wunderbar. Danke. Jetzt kann ich die Folter allein für mich genießen.«

Mit einem hämischen Lächeln dreht er sich mir zu. Er bekommt nicht mit, wie sich Prisha aufrichtet und seine Folterzauber mit ihrer eigenen Magie abschüttelt. Sie zaubert. Eine Welle aus rosa Rauch verflüssigt die Eistür. Einen Herzschlag später falle ich, als das Wasser vorwärtsschießt und sich um Moolek herum verfestigt. Prisha starrt Moolek in die weit aufgerissenen Augen. »Solltest besser noch mal darüber nachdenken, wen du foltern kannst. Ich bin eine Hexe mit rosa Stärke, verdammt noch mal.«

Mit einem Aufschrei schwingt sie die Hände vorwärts. Moolek wird weiter in die Wand aus Wasser und Eis gesaugt und den Flur hinuntergespült.

Prisha fällt auf die Knie, zaubert jedoch am Boden weiter, löst den Rest meines Kerkers auf. Ich unterstütze ihren Zauber, und zusammen befreien wir Fiza und Kalyan, die beide zu Boden sacken. Fiza sieht aus, als könnte sie jeden Moment wieder das Bewusstsein verlieren.

»Das wird ihn nicht lange aufhalten«, stößt Prisha mit rauer Stimme hervor.

Ich wende mich an Kalyan. »Ihr drei verschwindet. So weit weg, wie ihr könnt. Ich muss meinen Vater wegschaffen.«

»Wir lassen dich nicht allein«, entgegnet Kalyan.

Ich richte mich auf wackeligen Beinen auf. »Wenn ich gehe, stirbt mein Vater.«

»Dann bleibe ich auch«, verkündet Kalyan stur.

»Kalyan, du kannst kaum laufen.« Seine Prothese ist fast vollständig zerfetzt.

»Das hat mich noch nie aufgehalten.«

Ich werfe ihm einen eindringlichen Blick zu. »Na schön.« Wir schlagen mit den Unterarmen ein, dann helfe ich Prisha und Fiza durch die Eistür hinaus. »Versprecht mir, nicht zurückzukommen, ganz gleich, was ihr hört.« Damit betrete ich meinen Palast wieder.

**

409

Ich habe die Treppe noch nicht mal halb erklommen, als ein Blitz grüner Magie unmittelbar vor mir einschlägt. Ohne orangefarbene Magie in den Muskeln hätte ich vermutlich nicht rechtzeitig auszuweichen vermocht. Kalyan schlägt mit einem weißen Strahl zurück, und ich höre Moolek grunzen, als wäre er getroffen worden.

In meiner Verzweiflung reiße ich die goldenen Banner von den Feierlichkeiten herunter und werfe sie in die Luft, eine weitere Sichtbarriere. Pfeile prasseln auf den Stoff ein, als ich durch den Gang renne, aber alle verfehlen mich. Die Tür zum Arbeitszimmer meines Vaters befindet sich nur noch wenige Meter entfernt. »*Tvarenni*«, zaubere ich und renne, so schnell ich kann.

Ich bin fast am Ziel.

Dann explodieren Schmerzen in meiner Wade, und ich falle nach vorn. Als ich mich umdrehe, stelle ich fest, dass mich ein Pfeil am Boden festnagelt. Bevor ich ihn herausziehen kann, verpufft er zu Rauch und zerbirst zu gelber Magie. Der Windstoß schleudert mich zurück und durch die Tür. Sie wird aus den Angeln gerissen, und ich krache gegen den Schreibtisch.

Moolek schlendert herein, schaut erst nach links, dann nach rechts.

Schwarz verhüllt abrupt meine Sicht. »Warum?«, frage ich, als ich mich aufzurappeln versuche. »Warum er?«

Maharadscha Moolek lacht. »Weil er mir im Weg ist. *Bandharaw*«, zaubert er. Ein violetter Zauber rast von seinen Fingerspitzen und prallt gegen meine Brust. Ich werde an den Schreibtisch meines Vaters geheftet. »Aber es hat auch damit zu tun, wie sehr ich ihn hasse.« Seine Stimme trieft vor Abscheu.

Grinsend zerreißt Moolek die Karte mit einem schwungvollen Ruck. Dann hält er inne. Dahinter befindet sich keine Geheimtür. Stattdessen hängt an der Wand ein Porträt meiner Mutter, das ich noch aus meiner Kindheit kenne. Allerdings dachte ich, mein Vater hätte es längst weggeräumt. Einige Einzelheiten des Bilds habe ich vergessen. Die goldene, zu den Hochzeitsarmbändern passende Halskette. Die in die Stirn hängenden Löckchen. Ihr strahlend gelber Sari vor dem Hintergrund bläulicher Gebirgsgipfel.

Als Moolek brüllt, steht zweierlei fest.

Mein Vater ist nicht hier. Und Fiza hat gelogen.

Kapitel 48

Ein neuer Raum mit Tränken

Adraa

Ich befinde mich im Ostflügel, was bedeutet, dass ich jeden Moment in Mamas Raum mit Tränken stürmen werde. Ich frage ich mich, ob ich hergelaufen bin, weil es der letzte Vorschlag meines Vaters war. Durch die offenen Räume und die lange Fensterreihe ist es der am schwierigsten zu verteidigende Ort im gesamten Palast. Und das denkbar schlechteste Versteck. Aber mittlerweile kann ich nicht mehr zurück.

Harini stellt keine Fragen, während wir rennen und die tiefe, Drohungen ausstoßende Stimme des Anführers der Vencrin von den Wänden widerhallt, doch auf seine genauen Worte konzentrieren kann ich mich nicht. Ich weiß, dass ein Teil von Harini genauso in Panik ist wie ich. Riya blutet immer noch in meinen Armen. Und die uns verfolgenden Zauberer sind mächtig – zu mächtig.

Ich zeige auf die Tür, während ich mit Riyas Gewicht kämpfe. Harini öffnet sie für mich. Wir stürmen in Herrn Burmans Zimmer. Das saubere, frische Licht des Nachmittags, die Frostlight-Blüten auf dem Nachttisch – alles ist makellos und unberührt. Wahrscheinlich der friedlichste Ort inmitten all des Chaos. Nur Herr Burman ist verschwunden.

Als ich Riya dort ablege, wo ihr Vater sein sollte, zieht Harini quer über die Schwelle mehrere Barrieren hoch. Wenn wir diese Tür nicht verteidigen können, wird Riya ... Sie wird enden wie ...

Ihr Blut befleckt die sauberen weißen Laken. Mit einem Aufschrei verdränge ich ein Schluchzen.

Hilf deiner Freundin. Ich verteidige die Tür, bedeutet mir Harini.

Es ist kein Gift, sage ich mir. Kein Gift. Sie wird wieder gesund. Ich sinke neben das Bett, verzichte auf einen Stuhl und lasse jedes Quäntchen rosa Magie, das noch in mir ist, in Riyas Schulter strömen. Die Wunde beginnt sich langsam zu schließen, doch sie blutet immer noch heftig, ist zu tief. Ein glatter Durchschuss.

Mir kommt die junge Frau draußen vor den Toren in den Sinn. Das hat meine Magie in Blutlust bewirkt.

»Bitte«, flehe ich Riyas reglose Gestalt an. »Ich kann dich nicht auch noch verlieren.«

Harini zaubert. *Wie schlimm ...*

Dann explodiert die Tür, und Harini wird quer durch den Raum geschleudert. Trümmer und Splitter spritzen umher, prasseln auf Riya und mich herab. Grüner Rauch wallt heran und zerfetzt Harinis Schutzschild. »*Dvaaihtrae!*«, brülle ich, setze das Holz wieder zusammen und füge es als Barriere in den Rahmen. Geballte Farben hämmern auf meine Magie ein. Rot, Gelb und Grün wirbeln durcheinander. Nur Holztrümmer und mein Zauber trennen uns davon.

Einige Augenblicke lang hält das von mir errichtete Hindernis stand. Dann zerspringt die Tür mit einem weiteren ohrenbetäubenden Knall erneut in Stücke.

Drei Wächter aus Moolek mit rot leuchtenden Augen stürmen auf uns zu. Langsam rapple ich mich auf und hebe die Hände. »Ich gebe euch *eine* Chance, abzuhauen.«

Der Vorderste schmunzelt nur und nähert sich einen weiteren Schritt.

»Sie hat dich gewarnt.« Hinter mir schießt ein Strahl hellrosa Magie hervor und fegt die Männer in den Flur hinaus.

Ich drehe mich um und erblicke meine Mutter, die Haare zerzaust und schmutzig, die Bluse zerrissen. Aber *lebendig*.

Wir starren uns an. Harini rappelt sich in ihrer Ecke auf.

Meine Mutter schaut zu ihr, dann zu Riya und schließlich wieder zu mir. Ihre Arme erwachen mit einem rosa Leuchten zum Leben. »Wer bist du?«, fragt sie langsam.

Ihre Frage verdutzt mich. Dann wird mir klar, wie ich aussehe. Ich bin wieder als die Rote Frau maskiert. Und obwohl Mama mein Geheimnis kennt, ist in letzter Zeit noch eine andere Rote Frau herumgelaufen. All die Illusionen lassen uns schon am eigenen Verstand zweifeln.

Mit einer flinken Handbewegung wische ich die Maske weg. »Ich bin's, Mama«, sage ich.

»Adraa?«, entfährt es ihr. »Es hieß, du wärst hier, und ich …«

»Papa … Ich habe es versucht …« Ohne den Satz zu beenden, werfe ich mich ihr in die Arme.

»Ich weiß. Der gesichtslose Mann hat eine Ankündigung durchgegeben. Die haben den Sieg ausgerufen, obwohl die halbe Stadt noch kämpft.« Tränen strömen ihr über die Wangen, als sie mich ansieht. »Warst du bei ihm?«

Ich nicke, bringe kein Wort hervor, umarme sie nur noch fester und weine an ihrer Schulter.

»Hast du Prisha gesehen?«, fragt sie mit besorgter Stimme.

»Sie ist mit Jatin im Azur-Palast.«

»Was?« Das scheint sie zu erschüttern. Ich ziehe mich zurück. »Wir müssen los«, fügt sie hinzu. »Hier ist es nicht sicher. Kommt mit.«

Harini hebt Riya mit einer kräftigen Bewegung der Arme auf. Ich danke ihr, und wir folgen meiner Mutter in den Raum mit Tränken. Er ist verwüstet, allerdings nicht so wie zuvor durch Prisha. Diesmal ist wirklich alles zerstört. Pflanzen liegen zerstampft und zerfetzt umher. Zerbrochene Gläser übersäen den Boden, die Scherben scharf wie Haifischzähne.

»Ich konnte nicht zulassen, dass sie glauben, hier wäre noch nicht geplündert worden«, erklärt meine Mutter.

»Du warst das?«

»*Gahahtrae.*« Die Magie meiner Mutter taucht in den Boden und verschiebt den großen Kessel von seinem Platz in der Ecke zwei Meter nach rechts. Dann zieht sie mit einem Ruck eine Falltür auf. »Schnell.«

Harini verliert keine Zeit. Ich werfe Mama einen Blick zu, bevor ich Harini folge und eine schmale Treppe hinuntersteige. Damit habe ich nicht gerechnet – tatsächlich habe ich nicht mal mit einer Falltür gerechnet, aber ich habe angenommen, dass sich dahinter bestenfalls ein kleiner Verschlag befinden würde, in dem wir uns verstecken könnten. Stattdessen erwartet uns ein Labyrinth. Tunnel über Tunnel erstrecken sich in fünf Richtungen. Kerzen hängen an den Wänden und erhellen die Gänge. Mama deutet mit einer Hand, und wir betreten den mittleren Tunnel. Unterwegs passieren wir mehrere leere Zellen. Ein Verlies.

Harini spannt den Körper an. »Du hast nichts zu befürchten«, beruhige ich sie, obwohl der Ort auch mir eine Gänsehaut verursacht. Für meinen Geschmack fühlt er sich zu sehr wie das Gefängnis an.

Wir erreichen eine Holztür mit eingeritztem Belwar-Wappen. Mama klopft einen Takt und wirkt mit Magie auf die Tür ein. Die halbe Sonne erwacht leuchtend zum Leben. Die Tür schwingt auf und offenbart einen großen Raum mit einem höhlenartigen Loch in der Mitte.

Wie erstarrt stehe ich an der Schwelle zu einer Miniaturnachbildung der Anlage, in der ich die letzten Wochen eingesperrt war. Zellen hängen über Plattformen, genau wie in der Kuppel. Allerdings beherbergen sie Pflanzen, Zutaten für Tränke und eine gesamte Klinik.

Und Menschen. Hexen, Kinder, Heiler und Heilerinnen des Palasts. Hiren und einige der Wächter vom Kampf im Thronsaal haben es hierhergeschafft. Lebend. Wenn auch teilweise verwundet. Nach dem Gemetzel oben bekomme ich vor Erleichterung weiche Knie. Als wir eintreffen, schauen alle auf. Eine Frau schluchzt. Wahrscheinlich hat sie auf jemand anderen gehofft.

Die vom Kampf gezeichnete Frau Burman scheint das Kommando über die Gruppe zu haben. Sie rennt zu uns und nimmt Riya von Harini entgegen, trägt sie in eine der Zellen mit Betten. In den anderen Betten liegen sowohl verwundete Wächter als auch Zivilisten.

»Ich dachte …« Immer noch sehe ich mich um, drehe mich im Kreis. »Ich dachte, das Verlies wäre aufgegeben worden. Weil du es nicht leiden kannst, ein Gefängnis unter uns zu haben.«

»Kann ich auch nicht. Und das Verlies haben wir auch aufgegeben. Damit ich es nach meinem Gutdünken verwenden konnte.« Meine Mutter schwenkt die Hand. »Ich habe den Lagerraum gebraucht. Außerdem können einige meiner Spitzel auf diesem Weg nach draußen. Der Ort hat auch schon als geheimer Unterschlupf gedient. Beckman hat ihn mehrere Wochen nach dem Ausbruch des Gandhak benutzt, weil wir nicht sicher waren, ob seine Tarnung aufgeflogen war.«

Also noch mehr von ihrem Spionagenetzwerk.

Plötzlich legen sich Arme um meine Schultern. Zara, mein Dienstmädchen, schreit vor Freude auf. »Adraa! Du bist zurück. Und am Leben.«

Ich umarme meine allzeit optimistische Freundin. »Zara!« Ich bin so froh, dass sie in Sicherheit ist.

»Komm mit. Wir müssen reden. Und ihr solltet euch ausruhen.« Ihr Blick fällt auf Harini. »Ihr seht beide aus, als hättet ihr es nötig.«

Stille kehrt ein, während mich alle Anwesenden mustern. Ich trage meine Maske nicht mehr. Und ich weiß, dass sie mich immer noch für schuldig halten. Sie müssen glauben, ich wäre aus der Kuppel ausgebrochen.

Mama führt uns in eine Zelle mit einem Bett. Harini geht in einen Bereich, in dem Essen verteilt wird. Ich setze mich. »Gibt es neben dem Offensichtlichen noch einen Grund, warum alle verängstigt wirken?«, frage ich.

Zara klärt mich auf. Ihre Stimme wird dabei leiser. »Der Anführer des Feinds hat durchgesagt, dass er uns alle auslöscht, wenn sich die Rote Frau nicht dem neuen Maharadscha stellt.«

Das also ist der Plan. Der Anführer der Vencrin will mich aus der Reserve locken. Mich dazu bringen, dass ich mich opfere. Wahrscheinlich brauchen die mich, um mehr Blutlust herzustellen. Oder sie richten mich vor ganz Belwar hin, um die Menschen von weiteren Aufständen abzubringen.

»Wir müssen uns einen Plan überlegen. Früher oder später finden sie den Ort hier«, sagt Mama, und ich weiß, wie recht sie hat. »Aber ruh dich zuerst aus. Ich hole dir was zu essen.«

Zara beginnt, die Schrammen, Schnitte und blauen Flecke an meinem Körper zu heilen. Ich habe längst den Überblick darüber verloren. »Wir lassen sie nicht an dich heran«, flüstert sie.

Mir rutscht ein verhaltenes Lachen heraus. »Wie lange weißt du es schon, Zara?«

»Seit nach der Gerichtsverhandlung. Als die Rote Frau keine Menschen mehr gerettet hat. Als die Signale unbeantwortet geblieben sind.«

»Mein Ersatz hat dich nicht getäuscht?«

»Du hättest nicht eine Woche verstreichen lassen. Ich weiß, was du bist.«

Ich beiße an. »Und was bin ich, Zara?«

»Eine Heldin.«

All das Adrenalin, das mich durchströmt hat, versiegt allmählich. Meine kribbelnden Arme warnen mich, dass ich kurz davorstehe, auszubrennen. Durch meine Seele pulsiert nach wie vor Kummer. Ich kippe zur Seite. Zara packt mich und hilft mir, mich hinzulegen.

»Es geht mir gut«, versuche ich zu behaupten. Wir haben noch so viel zu besprechen, so viel zu tun. Aber ich liege schlaff auf der Pritsche. Mein linker Arm fühlt sich wie Gummi an.

»Du kannst aufhören, dich zu verstellen«, sagt Zara. »Wir wissen, wie stark du bist. Du musst es nicht ständig beweisen.«

Meine Mutter kehrt mit einer Schüssel Reis für mich zurück. Ich esse rasch, bevor ich einschlafe.

***

Geschäftiges Treiben und ein Klappern wecken mich.

Als ich alle an der Tür versammelt erblicke, schrecke ich

418

hoch. Frau Burman, Zara, Hiren, Harini. Aber statt eines bangen Gemurmels oder der Geräusche eines Angriffs höre ich Rufe der Wiedersehensfreude. Prisha steht auf der Schwelle, und ausgerechnet Fiza wird ihr aus den Armen genommen.

»Prisha?« Ich stehe auf und stolpere vorwärts. Mama kommt mir zuvor und umarmt sie innig. Ich befinde mich noch auf der anderen Seite des Raums, als ich sehe, wie sich Mama zu ihr beugt und es ihr sagt. Papa. Tot. Prisha bricht zusammen. Als ich die beiden erreiche, schmiege ich mich an sie, konzentriere mich auf ihre Atmung. Wir drei sind in Sicherheit und am Leben. Nach einigen Momenten der Trauer, in denen Hiren herüberkommt und Prisha festhält, frage ich schließlich.

»Prisha, wo ist Jatin? Was …«

Mit einem tränenreichen Blick lässt sie mich abrupt verstummen. »Maharadscha Moolek war im Azur-Palast. Es war ein Hinterhalt.«

»Wie viele Männer?«, frage ich.

»Nur Moolek.«

»Und Jatin?«

»Er und Kalyan sind geblieben, um seinen Vater zu beschützen.« Ich falle zurück. Tief im Herzen bin ich nicht sicher, ob Jatin stark genug ist, um allein gegen Moolek zu bestehen. Ich war es eindeutig nicht.

»Moolek hat Jatin letztes Mal gerettet. Uns beide«, spreche ich unbewusst meine Gedanken laut aus. »Er wird ihn nicht umbringen.« An diese Hoffnung muss ich mich klammern, weil ich nicht zu ihm kann.

»Du hast recht«, pflichtet Prisha mir bei. Trotzdem laufen ihr weiter Tränen übers Gesicht.

»Sie haben uns bewusst voneinander getrennt«, wirft meine

Mutter ein. »Letzte Nacht wurde mir gesagt, jemand läge im Ostdorf im Sterben, und ich würde sofort dort gebraucht. Auch das war ein Hinterhalt. Ich hätte nicht gedacht, dass sie so verwegen geworden sind. Aber jetzt sind wir zusammen, und ich schaffe uns hier raus.« Ihre Stimme klingt beruhigend und stark.

»Ich werde *nicht* weglaufen«, verkünde ich. Mama und ich starren uns an. »Das ist unser Zuhause. Wir kämpfen bis zuletzt. Sie wollen die Rote Frau. Sie wollen mich.«

»Vorerst müssen wir fliehen. Wir wissen nicht, womit wir es zu tun haben. Mit *wem* wir es zu tun haben«, argumentiert Frau Burman.

»Ich schon«, entgegne ich mit brüchiger Stimme.

Köpfe drehen sich mir zu. Alle in Hörweite lauschen. Ich trete vor.

»Mit dem Anführer der Vencrin. Er arbeitet für Maharadscha Moolek. Schon von Anfang an.«

Ich berichte alles, was ich weiß. Über Blutlust und meine Magie. Über meine Vermutungen zum Gerichtsverfahren und seine Illusionszauber. Am Ende wischt sich meine Mutter Tränen aus den Augen.

Wir brauchen einen Plan, wirft Harini ein, indem sie die Worte in die Luft zaubert. Alle schauen überrascht auf. Nach einer ausgedehnten Pause fährt Harini fort. *Was hast du dir einfallen lassen, Adraa?*

»Ich habe tatsächlich etwas.« Mein Blick fällt erst auf Mama, dann auf Prisha. »Aber es wird euch nicht gefallen.«

»Hauptsache, du willst dich nicht opfern und versuchen, es allein zu schaffen«, kommt von meiner Schwester.

»Ich werde mich stellen«, gebe ich zu. »Aber diesmal werde

ich nicht allein sein. Prisha, erzähl mir mehr über die Klang-
zauber, an denen du mit Papa gearbeitet hast.«

Kapitel 49

Kampf

Adraa

Mich gefangen nehmen zu lassen erweist sich als einfach. Ich muss dafür nur aus dem Verlies ins Tageslicht treten, wo man mich bereits erwartet. Fünf Vencrin bringen die Rote Frau zurück in den Thronsaal. Dort sonnt sich ihr Anführer auf dem Stuhl meines Vaters unter dem Wappen meiner Familie. Schon mein ganzes Leben frage ich mich, ob meine Vorfahren mit dem Symbol die aufgehende oder untergehende Sonne gemeint haben. Jetzt wird mir klar, dass es davon abhängt, wer dort sitzt – und welche Hoffnung Belwar für die Zukunft hat.

Ich bewege die Hände. *Du hast kein Recht, dort zu sitzen.*

»Und du hattest kein Recht, aus der Kuppel auszubrechen. Für deine Taten hat man dich zu lebenslanger Haft verurteilt.« Er hält ein Paar Handschellen hoch. »Leg die an, und komm friedlich mit.«

Du hast den Maharadscha von Belwar kaltblütig ermordet. Wo sind deine Handschellen?

»Bist du nur hergekommen, um das zu sagen?« Seine violette Maske verzieht sich zu einem höhnischen Grinsen. »Oder es zu schreiben?«

Wie vermutet hält er sich bereits für den Sieger und mich

für eine stimmlose Hexe, die keinen Mucks von sich geben kann. Er soll nicht wissen, dass ich meine Fähigkeiten vollständig zurückerlangt habe.

Der getarnte Anführer der Vencrin beugt sich vor. »Wenn du nicht hergekommen bist, um dich zu ergeben, willst du dann gegen mich kämpfen?«

Zur Antwort nehme ich Kampfhaltung ein.

»Die Sache ist nur die, Rote Frau. Du kannst mich nicht ködern. Und dieser Konflikt beginnt oder endet nicht mit dir oder mir.« Er schwenkt die Hand, und fünf Vencrin mit roten Augen treten vor.

Als ich mich zurückziehe, um Abstand zu gewinnen, ertönen von draußen donnernde Schritte und Schlachtrufe. Ein weiteres Fenster zerbricht, als Magie hereinschießt. Prishas Botschaften müssen allesamt die Menschen in Belwar erreicht haben. Auch aus dem Verlies sind alle gekommen, die kampftauglich sind. Hinter mir hat die Schlacht um Belwar begonnen.

Du hast recht. Es geht nicht nur um dich und mich, zaubere ich. *Du hast mein ganzes Land mit hineingezogen. Viele von uns werden nicht schweigend untergehen.*

»Los!«, brüllt der Anführer der Vencrin seine Männer an. Er schreitet vom Podium auf mich zu. »Du hast gerade noch mehr von meinen Leuten in den Tod geführt.«

Sie sind nicht deine Leute. Das werden sie nie sein.

Ich muss ihn auf den Hof locken, weg von seiner Verstärkung. Weg aus diesem Raum, wo er um jede Säule einen Trugbann wirken kann. Ich brauche Tageslicht und offene Fläche, um eine Chance zu haben.

Als ich losstürme, hülle ich meine Arme in Flammen und zaubere Geschwindigkeit in meine Muskeln. Er tut es mir

423

gleich. Wir halten aufeinander zu. Ich erschaffe einen Feuerball und hole aus, um ihn zu werfen.

Im letzten Moment verschwimmt seine gesamte Gestalt, und der Feuerball fliegt quer durch den Raum. Ein Trugzauber. Eine weitere Illusion. Als hätte er Zeit und Raum verändert, taucht er hinter mir auf. Etwas Scharfkantiges trifft mich am Kopf. Ich ducke mich, so gut ich kann, weiche dem Tod aus. Kaum habe ich mich wieder aufgerichtet, renne ich. Den Flur hinunter. Ich muss es nur durch den Gang schaffen.

Wie gehofft, verfolgt er mich. Ich höre das Stampfen schwerer Schritte hinter mir. Ich schere zur Seite aus und feuere einen Pfeil zurück. Er verfängt sich an einer anderen Illusion, die sich in Asche auflöst, und ich halte inne. Nein, *er* muss mir folgen. Keine Illusion. Seine wahre Gestalt.

Ich öffne den Mund, um ihn zu ködern. Etwas anderes fällt mir nicht ein. Dann legt sich aus dem Nichts eine Hand um meine Kehle. Noch mehr schwarze Magie. Panisch kralle ich an der Hand. All meine Ausbildung, wie man sich aus einem solchen Griff befreit, ist wie weggeblasen. Mittlerweile sind es zwei Hände, die mich mit der Kraft orangefarbener Magie an der Gurgel die Wand entlang hochheben. Dann taucht *er* auf. Seine violette Maske wabert wie Nebel. »Diesmal bringe ich dich für immer zum Schweigen.«

Der Druck um meine Kehle verstärkt sich.

Ich schlage auf seine Handgelenke, aber sie sind unnachgiebig. Wild flackernd kräuselt sich violetter Rauch um seine Arme. Ich bekomme keinen Ton heraus, um zu zaubern. Plötzlich fällt es mir wieder ein – ich brauche dafür keine Stimme mehr.

Pavria. Mit einer Geste wirke ich einen Zauber, und meine

Magie entlädt sich als Windstoß. Der Anführer der Vencrin schlittert rückwärts.

Ich nutze die Gelegenheit, um Luft zu schnappen. Meine Lunge ist mehr als dankbar. Während ich mir den Hals reibe, starre ich den Anführer an. Er ist nur wenige Schritte entfernt. Aber ich will ganz sicher sein, dass er die nächsten Worte hört.

»Du ... wirst ... mich ... nie ... zum ... Schweigen ... bringen.«

Ich empfinde Genugtuung, als ich ihn stutzen sehe.

»Hast du *wirklich* geglaubt, Moolek würde dir Belwar überlassen, sobald mein Vater und ich aus dem Weg geräumt sind? Du bist nichts weiter als eine Marionette.« Ich richte mich auf. »Abgesehen davon lasse ich es nicht zu.«

»Denkst du etwa, dein Land wird dich nicht in Stücke reißen, wenn du dein wahres Gesicht zeigst?«, erwidert er schmunzelnd. »Rote Frau oder Adraa, so oder so bist du dem Untergang geweiht, denn für die Menschen bist du ein Monster.«

Ich starre ihn an, während er mir jede meiner Ängste, die ich noch vor einigen Wochen mit mir herumgetragen haben, ins Gesicht schleudert. Aber ich lebe nicht mehr unter der Last meiner Schuldgefühle, Zweifel und vor allem Angst. Weil ich nicht mehr dieselbe Hexe bin. Ich kann nur hoffen, dass mein Volk mich so akzeptiert, wie ich bin.

Kein Verstecken mehr.

Ich lasse die Flammen an beiden Armen hoch auflodern, so heiß, dass sie meine Ärmel verbrennen.

Meine Maske löst sich in Rauch auf. Meine Stimme habe ich bereits zurück, doch dies fühlt sich nach dem Moment an, in dem ich wahrlich wieder ich selbst werde.

»Ich bin Adraa Belwar, Fürstin von Belwar. Außerdem bin

ich die Rote Frau. Ich bin Herrscherin und Beschützerin meines Volks. Ich habe uns vor dem Gandhak gerettet und nie etwas getan, um diesem Land zu schaden.«

Meine gesamte Aufmerksamkeit gilt dem Anführer der Vencrin. »Nur du und ich, Vencrin. Ich habe keine Angst davor, dass man über mich urteilt. Du?«

Die violette Magie in seinem Gesicht löst sich auf. Und ich stehe Radscha Dara gegenüber.

Einer der fünf Männer, denen mein Vater am meisten vertraut hat. Der Mann, der die Kuppelwache leitet und mich wochenlang von Basu und der Spur der Vencrin weggeführt hat. Der Zauberer, der mich im Gerichtssaal vor dem Pfeil eines Meuchelmörders gerettet hat. Ein Pfeil, der *seine* Illusion von mir zerstört hätte. Von allen Radschas hätte ich gerade ihn nie verdächtigt.

Prisha kommt mir in den Sinn. Prisha und Hiren. Sein *Sohn* Hiren. Hat auch er uns verraten?

Wut und Kummer brodeln gleichzeitig in mir. »Radscha Dara, du hast meine Leute unter Drogen gesetzt? Du hast geholfen, mein Firelight zu stehlen? Du hast meinen Vater umgebracht?«

Er schüttelt den Kopf, als wäre ich unfassbar ahnungslos. Aber ich muss es von ihm hören.

»Was ist? Bist du nicht stolz genug auf dein Werk, um es zuzugeben?«

»Ich gebe es dann zu, wenn du deinen letzten Atemzug tust.«

Ich weiche zurück, als hätte ich Angst vor ihm. »So leicht wird die Linie Belwar nicht untergehen. Und ich denke, du weißt bereits, was passiert, wenn du versuchst, uns zum Schweigen zu bringen.«

Er legt den Kopf schief. »Wer braucht schon Schweigen, wenn ich deine Worte umgestalten kann?« Vor mir erscheint eine junge Frau. Ich. Oder besser gesagt eine Illusion von mir. In genau dem orange-rosa Sari, den ich bei meiner Prüfung getragen habe. »Ja. Und ich würde es wieder tun«, sagt sie mit meiner Stimme, nur klingt sie wütend, hasserfüllt. Sie schaut finster drein, als würde ein Publikum ihre Worte aufsaugen …

Ich schlage eine Faust aus Feuer durch sie. Violetter Rauch und schwarze Magie verschwimmen.

Eine weitere Doppelgängerin erscheint und starrt mich mit vernichtendem Blick an. »Es wäre mir ein Vergnügen, diese Stadt brennen zu sehen. Glaubst du etwa, ich hätte mein Firelight, meine Macht bereitwillig an die Menschen verschenkt, weil ich so großzügig bin? Ihr seid alle nutzlos. Belwar ist nutzlos.«

Ich gerate ins Stocken. Sind … Sind das die Worte, die ich bei der Verhandlung gesagt habe? Hat mein Volk das von mir gehört?

»Die Stimme war nicht perfekt, aber dann habe ich deine echte bekommen. Dadurch wird es sehr überzeugend«, sagt Radscha Dara.

Eine dritte Illusion taucht auf. »Wer je ein Firelight benutzt hat und dachte, er könnte *meine* Magie verwenden, verdient den Tod.« Die Gestalt beugt sich vor, sieht mir direkt ins Gesicht. »Verdient es zu brennen.«

Ich bin noch von den letzten Worten gebannt, als eine violette Rauchwolke auf mich zuschießt. Mir bleibt gerade noch Zeit, die Arme mit einem kleinen roten Schutzschild hochzureißen. Das reicht nicht. Ich werde rückwärts durch die Tür auf den Hof geschleudert. Dann überschlage ich mich mehrfach, bis ich liegen bleibe.

Kapitel 50

Kampf im Kopf

Jatin

Obwohl ich fürchte, gleich zu sterben, bin ich erleichtert. Fiza und Prisha sind entkommen. Kalyan hat Zeit zu fliehen. Adraa und die anderen müssen sich dem stellen, was sie im Belwar-Palast erwartet hat, doch was immer es sein mag, ich weiß, dass sie damit zurechtkommt. Sie kommt mit allem zurecht. Die größere Bedrohung steht vor mir und starrt auf das Porträt meiner Mutter, während ich an den Schreibtisch meines Vaters gefesselt bin. Obwohl ich weiß, dass es zu lange dauern wird, arbeite ich mit geflüsterten Zaubern daran, mich zu befreien. Ich will lieber im direkten Kampf gegen ihn sterben.

Schließlich dreht er sich um. Seine Züge verraten keinerlei Emotionen. »Du kannst hier warten.« Ein violetter Zauber legt sich auf meinen Mund und versiegelt ihn. Damit geht er.

Während Moolek durch den Palast wütet, versuche ich, mir zusammenzureimen, wohin Fiza meinen Vater gebracht haben könnte. Krachender Lärm hallt durch mein Zuhause. Jedes frustrierte Gebrüll lässt mich hoffen, dass Fizas Illusion zu stark ist oder ihr Versteck zu gut.

Ich vermag nicht zu sagen, wie viel Zeit genau vergangen ist, bis er zurückkommt. Mittlerweile schmerzt mein Rücken von der unangenehmen Haltung, und Blut hat mein Hosenbein durchtränkt. Wieder starrt Moolek auf das Porträt, als könne er nicht anders. »Du siehst ihr nicht besonders ähnlich.« Mit einem grünen Messer in der Hand nähert er sich mir. Er lässt den Arm sinken. »Und trotzdem will ich dich nicht umbringen.« Statt auf mich einzustechen, entfernt er die Magie von meinem Mund und verlagert die Fesseln so, dass sie mich nicht mehr an den Tisch binden, sondern mich wie ein Seil umschlingen. Ich falle vor ihm auf die Knie. Trotz meines Grauens geht mir ständig die Frage nach dem Grund durch den Kopf. Warum das alles? Warum Adraa und Belwar?

Grüner Rauch umhüllt mich. »Ärgert es dich manchmal, wie schwach dein Vater ist? Wie viel er dir aufgebürdet hat? Weißt du, meiner war ähnlich. Überaus fordernd.« Moolek verstummt und mustert mich.

Als ich nichts erwidere, verfinstert sich seine Miene. »Es läuft immer alles auf die junge Frau hinaus, mit der du zusammen bist. Ich weiß ehrlich nicht, wer von euch schlimmer ist. Schon vor Monaten bin ich in Adraas Geist eingedrungen, habe die Geheimnisse, die Lügen und Zweifel darin gesehen. Aber verdammt, es hat kaum etwas gebracht. Bei dir verhält es sich ein wenig anders. Mit deinem Geist kann ich spielen.«

Geh. Finde sie! Die Gedanken toben kreischend durch meinen Kopf.

Ich schüttle mich, als könnte ich mich so davon befreien. »Raus aus meinem Kopf!«, brülle ich.

Er ignoriert mich. »Weißt du, was das Traurigste daran ist?« Er lacht. »Die Emotionen, die ich eure Völker empfinden lasse, gehen von euch beiden aus. Es sind eure Gedanken. Eure Zweifel, ob ihr sie anführen könnt. Denn tief in eurem Inneren glaubt ihr beide nicht, dass ihr gut genug dafür seid.« Er beugt sich vor. »Du sagst, du willst mich nicht in deinem Kopf, willst nicht von mir beeinflusst werden? Dann mach es mir nicht so verdammt einfach.«

Kurz verstummt er.

Daraufhin wird mir klar, warum er mir das alles erzählt – warum er mit mir redet, statt weiterhin Türen einzutreten und nach meinem Vater zu suchen. Er will meinen Kopf nach seinem Versteck durchforsten. Weil er mich nicht versteht, stochert er durch alles, was ihm einfällt. Jede Unsicherheit über meinen Vater. Meine Eignung als Anführer. Was Moolek mit Adraa und mir gemacht hat. Der einzige Grund, warum er noch redet, ist, dass er nicht mehr in meinen Kopf kommt.

Er kennt mich nicht. Jedenfalls nicht wirklich. Ich erkenne, dass er eine Unsicherheit, Schuldgefühle oder Zweifel braucht, um in unsere Köpfe zu gelangen. Allerdings bin ich in den letzten Wochen stärker geworden. Selbstbewusster. Zu selbstbewusst für seine Spielchen. Denn da Adraa aus der Kuppel befreit ist und sich mein Vater so sicher wie möglich hinter Fizas Magie verborgen befindet, empfinde ich keine Schuldgefühle. Ich weiß, dass ich alles getan habe. Ich habe nicht versagt.

Mooleks Züge verfinstern sich. Ich habe ihn ausgesperrt, und er weiß es. »Ich finde, es ist Zeit, nach unseren Freunden zu sehen. Also, ich bin neugierig, was sie treiben. Du nicht auch? Bestimmt würdest du Adraa gern ein letztes Mal sehen, oder?«

Will er mich an einen Himmelsgleiter binden und nach Belwar bringen? Bevor ich etwas erwidern kann, stürmt er heran und packt mich am Arm. Mit einem Zischen umhüllen mich Ranken aus grünem Rauch und verdunkeln … alles. Zuerst glaube ich, dass mich ein Käfig aus violetter Magie umgibt.

Ich will einen Zauber rufen, um mich dagegen zu wehren. Plötzlich geht ein Ruck durch meinen Körper, und ich gerate in Bewegung. Ich fühle mich gestreckt. Meine Haut spannt sich. Die Luft wird mir aus der Lunge gesaugt. Wind fegt an meinem Kopf vorbei. Mehrere felsige, grüne Landschaften ziehen an mir vorüber.

Und als meine Panik anschwillt – hält alles an.

Auf einmal ist Vaters Arbeitszimmer verschwunden. Wir befinden uns im Freien auf einem Dach, das einen Hof überblickt. Den Hof von Belwar. Moolek steht neben mir, umklammert immer noch meinen Arm. Ranken aus grünem Rauch entwirren sich um uns herum.

Eine Erschütterung geht durch den Boden, und die Türen des Palasts explodieren nach außen. Eine Gestalt rollt heraus und überschlägt sich. »Oh, sieh nur. Wir kommen gerade recht. Auch sie gibt sich solche Mühe«, sagt Moolek.

Meine Aufmerksamkeit heftet sich auf Adraa, die blutend zum Liegen kommt.

Es ist eine Illusion. Muss es sein. Mein Onkel will mich verunsichern, will wieder in meinen Kopf.

»Das ist nicht echt«, verkünde ich mit ruhiger Stimme.

»So etwas vorzutäuschen würde zu viel Energie und Magie kosten. Ich brenne mich nicht dafür aus, dir eine spannende Vorführung zu bieten. Dafür habe ich Leute. Verbündete.«

Wie zum Beweis fährt mir ein Windstoß ins Gesicht. Der Geruch von Asche, Blut und Belwars berühmtem Meersalz umhüllt meine Sinne. Ich weiß nicht, wie es möglich ist, welchen neuen Zauber er gemeistert hat, aber Moolek hat mich tatsächlich an diesen Ort versetzt.

»Das wird das … was? Das dritte Mal, dass du sie im Stich

lässt? Oh ihr Götter. Nicht gerade das, was ich als besten Partner bezeichnen würde.«

Gefesselt lässt er mich Adraas Untergang beiwohnen. »Lass uns zusehen.«

Aber etwas hat sich auf dem Weg hierher verändert, und ich bekomme eine Hand frei. Ich werde mehr tun, als nur zuzusehen.

Kapitel 51

Selbstbefreiung

Adraa

Verdammt. Alles schmerzt. Trotzdem läuft alles wie geplant. Zumindest einigermaßen. Ich wollte ihn auf dem Hof haben, nur war nicht vorgesehen, dass ich dabei nach draußen *geworfen* werde. Und ich habe eindeutig nicht damit gerechnet, mich so zu sehen ….

Ich fasse an meinen Gürtel. Die Botschaft meines Vaters leuchtet noch orange. Daneben pulsiert Prishas rosa Kugel, die jedes Geräusch aufzeichnet. Mein Volk wird Radscha Daras Illusion nicht sehen können, wohl aber hören, wie er zugibt, mir fremde Worte in den Mund gelegt zu haben.

Ich rapple mich auf und suche das Dach nach meinen Leuten ab, die mit magischen Kugeln vervielfältigen sollen, was ich im Gang aufgezeichnet habe. Prisha hat dazu angesetzt, ihren Platz zu verlassen, als sie gesehen hat, wie ich durch die Tür geschleudert wurde, aber ich hebe eine Hand, um sie zu bremsen.

Dann tritt Radscha Dara durch den Eingang heraus. Der gesamte Innenhof scheint zu erstarren. Ich halte Ausschau nach Hiren. Sein Blick heftet sich auf seinen Vater. Offensichtlich fassungslos steht er da. Aber fassungslos darüber, dass

433

sich sein Vater zu erkennen gegeben hat? Oder darüber, dass er der bösartige Drahtzieher hinter diesem Putsch ist? Prisha dreht sich Hiren zu. Ihr steht ins Gesicht geschrieben, wie verraten sie sich fühlt. Dann beobachte ich, wie sie eine Klinge bildet und angreift.

Radscha Dara bekommt davon nichts mit, während er auf mich zustapft. »Du hast schon verloren, Adraa. Das alles hier gehört mir.« Er deutet auf den Hof, auf den Palast.

»Aber früher war es mein Übungsplatz. *Taruhtrae!*«, rufe ich, reiße den Mangobaum aus dem Boden und werfe ihn samt Wurzeln. »*Agnierif*«, hauche ich hinterher. Der Stamm und die leicht entflammbaren Frostlight-Blüten, die den Boden übersäen, werden von einem Flammenmeer erfasst.

Dann schaue ich zurück zu Prisha. Sie und Hiren kämpfen auf dem südlichen Dach. Aufblitzende Schwerter tanzen. Also hat er uns verraten. Mein Plan ist dahin. Als ich mich wieder umdrehe, fällt mir auf dem westlichen Dach etwas ins Auge. Ich sehe genauer hin. Jatin mit Moolek. Sie kämpfen gegeneinander. Mächtige Schwaden aus weißem und grünem Rauch prallen aufeinander. Was macht Jatin hier? Wie ist er …

Aus den Ästen und Blättern schießt ein Strahl violetter Magie, und dunkles Lila flutet mein komplettes Sichtfeld. Ich habe keine Ahnung, welcher Zauber auf mich zurast, aber statt auszuweichen, feuere ich meine Macht darauf ab. Der violette und der rote Rauch krachen gegeneinander, vermischen sich und wallen zu einer dichten Wand auf. Radscha Dara verstärkt den Druck. Ich halte dagegen, stemme die Fersen in die Erde, während rote Magie aus mir pulsiert.

Dann kann ich nicht länger. Wenn keiner von uns nachgibt, werden wir beide sterben. Mit einem Aufschrei drücke ich die Magie nach oben und über meine Schulter. Sie trifft die Säulen im Nordviertel, setzt sich jedoch darüber hinaus fort. Der Lärm von Zerstörung entlädt sich mit umherspritzenden Trümmern, als die Grundfesten des Palasts bröckeln.

Als sich der Rauch lichtet, ist der Nordflügel in sich zusammengestürzt. Die Gänge, die Torbögen, die Wandteppiche, die mit der Geschichte Belwars geschmückten Räume – alles weg.

Radscha Dara lacht. »Seit über hundert Jahren hat in keinem Land jemand mit roter Stärke geherrscht. Soll ich dir sagen, warum?« Er umkreist mich. »Weil solche Menschen zwar mächtig sind, aber nur Zerstörung bringen. Vermutlich weißt du das selbst. Ich glaube, tief in dir ist dir bewusst, dass du nicht das Beste für Belwar bist.«

»Rede dir ein, was du willst«, speie ich hervor.

»Nein, ich weiß es. Was glaubst du wohl, wie Moolek sonst alle beeinflussen konnte? Er hat deine Gefühle, deine Ängste benutzt. Buchstäblich.«

Was? »Das ist nicht möglich.«

»Ach nein? In jeder von dir erschaffenen Kugel mit Firelight stecken deine Magie und deine Absicht. Sie enthalten etwas von dir. Moolek mag den Ausbruch angezettelt haben, aber es war deine Macht, die Belwar zerstört hat. Die gesamte Stadt hat mit deinem Gefühl der Unzulänglichkeit, deinen Zweifeln, deinen Ängsten gelebt. Was erwartest du denn, wenn du deinem Volk zumutest, solches Gift zu ertragen? Kein Wunder, dass man deinen Tod wollte.«

Nein! Das kann nicht sein … Und doch passt alles zusammen. Die letzten Monate. Der Gerichtssaal. Alle dachten dasselbe, da es meine Gedanken, meine Zweifel waren. Wegen meines Firelights und der Asche, die der Gandhak über meine

Stadt gespien hatte. Prisha hat sich in den Alpen geirrt. Ich mag nicht an Firelight gebunden sein, aber mein Volk ist es.

Eis wickelt sich um meinen rechten Arm und heftet ihn klirrend an den Boden.

»Ich bin Linkshänderin«, stoße ich mit einem zornigen Schnauben hervor und setze schon dazu an, das Eis zu brechen. Aber es rast bereits ein weiterer Zauber wie ein Pfeil durch die Luft. Er schlägt in meine linke Hand ein und fixiert auch sie am Boden. Mein Körper wird ebenfalls nach unten gepresst.

»Oh, das weiß ich«, sagt Dara. »Ich weiß eine ganze Menge über dich.«

»*Agni* ...«, beginne ich zu brüllen. Doch bevor ich das Wort herausbringe, klatscht mir ein weiterer Zauber ins Gesicht und versiegelt meinen Mund.

»Ich kenne dich in- und auswendig. Deine Schwächen. Deine Stärken. Genau, wie ich die deines Vaters gekannt habe. Er war einfach zu gutgläubig.«

»Adraa!«, kreischt jemand.

Ich brülle durch das Eis, oder versuche es zumindest. Wie kann er es wagen, meinen Vater gutgläubig zu nennen? Mein Vater war die Freundlichkeit in Person. Er hat ein Land auf den Grundlagen von Gleichheit, Wahrheit und Gerechtigkeit geführt. Aber ich bringe nur ein ersticktes Stöhnen hervor. Der Frost beißt bei der kleinsten Bewegung zu, kristallisiert, breitet sich unter meinem Kiefer und über meine Wangenknochen aus.

»Du glaubst, du hättest eine neue Fähigkeit erlernt? Ist nicht besonders *beeindruckend*, wenn man sie so leicht überwinden kann.«

Festgenagelt beobachte ich die um mich herum tobenden

Kämpfe. Mein Volk stürmt durch die Trümmer heran, prallt auf die Vencrin und Mooleks Männer. Auch den Rest meiner Gruppe sehe ich. Frau Burman, meine Mutter. Wächter und Wächterinnen, Heiler und Heilerinnen. Alle stemmen sich dem Feind entgegen.

Radscha Dara nähert sich mir mit langsamen, gemächlichen Schritten, und mich beschleicht eine Erkenntnis. Mein Ende ist gekommen. Aus seinen Augen spricht reiner Hass. Ihm ist egal, ob Moolek mich lebendig will. Er wird mich eigenhändig umbringen.

Als er den Arm hebt, schießt ein Blitz aus schwarzem Rauch hinein. Ich drehe den Kopf und erblicke Hiren. Er steht neben Prisha und feuert auf seinen eigenen Vater. Auch rosa Zauber greifen Radscha Dara an. Er feuert zurück, lässt eine Windscheibe um die beiden herum entstehen.

Sie verschaffen mir Zeit, damit ich mich befreien kann.

Nur wird mir das nicht gelingen. Ich kann nicht auf meine Magie zugreifen. Der Frost breitet sich meine Kehle hinab aus. Kälte sickert in meine Haut. Eiszapfen wachsen an meinen Armen.

»Adraa!«, höre ich Jatin rufen. Dann umhüllt ihn grüne Magie.

Ich muss mich befreien. Niemand außer mir selbst kann mich retten. Jatin stirbt, wenn er sich durch meine Lage von seinem Kampf gegen Moolek ablenken lässt.

Gegen die meisten Zauber gibt es einen Konter, eine Möglichkeit, sie aufzuheben. Aber um Eis zu brechen, brauche ich weiße Magie. Die besitze ich nicht. Ich bin eine Acht.

Vielleicht kann ich trotzdem etwas unternehmen. Mit genug roter Magie kann ich den Zauber unter Umständen brechen. Das Eis kriecht meine Schulter hinauf.

Ich konzentriere mich auf meinen Zauber für Firelight. *Erif Jvalati Dirgharatrika!*, brülle ich in meinem Kopf wieder und wieder. Dann höre ich auf.

Nein. Ich brauche weder Worte noch meine Hände. Ich muss meiner Magie, meiner Absicht vertrauen. Mir selbst.

Erif Jvalati Dirgharatrika. Mein Firelight. *Mein Firelight.*

Magie singt durch mein Blut, und ich richte alle Aufmerksamkeit auf die Macht darin. Meine Macht.

Gefühl kehrt in meine tauben Finger zurück. Wärme.

Das Eis zerspringt. So laut, dass Radscha Dara den Kopf dreht. »Wie …«, entfährt es ihm. Dann jedoch sprengt meine linke Hand ihre Gefangenschaft und übertönt mit dem Lärm den Rest seiner Worte. Blutroter Rauch quillt aus meinem Arm. Auf meiner Handfläche entsteht ein Firelight, das erste seit sehr, sehr langer Zeit.

Ich betrachte es. Das Leuchten ist stärker als je zuvor. Und tief in mir weiß ich, dass es länger als zwei Monate anhalten wird. Es ist perfekt. Genau, wie ich es in meiner Vorstellung immer vor Augen hatte. So wollte ich es schon haben, als ich den Spruch ursprünglich entwickelt habe. Eine kleine, meinen Fingerspitzen entsprungene Sonne.

Ich brauche einen Moment, um zu begreifen, was gerade passiert ist. Die Antwort liefert Prisha, die das Geschehen vom Dach aus beobachtet. »Gedankenzaubern. Das gibt es wirklich.«

Ich wende mich dem Feind zu, dem Mann, der meinen Vater umgebracht hat. Flammen wie jene, die Erif mir gegeben hat, als ich aus dem roten Raum erwacht bin, umhüllen meine Arme. Aber diesmal ist es mein eigenes Feuer. »Ist das beeindruckend genug für dich?«

Knirschende Schritte tönen über den Hof, als Radscha Dara über Eissplitter stapft. »Du einarmiges Miststück.«

Beinahe muss ich lachen. »Du solltest dich wirklich besser darüber informieren, für wen du arbeitest. Und mich nennst du ahnungslos?«

Er holt einen Beutel hervor, den ich nur zu gut kenne.

»Vorsicht. Dauerhaft auszubrennen ist ausgesprochen ätzend«, warne ich ihn.

Er gibt Blutlust auf seinen Arm. Die Substanz schillert so kräftig rot, wie ich es noch nie auf der Straße oder im Untergrund gesehen habe. Irgendetwas, ein Bauchgefühl, zieht mich zu ihr hin. Die Droge scheint pulsierend nach mir zu rufen.

Radscha Dara richtet sich auf, strahlt ein Gefühl von neuer Stärke und Selbstsicherheit aus. Eine mächtige Wolke violetter Magie umweht ihn. Seine Augen leuchten rot. Und doch schwinden all meine Zweifel dahin.

»Oh, damit hast du einen Fehler begangen«, stoße ich schnaubend hervor. Beinahe ist mir zum Lachen zumute.

Mit einem bösartigen Lächeln stapft er auf mich zu. »Genug mit den vorlauten Antworten.«

»Soll mir recht sein.«

Ein Zauber. Mehr ist nicht nötig.

Er streckt die Hand aus.

»*Sara Mayin Tviservif*«, flüstere ich.

Dann geschieht alles gleichzeitig. Die Magie, mit der die bisher stärkste Ladung Blutlust durchwirkt wurde, löst sich mit einem Ruck aus seinem Körper. Ich schließe die Faust, und violette Rauchschwaden strömen aus ihm heraus. Eine Abfolge der letzten Zauber, die er gewirkt hat, erscheint in meinem Sichtfeld. Schwerter. Dolche. Eis. Mit einem letzten Nachhall ihrer Macht scheinen sie noch einmal aufzuflammen. Dann sackt Radscha Dara schlaff zusammen, ausgebrannt. Seine Rufe verstummen. Seine Arme färben sich schwarz, sein Berührungsmal verkümmert. Dauerhaft ausgebrannt.

Stöhnend umklammert er seine Arme. »Was? Wie …«

»Ich bin zwar keine Neun, aber ich beherrsche meine Magie.«

Ein schwarzes Seil fällt vom Dach und wickelt sich um Radscha Dara.

»Sohn!«, brüllt Dara und weint, fleht ein letztes Mal.

Hiren geht auf ihn zu. »Nenn mich nie wieder so.«

Die Fessel strafft sich. Eine weitere Ranke schlängelt sich um Radscha Daras Mund und lässt sein Flehen verstummen. Hirens angewiderte Miene besagt genug.

Ich drehe mich dem westlichen Dach zu, wo sich Moolek und Jatin gegenseitig mit Zaubern bewerfen. Meine Mutter und Prisha nähern sich als Verstärkung.

Die erschreckendere Bedrohung ist der Kampf, der in den Trümmern wütet und auf den Palast zusteuert. Vencrin, vollgepumpt mit Blutlust, drängen mein Volk und meine Wächter zurück. Sie haben den Untergang ihres Anführers noch nicht bemerkt. Oder sie sind so trunken von der Macht, die Blutlust ihnen verschafft, dass es sie schlichtweg nicht schert. Radscha Dara hatte recht. Dieser Kampf ist größer als wir beide.

»Sie sind zu mächtig«, sagt Hiren.

Ich wirble zu ihm herum. »Deckst du mir den Rücken?«

»Was hast du vor? Wie lautet der Plan?«

»Ich werde ihnen nicht meine Magie überlassen.«

Hilf mir, Erif, bete ich innerlich. *Ich erfülle hier deinen Willen.* Ich weiß nicht, ob sie mich hört, jedenfalls fühle ich mich stärker.

Zerstör es, Adraa, flüstert eine Stimme.

»*Sara Mayin Tviservif.*« Ich sage es. Ich deute es. Ich denke es. »*Sara Mayin Tviservif.*«

Ein Zauberer bricht aus dem Gefecht aus, greift mich an und zielt mit einer Axt auf meinen Kopf. »Das ist nicht deine Macht«, sage ich, und mit einem Hauch von rotem Rauch ziehe ich Blutlust aus seinem Berührungsmal. Der Zauberer taumelt und bricht zusammen.

»Oh ihr Götter!«, entfährt es Hiren.

Nicht Götter. Nur eine Göttin.

»*Sara Mayin Tviserif!*«, brülle ich. Wie ein feiner Nebel breitet sich Blutrot über das Schlachtfeld aus. Langsam zerrt meine von Erif persönlich gestärkte Magie an jedem einzelnen Feind, der so selbstsüchtig oder verzweifelt war, sich vor dem Kampf mit der Droge zu berauschen. Zauberer fallen. Bewusstlos. Ausgebrannt. Machtlos. Meine Leute stellen den Kampf ein. Die meisten sinken erschöpft zu Boden.

Als ich mich umdrehe, starrt mich Moolek an. Ich kann zwar kaum noch stehen, doch ich weigere mich, unter seinem Blick einzuknicken. Es ist vorbei.

Kapitel 52

Mooleks Untergang

Jatin

Seit gefühlten Stunden kämpfe ich auf diesem Dach gegen meinen Onkel. Mein Bein ist unter meinem Gewicht eingeknickt. Mein Handgelenk ist gebrochen. Ich habe dem Tod getrotzt. Prisha, Harini und Maharani Belwar sind mir zu Hilfe geeilt. Zusammen kämpfen wir gegen Moolek, während Adraa unten ihre eigene Schlacht schlägt.

Aber als Adraa einen Zauber brüllt und ihr roter Nebel die Armee meines Onkels auf einen Schlag zu Fall bringt, wird ihm wohl endgültig klar, dass ihm die Möglichkeiten ausgegangen sind.

»Nein«, murmelt Moolek. »Nein.« Adraa und er starren sich über das Schlachtfeld hinweg an.

»Du hast versagt«, sage ich. »Wir sind beide stärker, als du je begreifen wirst.«

Ein rosa Blitz schießt auf Mooleks Kopf zu. Gefolgt von einer Flut von Pfeilen. Er weicht den Geschossen mühelos aus, knurrt und reißt den Blick von Adraa los.

»Du hast noch nie gut gezielt, Ira«, stößt Moolek gehässig hervor.

»Bist du dir da sicher?«, ruft Maharani Belwar.

442

Moolek hebt die Hand an den Hals. Blut bedeckt seine Finger, als er sie davon löst. Außerdem klebt eine violette Substanz daran, die ihn erstarren lässt.

»Tut mir leid, ich habe noch kein Gegengift dafür, Moolek«, sagt Maharani Belwar.

Unsere Arme leuchten vor Macht auf, als wir uns ein letztes Mal aufbäumen. Ira und Prisha in Rosa. Harini in Orange. Langsam schart sich unten auf dem Hof eine Menschenmenge. Belwarer. Sie mögen noch nicht die ganze Geschichte kennen, aber sie haben gesehen, wie Adraa Belwar den Feind entwaffnet hat. Wächter fliegen oder klettern durch das Trümmerfeld. Hunderte scheinen sich vorzubereiten. Unberührte ziehen ihre Schwerter. Magie erhellt die Menge, während sich einer nach dem anderen für das letzte Gefecht rüstet.

Und zuletzt lodert echtes Feuer an Adraas Armen auf.

Ich hebe die Hände, an denen sich reinweiße Eiskristalle gebildet haben. »Was hast du jetzt vor, Onkel? Flüchten?«

Ein rosa Blitz von Maharani Belwar trifft ihn an einem Knie, und er taumelt. Ranken klettern an ihm hoch und umschlingen ihn. Ich beobachte, wie er sich in seine Magie hüllt wie in einen Kokon. Dann legen wir alle gleichzeitig los. Hunderte Stimmen und deren Zauber prasseln auf ihn ein. Sämtliche Regenbogenfarben prallen auf Grün.

Moolek schwankt. Grüner Rauch kräuselt sich um ihn herum.

Dann ist er mit einem Zischen verschwunden.

Kapitel 53

Enttarnung der Roten Frau

Adraa

»Adraa!« Jatin brüllt meinen Namen.

»Hier«, rufe ich. Mittlerweile bin ich mitten auf dem Hof zusammengesunken. »Ich bin hier.«

»Bringen wir dich in eine Klinik.« Er bückt sich, um mich aufzuheben. Einen Moment lang bin ich in Versuchung, es zuzulassen. Allerdings humpelt er und sieht ungefähr so aus, wie ich mich fühle.

»Nein, warte. Erst muss ich noch etwas erledigen«, halte ich ihn auf.

»Adraa, du blutest.«

Ich stütze mich an Trümmern ab, schaffe es auf die Beine und straffe den Rücken. »Das tue ich neuerdings ständig.«

Prisha und meine Mutter eilen zu mir. Ich übergebe die rosa Lichtkugel, die Radscha Daras Geständnis aufgezeichnet hat. »Jetzt, Prisha. Verteil es«, fordere ich sie auf.

»Bist du sicher?«, fragt sie.

»Wir haben heute gewonnen. Du musst dich nicht zu erkennen geben«, versichert meine Mutter mir voll Überzeugung.

Jatin hält meine Hand. »Du kannst immer noch die Rote Frau sein.«

Es ist verlockend, sich weiterhin zu verstecken, die Maske aufzubehalten. Aber ich will mich nicht mehr verstecken. »Die Menschen müssen die Wahrheit erfahren. Mooleks Einfluss ist immer noch vorhanden. Das ist der erste Schritt dabei, ihn zu brechen.« Kurz verstumme ich und kämpfe darum, nicht zu weinen. »Mein Vater ist heute wegen dieser Lüge gestorben. Ich will sie nicht weiterhin leben.«

Niemand sagt noch etwas. Es ist meine Entscheidung.

Prisha hebt die Hände. Mit einem Rauschen füllen rosa Kugeln den Himmel, und jede einzelne wiederholt das Gespräch, das Radscha Dara und ich im Flur geführt haben. Tausend kleine Botschaften der Wahrheit. Radscha Dara gesteht darin Mord, gibt preis, wer ich bin, offenbart, wer er ist. Außerdem erklärt er die Manipulation beim Gerichtsverfahren. Alles. Ich habe alles aufgezeichnet.

Ich klettere weiter auf den Trümmerhaufen, der vom Nordflügel des Belwar-Palasts übrig ist. Vor mir erstreckt sich die Stadt. Scharenweise schütteln Menschen ihre Wut und Mooleks Beeinflussung ab, legen die Waffen nieder und ziehen ihre Magie zurück. Alle scheinen mich anzusehen.

»Mein Name ist Adraa Belwar, Fürstin von Belwar, Tochter von Vivaan Belwar und Ira Belwar. Außerdem bin ich die Rote Frau. Ich wollte euch nur beschützen. Als der Gandhak ausgebrochen ist, war mein Firelight daran schuld, aber nicht ich habe es dort platziert. Tatsächlich habe ich mir meine Magie zurückgeholt. Ich habe versucht, uns alle zu retten, und es ist mir gelungen – zu einem hohen Preis.« Kurz verstumme ich und atme tief ein. »Vor wenigen Stunden hat jemand von uns, Radscha Dara, mit Maharadscha Mooleks Hilfe unseren Maharadscha ermordet, meinen Vater. Das war nur möglich, weil sie unsere Gedanken vergiftet, uns beeinflusst haben. Heute verspreche ich euch, dass es nicht ungesühnt bleiben wird. Aber ich brauche eure Hilfe. Wir dürfen uns nicht länger von Maharadscha Mooleks Hass kontrollieren lassen.«

Niemand rührt sich. Einen Moment lang kommen mir Zweifel, ob es funktionieren wird. Mooleks Macht könnte sich zu tief verwurzelt haben. Immerhin sind meine eigenen Zweifel in die Köpfe meines Volks gepflanzt worden.

Dann hebt Jatin langsam zwei Finger an den Hals und kniet nieder. Kaum hat er es getan, folgen die Menschen wie eine Welle aus Respekt und Ehrfurcht seinem Beispiel. Emotionen steigen in mir auf. Verblüffung. Demut. Freude. Sie umhüllen mich, während ich den Augenblick auf mich wirken lasse.

Am liebsten würde ich mich setzen, mich ausruhen. Aber Moolek glaubt, dass wir als Nation nicht gegen ihn bestehen können. Also bleibe ich stehen. Und als mir Tausende ihren Respekt erweisen, senkt sich endlich Stille herab. Eine angenehme Stille. Eine Stille, die mir nichts ausmacht, während ich eine Stadt voller Menschen betrachte, die entschieden haben, dass ich ihrer würdig bin.

»Nein! Sie … Sie können dich nicht wollen«, höre ich Radscha Dara vom Hof unten zetern, wo Hiren ihn bewacht. »Du bist eine Lügnerin. Eine einarmig Berührte. Du hast bei der königlichen Zeremonie versagt. Du bist eine verdammte *Acht*.«

Ich schaue zu Radscha Dara hinunter, und zum ersten Mal lassen mich seine Worte kalt. Sie sind für mich völlig bedeutungslos.

»Ich denke, die Entscheidung der Menschen ist klar«, gebe ich zurück. Dann verneige ich mich mit zwei Fingern am Hals vor meinem Volk. »Und das ist alles, was zählt.«

Kapitel 54

Fizas Abschied

Jatin

Nachdem alles vorbei ist – Adraa in einer Klinik, meine Knochen geheilt, Mooleks Männer gefangen genommen oder aufgespürt, die meisten ausgebrannt –, kehre ich zum verwüsteten Azur-Palast zurück.

Maharani Belwars erste Anweisung nach der Schlacht lautete, so viel Wendegras wie möglich aufzutreiben. Nur wenige Stunden, nachdem es beschafft war, hatte sie das Gegenmittel und ist damit zum Bett meines Vaters geeilt.

Als ich ihn das nächste Mal sehe, ist er nicht nur am Leben, sondern auch wach. Und wenngleich er nicht aufspringt, um mich zu begrüßen, lässt mich die blitzende Lebendigkeit in seinen Augen zusammenbrechen, noch bevor ich in seinen Armen liege.

Chara tritt zur Seite. Kalyan nickt mir vom nächsten Bett aus zu. Nachdem Moolek mich verschleppt hatte, hat Kalyan meinen Vater in seiner eigenen Unterkunft unter Fizas mächtigem Trugbann entdeckt. Ich hätte es wissen müssen. Fiza hat immer betont, dass sie Kalyan mehr als jedem anderen vertraut.

»Stimmt es? Ist er wirklich tot?«, fragt mich mein Vater.

Der gequälte Klang seiner Stimme verrät mir auf Anhieb, dass er Maharadscha Belwar meint.

Verhalten nicke ich an seiner Brust. »Ich konnte ihn nicht retten.« Unerwähnt lasse ich, dass man es auch als eine Wahl bezeichnen könnte – ein Vater für einen Vater, ein Freund für einen Freund. Wenn ich eines Tages stark genug bin, um darüber zu sprechen, dass ich losgeeilt bin, um Naupure zu verteidigen und meinen Vater zu beschützen, statt Adraa zu helfen, wird er mir bestimmt verzeihen. Ich bin mir sogar sicher, dass er alles verstehen wird. Aber im Augenblick will ich nicht, dass sich meine Erklärungen wie Ausreden anhören.

»Wie geht es Adraa? Und Ira?«

»Beide sind stark. Stärker, als sie es müssen sollten.«

Als er hustet, steht Chara auf und holt Kräuter, um den Anfall zu lindern. Nachdem er sich zurückgelehnt hat, sieht er mich mit Augen an, die um ein ganzes Leben gealtert zu sein scheinen. »Naupure braucht einen starken Anführer.«

Ich drücke seine Schulter. »Es wird dir bald wieder besser gehen.«

»Besser? Ja. Bald? Nicht früh genug.«

»Du hast immer gesagt, Stärke ist mehr als der Stand.«

Er lächelt matt. »Du hast recht. Aber wir befinden uns im Krieg. Wir werden alle Stärke brauchen, die wir kriegen können. Für Naupure. Jatin, ich brauche dich als Maharadscha.« Seine Worte erklingen mit fester Stimme. Zwar hatte ich mir vorgestellt, dass er diesen Satz eines Tages so sagen würde, nur hatte ich nicht erwartet, dass ich dabei an seinem Krankenbett sitzen würde.

»Wie lange?«

»Der Krieg nähert sich uns nicht mehr nur. Er ist hier. Was

auch immer passiert, wird die Zukunft von Wickery prägen. Das ist keine vorübergehende Aufgabe.«

Obwohl mich das Gewicht seiner Worte nicht erdrückt, überlege ich, was meine Antwort bedeuten wird. Ich werde mit Naupure in den Krieg ziehen. Als Anführer. Meine Entscheidungen werden bestimmen, wie mein Volk kämpfen wird – und wie einige Menschen sterben werden. Aber irgendwann während der Konfrontation mit Moolek habe ich meine Wahl bereits getroffen. Kein Ausweichen mehr. Kein Leben mehr in der Defensive. Und keine verdammte Stimme mehr in meinem Kopf außer meiner eigenen.

Das ist mein Schicksal. Mein Vater braucht mich. Mein Land braucht mich.

»Es wäre mir eine Ehre.«

***

Ich begutachte gerade das verwüstete Arbeitszimmer meines Vaters, als ein Klopfen ertönt.

»Darf ich reinkommen?«, fragt eine vertraute Stimme.

An der Schwelle steht Fiza, in fließend fallende, dunkelblaue Seide aus Naupure gehüllt. Sie sieht besser aus, als man es bei jemandem erwarten würde, den Maharadscha Moolek höchstpersönlich gefoltert hat. Dennoch stechen die Verbände an ihren Handgelenken hervor, die Blutergüsse noch mehr. Ich deute auf die halb zerstörte Tür. »Natürlich, Fiza. Wer sollte dich schon aufhalten?«

Vorsichtig steigt sie über die Holztrümmer hinweg. »Du könntest es. Mühelos.« Sie sieht mir in die Augen. »Und du hättest jedes Recht, mich aufzufordern, nie wieder herzukommen.«

449

»Mein Vater verdankt dir sein Leben. Und ich schulde dir …«

»Eine Entschuldigung?«, fällt sie mir ohne den üblichen hochmütigen Ton ins Wort. Diesmal klingt sie eher resigniert. »Ja.«

»Was, wenn ich dir sage, dass ich keine will?«

Ich habe eine neue Fiza vor mir. Immer noch kompliziert, schwer zu deuten, aber etwas an ihr hat sich verändert. Eine Mauer ist gefallen. »Dann würde ich sie trotzdem loswerden wollen«, antworte ich.

»Und was, wenn ich sagen wollte, dass es mir leidtut?«

»Dann würde ich zuhören.« Ich lege meinen Kopf schief. »Versprochen.«

»Blutlust. Jene Anlage.« Sie holt tief Luft. »Ich habe mich geschämt. Mein Vater hat mir die Substanz vor Monaten gegeben, um mich abzuhärten, stärker zu machen. Nach dem Abschluss an der Akademie bin ich zurückgefallen, habe mich in den Augen meines Vaters nicht schnell genug für meinen Titel weiterentwickelt. Oder auch nur dafür, die königliche Zeremonie überhaupt zu versuchen. Trotzdem habe ich bald wieder aufgehört, die Droge zu nehmen. Ich konnte fühlen, wie mich Blutlust … ausgelaugt hat. Ich habe alles verbrannt, was ich hatte.« Fiza ballt die Hände zu Fäusten. »Dann ist die Nachricht eingetroffen, dass eine Hexe roter Stärke, die ich mehr als alle anderen beneidet habe, bei ihrer eigenen Zeremonie durchgefallen ist. Da bin ich in Panik geraten und habe nach der Quelle von Blutlust gesucht. Die Auswirkungen waren mir egal. Und auch, wenn ich nicht alles gewusst habe, was in der Anlage vor sich ging, ich habe nichts unternommen, um das Treiben dort zu beenden. Ich durfte nicht wie Adraa Belwar enden. Ich musste besser sein.«

Beim letzten Teil versiegt mein Mitgefühl. »Nein, du konntest nicht wie sie sein.«

»Inzwischen ist mir das klar. Aber damals, als der Gandhak ausgebrochen ist, haben wir die Lügen geglaubt. Ich für meinen Teil bis zur Gerichtsverhandlung. Erst da habe ich gemerkt, dass etwas ganz und gar nicht stimmt. Die Illusion war die beste, die ich je gesehen hatte, aber die Stimme – die Stimme war falsch.«

»Was weiß dein Vater von alldem?«

»Mein Vater hat kaum eine Ahnung davon, was Blutlust dem Körper antun kann. Er hat nur die Verbesserungen gesehen. In seinen Augen beruhen Stärke und Macht allein auf Magie. Die Vencrin haben ihm Lieferungen für seine Leute zugeschanzt. Im Gegenzug hat er ihnen das heruntergekommene Gefängnis und genug Schutz geboten, um wohl das Dreifache der bisherigen Menge herzustellen.«

Genau, wie ich es vermutet habe. Noch mehr Korruption. Noch ein zu beseitigendes Chaos. »Wir müssen das Netzwerk zerstören. Von den Wurzeln aufwärts.«

»Ich helfe dir dabei.«

»Du bekommst dein Bündnis, Fiza. Aber du solltest wissen, dass Adraa, du und ich zusammenarbeiten werden.«

Sie grinst. »Gut. Vielleicht mag ich sie ja sogar lieber als dich.«

Meine Augenbrauen schießen in die Höhe. Also, das ist neu.

»Na schön, das war geflunkert«, räumt sie ein. »Aber ich kann die Heldenverehrung nachvollziehen. Ich meine – Gedankenzaubern? Das hätte ich nie für möglich gehalten.«

»Ich hätte nie gedacht, dass ich den Tag erleben würde, an dem Agsa bereit ist, in den Krieg zu ziehen.«

»Landwirtschaft ist ein härteres Brot, als man meinen möchte. Wir werden eine starke Armee haben. Ich muss nur meine Familie überzeugen.«

»Ich denke, das schaffst du.« Und ich meine es ernst.

Fiza schweigt einen Moment lang, um erneut durchzuatmen. Als sie fortfährt, ist der Humor aus ihrer Stimme verschwunden. »Es tut mir leid, dass du dich mit mir herumschlagen musstest. Du bist immer freundlich zu mir gewesen. Weißt du eigentlich, wie selten das ist?«

»Wie meinst du das?«

»Schon mein Leben lang behandeln mich meine Brüder, mein Vater, meine Onkel wunderbar, solange ich ihnen gehorche. Aber sobald ich für mich einstehe, meine Meinung verkünde und widerspreche …« Sie schüttelt den Kopf. »Das mögen sie nicht besonders.« Sie beißt sich auf die Unterlippe, bevor sie weiterspricht. »Ich wollte dir etwas sagen. Hoffentlich hörst du mir ausnahmsweise zu, ohne zu glauben, dass ich dich manipulieren oder dir eine Falle stellen will.«

»Na schön«, erwidere ich mit einem Nicken. »Ich höre dir zu.«

»Ich liebe dich«, sagt sie. »Aufrichtig. Und das liegt an deiner Freundlichkeit.«

Ich achte darauf, keine Miene zu verziehen, bemühe mich, gefasst zu bleiben. Sie will, dass ich zuhöre, also werde ich das.

»Ich weiß, dass du wie Adraa sein willst. Eine einschüchternde, selbstbewusste Naturgewalt von einem Zauberer. Jemand, der mit jedem Problem fertig wird und jeden Konflikt lösen kann. Aber unter alldem bist du freundlich. Du behandelst die Menschen so, wie du sie siehst. Und es hat mir gefallen, von dir gesehen zu werden.« Kurz verstummt sie und füllt die Pause mit einem verletzlichen Schulterzucken. »Du hast

452

mich mal gefragt, und ich dachte, du willst es vielleicht hören, da ich es jetzt aussprechen kann. Du wirst ein großartiger Maharadscha sein. Vergiss deine Freundlichkeit nicht, wenn du über Naupure herrschst.« Damit streckt sie mir den Unterarm entgegen. »Politische Verbündete?«

Ich trete auf sie zu. »Freunde?«, schlage ich vor und drücke den Unterarm an ihren.

»In Ordnung. Aber ich kann nicht versprechen, dass ich zu deiner Hochzeit kommen werde.« Damit strafft sie die Schultern und steuert auf die Tür zu. Einen Moment lang spiele ich mit dem Gedanken, sie einfach gehen zu lassen.

»He, Fiza.«

Sie dreht sich um, aber aus Höflichkeit, nicht, weil sie etwas erwartet, das merke ich.

»Danke. In dir steckt mehr, als irgendjemand ahnen kann.«

»Ich weiß.« Sie lächelt.

»Und ich hoffe, du findest irgendwann jemanden, der das viel schneller erkennt als ich.«

»Aber wo bliebe denn da der Spaß?« Damit steigt sie über die kaputte Tür hinweg und geht. Und zum ersten Mal würde es mich nicht stören, wenn sie zurückkäme.

Kapitel 55

Eine wahre Rani

Adraa

Am Ende hat Radscha Dara unser politisches System grundlegend verändert. Es wird Wahlen geben, um zu bestimmen, wer Belwar anführen soll. Obwohl ich gern glauben würde, dass nicht er, sondern das Volk von Belwar die wahre Veränderung herbeigeführt hat. Dass bei den zornigen Kundgebungen auch Menschen mit guten Absichten waren, die lediglich dabei mitreden wollten, wer über sie regiert.

Meine Familie und ich stellen uns hinter die Bewegung, die rasch Fahrt aufnimmt. Obwohl ich für meine Mutter werbe, wird immer wieder mein Name genannt. Das zeigt mir, dass Belwar die Wahrheit versteht und, wichtiger noch, auch glaubt.

Wäre Radscha Dara kein so selbstsüchtiger, machthungriger Mensch, er wäre über die bevorstehende Wahl bestimmt erfreut. Aber als ihn vertrauenswürdige Wächter in eine Gefängniszelle unter dem Belwar-Palast abgeführt haben, wurde deutlich, dass er keine Wende zum Wohl des Volkes herbeiführen wollte. Nur zu seinem eigenen. Moolek hatte ihn schon vor langer Zeit davon überzeugt, dass er sich durch Mord und Verrat einen Titel verschaffen könnte.

Hiren beteuert seine Unschuld und schwört, nichts davon

gewusst zu haben, was sein Vater getan oder geplant hatte. Der Rat ist misstrauisch. Was sich legt, nachdem ich erklärt habe, dass mich Hirens Zauber gerettet haben. Auch Prisha verbürgt sich für ihn und schildert, wie nah er auf jenem Dach dem Tod durch ihre Hand war, als sie dachte, er hätte sie verraten. Dennoch wird ein Wahrheitszauber gewirkt, der Hiren von jedem Verdacht reinwäscht. In einem peinlichen Moment während des Verfahrens gesteht er seine Gefühle für meine Schwester. *Leidenschaftliche* Gefühle. Ich habe meine Schwester noch nie so rot anlaufen oder so breit lächeln gesehen. Danach grinst Jatin und meint: »Das hätte ich sein können.«

***

Riya erholt sich in der Klinik zusammen mit ihrem Vater. Nur wenige Stunden, nachdem Maharadscha Naupure das Heilmittel bekommen hat und aufgewacht ist, schlägt auch Herr Burman nach einem Jahr im Koma die Augen auf. Wir sind in dem Moment an seinem Bett. Dabei sind mir ausnahmsweise Tränen der Freude in die Augen getreten.

Nach einer Weile inniger Wiedervereinigung berührt er Riyas verbundenen Arm. »Sie hat mir das Leben gerettet«, sage ich. »Sie ist eine wunderbare Leibwächterin.«

»Ausgebildet vom Besten«, flüstert Riya.

Er lächelt bei den Worten. Dann bemerkt Herr Burman, der mir einige meiner ersten Zauber beigebracht und mich jahrelang beschützt hat, die Abwesenheit meines Vaters. »Was habe ich noch verpasst?«, fragt er.

»Da gibt es eine ganze Menge«, erwidert Riya traurig.

***

455

Harini beschließt, in Belwar zu bleiben. Mir ist es wichtig, ihr eines der Zimmer mit großen Fenstern zu geben, und ich drücke ihr den Schlüssel dazu in die Hand.

»Wir können dich jederzeit auf ein Schiff nach Pire bringen. Du kannst nach Hause, wieder vollkommen frei sein.«

Wir haben zusammen im Gefängnis und bei einem Putsch gekämpft, und jetzt willst du mich einfach abschieben?

»Du willst bleiben?« Ich lache. Das ist die unerwartetste Neuigkeit, die ich den ganzen Tag gehört habe. »Und ich dachte, du hättest genug von mir.«

Oh, das habe ich. In deiner Nähe schwebt mein Leben zwar ständig in Gefahr, aber wir müssen sicherstellen, dass du jedes Körnchen Blutlust erwischt hast. Kann ich dabei helfen?

Kurz zögere ich, weil ich weiß, dass meine Zustimmung einer Unterstützung ihrer Rachepläne gleichkommen könnte. Aber Harini ist mir ans Herz gewachsen, und ich brauche jede Hilfe, die ich kriegen kann. Außerdem wüsste ich ihre Meinung und Ideen bei der Überarbeitung des Gefängnissystems zu schätzen.

Ich würde gern deine Sprache lernen, bedeute ich ihr.

Sie zieht die Augenbrauen hoch. *Dann erstelle ich einen Plan dafür.*

»Und ich einen für alles andere.«

Oh, davon bin ich überzeugt. Du und deine Pläne.

»Nicht alle waren schlecht.«

Nicht alle. Sie lächelt.

✳✳✳

Überall in Belwar entstehen große Kliniken. Sobald es mir möglich ist, besuchen Prisha und ich jede einzelne, um ihnen die Kenntnisse unserer Mutter zur Verfügung zu stellen. Zu meiner Freude wird mir nirgendwo ins Gesicht gespuckt. Ich zaubere sogar Firelight und verteile es. Kinder quieken vergnügt, und für eine Weile legt sich die Traurigkeit.

Aber sie verschwindet nie ganz. Jatin spricht von Zeit und davon, dass Trauer nie völlig verfliegt, sondern sich nur verändert und leichter zu bewältigen wird. Obwohl meine Familie mich unterstützt und ich sie, schleiche ich mich regelmäßig davon, um allein zu sein. Dafür brauche ich Jatin nur einen Blick zuzuwerfen. Dann nickt er und lässt meine Hand los. Ich habe es mir angewöhnt, zur neuesten Flugstation zu reisen. Es ist die im Westen, die unter dem Ausbruch des Gandhak eingestürzt und erst vor drei Monaten von meinem Vater wiederaufgebaut worden ist. Es war das letzte große von ihm geleitete Unterfangen, einer der letzten bedeutenden Beweise seiner Macht und seiner Bereitschaft, etwas für sein Volk zu tun.

Ich blicke auf Belwar hinab. Zu meiner Linken ragt der Gandhak auf, zu meiner Rechten zeichnen sich der Belwar-Palast und die Berge als Umrisse vor dem Himmel ab. Es weht schon den ganzen Tag der Wind, aber ich begrüße ihn, lasse ihn meinen sauberen Sari zum Flattern bringen, mir das Haar zerzausen und meine Tränen trocknen.

Es ist Herr Burman, der mich schließlich findet. Darin ist er schon immer gut gewesen. Einen Moment lang frage ich mich, ob ich auch dann so lange als Rote Frau unerkannt geblieben wäre, wenn er nicht im Koma gelegen hätte.

»Du hast Hybris immer noch?«, fragt er.

Ich ziehe meinen Himmelsgleiter vom Gürtel und lege ihn in seine kräftige Hand. »Mittlerweile Hybris der Fünfte.«

Er wirft mir einen Blick zu. »Manche Dinge ändern sich nie.«

Ich wende mich wieder Belwar zu. »Und andere ändern sich völlig.« Eine Weile stehen wir nur da. »Weißt du, ich habe das alles als die Rote Frau begonnen, weil ich nicht wusste, was ich sonst tun sollte, nachdem du ins Koma gefallen warst. Einem Teil von mir ist klar, dass ich es nicht *nur* getan habe, weil du gesagt hast, dass eine wahre Rani den Menschen hilft. Ganz am Anfang wollte ich mich beweisen, wollte mich vergewissern, dass ...« Kurz gerate ich ins Stocken. »Ich wollte mich vergewissern, dass es nicht meine Schuld war.«

»Das war es nicht, Adraa. Ebenso wenig wie der Tod deines Vaters. Schlechte Menschen versuchen immer, Gutes zu verderben. Dein Vater war nicht nur gut, er war großartig. Ich hätte mein Leben für ihn geopfert.«

»Und er hat es für mich getan.«

Herrn Burmans Augen werden feucht. Langsam nickt er. »Das hat er.«

»Er hat immer dasselbe über das Glück und böse Menschen gesagt, wie du gerade«, verrate ich ihm.

»Na ja, ich habe die meisten meiner Weisheiten von ihm.«

Einen Moment lang bin ich verblüfft. »Ich dachte immer ...« Und plötzlich kehren nach dieser einen Erkenntnis die Tränen zurück. »Es gibt so viel, was ich nicht gewusst habe. So viel, für das ich nicht bereit bin, und ich brauche ...« Meine Stimme wird brüchig. »Ich brauche ihn.«

»Genau wie Belwar. Den Göttern sei Dank, dass sie dich haben.«

»Oder wen auch immer die Menschen wählen.« Die Menschen, sowohl Berührte als auch Unberührte, haben die ganze Woche ihre Stimmen abgegeben. Mittlerweile warten wir, ob meine Mutter oder einer der Radschas die Nase vorn hat.

»Aber ich denke, sie wissen, dass du immer für sie da sein

wirst.« Als ich ihn ansehe, weiß ich, was er sagen will. Ich weiß es, weil ich mein Leben lang darauf gewartet habe.

»Du bist eine wahre Rani geworden. Aber dies war nie eine Lektion, die ich dir beibringen wollte. Ich habe dich damit lediglich daran erinnert, was du bereits getan hast. Es ist mir eine Ehre, dir zu dienen.« Kurz verstummt er. »Maharani Belwar.«

Der Titel meiner Mutter lässt mich zusammenzucken. »Wovon redest du?«

»Die Wahl ist abgeschlossen. Alle Stimmen sind ausgezählt und überprüft. Belwar will dich.«

»Was? Das kann ich nicht glauben ...« Ich blicke auf mein Land hinab und rechne mit irgendeiner Pointe. Aber es folgt keine, nur der Wind weht weiter. Die Menschen haben ... Sie haben für mich gestimmt. Nach der Schlacht haben sie sich vor mir verneigt, als die Wahrheit ans Licht gekommen ist. Aber mich im Kampf zu ehren ist etwas völlig anderes als zu wollen, dass ich sie anführe.

»Genau das hast du dir immer gewünscht, Adraa.«

»Genau das habe ich mir *früher* immer gewünscht«, stelle ich richtig. Plötzlich sehe ich Jatins Nachricht, dass er Maharadscha werden soll, in einem anderen Licht. Was bedeutet das für uns? Ich kann nicht Maharani Belwar *und* Maharani Naupure sein. Tausend Gedanken schießen mir durch den Kopf. Doch einer sticht daraus hervor, und ich kann mir ein Lächeln nicht verkneifen. Über dieses Wahlergebnis kann ich mit völliger Sicherheit sagen, dass es in Mooleks Plänen nicht vorgesehen war. Der Süden wird nicht zu seiner Marionette, so viel steht fest.

»Riya ist meine Leibwächterin, aber ich brauche deine Hilfe, um jemanden zu finden.« Kurz verstumme ich und überlege. »Eigentlich zwei Personen.«

Als Maharani steht mir eine Menge Arbeit bevor, umso mehr in einem Land, das ein nur knapp gescheiterter Putsch verwüstet hat. Aber vor der Bestattung meines Vaters, vor all den Besprechungen und Planungen, möchte ich noch einige Dinge in die Wege leiten.

»Danke, dass du so kurzfristig gekommen bist«, sage ich und blicke auf den Richter hinab, der mich zur Haft in der Kuppel verurteilt hat. Seine Finger zittern, als er sie an die Halsschlagader legt und sich verneigt.

»Maharani.« Er taucht beinahe bis zum Boden ab. Dann verliert er keine Zeit. Er glaubt zu wissen, warum er hier ist. »Bitte, Ihr müsst das verstehen. Ich dachte …«

»Ich weiß, was du gedacht hast. Es ist eine wunderbare Ausrede, dass wir alle sagen können, wir hätten unter Mooleks Einfluss gestanden. Und er hätte uns dazu gebracht, so zu handeln.«

»Bitte.«

»Ich habe nicht vor, dich zu bestrafen. Vielmehr brauche ich jemanden, der sicherstellt, dass niemand diese Ausrede nutzt, um sich aus anderen Straftaten, ob früher begangen oder heute, herauszuwinden. Über hochkarätige Fälle wirst du nie wieder urteilen – so viel Macht sollte nicht auf den Schultern einer einzelnen Person ruhen. Aber ich möchte, dass du zu unserem Rechtssystem beiträgst. Bist du interessiert? Ich denke an einen gewählten Rat aus Zauberern, Hexen und Unberührten.«

Abrupt schaut er auf. »Also … werdet Ihr mich nicht hinrichten lassen?«

Woher kommt eigentlich diese Vorstellung, dass ich bösartig bin? Oh ihr Götter. »Nein, Richter. Ich hoffe, du erkennst bald, dass ich keine Mörderin bin und nie war. Ich hoffe, ich muss auch nie zu einer werden.«

Bei meinem letzten Satz tritt Furcht in seine Augen. Allein deshalb hat es sich gelohnt ihn auszusprechen.

Ich setze mich aufrechter hin. »Das Wahrheitsabkommen meines Vaters war nicht schlecht, aber es ist verdorben worden. Wie er gern gesagt hat, schlechte Menschen versuchen immer, Gutes zu verderben. Also ändern wir das. Finde einen Weg, Wahrheitszauber und ein Machtgleichgewicht einzusetzen, ohne dass es von jenen, die an der Macht sind, missbraucht werden kann. Fühlst du dich dazu imstande?«

»Ja, Maharani.«

»Gut. Ich will Gerechtigkeit, und ich möchte, dass du mir hilfst, sie zu erreichen.«

***

Meine zweite Handlung als Maharani besteht darin, Basu in den Thronsaal zu rufen. Eine von Riya und Herrn Burman angeführte Mannschaft hat ihn aufgespürt. Er erscheint mit funkelnden Handschellen an den Handgelenken. Eigentlich sollte ich mich darüber freuen, aber der Anblick verschafft mir keine Genugtuung.

»Ihr könnt uns allein lassen«, fordere ich die beiden Wächter auf. Sie gehorchen, ohne einen Blick zu wechseln.

»Diesmal ist kein Aufseher hier, um dich zu retten«, sage ich, während sich Basu panisch im Thronsaal umsieht.

»Fürstin, bitte.«

»Ich bin keine Fürstin mehr.«

Er drängt weiter. »Ich hatte Anweisungen.«

»Das rechtfertigt nicht, was du getan hast. Ich habe dich schon viel zu lange vor dem Tod geschützt. Und ich habe dir gesagt, dass ich dich holen kommen würde.«

»Ich habe Euch gerettet.« Seine Hände bewegen sich, als wolle er mit den Fingern schnippen. »Als Eure Lunge durchbohrt war. Ihr konntet nicht atmen, und ich habe Euch gerettet.«

»Nur, damit du mir die Magie aussaugen konntest wie einem Tier.«

»Ich bessere mich. Ihr habt mir gezeigt, wie.«

»Oh, also habe ich dich praktisch erlöst?«

Er nickt. Es wirkt eher wie ein Zittern.

Ich hätte nicht gedacht, dass ich noch wütender werden könnte. »Das ist nicht meine Aufgabe. Ist es nie gewesen.« Die Stimme meines Vaters geht mir durch den Kopf. *Ich habe ihn immer für einen schmierigen Kerl gehalten.* Und jetzt ist mein Vater tot. Teilweise wegen dieses Abschaums vor mir. Dieser Zauberer will mir erklären, dass meine Prüfungen und Leiden ihn zu einem besseren Menschen gemacht haben. Seine Verlogenheit geändert haben.

Eigentlich hatte ich nicht vor, ihn zu töten. Plötzlich dringt der Gedanke verlockend an die Oberfläche. Basu bemerkt es. Oder vielleicht bemerkt er auch nur die Flammen, die über meine Arme züngeln, als ich vortrete.

»Richtig, das war nie Eure Aufgabe«, pflichtet er mir eilig bei. »Ihr habt recht. Aber … Aber seht nur, wie stark ich Euch gemacht habe.«

»Dir stehen keine Lorbeeren dafür zu«, herrsche ich ihn an. »Du hast mich nicht stärker gemacht. Auch nicht die traumatische Erfahrung. Ich bin schon stark gewesen.« Mit einem weiteren Schritt entfessle ich meine Magie zu roten Rauchranken. »Du hast mich nur wütend gemacht.«

Er schreckt zurück, wie es jeder Zauberer bei Verstand würde. Allerdings hat er das riesige Fenster hinter ihm übersehen,

462

dessen Scheibe zerbrochen ist und noch nicht ersetzt wurde. Mit rudernden Armen stolpert er. Dann schnellen seine Füße hoch, ein nicht zu Ende gesprochener Zauber entfährt ihm, und er fällt.

»*Kasharaw*«, rufe ich. Ein rotes Seil schießt von meinem Arm und wickelt sich um seinen. Das plötzliche zusätzliche Gewicht zerrt an mir. So gern würde ich es einfach fallen lassen. Basu wird eine Sekunde der Erleichterung beschert, bevor ich mich vorbeuge und ihn ansehe. »Ich könnte es wie einen Unfall aussehen lassen.«

Er schluckt, und das Grauen kehrt zurück. »Euer Volk würde es erfahren. Ihr würdet durch Angst und alles regieren, wogegen Ihr gekämpft habt.«

»Aber wer sollte es den Menschen sagen?« Ich entlasse mehr Magie von meiner Hand. Er sackt einen halben Meter in die Tiefe. »Du nicht, das kann ich dir versichern.«

Seine Augen weiten sich erst, dann tritt ein harter Ausdruck in sie. »Ich werde nicht betteln.« Sein Griff rutscht. Mit solcher Standfestigkeit im Angesicht des Todes habe ich nicht gerechnet.

»Wenigstens habe ich dir diese Wahl nicht genommen.«

Ich lasse los.

Kapitel 56

Die Last des Throns

Jatin

Ein dünner Streifen der Morgensonne hat sich über die Berge geschoben. Adraa sitzt wie eine wahre Maharani auf dem Thron und starrt durch die Bogenfenster nach draußen. Es wird nicht das letzte Mal sein, dass ich mich frage, was ihr durch den Kopf geht und wie ich ihr helfen kann. Ich wechsle zwischen den Palästen hin und her, räume den Hof auf, unterstütze ihre Mutter in den Kliniken. Alles, um sie wissen zu lassen, dass ich noch da bin, wenn sie bereit ist. Irgendwann werden wir reden müssen. Darüber, wie alles funktionieren soll. Bisher habe ich mich davor gedrückt.

Schließlich bemerkt sie mich und erhebt sich ruckartig vom Thron.

Ich hebe die Hand. »Nein, bleib sitzen. Ich habe nur die Aussicht bewundert.«

»Nein, ich muss …«

Ein Stöhnen dringt durchs Fenster herein. Ich trete näher und schaue nach unten. Ein rotes Seil aus Magie hängt über dem leeren Rahmen. Daran baumelt eine Käfigzauberkugel. Sie beherbergt einen traurigen, stark behaarten Mann. Basu.

»Was ist hier los?«, frage ich, obwohl ich es mir denken kann. Ich weiß, dass er für seine Taten Schlimmeres verdient. »Ich verhöre Basu darüber, wo der Rest von Blutlust ist. Es darf nichts davon übrig bleiben. Aber er jammert nur herum. Ich glaube, ich habe ihm echt Angst eingejagt. Zum ersten Mal mache ich es ohne Maske. Da bin ich wohl ein bisschen zu weit gegangen.« Adraa lächelt. »Obwohl es ziemlich befriedigend war, als ich ihn fallen gelassen habe.«

Ich schätze die Tiefe. Ein Stockwerk, vielleicht anderthalb. »Du hast ihn *fallen gelassen?*«

»Sieh mich nicht so an. Kalyan hat mir alles darüber erzählt, wie ihr beide verhört habt.«

Ich beuge mich vor und küsse sie. »Du hättest ihn schubsen sollen«, flüstere ich ihr ins Ohr.

Sie lacht, ein wundervoller Laut. Dann verzieht sich ihr Mund zu einer skeptischen Miene, und plötzlich muss ich nicht mehr darüber grübeln, was ihr durch den Kopf gegangen ist. Schon komisch. Am meisten hasse ich am Tod diesen Neubeginn danach, wenn sich ein Lachen wie ein Verrat anfühlt. Als wäre es ein Zeichen mangelnder Liebe, wenn man ohne den Verstorbenen etwas anderes als Trauer empfindet. Nach dem Tod meiner Mutter habe ich jahrelang in eisigen Mauern ohne Lachen gelebt. Ich gelobe mir, dass Adraa das erspart bleiben soll.

Langsam entfernt sie sich vom Fenster und starrt auf die aufgehende Sonne an der Wand. »Ich wollte nie ...«

»Ich weiß.« Sie war immer dafür vorgesehen, eine Rani zu werden. Mit unserer Hochzeit sogar Maharani von Naupure. Aber nicht von Belwar. Und nicht so.

Adraa holt tief Luft. »Das war nicht der Plan.«

»Ich weiß«, wiederhole ich.

Sie reibt den goldenen Armreif, den ich ihr in den Bergen geschenkt habe. Mein Magen krampft sich zusammen. Eigentlich wollte ich mich besser darauf vorbereiten, aber in Hinblick auf sie ist mein Herz zu zerbrechlich. Ich kann nicht so tun, als wäre es mir egal. »Bitte behalte ihn. Ich will ihn nicht zurück. Ich habe mir geschworen, nie jemand anderen als dich zu heiraten, und das war mein voller Ernst.«

Adraas Hand zuckt von dem Armreif weg. Betroffen wirbelt sie zu mir herum. »Warte, nein! Jatin, ich weiß nicht, wie das funktionieren soll. Ich weiß nicht, ob wir zusammen sein können, wenn wir beide unsere Länder anführen. Aber ich will dich immer noch heiraten.«

Erleichtert atme ich auf und lächle. »Das beruhigt mich.« Ich trete vor und fädle die Finger zwischen ihre. »Das werden wir. Aber zuerst wirst du hier gebraucht. Wir müssen unsere Länder leiten. Und danach …« Offen gestanden habe ich noch keine Ahnung, wie das Danach aussehen wird. Wickery steht kurz vor dem totalen Krieg. Naupure braucht mich, und auch Adraa ist nicht bloß ein Platzhalter. Die Menschen haben sich bei den ersten Wahlen der Geschichte für sie entschieden. Und in meinen Augen hat Belwar gut daran getan. Dennoch ist die Zukunft ungewisser denn je.

»Und danach beschließen wir den Blutsvertrag, wenn sich die Lage beruhigt hat. Wenn wir alles geregelt haben«, beendet sie meinen Satz.

»Klingt ja ziemlich einfach«, scherze ich.

Sie versteht die Anspielung sofort. Dieselben Worte hat sie mir am Tag vor der Verhandlung an den Kopf geworfen, bevor der ganze Schlamassel begonnen hat. »Ich weiß. Aber mit solchen Lösungen habe ich wohl gerade bewiesen, dass du nicht als Jahrgangsbester abgeschlossen hättest, wenn *ich* die Akademie besucht hätte.«

»Oh, so also greifst du meine Ehre an?«

»Daran würde ich mich an deiner Stelle lieber gewöhnen. Als Herrscherin von Belwar kann ich nicht zulassen, dass ausländische Anführer mein Land für schwach halten. Naupure wird unsere Unterstützung nicht *nur* deshalb bekommen, weil unsere Maharani deren Maharadscha liebt.«

»Und ich hatte gehofft, das würde der Hauptvorteil meiner neuen Position.«

Adraa schlingt die Arme um mich und sieht mir in die Augen. »Kann es auch sein – auf persönlicher Ebene.« Sie beugt sich vor, bis sich ihr Gesicht nah an meinem befindet. »Aber ich glaube nicht, dass ich es dir je leicht machen werde.«

»Meinst du, wir können ihn eine Weile allein lassen?« Ich deute mit dem Kopf auf Basu in seinem Käfig. »Ich habe dir etwas mitgebracht.«

»Oh, der kann ruhig noch ein bisschen schwitzen.«

Wir gehen die Treppe hinauf in ihr Zimmer. Sie dreht sich mir zu, nachdem sie die Tür geschlossen hat. »Sollte besser was Gutes sein, Naupure. Ich habe noch einen Gefangenen einzuschüchtern.«

Zur Antwort ziehe ich ein Bündel Briefe aus der Tasche und breite sie fächerförmig aus. Sie sind makellos. Das Belwar-Siegel ist sauber in der Mitte geteilt. »Die habe ich mitgebracht, falls du gedacht hättest, wir könnten nicht zusammen sein. Aber da du so leicht nachgegeben hast, finde ich, es ist an der Zeit, dir den Beweis zu zeigen.« Der Brief mit dem Fleck von Seidenfischcurry liegt obenauf. Ich weise sie darauf hin.

Adraa wirft kaum einen Blick darauf. »So leicht, sagst du?«

Ich trete näher zu ihr. »Na ja, ich bin schon ein guter Fang. Maharadscha eines sechsmal so großen Lands wie Belwar.«

»Aber wer von uns kann gedankenzaubern? Wer ist mächtiger?«, scherzt sie und lässt rote Wirbel an den Fingerspitzen aufblitzen.

»Du«, erwidere ich, ohne zu zögern und völlig ernst, um das Kompliment, die Wahrheit zu betonen.

Sie lacht, kann aber die Überraschung in ihrer Stimme nicht verbergen. »So leicht nachgegeben, hm?«

Ich beuge mich nah genug zu ihr, um ihren Atem auf den Lippen zu spüren. »Keine Lügen mehr, darauf haben wir uns vor langer Zeit geeinigt.«

Langsam bewege ich mich weiter vorwärts. Schließlich berühren sich unsere Lippen, und ich küsse sie.

Adraa zieht sich als Erste zurück. »Ich bin gleich wieder da.« Sie eilt zu ihrem Schrank und kommt mit einer Kiste zurück. Wie sich herausstellt, enthält sie ganze Stapel meiner Briefe an sie. Lächelnd trete ich näher. Wortlos nehme ich ihr die Briefe ab. Dabei fällt mir ein Loch in der Mitte jedes einzelnen auf. »Du hast sie ja wirklich an einen Pfosten genagelt«, lache ich.

»Über so etwas würde ich nicht lügen.«

Ich ziehe eine Augenbraue hoch. »Aber keiner davon ist verbrannt.«

»Na ja …«

Die nächste Stunde lang sitzen wir da und gehen unsere Briefe durch, durchleben Momente noch einmal und geben zu, das ein oder andere Detail dem anderen zuliebe übertrieben zu haben. »Ich finde immer noch den Curryfleck mit Abstand am peinlichsten«, sage ich.

»Oh, das ist gelogen, dass sich die Balken biegen.« Sie

grinst, als hätte sie nur auf die Gelegenheit gewartet, und mir fällt auf, dass sie einen meiner Briefe unter ihr Knie geklemmt hat.

»Liebe Adraa, ich finde, du solltest etwas wissen«« beginnt sie. Ich erkenne die Worte auf Anhieb und beuge mich ruckartig nach vorn, um mir das Pergament zu schnappen. Mein erster Liebesbrief, in dem ich … alles zugegeben habe.

»Das müssen wir nicht noch einmal durchgehen«, sage ich.

Sie hält den Brief über den Kopf außer Reichweite und fährt fort. »Ich wollte es dir bisher nicht sagen, aber ich bin wegen unserer Übereinkunft nie aufgebracht gewesen. Tatsächlich bin …«

Ich ringe sie zu Boden. Mein Körper drückt auf ihren. Und die Worte sind vergessen. Ich kann nur noch an unsere Nähe und ihre Wärme unter mir denken. Der Brief flattert auf den Boden. »Hast du je gedacht, dass es echt ist?«, stelle ich eine Frage, die ich mich ein halbes Leben lang gescheut habe, laut auszusprechen.

Sie sieht mich eindringlich an. »War es das?«

»Ja.« Bei meinem Geständnis durchzuckt mich ein Kribbeln.

Es scheint auch sie zu berühren, denn sie errötet, während sie mir fragend ins Gesicht blickt. »Ich habe eine Woche gebraucht, um die Botschaft zwischen den Zeilen zu entdecken«, flüstert sie. »Aber eine Woche lang war ich verwirrt und überrascht. Und vor allem … glücklich.«

Die Welt um mich herum rückt in den Hintergrund, als ich sie anlächle. »Hm, damit könnte ich dich wahrscheinlich noch lange aufziehen …« Ich lege den Kopf schief, als würde ich Berechnungen anstellen. »Wahrscheinlich für den Rest meines Lebens.«

469

Sie verdreht die Augen. »Bei den Göttern. Was habe ich nur getan?«

Ich beuge mich vor. »Ich bin froh, dass ich nicht alles vermasselt habe«, sage ich und senke den Kopf, um sie zu küssen.

»Ich gebe dir auf jeden Fall Bescheid, wenn du es tust.«

»Oh, na dann. Wunderbar.« Ich lache, aber nur kurz, denn Adraa hebt den Kopf und findet meine Lippen. Und kaum ist es passiert, lösen wir uns eine lange Weile nicht mehr voneinander.

Kapitel 57

Morgengrauen

Adraa

Die Bestattungen finden im Morgengrauen statt, weil mein Vater es nicht anders gewollt hätte. Wir stehen auf den Klippen des Süddorfs. Das Meer brandet unten gegen die Küste, eine vertraute Melodie, weder rauer noch ruhiger als an anderen Tagen. Die lange Zeremonie erstreckt sich weit in den Vormittag hinein. Ich wende mich dabei immer wieder der Sonne zu, lasse mich von ihr wärmen und erinnern. Es sind bereits reichlich Tränen geflossen. Aber zum ersten Mal, seit ich aus dem Gefängnis entkommen bin, kann ich mein Schniefen hören, und ich weigere mich, die Laute meines Kummers zu unterdrücken. Ich habe genug Zeit in Stille verbracht, um jetzt darin zu weilen. Nicht heute, während die meisten, wenn nicht alle Menschen Belwars, Dutzende Scheiterhaufen auf den Klippen mit ihren Kerzen entzünden.

Einer nach dem anderen zaubern Belwarer der gleichen Stärke mit ihren Farben. Ich trete mit jenen roter Stärke vor, um die Toten mit einem roten Schein zu ehren und zu segnen. Es ist eine Tradition, um den Seelen zu helfen, den Weg zu ihrem Gott oder ihrer Göttin zu finden. Zum ersten Mal im

Leben verstehe ich, was sich meine Vorfahren dabei gedacht haben.

Dann kommen wir zu meinem Vater. Meine Mutter spricht und verstärkt ihre Stimme mit orangefarbener Magie, wie es mein Vater oft getan hat. »Mein Ehemann war meine Sonne. Er hat gewusst, wie man lebt und die Menschen schätzt, die einem am Herzen liegen. Und auch Belwar hat ihm am Herzen gelegen. Er hat die kleinen Fehler, die Großartigkeit und die Möglichkeiten unseres Lands verstanden. Sein Licht wird in dieser Welt nie untergehen. Das weiß ich, weil ihr die Besten von uns gewählt habt, um euch in ein neues Zeitalter zu führen. Der Weg wird beschwerlich, wie es alle Wege im Leben sind. Aber ich beschwöre euch – lebt, liebt und helft Notleidenden.«

Der Einfluss meines Vaters hat viele berührt. Sie haben ihn als Herrscher gekannt. Ich habe die kleinen Fältchen um seine grünen Augen gekannt. Jetzt wirken seine Züge so ruhig, wie ich sie noch nie gesehen habe. Mir wird zum ersten Mal bewusst, dass sein Gesicht nie regungslos war. Immer nachdenklich, lachend, lebendig.

Mehr noch, er hat mich leben lassen.

»*Stell es dir einfach als ein Treffen mit einem neuen Freund vor, Adraa.*«

»*Aber … Aber er ist ein Junge.*«

»*Ja.*« *Mein Vater schmunzelte. Sein warmer Atem bildete kleine Wölkchen in der frostigen Luft.* »*Ja, er ist ein Junge. Aber das bin ich auch. Und mich magst du doch, oder?*«

»*Ja.*«

»Ja«, flüstere ich, als ich seine Hand berühre. »Und wie ich dich mag. Immer. Danke, dass du mich so gemocht hast, wie ich bin.« Alles an mir. Jede Version. Jede Facette, durch die ich hier gelandet bin und die er mitgestaltet hat. »Ich liebe dich.«

***

Als es an der Zeit ist, seine Asche zu verstreuen, suche ich meine Mutter und Prisha. Oder vielleicht ziehen wir uns gegenseitig an. Die Stadt und ihre Bewohner sind gegangen, um auf ihre Weise zu trauern. Das Feuer ist erloschen. Für uns bleibt nur noch ein Teil zu erledigen. Wir fliegen zurück nach Hause und landen auf dem Dach.

Meiner Mutter und meiner Schwester habe ich bereits die magische Kugel mit der Botschaft darin gezeigt. Ich scheue mich davor, mich davon zu trennen, seine Magie verblassen, den letzten Teil von ihm wie ein Licht erlöschen zu lassen. Also reiche ich sie meiner Mutter. Das ist nur gerecht. Ich bin bei ihm gewesen. Sie und Prisha hatten keine Gelegenheit, sich von ihm zu verabschieden.

Langsam haucht meine Mutter einen rosa Nebel über die Oberfläche der Kugel, bis sie leuchtend erwacht.

Die Stimme meines Vaters ertönt, wenn auch nur flüsternd. Aber er ist es. Ich würde seine Stimme überall erkennen. »Hoffentlich erreicht euch das hier, meine Familie, denn für mich ist es an der Zeit. Ich muss euch verlassen. Es tut mir leid, dass ich gehen muss. Es tut mir leid, wie viel ich verpassen werde. Die Welt verändert sich ständig. Jeden Morgen bricht ein neuer Tag an, und ich wünschte, ich könnte an jedem einzelnen bei euch sein. Aber vor dem Ende möchte ich euch ein letztes Mal sagen, wie sehr ich euch liebe.« Er verstummt. Ich denke schon, damit ist die Botschaft zu Ende, als er plötzlich fortfährt. »Ira, ich sehe Adraa gerade an und weiß, dass sie uns ret-

473

ten wird. Wir haben bei unseren Töchtern zweierlei sehr richtig gemacht. Sie sind stark und mutig, genau wie du. Danke, dass du mich gewählt, mich geliebt hast.« Und so endet es – mit Liebe und uneingeschränktem Vertrauen in uns. In mich.

»Seht ihr, ich hatte recht«, sagt Mutter unter Tränen. »Und er hatte immer recht.«

Wir umarmen einander, bilden ein Knäuel aus verschlungenen Gliedmaßen, Trost und Tränen. »Ich bin froh, dass du es bist. Die neue Maharani von Belwar«, flüstert Prisha.

»Das habe ich immer noch nicht ganz verarbeitet. Ich weiß nicht, was ich sagen oder tun soll.«

»Ich bin an deiner Seite«, beteuert meine Mutter. »Alle werden für dich da sein. Auch dein Vater wird bei dir sein.«

Wir lassen uns auf dem Dach nieder und beobachten den Sonnenuntergang, der zum strahlendsten Orange wird, das ich je gesehen habe. Und als die Nacht hereinbricht, schießen Zauberer und Hexen orangefarbener Stärke einen Strom Magie nach dem anderen in die Luft. Stundenlang wird die Dunkelheit zu Ehren meines Vaters von seiner Farbe erhellt.

Kapitel 58

Beginn

Adraa

»Sie sind bereit für dich«, sagt Riya. »Maharani.«
Ich nicke und atme tief durch.
»Auf diesen Moment habe ich gewartet«, flüstert Riya.
»Und ich werde an deiner Seite sein. Jetzt und immer.« Ich drücke ihre Hand. Ihr Versuch mich zu beruhigen wirkt.
»Ich bin bereit.«
Riya öffnet die Doppeltür für mich, und ich trete hindurch. Mit langen Schritten bewege ich mich in den Versammlungssaal, in dem ich Hunderte Male meinem Vater beim Vorsitz über seinen Rat zugehört habe. Diesmal trage ich meine eigenen Farben – Blutrot mit orangefarbenen, in meinen Sari eingestickten Sonnen. Und zum ersten Mal trage ich eine ärmellose Bluse mit dem golden flammenden Symbol von Belwar an der Vorderseite. Alle beobachten, wie ich auf dem Stuhl meines Vaters am Kopfende des Tischs Platz nehme.

Riya sitzt zu meiner Rechten, meine Mutter zu meiner Linken. Auf den restlichen Plätzen befinden sich vier Radschas, Prisha und die Burmans. Ich sehe allen nacheinander in die Augen, bis ich zu Jatin gelange. Er sitzt mir direkt gegenüber und trägt eine edle weiße Jacke, eines Maharadschas würdig.

475

Zum Zeichen seines Respekts neigt er das Haupt. Man sollte meinen, dass es einer der Radschas tun würde. Aber es ist Jatin, der mich als die Anführerin unterstützt, die ich immer werden wollte.

Ich habe mich für mein Land geopfert. Ich habe mich für Jatin und Maharadscha Naupure geopfert. Und vielleicht hätte ich das nicht tun sollen. Vielleicht hätte ich bleiben und mir den Weg aus dem Gerichtssaal erkämpfen sollen. Aber ich kann die Vergangenheit nicht ändern. Mittlerweile weiß ich, dass ich zu wertvoll bin. Das war ich schon als Achtjährige. Auch wenn ich manchmal versage. Ich muss mich in dieser Welt nicht opfern oder hinter einer Maske verstecken. Ich muss leben und den Verlauf dieses Kriegs ändern, vielleicht sogar des Schicksals selbst. Und genau das habe ich vor.

Die nächsten Worte werde ich nicht als Fürstin Adraa Belwar sprechen, die Rolle, in die ich hineingeboren wurde. Auch nicht als Jaya Rauch oder die Rote Frau, die ich erschaffen habe. Nein. Jetzt nehme ich einen Titel an, den ich mir nicht genommen habe, sondern der mir geschenkt wurde.

Ich bin die Maharani von Belwar. Und heute Morgen ist ein neuer Tag angebrochen.

»Fangen wir an.«

Danksagung

Den Großteil dieses Buchs habe ich während der Pandemie geschrieben, einer Zeit, in der ich mich wie so viele Menschen weltweit sehr allein gefühlt habe. Dabei war ich das in Wahrheit nie. Ich hatte die Unterstützung meiner Freundinnen, Freunde und Familie. Und jetzt habe ich die Gelegenheit, ihnen zu danken. Deshalb bitte ich um Nachsicht, wenn ich sentimental werde, denn diese Menschen verdienen es zu erfahren, wie viel mir an ihnen liegt.

Meiner Agentin Amy Brewer und dem gesamten Team der Metamorphosis Literary Agency danke ich, dass sie für mich da sind und dieses Buch genauso sehr unterstützt haben wie das letzte. Danke auch, dass ihr euch den Titel habt einfallen lassen, als wäre es die einfachste Sache der Welt. Er gefällt mir so sehr, und ich bin überglücklich, euch zu haben.

Meine talentierte Lektorin Hannah Hill hat sich als Musterbeispiel an Unterstützung erwiesen und die schnellsten Korrekturen geliefert, die ich je erlebt habe. Danke, dass du mir geholfen hast, tiefer in die Geschichte einzutauchen. Meiner ersten Lektorin, Monica Jean, die diese Reihe an Bord geholt hat, werde ich für immer dankbar dafür sein, dass sie mich auf diese Reise geschickt hat.

Ein großes Dankeschön möchte ich allen bei Penguin Random House aussprechen, die dazu beigetragen haben, diese Geschichte zu einem Buch zu formen: Cathy Bobak, Lili Feinberg, Sarah Lawrenson, Drew Fulton, Erica Henegen, Jenn

477

Innzeta, Nathan Kinney, Kelly McGauley, Carol Monteiro, Dani Perez und Tamar Schwartz. Wie immer danke ich meinen Redakteurinnen Heather Lockwood Hughes und Colleen Fellingham für ihre magische Gabe, alle meine Fehler zu entdecken. Und meiner Korrekturleserin Janet Rosenberg, der nichts entgeht.

Ein besonderer Dank geht an Casey Moses, die wieder das Cover gestaltet und ihr grenzenloses Talent bewiesen hat. Danke, dass du mir immer das Gefühl gibst, mir zuzuhören, und die besten Ideen überhaupt lieferst. Virgina Norey danke ich erneut für die wunderbare Karte. An die brillante Illustratorin Charlie Bowater – du hast mir *zwei* Traumcover geschenkt. Nachdem ich sie auf mich wirken gelassen habe, stelle ich fest, dass ich ewig verblüfft und glücklich darüber sein werde, wie du die Figuren und die Magie zum Leben erweckt hast. Danke!

Der DFW Writers' Workshop hat sich immer wie eine große Familie angefühlt, und ich bin so froh, dass ich mittwochabends bei den virtuellen Treffen dabei sein konnte. An alle Mitglieder der DFW Writers' Community, die mir zugehört und bei der Bearbeitung dieses Buchs geholfen haben: Danke! Rosemary Moore, Leslie Lutz, A. Lee Martinez, Sally Hamilton, Sarah Terentiev und Brooke Fossey danke ich dafür, dass sie immer mit mir in Verbindung geblieben und die besten Fernfreundinnen sind. Besonders danke ich Katie Bernet, die meinen üblen ersten Entwurf gelesen und mich darin bestärkt hat, dass es die Geschichte wert ist, an ihr zu arbeiten. Ich schätze mich ewig glücklich, dich meine Freundin nennen zu dürfen.

Danke an alle Schriftstellerfreundinnen, die ich in Kalifornien kennengelernt habe, und vor allem an Priya Kavina, Persephone Jayne und Sage Magee. Priya, danke, dass du immer für mich da bist und mir wieder geholfen hast, die Zauber zu überarbeiten. Persephone, danke, dass du eines Tages eine Frage gestellt und damit die beste Wendung in einer Geschichte ausgelöst hast, die man sich wünschen kann. Ohne deine Inspiration wäre es vielleicht einfacher gewesen, dieses Buch zu schreiben, aber es hätte nicht halb so viel Spaß bereitet.

Danke an Kathryn Purdie und meine Autorenkolleginnen KayLynn Flanders, Kelly Coon und Amélie Wen Zhao von Delacorte Press für ihre Zitate zu *Cast in Firelight – Magie der Farben*. Und dafür, dass sie immer für mich da waren, wenn ich eine Frage hatte. Vielen Dank auch an meine Debütgruppen #theRoaring20s und #the21ders für ihren Rat und ihre Unterstützung bei beiden Büchern.

An meine gesamte Familie – danke! Dad, Rae, Austin, Katy, eure Unterstützung bedeutet mir so viel. Mama, danke, dass du an mich und diesen Traum glaubst und mir ermöglichst, ihn zu leben. Du bist wirklich der klügste Mensch, den ich kenne, und ich fühle mich privilegiert, deine Tochter zu sein. An Steve – danke, dass du immer für mich da bist.

An meine Schwiegereltern Gokul und Nanda Bysani sowie alle Bysanis und Janardans, vielen Dank für eure laufende Unterstützung und Begeisterung. Kaethan, mein Mann und bester Freund – danke, dass du mich immer liebst und mein uneingeschränkt liebster Betaleser bist. Ich hätte mit niemand anderem die Quarantäne verbringen wollen. Besonders dankbar bin ich, dass du mir erlaubt hast, dir gegenüber zu spoilern, damit ich mich mit dir über einzelne Aspekte der Handlung beraten konnte. Ich liebe dich so sehr.

Und zu guter Letzt – an meine Leserinnen und Leser! Ich kann immer noch nicht glauben, dass ich jetzt Leserinnen und

479

Leser habe. Selbst ein Jahr später finde ich es unfassbar, dass meine Worte und meine Geschichte euch etwas bedeutet haben. Danke, dass ihr dieses Buch gelesen und Adraas und Jatins Geschichte weiter verfolgt habt. Ihr sollt wissen, wie wichtig ihr mir seid. Es ist ein unvergleichliches Privileg, dass ich euch dieses Buch liefern durfte.